了不起的张小惊

荒大谬 / 著

北京联合出版公司
Beijing United Publishing Co.,Ltd.

目 录

惊吓的惊

会飞的张小惊	3
张小惊篮球场	27
我要当奥运冠军	47
该死的青春期	68
人人都爱张小惊	88

惊讶的惊

排　球	111
两个人的开天辟地	131
执　念	141
心动的瞬间	148
作为普通同学	167
有关爱情这件事	185
去巴西	205
里约热内卢	222
与独角兽的告别	238

惊艳的惊

北　方	251
MVP	266
她的心跳与脉搏	284
我想我是爱你的	302
特殊的春天	320

番外一

朱沐与沈天泽被隔离的十四天　　341

番外二

了不起的凌雪娇　　357

番外三

只有你知道宇宙和森林的秘密　　375

惊吓的惊

"我妈说当初怀我是个意外,对她来说充满了惊吓,所以就给我取名叫张小惊。"

会飞的张小惊

隔壁那幢房子装修了许久之后，终于有人搬了进来。

承禧跟妈妈一道买菜回来，看到一个少女正蹲在路边，她扎着两条小辫子，穿着连帽短袖、背带裤，后脑勺上有一个旋，刚好卡在正中央的位置，于是她的两条辫子就对称不起来了，一边高一点，一边低一点，像个奇怪的小毛球。

承禧的妈妈主动跟她打招呼："哎呀，你是新搬来的呀？"

少女这才回头，一双黑洞洞的圆眼睛，吓了承禧一大跳。少女皱了皱眉，旋即站了起来，乖巧地对承禧的妈妈鞠了个躬，道："阿姨您好，我叫张小惊，以后请多多关照。"

那知书达理的样子让承禧充满赞叹，虽然过了很久之后，他才知道那是她装出来的，但第一印象向来能决定一切，以至于承禧知道了张小惊的真面目之后，依然觉得张小惊是个温柔贤惠的好姑娘。

当下他推了推眼镜，勉强对张小惊笑了笑，倒不是他不想给她一个更舒展的表情，而是他实在是个内向的人，在这个小区住了几年了，同龄的小朋友他都不怎么熟，就更别提跟女生了。

对八岁的小男孩来说，女生完全就是外星生物，即便是跟男生有着近似的外形，内里却自有一套令人捉摸不透的行为准则，譬如说什么时候哭、什么时候笑，从来就没有任何人知道。

承禧的妈妈继续问:"北京的京吗?"

"不是的,是惊吓的惊。"

"啊?"承禧的妈妈愣了一下,问,"怎么会叫这个名字?"

"我妈说当初怀我是个意外,对她来说充满了惊吓,所以就给我取名叫张小惊。"

张小惊眨着眼睛,一本正经地解释着。承禧母子俩都怔在原地,不知道该怎么回应。

这时候房子内有个女人匆匆跑了出来,叫着:"你瞎说什么呢!"然后隔着围墙冲承禧妈妈不好意思地笑笑,道:"你别听她胡说,是惊喜的惊。她爸爸说这孩子就是个惊喜,才取了这么个奇怪的名字,我们一直商量着重新改个名字呢,不过一时半会儿抽不出空来,就这么叫着了。反正孩子还小,不碍事。"

不用问,也知道那个人是张小惊的妈妈。她一头短发,穿着T恤和牛仔裤,看起来相当年轻,张小惊那双大眼睛无疑就是遗传她的。作为一个母亲,张小惊的妈妈跟别人的妈妈似乎不大一样,但承禧也说不清是哪里不太一样,就是觉得她们母女俩都很奇怪。

那解释更像是粉饰过的,很显然,张小惊说的才是真的,不过大人们都心照不宣,彼此笑一笑就寒暄起来:"就你们一家人住?"

"不是,还有孩子的爷爷奶奶。"

"人多点好,热闹,不像我们家,冷冷清清的。"

"人多事就多,我倒是喜欢家里人少一点,打扫起来也方便。"

"其实都一样啦,不管住多少人面积都一样的,人多点还能多个人搭把手……"

无非就是这些客套话,承禧自小就习惯了大人们假惺惺的奉承,觉得烦,但也不好意思回家,抬头看了看,只见张小惊又蹲下去了,他犹豫了一下,才走过去问:"你在看什么?"

"蜗牛。"张小惊从地上拿起一个大得令人窒息的蜗牛,举到承禧眼前，很兴奋地说："我还是第一次看到这么大的蜗牛呢！"

那种蜗牛叫非洲大蜗牛，体格跟蜥蜴似的，黏稠的机体蠕动着，让人看了就恶心。平时承禧看到了，都远远避开，这会儿突然离得这么近，他的大脑顿时一片空白，手和脚也如遭电击一般，又麻又酸。

他想着，这好歹是第一次见面，对方又是个女孩子，装也要装得镇定一点，于是机械地点了点头。

"妈妈，这蜗牛能吃吗？"

张小惊转过头问自己的母亲，谁承想，这一转头，承禧就鬼哭狼嚎地尖叫起来。

张小惊的帽子里有一只无比肥硕的老鼠，灰不溜秋的，一身乱毛。似乎觉察到了承禧的存在，它还抬了抬头。

"老鼠！"

承禧狂叫一声，就飞快地跑开了，因为恐惧，他跌了一跤，眼镜也掉了下来。若不是有外人在场，承禧简直想大哭一场。

而张小惊却歪了歪头，手伸到肩上，抱着那只肥硕的"老鼠"笑眯眯地说："这不是老鼠，是豚鼠。这是我的宠物，它叫彭彭！你摸摸它，它不咬人的。"

她抱着那只豚鼠朝承禧走过去，承禧魂飞魄散，想从地上爬起来，却使不上力，浑身颤抖着，想了半天，终于仰起头，哇哇大哭起来。

——这件事从此就成了张小惊的笑点，每次跟别人提起都狂笑半天。在张小惊心里，承禧就是这么一个胆小爱哭的人，哪怕后来他已经是个仪表堂堂的男人了，她还是会时不时从哪里找只虫子出来，吓唬他一下。

而承禧总是假装被吓到了，在张小惊得意扬扬的表情里，浮起无奈的柔情。

总而言之，第一印象，就是这么的重要。

花好月圆村是一个大型社区，位于离市区足有二十多公里的地方。那小区美不胜收，并大得惊人，仿若一个小镇一般，医院、学校、大型超市……一应俱全。菜市场和便利店更不用说了，到处都是。光看宣传册的话，会让人觉得，在那里住一辈子都未尝不可，反正人的一生需要的一切，那里好像都有。

21世纪之初，城市化才刚刚开始，人口没有那么多，住房也没有那么紧缺，有能力的话，没有多少人会选择这种荒无人烟的郊区。

但承禧的父母是一对天真烂漫的夫妇，满脑子都是世外桃源、田园牧歌，想让承禧在一个远离都市喧嚣的地方长大，再加上手头的钱也有限，商量了半天，就在这里买了房子。

只可惜理想归理想，现实归现实，住进来之后，他们才发现在这里生活有诸多不便：小区离市区太远，一来一回至少得两个小时；绿化太好，导致小区里的空气总是湿漉漉的，一到雨季，更是所有的东西都开始发霉，人也跟着闷闷不乐的。

交通不便，承禧的妈妈只好辞了职，专心致志地在家带孩子。承禧的爸爸则早出晚归，往往是天黑透了才到家，并带着一身疲倦。

承禧家里虽然和睦，却沉闷。好不容易来了新邻居，承禧妈妈才找到了可以聊的话题，在餐桌上，一个接一个地给承禧爸爸介绍："那女的是个医生，男的是大学老师，在X大教生物的，好像爷爷奶奶也都是老师，不过这会儿都退休了。"

"这么厉害！"爸爸随口回应，"那以后得多跟他们走动走动。"

"我看还是别了吧，那一家子人都怪怪的，今天承禧都被吓哭了呢！"

"我才没有呢！"

承禧连忙打断他们的发言，胡乱扒了几口饭之后就放下碗说："我吃饱了！"之后便气急败坏地回房间去了。

他的房间在二楼，联排的小房子，每户各三层，听着是挺豪华的，实际上面积并不大，三层加起来也就一百五十平方米，三室两厅，两个洗手间，阁楼就更是纯粹的摆设了。

不过有个独立的房间，对承禧来说，依然是件挺开心的事。

他自小就在这个小区长大，没什么朋友，唯一的乐趣就是对着电脑打游戏。父母都三令五申，让他不要天天都对着电脑，但承禧就是忍不住——近视就是这么来的。

一回到房间，他就直奔他那台笨重的 PC，谁知道刚开机，就听到隔壁有人说："喂！胆小鬼，你要不要出来玩？"

承禧朝窗外看去，看到张小惊正趴在窗户前。她住三楼，承禧有些意外，因为他知道三楼的面积很小，根本没法住人。

但张小惊一点都不介意，透过窗户，承禧能看到那房子的墙壁上挂着各种各样的海报，十分热闹。

为了扭转白天的形象，他也打开了窗户，问："玩什么？"

"随便。"她问，"这个小区是不是有天鹅？我妈说这里有天鹅。"

承禧点了点头，花好月圆村其实是由许多个住宅区组成的，他们住的这个地方叫喜悦郡，有天鹅的则叫四季湾，承禧只去过一两次，印象里要走好久好久，中间还要经过其他几个住宅区。

"那我们去看天鹅好不好？"

到了夜里，她的声音比白天轻柔很多，总算有了点小女孩的感觉，这让承禧又勇敢了一点。

但他根本就不认识路，也不敢直说，就道："晚上天鹅不出来的。"

"为什么？"

"反正就是不出来。"

"你晚上去过吗？"

承禧想了想，还是诚实地摇了摇头。

"那你怎么知道天鹅不出来？"

承禧被问住了，抓了抓脑袋，只好实话实说："我妈不让我晚上出门。"

张小惊失望地垂下了脑袋，道："我妈也不让。"

"那你还想看天鹅？"

"我可以翻墙呀！"张小惊把窗户打开得更大了一些，半个身子都探了出来，神秘兮兮地说："我白天就试过了！这个水管很好爬！"

说着，她就从窗户里爬了出来。

那窗户的旁边，其实是个放空调的地方，张家还没来得及装空调，于是那个水泥台子就空着。对一个孩子而言，那面积并不算小，还有栏杆围着，但承禧还是看得心惊肉跳的。

张小惊则满不在乎地跳了下去，动作轻盈得像是走在平坦的马路上。空调位旁边是粗壮的水管，固定水管的卡扣对她来说就是天然的台阶。

张小惊伸长了胳膊，测试了一下空调位到水管的距离——她的指尖还需要几厘米才能碰到水管。

承禧原本对她白天试过这个说法半信半疑，但看到她驾轻就熟地扶着墙壁踩到细细的栏杆上时，他还是吓得站了起来。他几大步跑到窗边，心里想着：她该不会要跳过去吧？不可能吧？那可是三楼啊！

结果张小惊真的跳了。

在张小惊凌空的一刻，承禧再次尖叫起来。

晚上九点，那叫声不亚于见了鬼，响彻了整个街道。承禧的父母很快就跑上楼了，推开门问："怎么了？"

然后他们一眼就看到了隔壁墙壁上挂着的小女孩，怔了半天，承禧的妈妈也跟着尖叫起来："你怎么在那儿啊？你快下来！"

张小惊正稳稳当当站在卡扣上，双臂抱着水管，一脸扫兴地瞪着乐家人。

这时候隔壁的门打开了，张小惊的父母也诧异地走了出来，抬头问："这是怎么了？"

"你们家孩子……"

承禧的妈妈指了指墙壁，张小惊的父母扭头看了一眼，她爸爸倒是一脸惊讶，妈妈却不慌不忙，叉着腰，呵道："张小惊，你给我下来！"

张小惊叹了口气，沿着水管往下滑，一秒时间不到，就落到了地面，跟猴子似的。接着她拍了拍身上的树叶，抬头望着她妈妈。她妈妈则指了指屋门，言简意赅地说："进去。"

张小惊愤恨地瞪了承禧一眼，才闷闷不乐地回房间了。

张小惊的妈妈对着乐家的窗户嫣然一笑，轻描淡写地说："真对不起啊，大晚上的，吓到你们了。这孩子就是调皮……"

——这是调皮的问题吗？

承禧也不知道是该为张家的平静惊讶好，还是为张小惊刚才的举动惊讶好，反正他张大的嘴巴好半天都没合上。他父母甚至连寒暄都忘了，目瞪口呆地站了半天，等张小惊一家都回房间了，承禧的爸爸才问："你确定他们家是书香门第？"

书香门第倒是真的，刚搬来的第二周，张小惊的妈妈就去上班了，张小惊的爷爷则搞了个书法俱乐部，跟一大堆退休老头在院子里欣赏王羲之，讲得头头是道的。

张小惊的爸爸有个学生恰好也住在花好月圆村，隔几天就来拜访了。那个人承禧也认得，他叫李喻白，是花好月圆村首屈一指的美男子，上至八十岁的老太太，下至五六岁的小学生，就没有一个不喜欢他的。就连承禧妈妈这种内向的已婚妇女，见到李喻白都会刻意放慢走路速度，有意无意地多看他几眼。

李喻白总是骑着摩托车，于是被称为"风一样的男子"。

但就是因为那辆摩托车，承禧成了少数几个不怎么喜欢他的人。

承禧在村里住久了，对速度太快或过于喧嚣的东西都有些不适应。那辆摩托车又大又吵，每次大老远听到摩托车的声音，承禧都下意识地跑到路边，躲在树后或者电线杆后，等车子经过了才敢继续往前走。

临开学的前一天，他去超市买文具，回去的路上又听到了那个声音，连忙跑到小路上，躲在了树后面。谁知道摩托车的声音却均衡地持续着，并没有动。

承禧回过头去，才看到是张小惊坐在摩托车上，李喻白站在一边，发动机在空转，只有声音，没有启动。

张小惊的腿根本够不着起动杆，但姿势很娴熟，双手把着车把，用力地拧了一下。

"嗡"的声音响起，让承禧头疼不已。张小惊却很兴奋，她尖叫着问："比汽车还快吗？"

"比汽车快。"

"那飞机呢？比飞机还快吗？"

李喻白笑了，说："那肯定是没有飞机快的。"

张小惊顿时就失望起来，结果一扭头，就看到了承禧。她的表情一瞬间就变了，对李喻白说："我要下去！"

李喻白把她抱下了摩托车，她便雄赳赳气昂昂地朝承禧走过去，很生气地说："我再也不跟你说话了！你害得我妈妈把家里的窗户都换了！"

"你朋友吗？"李喻白走过来问。

"他住在我们家隔壁，是个胆小鬼！"张小惊说。

"是你胆子大，不是别人胆子小。"李喻白温柔地解释，然后问承禧："要我送你们回家吗？"

"不……不用了。"承禧有点结巴地说，然后快速走开了。

那家便利店就在喜悦郡的门口，沿着马路一直走，就能到家。便利店的几个工作人员都认得他，附近的邻居也认得他，这让他觉得非常安全。然而一想到李喻白和张小惊就在身后看着他，他还是有些紧张。

这还是他第一次跟李喻白说话，以前他都觉得是那些女的肤浅，凑近了，他才发现他好看到令男孩子都脸颊发烫的地步。

震惊结束，取而代之的是巨大的失落，一想到他自己的长相，跟李喻白的长相能有那么大的差别，他就觉得他的人生彻底完蛋了！长成那个样子的人居然要跟长成自己这样的人活在同一个地球上，这未免也太不公平了！

承禧愤愤地回去，经过张小惊家的时候，才发现张小惊家里果然在改窗户。张小惊的妈妈站在院子里，仰头指挥着三楼的工人，见到承禧，她微笑着打招呼："你一个人啊？去买东西了吗？"

"嗯。"

"买了什么？"

"橡皮。"承禧从口袋里掏出一个橡皮，说，"明天就开学了。"

谁知道张小惊的妈妈却呆住了，问："明天就开学了？"

"对啊。"

"天哪！我还什么都没有准备！"张小惊的妈妈尖叫了一声，朝房间里跑去。没多久，承禧就听到里面鸡飞狗跳的声音："小惊的书包和文具准备好了吗？小惊明天就要开学了！"

"早就准备好了，等你想起来，那得等到什么时候！"

"你怎么也不提醒我一声啊？"

"提醒了又有什么用？反正你迟早还是得忘！"

说话的人是张小惊的奶奶，语气似曾相识，她跟承禧的奶奶一样，对儿媳妇总是以不满为主。

承禧在门口听了一会儿才回家，而他的妈妈正在跟别人聊电话，说："真的！大半夜从三楼就跳下来了！胆子特别大！不过她妈妈一点都不着急,到底是不是亲生的啊?"

不用问,承禧也知道正在跟妈妈聊天的人是裴太太,是妈妈最要好的朋友。她住在隐溪府,距离喜悦郡有点远,不过她女儿跟承禧是同一所学校的,比承禧大三岁,是个漂亮而骄傲的女孩子,总是穿着浅色的裙子,头发乌黑柔顺,如同天鹅一般高贵。

一想到她,承禧就脸红了。

对一个小男孩来说,漂亮的小女孩就是梦一样的存在。因为彼此的妈妈,承禧常常都能见到裴巧若,她当然只是把他当弟弟,只是你永远也想不到,这个小男孩心里在想什么。

简单说来,他已经计划好了,将来一定要娶裴巧若为妻。

相比之下,张小惊就是噩梦般的女孩了。

正式开学的第一天,她骑着自行车从承禧旁边飞快地经过,见到承禧,忽然又转了个弯,冲承禧做了个鬼脸,才继续朝前蹬着。

承禧又是一惊,要知道,他现在还不会停自行车,每当他想要停车的时候,他就会发现,他的脚根本够不到地面,没法撑住。

但张小惊却很熟练,整套动作行云流水,像个初中生。一眨眼的工夫,她就骑出去好远了,张小惊的奶奶这才姗姗来迟,气喘吁吁地在后面叫着:"你慢点!慢点!"

2007年,花好月圆附近只有两所小学,村内一个,村外一个。承禧自然是在村内的那所学校,张小惊也是。还没开学,他就已经知道张小惊会跟他在同一个班级,想到往后的日子,他觉得有点烦躁。他本来就不爱上学,因为学校里的男生总是欺负他,张小惊一来,就意味着以后连女生都要欺负他了,这真是令人绝望。

但上学也不是没有好事情的,比如说,以后他就能够每天见到裴巧若了。

他们两户人家的住处虽然离得有点远，去学校时却有一段路是顺路的。每天早上，裴巧若的妈妈都会跟一众妇女在路口聊天，等八卦俱乐部的人都到齐了，才继续往前走。

果然，一走出小区，承禧就看到了裴巧若。

裴太太正跟几个家长聊天，裴巧若则独自走在一边。也不知道是不是在学习芭蕾的缘故，裴巧若连走路姿势都跟别人不大一样，几个高年级的男生经过，纷纷对裴巧若吹起口哨来。裴巧若则视若无睹，目不斜视。

这些太太一个暑假都没团建过，这会儿难得凑齐人了，承禧的妈妈立即冲了过去。承禧则自然而然地走到了裴巧若旁边，她回头冲他微笑了一下，才问："刚才那个骑自行车的，就是张小惊？"

"嗯。"

"她认识李喻白？"

"李喻白是张叔叔的学生。"承禧说，"刚搬来的时候，他就去过张小惊家里了。"

裴巧若小声问："李喻白经常去张小惊家里吗？"

"也没有很经常，就去过两次。"承禧回忆了一下，又补充，"不过以后可能就常去了，李喻白说要考研究生什么的，张小惊的奶奶说可以去他们家吃饭，这样比较方便。"

李喻白的父母都是商务人士，一天到晚见不到踪影，李喻白一个人，吃饭不方便，总是随便找点东西糊弄肚子。有一天张小惊的奶奶去菜市场买菜，恰好看到他在路边的小摊上买煎饼，就顺口邀请他去家里吃饭了。

这件事被承禧的妈妈广泛宣传了一遍，顿时就成了人人艳羡的美谈。承禧知道，张小惊的奶奶做到了承禧妈妈一直想做却不好意思做的事，更确切一点说，是全小区的妇女都想做却没做到的事。

每每想到这一点，承禧都怅然若失，这些女的，怎么就这么不知检点啊!

他扭头一看,没想到裴巧若也露出了羡慕的表情。他心中大惊的同时,也有些失望:裴巧若只知道打听李喻白,都不问自己过得怎么样。女人果然无情哪!看来她没办法成为承禧的妻子了。

但下一秒,裴巧若就又回归神坛了。她问:"宋野阔他们还欺负你吗?"

承禧又欢欣又沮丧,想了很久,才违心地说:"不怎么欺负了。"

"那就好。以后他打你的时候,你就来跟我说。"

"好的!"承禧重新雀跃了起来,每天去见裴巧若的理由,现在充足了!

大概每个内向的小男孩,都会有一个宿敌般的存在,那个人往往比自己高、比自己壮,拥有呼风唤雨的能力,并以欺负自己为乐。你无比憎恨他,但又打不过他,只能无奈地在心里咒骂他。

对承禧来说,宋野阔就是这样的一个存在。

从幼儿园开始,他就喜欢欺负承禧。因为承禧个子矮、瘦弱、近视,运动能力又极低,连投个篮球都没有力气。当时还没有"科技宅"这个词,像承禧这样的男生,从来都是弱势群体。

最糟糕的是,哪怕没有宋野阔,别的男生也会欺负他。诚如张小惊所说,他就是个怯懦的胆小鬼,还内向,除了他妈妈,他想不到这个世界上还有谁会喜欢他。

怀着无比沉重的心情,承禧走进了教室,谁知道还没走到座位上,就被人拎着衣领悬在了空中。

"让我看看你长高了没有!"然后那人又狂笑起来,"还是这么矮!田鸡就是田鸡,看来是长不高了!"

他把他甩到了一边,教室里一半人都笑了起来。承禧扶了扶眼镜,忍辱负重地走到自己位子上,若是那时候有人跟他说,将来他跟宋野阔会成为最好的朋友,他是绝对不会相信的。

对于校园霸凌这种事,承禧有一套属于自己的应对方案,那就是:不要抬头,不要对视,见到他们就躲起来,绝对不能搭话,更不能反抗。

虽然听起来很冏,但俗话说得好,"君子报仇,十年不晚"。不着急,忍一忍就过去了。

承禧就是这么安慰自己的。

耳边却响起一阵清脆的笑声,张小惊哈哈大笑着走过来,说:"原来你叫田鸡啊!真形象!"

承禧抬头,恶狠狠地瞪了她一眼,她说:"干吗?又不是我欺负你!"

但你将来肯定会的!承禧在心里默默说。

张小惊却像是听到了一般,得意扬扬地说:"不过将来就说不准了。"

这个残酷的世界,坏人总是如此团结,黑暗势力注定会跟黑暗势力成为好朋友,没有任何公正可言。

可是正义一定会胜利的!

他握紧了拳头,评估着如果反抗一下会怎样。

然后他就松开了拳头。因为他绝望地发现,论打架的话,他百分之百不是张小惊的对手。光是张小惊翻墙时的那一跳,就足以证明她的力气了。

吵架的话就更不是了……承禧暂时连当着全班同学的面说话都做不到。

人和人的差别就是这么大,这一点,承禧很小就知道。如今,在张小惊身上,又看到了那差距究竟能有多大。

那些跟他同班了几年的同学都未必能记住承禧的名字,张小惊却在半个小时内就跟所有人都混熟了。几个女生围着她打听李喻白，她很轻松地介绍着："我跟他很熟啊！他以前就经常来我们家！我爸爸是他的老师嘛！逢年过节他都会来……女朋友？不知道，我没问过！"

得知张小惊的父亲是大学老师后，新一轮的话题又开启了："他就在 X 大啊，教生物的！生物啊……就是研究细胞的！我妈妈说细胞很重要哦！每个人身上都有好多好多细胞！不过细胞很小，要用显微镜才能看到！"

"显微镜？我们家里当然有啦！我们家里好多那种东西，不过我也不认得都是什么！我妈妈是医生嘛！她工作也要用那些东西的。"

…………

真厉害！承禧在心里啧啧称奇，听着她一个话题接一个话题，没多久就把家里的状况全都交代完了。有越来越多的人围着她问东问西，仿佛她是个科学家一般。

承禧有点羡慕，又有点嫉妒。他默默从书包里拿出文具，准备上课，谁知道这时候听到张小惊念到了自己的名字。

"喜悦郡 19 号！就住在乐承禧家旁边！"

"乐承禧是谁？"

承禧眼前一黑，不回头，也知道张小惊把目光落到了他身上，指着他说："就是那只田鸡啊！"

该死的张小惊！

承禧的拳头又握紧了。

近视和身高，对承禧来说，可以称之为童年阴影的两座大山。近视是六岁开始的，跟沉迷电脑脱不了干系。那时承禧爸爸的公司开始用电脑，他便从电子市场买了一台二手的台式机，自己学会了就没再打开过了，闲置在那里又很浪费，于是就成了承禧的玩具。

一年后承禧就两眼变四眼,虽然还不到两百度,却因为看不清黑板,不得不佩戴眼镜。

近视带来的后果就是,几乎所有的运动对他来说都有些难度,奔跑时害怕眼镜会掉,摘掉眼镜又看不清球。

当所有的男孩子都在马路上撒野的时候,只有承禧待在家里,继续与电脑做伴。他妈妈有时候会强迫他出门跟别的小朋友一起玩,但只需要五分钟,五分钟而已,承禧就能觉察到其他人的嘲讽,再灰溜溜地跑回妈妈旁边,可怜巴巴地央求她带自己回家。

在这个基础上,长不高似乎就成了必然。

其实承禧的父母都不算矮,爸爸一米七八,妈妈一米六三,承禧却连一米二大关都没有突破,只有一米一五。

而宋野阔足足有一米四。

裴巧若已经有一米五几了。

一想到这一点,承禧就焦虑起来。万一将来他还没有裴巧若高,那可如何是好?电视上那些女的都喜欢高个子的男人,裴巧若也不例外,承禧曾经听她夸她喜欢的明星时说:"他一米八二呢!"

只是一个数字而已,她却一脸沉醉,这让承禧觉得,他也必须要长到一米八二,才有望迎娶裴巧若。

但眼见着年纪越来越大,承禧的身高却岿然不动,再这么下去,他未来的规划全部都要倒塌了。

思来想去,承禧决定去问问专业人员。

于是他挑了一个张小惊跟同学一起玩的午后,独自去了张小惊家。

张小惊的妈妈正在院子里晾衣服,承禧站在院子外面,犹豫了好半天,才鼓起勇气开口:"阿姨,我能跟你聊聊吗?"

"嗯?"张小惊的妈妈看了承禧一眼,就笑了起来,道,"可以啊!你要聊什么?"

"我能进去聊吗?"他唯恐被人偷听到他们的对话,那诚惶诚恐的样子,自己想想都觉得可怜。

张小惊的妈妈是个很活泼的人,即便认识的时间不够长,承禧也发现了,当初之所以觉得张小惊的妈妈与众不同,大概是因为她从来不把孩子当孩子,抑或是没把自己当大人。

觉察到了这点之后,承禧就对张小惊的妈妈充满仰慕之情,觉得她是可以信任的人。

果不其然,张小惊的妈妈又笑了,道:"没问题!"

她打开了院子的门,那是承禧第一次走进张小惊的家。他想象中房间里应该布满了科学怪人才会用的仪器,随时都会爆炸的那种。

实际上,那是个很普通的房子,布局跟承禧家里一样,一进门就是玄关和厨房,接着是餐厅、客厅。

若说跟自己家有什么区别,一就是,张小惊家里的书籍格外多,几乎到处都是;二则是,张小惊的家里特别乱,衣服和生活用品都随便丢着,厨房里的碗都没有洗。

如果是在自己家,承禧的妈妈肯定早就跳脚了,但张小惊的妈妈很坦然,拉开冰箱道:"哎呀,让你见笑了,我们家就是怎么收拾都收拾不整齐,你家里肯定很干净吧?你要喝什么?有果汁和可乐,还有冰激凌,要吃吗?"

"不用,果汁就行了。"

承禧在餐桌前坐下,看着张小惊留在桌子上的作业。他扫了一眼,再次被张小惊震惊到了:她的学习成绩居然这么差?!

她一家子都是知识分子,她居然连单位换算都不会?!

居然不会?!

那一瞬间,承禧忍不住歪了歪嘴角,就像是知道张小惊的命门在哪里了一样,脑海里闪过一千三百种可以挖苦张小惊的场景。在那些场景里,张小惊不仅会低下她高贵的头颅,还会哭着恳求他教她做功课,那时候他就会得意地一笑,一口气把之前的仇都报了……

在快要笑出声之前,张小惊的妈妈端着托盘走了过来,她把一杯枊果汁放在承禧面前,也给自己倒了一杯,坐下来笑眯眯地问:"你想聊什么呢?"

"我想问问……怎么才能……怎么才能……才能长高……"

他声音如同蚊子,张小惊的妈妈却听清了,她笑了一阵就说:"长高啊!很简单啊,多喝牛奶,多运动……这些你妈妈肯定都问过医生了,你自己应该也知道,对不对?"

承禧想了半天,才点了点头。

"所以你的问题根本不是为什么长不高,而是没办法做到。这个呢,阿姨也没什么能告诉你的,我能说的就是你应该勇敢一点,不要怕被别的小孩子嘲笑,想打篮球呢,就自己偷偷打好了,打不好就慢慢来嘛!反正总得动起来,总是闷在家里肯定是没办法长高的。"

承禧震惊地抬头,问:"你怎么知道……"

"你们家院子里不是有个篮圈嘛?你肯定喜欢打篮球。"张小惊的妈妈喝了口果汁,继续说,"小惊也喜欢这些,要不然让她陪你打?"

"不行!"承禧毅然决然地摇头。

张小惊的妈妈像是什么都知道似的,问:"她欺负你啦?"

"……也没有。"

这句话是实话,张小惊跟大部分同学一样,最多只是叫叫他的外号,别的就没有了。有好几次宋野阔他们走到承禧旁边时,张小惊甚至会故意把他们叫走。

但也不得不承认,张小惊就是像有魔法一样,跟宋野阔都能成为好朋友。

有一次承禧看到她跟宋野阔一起比赛骑自行车,还有一次,碰到过他们在路边聊篮球——张小惊居然还看美国男子职业篮球联赛,这是承禧完全没有想到的事。

"小惊就是比较调皮，不像其他的女孩子。不过呢，她是个挺热心的小孩，你要是有什么想法呢，直接跟她说就行了，比如说不喜欢她嘲笑你的话，直接告诉她，她就不会再嘲笑你了。你要是有什么需要帮助的地方呢，也直接去跟她讲，她会明白的。"

说这段话的时候，张小惊妈妈的脸上浮现了温柔且骄傲的笑容，让承禧呆了一下。他也不确定他妈妈在外人面前提起他的时候是什么表情，但肯定不是这样，肯定不是这么的……自豪。那笑容仿佛会发光一样，让承禧久久都忘不了。

他也很想，成为这种被妈妈提起时，一脸骄傲的孩子。

非常想。

"运动的话，跑跑跳跳都可以。要是不喜欢跟别人一起玩，那自己跑跑步也行，反正跑步时也不用戴眼镜。要不然，你干脆养只狗算了，每天出去遛狗的话，也算是运动了。你喜欢狗吗？"

承禧给了她一个恐惧的表情，很显然，他不喜欢任何动物。别说狗了，哪怕是猫，他看到了都能"脑补"出自己被猫咪围攻，尖叫着奔跑的狼狈场景。

"啊……那真是太可惜了，小惊就很喜欢狗，我还想着，你们家要是养了一条，我就不用给她买了。"张小惊的妈妈一脸失望，这坦荡直接的蹭狗行为也让承禧无语了一阵子。

提到动物，他忽然就想起了什么。

与此同时，他的身后响起了一阵吱吱的声音。

承禧立即僵直了身体，颤抖着问："那只老鼠……"

"只要你不回头，它就不存在。"

张小惊的妈妈一脸严肃，笔直地望向承禧的身后。承禧一动也不敢动，眼珠子随着张小惊妈妈的目光移向右边，又移向左边，接着逐渐移向地面。

"快跑！"

张小惊的妈妈压低了声音对承禧说出这两个字，承禧狂叫一声，拿出了有生以来最快的速度跑出张小惊家，却听到张小惊的妈妈再次大笑起来。她打开窗，对承禧说："这不是挺擅长运动的嘛！"

　　那只豚鼠就蹲在窗台边，一脸好奇地看着承禧，嘴里嚼着菜叶。

　　这会儿再看它，倒是没那么可怕了。

　　甚至还……挺可爱的？

　　好吧，篮球。

　　篮球没什么可怕的，篮球又没有长毛，也不会咬人，也不会嘲笑承禧，也不会揪着他的领子把他扔到一边。

　　篮球而已。

　　承禧从房间里翻了好半天，才翻出自己的篮球。

　　他喜欢篮球是受爸爸的影响，他爸爸喜欢篮球，逢到周末，大清早就会爬起来看美国男子职业篮球联赛，有时候还会换上运动服，带着承禧一起去篮球场玩一会儿。

　　但妈妈总是嫌他电视声音放得太大，周末也不干家务活，絮絮叨叨，爸爸就不看了。

　　谁知道张小惊的爸爸也喜欢看篮球比赛，于是张小惊一家搬来之后，承禧的爸爸就跑到张小惊家里看球。承禧时常能在房间里听到几个人的叫声："好球！"

　　"哎呀，太可惜了！"

　　"他下盘比较稳……"

　　这些声音里，还少不了张小惊的："三分球！好帅！"

　　…………

　　小区里喜欢篮球的人还是很多的，喜悦郡外面有一个公共运动区，光篮球场就有四个，一到周末，几乎都是人。成年人会跟高中生一起打，老人家会跟成年人打。

但那几个篮球场对承禧来说，也是个布满黑历史的地方。有一次承禧爸爸在跟别人打球的时候，有个人牵着一只牧羊犬经过。那人甚至都不在篮球场内，在距离篮球场还有几米的路上，只是经过，只是驻足，只是停留了三秒……

承禧却吓得尿裤子了。

那只牧羊犬似乎嗅到了承禧的恐惧，忽然叫了一声。

承禧就这样拼了命地狂奔起来，边奔边哭，发出杀猪般的嚎叫。整个篮球场的人都目瞪口呆地看着承禧提着湿漉漉的裤子一路跑到球场尽头，也不知道是因为惊吓过度还是因为无法收场，跑到篮球场边缘，他就干脆利落地昏过去了。

——每每提起这件事，承禧的爸爸都能笑半天，就更别提那天在场的观众了。有那么几个高年级的男生对承禧印象深刻，每次在路上遇到他都会说"就是这个小孩！"，然后就捂着肚子狂笑起来。

掐指一算，半年都过去了，他们肯定已经忘记自己了吧？

早上六点，承禧偷偷摸摸地洗漱完毕，独自抱着篮球朝篮球场走去。

别的不说，花好月圆村的风景可是一等一的。马路的两边到处都是树，花坛里的牵牛花开得正好。天蒙蒙亮，风一阵阵地经过，凉意也恰到好处。

承禧还是第一次没跟家人打招呼就出门，紧张的同时，又有种隐秘的愉悦。

走出喜悦郡，会经过一个仙鹤喷泉，喷泉连着一条人工小溪，溪里有金鱼游弋。

沿着小溪一直走下去，就能到达隐溪府。

而那个公共篮球场就在喜悦郡和隐溪府之间，溪水淙淙，旁边是一个巨大的居民活动区，不仅有篮球场，还有泳池，以及其他的健身设备。

一大群老头在广场上打着太极，时不时有人跑步经过，也有人在遛狗。

承禧如今学聪明一点了，看到狗，只要假装没有看到，那些狗就不会冲他叫。一定要假装平静，自然地走到离狗远一点的地方，到那时再跑也不迟。

篮球场上只有一个中年人，这太好了！

承禧松了口气，抱着篮球走向球场中央，拍了拍，试着带着球跑了几步，然后举起球，投篮——

当然没中。

对八岁的小孩来说，那篮球场大得惊人，篮圈也高得像摩天大厦一般。但许久不运动的身体里还是有什么东西活了过来，让承禧觉得运动也没有那么难。

他摘掉了眼镜，放在篮圈底下，然后脱掉外套，活动了一下四肢，重新开始运球，奔跑。

风就这么一阵阵地吹过，已经九月了，最舒服的季节即将到来。黎明的天空犹如浅浅的海，倒映着整个世界。承禧越跑，就越觉得自己变轻了一些，好像随时随地都会飞起来，变成海鸟，拥抱天空。

然而他正投入着，就听到身后传来一阵笑声："哎哟，这不是上次那个吓得尿裤子的小孩吗？怎么还是这么矮啊！"

海鸟就这样变成了鸵鸟，承禧的动作停了下来，四肢僵硬，连头也不敢回，只期许着自己有魔法，可以随时随地变成透明人，其他人都看不到他。

投出去的篮球在地上弹了几下就滚到了那几个少年旁边，他们嬉笑着："怎么不打啦，刚才不是打得挺好的嘛？继续啊！"

承禧心知肚明，他们都毫无恶意，毕竟他们已经是高中生了，欺负一个三年级的小学生也没意思。如果是宋野阔，兴许就能很自然地跟他们打招呼了；如果是裴巧若，大可以面无表情地走开；如果是李喻白……

算了，这个是最不可能的。

总而言之，很不幸，他是乐承禧，一个常年战战兢兢、一惊一炸、每一秒都想号啕大哭的人。

跟半年前相比，他唯一的进步就是能忍住大哭的冲动，缓缓地走到球场边，从地上捡起眼镜戴上。篮球大不了就不要了，反正妈妈也不会怪他的。

"你这是准备去哪儿啊？球都不要了吗？过来！我们又不会吃人，我看你球打得挺好的嘛，要不然跟我们玩两盘？"

身后的声音越来越近，完蛋了，承禧又想尿尿了。

就在这时，忽然有个人说："我跟你们玩！"

那声音清脆又动听，是女孩子独有的、小鸟一样的声音。

不用回头，承禧也知道是张小惊。

他也不知道她为什么在这个时间出现在这个地方，但她毕竟是张小惊，无论什么时候出现在什么场合，似乎都不奇怪。她晃晃悠悠地走到承禧旁边，喜滋滋地说："你出门时我就看到你了！哈哈！我妈妈说你肯定会偷偷跑出来打篮球，被我妈妈猜到了！"

该死的大人！为什么要把这种秘密告诉别人？

一瞬间，张小惊的妈妈在承禧心里就变成了一个叛徒。

承禧无比愤怒，却还是连头也不敢抬。

张小惊则在说完这句话之后就跑到那群少年面前了，说："你们干吗吓唬他？把篮球还给我们！"

"哟！这是美女救英雄啊！看不出来，这小孩还有个保镖——你来抢啊，你要是抢到球了，我就还给你。"

"那不行！你们比我高这么多，我要是抢到了，只把篮球还给我可不行！"

"那你还想要什么？"

"以后这个篮球场！"张小惊从篮球场的左边跑到了右边，又从篮球场的右边跑到了左边，用脚在地面上圈出领地，骄傲地说，"我要是赢了，以后这个篮球场，就是我们的了，你们不许再来！"

承禧惊讶地回头，看到张小惊一身正气地站在那群少年面前。从承禧的角度看，他们的身高几乎是她的两倍，像一群巨人一般。

但张小惊就叉着腰站在那群巨人面前，她背对着承禧，两条小辫子依然不对称，依然穿着背带裤和球鞋，在曙光里闪闪发光。

"行啊！"

那群少年互相对视着，之后都笑了，俯身道："你要是抢到球，以后这个球场就是你的，只要你在，我们绝对不进来。你要是能投一个篮呢，以后我们见到你就叫你一声姑奶奶，你说怎么样？"

"还要加一个冰激凌！"张小惊说，"每次见到我都要给我买一个冰激凌！"

爆笑声再次传来，他们明显是在逗小孩，但张小惊格外认真。

在他们还在大笑的时候，张小惊就跳了起来。

承禧的眼睛一瞬间就瞪大了，虽然他已经知道了张小惊异于常人的运动能力，知道了她跟别的女孩不一样，知道了她就是一个小疯子，知道了她天不怕地不怕，知道了她人如其名，总是能给人带来惊吓和惊诧……

但他还是没想到，她的速度能那么快，她能跳那么高。

那群少年也全都愣住了，下一秒就开始追逐张小惊。张小惊带着球朝承禧的方向跑来，严格说来，她犯规了，这是带球走步，但她抱着那个篮球朝前奔跑的样子，还是让承禧的心跳都停止了几秒。

"闪开！"

张小惊大叫了一声，然后跃起——

承禧跌坐在地上，吃惊地看着张小惊的身影。他从来都不知道，原来女孩子是会飞的。

张小惊抱着那个球,模仿篮球明星的样子,在空中扬起胳膊。篮球很大,她很小,那动作与其说是像投篮,不如说更像扔炸药包。她就那样张开双臂举着那个篮球朝篮圈飞去,身影笼罩在承禧的脸上和心上。太阳刚好升出来,她逆着光,小辫子犹如翅膀一般,载着她飞翔。

然后承禧看到,那群少年也都愣住了,停在原地,看着她投篮。

很遗憾,那个球最终没有进,可是碰到了篮圈,发出很轻的砰声。

张小惊落到地面,很气恼地跺了跺脚。她甚至都没有觉察到周围的寂静,跑过去把篮球捡了起来,回头问:"这次不算!能重新来一次吗?"

那群少年跟承禧一样,都呆若木鸡地望着张小惊。

过了很久,才有个个子很高的男生走到她面前,双手撑在膝盖上,半蹲着,平视着张小惊,敬重又温柔地问:"你叫什么名字?"

"张小惊,惊喜的惊!"张小惊昂着头,不服气地说,"虽然没投进,但我抢到球了!这个球场以后是我的了,没错吧?"

张小惊篮球场

张小惊篮球场。

看到这六个字被写在了球场上,承禧才敢相信之前发生的一切都是真的。那群少年临时跑去学校弄了盒粉笔,戏谑又认真地在地上写下这六个大字,涂成实心,几乎填满了整个球场。

"小孩,你走开一点。"

承禧站在"惊"字竖心旁的那个小点上,被赶走了,才闷闷不乐地回到篮球架下看着他们闹腾。

张小惊正在跟个子最高的男生说话,那个男生皮肤黝黑,身体健壮,绑着运动发带,头发有点长,但又说不出来的英俊。

那种英俊可不是肤浅的女孩喜欢的类型,而是男生想要成为的类型:健康、潇洒、气宇轩昂。

"带球的时候你要这样,跑一步,拍一下,不能直接抱着跑,明白吗?"

他很认真地教张小惊打球,张小惊也很认真地学着,两条小辫子已经松了,她任由它们支棱着。

一分钟的时间里她就学会运球了,五分钟后已经能够很熟练地带着球跑。十分钟后,她运着球一口气从篮球场的这一边跑到另一边。半个小时后,那群男生已经爬到了篮球架上,把篮圈卸了下来,以一个看起来很危险的姿势挂在空中,举着篮圈,好让张小惊投篮更轻松一点。

"胳膊肘往里面一点,这只手只是托住篮球,不用太用力。"

张小惊点了点头,对准半空中的人体篮圈。底下的男孩冲上面叫着:"你别动!这球要是进不了,我就让你在这儿挂一天!"

"大哥,你说得倒轻松,你来试试啊!"

所有人都在笑着,只有张小惊聚精会神地盯着篮圈,眼睛像鹰一样,又锐利又明亮。

然后某个瞬间,她出手了,球在空中画上了一道漂亮的弧线,沿着距离篮圈十万八千里的方向飞去。拿着篮圈的男生眼疾手快地用篮圈兜住了那个球,"嘭"的一声,球从篮网间穿过。

"我进啦!"

张小惊一脸欢喜,尖叫起来。那群男生则争相庆祝,又是鼓掌又是大吼的,仿佛张小惊带领男足拿到了世界杯冠军似的,几乎快把张小惊捧到天上去了。

承禧则不屑地撇了撇嘴,不过是作弊而已,有什么了不起的!

快乐都是别人的,只有悲伤是自己的。张小惊被人围着学习篮球技巧的时候,承禧这边也没闲着,另外几个少年拿着篮球逗他:"来啊,你也来抢球,抢到了我们也在球场上写下你的名字。"

"我不玩。"承禧吸了吸鼻子说。

太阳已经升得挺高的了,他又累又饿,沮丧而落寞地准备回家,张小惊也要走了,她被那群男生护送着,一路上都兴致勃勃地问:"篮圈贵不贵?我可不可以自己买一个?"

"不用了,你们学校那个就够了,刚才那个篮球场是成年人的,比较高。你们学校那个是儿童型的,你应该能投进去。"

"那我什么时候能投进大人的篮圈?"

"你的话,估计过两年就行了。"

"真的呀?"

她兴奋至极,并跃跃欲试。

经过便利店的时候,他们进去给张小惊买了个冰激凌。承禧在后面吞了吞口水,再次确定了,这个世界上除了他妈妈,真的没有任何人爱他。

这时候张小惊突然回头说:"还有乐承禧的呢!"

承禧的心跳漏了一拍,顿了顿,却还是别开了头,淡淡地说:"我不吃。"

"也是,大清早的吃冰激凌不太好,你身子骨这么弱,不能老是吃零食,要多吃肉才行。"一个男孩子说。

"你们家大清早就吃大鱼大肉啊!"另一个男孩子说。

"真的啊,我像他这么大的时候刚起床就得吃两碗米饭,我们家都快被吃穷了。我妈还以为我病了呢,吓得带我去了好几趟医院。"

"等会儿,就你这个体格,你的饭都吃哪儿去了?"

"哈哈哈哈哈哈——他这就叫白吃!"

美丽的九月,美丽的清晨,布满了欢声笑语的街道,却全都与承禧无关。

在八岁那一年,承禧深刻地明白了孤独的意味。

直到回到喜悦郡,承禧才找到了一点存在感,因为承禧的父母正带着邻居和保安慌张地寻找着承禧。看到承禧后,妈妈就飞奔过来,抱住他道:"你跑哪儿去了?怎么出门也不跟我说一声啊,我都快吓死了,你知不知道?"

承禧的妈妈眼含热泪,当街上演母子情深,让承禧是个宝宝的形象更加立体了。

张小惊的妈妈则轻描淡写地说:"我就说他们俩是跑出去玩了,这小区到处都是人,不会有事的。"

"妈妈!"张小惊兴奋地跑了过去,炫耀着说,"我今天学会打篮球了!"

那群少年这才走过去跟大人打招呼,为首的那个彬彬有礼,风度翩翩,颔首道:"阿姨你好,刚才他们俩在跟我们玩来着。我叫沈天泽,住云顶那边,对不起啊,让你们担心了。"

听到这个名字,连承禧的妈妈都愣住了,她擦了擦眼角,抬头,不可思议地问:"你刚才说,你叫什么来着?"

"沈天泽。"

对这个反应,男孩好像早就见怪不怪了,微微一笑,道:"不好意思啊,没早点把这两个小孩送回来。"

沈天泽。云顶山庄。顺意集团。上市公司。富豪榜。

以上是有关沈天泽的关键词。

回到家还不到半个小时,妈妈跟爸爸就在饭桌上把沈天泽的身世都交代清楚了。痛失儿子的紧张已经荡然无存,取而代之的是艳羡和仰慕。

承禧的爸爸八卦网远没有妈妈那么丰富,只是很震惊地问:"游泳池?咱们小区还有带游泳池的房子?那得多大啊?"

"差不多有五百多平方米呢!云顶山庄那边保护得可严了,普通的居民都不让进去,上次我路过了一下,就说想进去逛逛都得先登记……不过那里面可真漂亮啊!家家户户都有个大花园,那些花草种得可好了!"

她赞叹地描述着那个小区,之后又叹了口气:"唉,我什么时候能有个那么大的花园啊!"

"得了吧你,家里就这几盆花你都养不好,弄个那么大的,你管得过来吗?"

"那不一样啊,我要是住那种房子,肯定有保姆,还可以请园艺师什么的。"

"什么师?"

"园艺师!就是专门设计花园的!"

"还有这种职业啊?"爸爸一脸惊叹,但之后就打开电视,开始看新闻了。

正在准备午饭的妈妈见状就丢下了手里的刀,生气地说:"你一天到晚就知道看电视!难得放假,也不帮我做做家务,我累得要死要活的,你不在的时候照顾承禧,你回来了我还得伺候你!你看看人家张教授,周末还帮着做做饭什么的!"

"那还不是因为他老婆要上班,你要是去上班的话,我肯定也帮忙啊!"

"你就是说得好听,我要去上班的话,这个家半天不到就成猪窝了!"

"你的意思就是说,你是母猪咯?啥时候再生一个小猪崽?"

"哎呀,你烦死了!"

吵着吵着,他们俩就迷幻地笑了起来,妈妈一脸娇羞,爸爸则一脸猥琐。承禧迷茫了半天,也没搞清楚他们在说什么,他低下头,忧心忡忡地思索着自己的未来。

张小惊已经有了全小区最帅的男孩子护航了,如今又加上了一个最富的,他们俩年龄不同阅历不同,却都无限地宠着张小惊,任由张小惊肆意妄为。

再这么下去,张小惊成为花好月圆村的公主指日可待,而承禧跟她的地位会越来越悬殊,以后她要是看承禧不顺眼,一声令下,就会有无数男孩为了她赴汤蹈火,将承禧踩在脚下。

承禧现在有点后悔之前发出那声惨叫了,因为窗户的事,张小惊还没原谅他,每次见到他都要翻个白眼。

而今天这一幕,让承禧想到了他将来要一个人对抗整个张小惊军队的残酷画面，不禁吓得抖了一下。

不行，不能再这样下去了！

承禧下定了决心，一定要扭转一下自己在小区里的地位，再怎么着，也得跟张小惊打个平手才行。张小惊既然笼络了全体男性，那他就努力努力，笼络全体……

——算了，这个太不现实了。

承禧在心里盘算了半天他可以笼络的人群，最后发现，他连一丝胜算也没有，于是深深地叹了口气，回到房间，畅游网络世界。

而张小惊家里则热闹非凡，张小惊篮球打得很好这件事，很快就传遍了整个小区。沈天泽他们还没有走，李喻白和宋野阔就出现了。张小惊的父母及爷爷奶奶，都喜悦地站在路边看张小惊打篮球，沈天泽在旁边指导着，李喻白则热心地捧着场，宋野阔崇拜地看着沈天泽，沈天泽则津津有味地欣赏着张小惊……

这个画面，在承禧的心里构成了"张小惊地狱"五个大字，让他忍不住想要关上窗户，拉上窗帘。

就在他刚伸出手的一刹那，就连裴巧若也出现了。

她依然端庄高雅，穿着浅蓝色的长裙，看到街上的场景，呆了一下，但很快就恢复了常态，轻声细语地问："请问……张老师在吗？这里是不是可以学书法？"

明明她是在问张教授，身体却是朝李喻白的方向走过去。

承禧悲痛万分，觉得自己变成了碎片，哗啦啦地铺满整个街道，而他们却连看都不看一眼，踩着他的尸首，继续快乐着。

太绝望了，这个世界，太绝望了！

因为张小惊一家的到来，喜悦郡成了花好月圆村最热闹的地方。

沈天泽他们隔三岔五就来找张小惊玩，一个月不到的时间，张小惊就成了小区里的篮球新星，什么球鞋啦运动服啦护腕啦全都给装备上了。为了打球方便，张小惊开始扎单马尾——从那以后她的发型就没变过了。她总是生机勃勃的，运球的时候，辫子就在空中晃来晃去的，那条辫子仿佛成了她动作的补充，让她的动作变得更加飘逸。

后来张小惊倒不打篮球了，而改成了打排球。在电视里，她一仰头，那辫子垂落下来，人们就知道，她又要起跳了。

而小时候，张小惊的动作还很稚嫩，张小惊的爷爷和其他老头在院子里边下着棋边乐呵呵地看着。

对于张小惊喜欢篮球这件事，她父母是十分支持的，家里只有张小惊的奶奶不满，觉得女孩子成天跟男孩子混在一起，不成体统。

这个观点，得到了承禧妈妈的拥护，她跟其他的中年妇女隔三岔五就背地里讨论着这件事，最后得出了"张小惊的妈妈管教不佳"这样的结论。

但也有一些人不太赞成，认为张小惊一家都是知识分子，他们养育孩子的方法，肯定不会错的。

这就叫迷信！承禧暗自腹诽。

在学校里，张小惊就更春风得意了。很多人都听说张小惊的篮球打得好，于是纷纷过来挑战，张小惊就这样把学校里那些英姿勃发的男生都聚集在了周围。为了那些男生，女生也都成了篮球爱好者，就这样，一下课，所有人都在篮球场边或者阳台上看着张小惊打球，一大群人高马大的男生，以及一个扎着马尾辫的小女生。

张小惊速度总是很快，灵巧地从他们胳膊底下钻过去，等他们反应过来的时候，她已经快跑到篮圈底下了。她暂时还投不了篮，就把球传给宋野阔，宋野阔霸气地跳起来，轻松地把球丢了进去，接着两个人一起欢呼，并拍拍对方的手掌。

每到这个时候，其他人都会为张小惊尖叫起来。

温馨而美好的校园场景，象征着无忧无虑又快乐的童年。

——只是与承禧无关。

承禧违心地在作文本上歌颂着童年,所有人都趴在窗台边看他们打篮球,只有承禧在座位前做着功课。别的都比不了,成绩的话,他却是很有信心的。在学校的大部分人眼里,承禧就是个典型的书呆子,成绩很好,不爱说话,戴眼镜,木讷。

老师夸承禧的时候都说:"脑门大的小孩就是比较聪明,你看乐承禧。"

其他老师则反驳:"张小惊脑门也挺大的啊。"

于是大家就都不再说话了,张小惊就这样以一己之力破除了脑门迷信,让人觉得,凡事都不能一概而论。

这主要还是因为张小惊的成绩太差了,这是出乎所有人意料的事,一家子知识分子,结果女儿却是个连乘法口诀都不会背的人。

第一次期末考试成绩出来,张小惊全家都惊呆了:三门主课,张小惊拿到了加起来都不足一百分的成绩。

晚上,张小惊家里兴师动众地教育她:"三七等于二十一啊,怎么可能是二十四呢?"

"电视里不是这样说的嘛!不管三七二十四!"

"你在哪个电视里看到的三七二十四啊!三个七,你自己加一加等于多少!"

张小惊开始掰着手指数数,数了半天,不耐烦地说:"就是二十四!"

张小惊的妈妈都气笑了,说:"你去跟你爸说,三七等于二十四!他堂堂一个大学教授,我倒是想听听他会怎么说!"

又隔了几天,轮到张小惊的爷爷奶奶齐上阵,张小惊的奶奶亲切得多,拖长了声音道:"小惊啊,你慢慢想,不要着急,再仔细想一想,天空到底是什么颜色的?"

"白色的啊!"张小惊费解地回答。

"那你最喜欢的那件衣服是什么颜色的啊?"

"蓝色的啊!"

"那天空的颜色,跟你那件衣服的颜色,是不是有点像?"

她想了半天,说:"好像是有一点像。"

"那天空是什么颜色的呢?"

"白色的啊!"张小惊说。

张小惊的爷爷在一旁笑着说:"其实小惊这个回答也不能说是错了,天空本来就是没有颜色的,蓝色是大气对太阳的散射,只是蓝色波长比较长……"

"你别打岔!"张小惊的奶奶愤怒地说,之后又耐心十足地哄着张小惊:"来,咱们再来一遍,你看看这个颜色,是什么颜色?"

"蓝色啊!"

"那这个呢?"

"白色啊!"

"那这张照片,是蓝色的还是白色的?"

"都有啊!云不是白色的嘛!天上有云啊,所以天空是白色的啊!"

…………

承禧趴在窗台上,异常愉快地笑了起来,他晃着腿,哼着歌,每一个毛孔都无比舒爽。张小惊是个弱智,这件事已经不需要争议了,而世界终将是属于聪明人的,所有人都说,21世纪,智慧才最重要。承禧想当然地认为,自己肯定是个天才,跟张小惊不一样,他将来,肯定会统领世界的!

成绩虽然可以差,但差到这个份上,还是让张家如临大敌。张小惊全家轮番上阵,也教不了她,最后干脆把张小惊送到了辅导班。

那年冬天,总是快乐又兴奋的张小惊总算迎来了她的苦闷时光。

寒假里，当所有人都缩在被窝里赖床的时候，张小惊已经不得不爬起来洗脸刷牙了。吃饱了饭，她就拖着沉重的身躯和书包前往辅导班。

花好月圆村只有一个辅导机构，在学校对面，三层楼。按照不同的年级，分为大、中、小三个等级，辅导班每个等级又分为优等班和中等班，承禧当然是在优等班，而张小惊是在中等班。

所有人都知道，中等只是为了好听而已，实际上张小惊所在的那个班，就是差生班。

大概是为了让这些差生辛苦一点，他们的教室在三楼，承禧的教室则在一楼。当承禧忙着解奥数题的时候，张小惊他们还在为加减乘除而发愁。辅导班里有个成绩特别好的女生，在村外的学校念书，有时候会很清高地说："楼上那些人真烦！总是那么吵！"

那个女生跟承禧一样戴着眼镜，还戴着牙套。因为有好几次承禧都做出了她做不出来的题，她就格外留意承禧。

但承禧是个诚实的人，从来不骗自己什么思想更重要之类的，他简单明确地只喜欢跟漂亮的人在一起，不怎么想搭理她，淡淡地"嗯"了一声。

"你学电脑了吗？我爸爸说未来是属于计算机的，不会计算机的人，将来是会被淘汰的。"

"有这种辅导班吗？"承禧有些意外。

2007年，电脑还是洪水猛兽，几乎所有的家长都极力避免孩子沉迷网络，也就承禧父母这种对承禧的软弱有着坚定信心的，才放任他每天对着电脑，这样好歹显得他不那么孤单。

承禧平时只是打打游戏，逛逛各种论坛，倒是知道想控制计算机，就必须得学会编程才行，但具体怎么操作，他还没弄明白。

"有啊，就在汽车站那边，不过学的人少，而且学费也挺贵的。"

承禧顿时就在心里记下了。

晚上吃饭的时候，承禧试着跟妈妈提了一下，承禧的妈妈一脸惊讶，说："你们学校不是有计算机课吗？"

"老师教的那些都过时了，他知道的还没我多呢！"

"哦。"妈妈显然一窍不通，却还是说，"但你现在还太小了，汽车站离这里这么远，我也没法总是送你过去。"

"我可以自己去！"

"那怎么行呢？你连自己上学都做不到……"

"还不是因为你每天都要跟着我！我自己可以去上学的！"

"妈妈这不是担心你嘛……"

"可是别人都能自己去上学了！你每天送我，学校里的同学全都在笑话我！"

一提到这件事，承禧忽然就生气了，其实他撒谎了，学校里很多同学都是由父母接送的，也没有人会因为这件事嘲笑承禧。他们嘲笑承禧，单纯只是因为承禧软弱而已，然而承禧还是非常介意。

他也想像张小惊一样，可以一个人到处乱逛，想去哪里就去哪里。想像张小惊一样，跟谁说话都不紧张，坦坦荡荡的。也想跟张小惊一样，被别人认真对待着。

一想到这些，承禧就有点难过，张小惊好像什么都能做到，自己截然相反，好像什么都做不到。

"你不想让我送的话，那我以后就不送你了。"妈妈紧张地看着承禧，说，"不过学电脑真的不行，再过几年，等你大一点了再说，你看行不行？"

那哄孩子的语气让承禧有些气恼，他说："随便你们吧！"

他把自己闷在房间里，不久，听到爸爸回来开门的声音，然后是一阵交谈声，承禧知道，是妈妈在跟爸爸商量。

爸爸肯定是不会同意的，很简单，他们家的经济条件没有那么宽裕，房子是贷款买来的，光是上补习班，家里就已经紧巴巴的了，再多一个兴趣爱好，父母都支付不起。

虽然暂时还没什么经济概念，但承禧也隐约地觉察出来了，自己家好像挺穷的。好比妈妈每次聊起别的主妇的新衣服，爸爸看着路边经过的小轿车时，脸上都会滑过一阵失落。

唯独在承禧身上，他们什么钱都没有省过，无论是吃的还是穿的，承禧用的，全都是最好的。

仔细想想的话，张小惊好像就不怎么困扰了。承禧回忆了一下张小惊平时穿的衣服，不多，还都挺旧的，远没有承禧的豪华。

可为什么张小惊不失落？

第二天去辅导班的路上，按照跟妈妈的约定，承禧开始自己出门。妈妈已经提前跟张小惊父母打过招呼了，让张小惊带着承禧去辅导班。

清晨，张小惊穿着一件橙色的羽绒服，站在门口，像一块刚出炉的面包一样。她嚼着棒棒糖，在原地跳来跳去，练习转身动作，见承禧出来了，才说："你要走快一点！我走路速度很快的！"

承禧回头，看到妈妈紧张地站在门口，表情宛若送孩子去刑场一般，承禧顿时也跟着紧张了一下，挥了挥手。走出去一阵了，他才问张小惊："张小惊，你们家穷吗？"

张小惊想了半天，说："好像挺穷的吧？"

"你怎么知道的？"

"我妈说的，她跟我说我们家平平常常，让我不要跟别人攀比。"

"那，你会羡慕别人家里富吗？"

张小惊想了半天，才问："哪样的才是富啊？"

"比如沈天泽家里啊，你见过他们家那辆车吗？我爸爸说要好几百万呢！"

张小惊一脸惊奇地问:"好几百万是多少钱啊?跟一吨比,哪个多一点?"

"……"承禧无语地望着她,说,"吨是质量单位!"

"那好几百万有多重?"

承禧呆了呆,他还真被问住了,想了半天,才说:"可能跟汽车一样重吧?"

张小惊这才惊叹起来:"那真是好多钱啊!"

"对吧?你想要那么多钱吗?"

张小惊想了想,说:"不想。"

"为什么?"

"我们家好像放不下。"

非常好,合理又充满逻辑的原因。

承禧看了她半天,终于还是叹了口气,放弃这个话题了。

张小惊却转过头问:"你想要很多钱吗?"

"嗯。"

"为什么呢?"

"我想学电脑。"承禧低着头说,"外面有个小孩子也可以去学电脑的地方,郁美泽就已经开始学了,但我妈妈不许。我妈说太远了,不过我知道是因为太贵了。我们家要是像沈天泽家一样就好了,我就可以坐着汽车去上课了。"

他很难过,讲起这件事来,觉得有点可悲,又有一点羞耻。他也不确定是自己想要的太多,给父母带来了压力,还是跟父母要求这些,是合理的。

自从提过想学电脑的事之后,家里的氛围就变了,这一点,他还是能觉察到的。比如晚上吃饭的时候,他父母都没有说话,吃完饭了,爸爸点了根烟,在门外抽完了才进门。

想着想着,承禧就悲伤地哭了起来,他摘掉眼镜,擦了擦眼泪。

张小惊一直侧着头，瞪大眼睛望着他，过了好半天，才小声说："你不要哭啊，等下宋野阔看到了又要笑话你了！"

承禧这才迅速擦干眼泪，放弃矫情——矫情实在太危险了。

当天补习课结束，张小惊却跑到了承禧的教室，说："我们去沈天泽家！我想看看好几百万有多少！"

整个教室的人都瞪着张小惊，虽然这个辅导班的人都知道有个叫张小惊的神经病，但很多人还是第一次见到她本人。跑到别人家里去看钱这种事，对这个教室里的人来说，太过荒谬。

承禧的脸噌一下就烧了起来，张小惊却没有察觉，拉着他就往外走，到了辅导机构的门口，她才远远地冲宋野阔喊了一声："宋野阔，你去我家跟我妈说，我跟乐承禧要晚一点才回家！"

"你们去哪儿啊？"

"我们去看看富人家里什么样子！"张小惊很认真地说。

宋野阔也呆了，在原地站了好半天，才走开。

云顶山庄远在花好月圆村的另一端，顾名思义，房子都是在半山腰上，走路过去的话，至少得要四十分钟。但张小惊和承禧都不知道，他们俩就这样兴致勃勃地往前走着，见到人就问："云顶山庄怎么走？"

走了大概二十分钟后，承禧就累了，说："我不想去了，我走不动了。"

"马上就到了呀！"张小惊拉住承禧的手，继续往前走着。

承禧闷头闷脑地跟在张小惊后面，在某个瞬间，忽然就脸红了起来。他盯着她的后脑勺，由于她的发型变成了马尾，那个旋涡就不见了。马尾晃啊晃的，晃得承禧脑袋都有点晕了，他气喘吁吁，穿得太厚，浑身是汗。因为燥热，他的注意力不知不觉就集中到了自己的手上，张小惊的手正紧紧拉着他的手，她的手小小的，暖烘烘的。

承禧觉得痒痒的，也说不出是哪里不太对，反正就是一直想打喷嚏。

"阿嚏！"

那个喷嚏终于打出来了，承禧才收回了自己的手，在口袋里找着纸巾。张小惊则回头望了承禧一会儿，紧张地摸了摸承禧的额头，说："你不会是感冒了吧？"

然后在承禧还没有反应过来的时候，她的脑袋就凑了过来，用自己的额头，碰了碰承禧的额头。

——其实只有短短的一两秒而已。

但承禧瞪大眼睛，心跳加速，整个人都石化了，呆若木鸡，只觉得漫天漫地都是他心跳的声音。

"没感冒啊？"张小惊很困惑地用手背测了测自己的额头，又伸出另一只手，去测承禧的。

见承禧呆滞的样子，她就问："你是不是不舒服？你等我一下，我去商店要一杯热水！要不然我们就不去了，我打电话让我爷爷来接我们！"

"不——"承禧伸手拉住张小惊的袖子，瓮声瓮气地说，"不用了。"

"可是你脸都红了！"

要怎么说呢？这个张小惊……

承禧只是低着头，也不敢再说话了。结果张小惊就更加确定承禧是生病了，突然紧张起来，见到有一辆汽车正在驶过来，她就跑过去跟车子里的人打招呼，大声叫着："叔叔！帮帮我们！"

车子停了下来，后排的车窗打开，沈天泽一脸惊讶，又温柔地探出头来："怎么是你呀？你们怎么在这里？"

"我们正准备去你们家呢！我想看看你们家有多少钱！"张小惊解释说，然后又指了指后面的承禧，"乐承禧病了！"

"我没病！"承禧大叫了一声，让张小惊再这么吼下去，全天下的人都要知道这件事了。

——这件他也还不太明白,但本能地知道,是绝对不能告诉别人的事。

不过心动的冲击,远不如富裕带来的冲击大。

当快要抵达沈天泽家的时候,承禧迅速地忘掉了刚才的头晕目眩,高级轿车沿着山道缓缓地前行,一扇金碧辉煌的大门打开,之后就是另一个世界了。

山上无比安静,马路两边到处都是葳蕤的植物,一幢又一幢城堡般的房子隐藏在参天大树后面,街道干净整齐,几乎一尘不染。

"估计今天家里有点吵,不过我爷爷的医生刚好在,顺便给你看看。"沈天泽坐在后排,前排则是司机在开车。他拿出手机,问承禧:"你家里电话多少?我跟你父母说一声。"

承禧结结巴巴地报出号码,听到沈天泽拨了号,彬彬有礼地说:"阿姨您好,我是沈天泽。我在路上遇到张小惊和乐承禧了,他们俩想去我们家玩,过一阵子我就送他们回去……哪里哪里,没什么麻烦的,他们俩也都挺懂事的……啊,没有没有,您太客气了……啊,小惊家啊,我等下就打给他们……这样吗?那太谢谢您了!"

无休止的寒暄和客套,承禧已经"脑补"出妈妈在电话那头的表情了。

讲了好半天,沈天泽才挂掉电话,转过头对张小惊说:"我们家也不会闲着没事干放着几百万现金啊,几百万到底有多少,我也没见过。"

"你也没见过啊?"张小惊又失望了,"那你们家有多少钱?"

"这我就不知道了。"沈天泽笑着说,"其实我们家挺无聊的,也没什么可逛的。"

他这句话还真不是谦虚,没过多久张小惊和承禧就知道了。

巨大的车库打开，车子停了进去，总共四辆车，远没有承禧以为的那么多。从车库走出来，是一个精致而优雅的庭院。院子里有一个中式凉亭，两旁种着枫树，植物高低错落，充满层次感。假设秋天来的话，这院子一定非常漂亮，但冬天里，就只剩下松树还绿着。沿着庭院继续走下去，才能看到那幢典雅的别墅，连墙体都跟喜悦郡的不一样，说不出的华贵。

距离春节还有一阵子，屋檐下就已经挂满了灯笼，几个工人正在院子里修剪树木，那大约就是承禧妈妈说过的园艺师之类的。

正堂的大门开着，还没走近，就能听到里面热闹的声音。一个小女孩尖叫着追着一个小男孩跑了出来，沈天泽很无奈地拦住他们，说："你们慢点！"

"他又抢我的头花！"小女孩说。

"你就让他抢呗！他才几岁啊？你跟他争？"沈天泽摇了摇头，又冲那小男孩说，"把头花还给姐姐！"

"她先抢我的游戏机的！"

"那个游戏机又不是你的！"

两个人又开始争吵，沈天泽放弃了，对张小惊和承禧说："不用理他们。"

走进房门，里面就更热闹了。这房子大得像个博物馆，客厅比承禧家三层楼加起来还高。浅金色的旋转楼梯，黑白棋盘格大理石地面。几个西装革履的大人正在客厅聊着正事，女人们则聚集在宽阔的厨房，研究着菜单。

沈天泽探头进去，说："我回来了，爷爷呢？"

"在楼上呢！"一个富贵的中年妇女看到张小惊和承禧，问，"这是谁呀？"

"张小惊，我之前跟你提到过的。这个小孩好像病了，陈医生现在在吗？"

"在。"沈天泽的妈妈笑眯眯地问两个小朋友,"你们要吃什么东西吗?"

"不用了。"张小惊又变成了一个文雅娴熟的小姑娘,彬彬有礼地说,"不好意思,打搅你们了。"

"没有没有,我们家反正什么时候都一大堆小孩。"

"我妈妈说人多了热闹,家里人多,就表示家庭美满和睦,是好事情。"

"哎呀,你这个小姑娘可真会说话!你几岁了?"

承禧震惊地看着张小惊,她这个随时切换性格的能力到底是怎么来的?

相比之下,承禧就完全是个呆子了,他一句话也不敢说,看着他们寒暄完了,才不情不愿地跟着沈天泽上楼。

二楼面积小了些,却还是比承禧张小惊两户人家加起来都大。有一个会客间正对着泳池,落地窗外是一个很大的阳台,从这里,几乎可以俯瞰整个花好月圆村。这时,远处传来天鹅的叫声,让人也跟着悠然起来。

承禧还以为张小惊会一脸欢喜地跑过去呢,结果并没有,她只是乖巧地站在那里,端庄地看着沙发上的两个人。

"爷爷。"

沈天泽走到老人旁边,老人笑眯眯地问:"回来了?外面冷吗?"

"还好。"沈天泽把手搭在他的肩膀上,说,"路上遇到了两个小朋友,这个好像病了,能让陈医生给检查一下吗?"

"爷爷好。"张小惊甜甜地笑了一下,并鞠了个躬。老人家很是欢欣,问:"是哪儿不舒服啊?"

"我没病……"承禧咕哝着。张小惊却说:"他好像发烧了。"

医生拿着听诊器和体温计过来,对承禧说:"那张开嘴。"

"我没病……"承禧还是很坚持,现在,他对什么富不富的一点兴趣都没有了,他只想赶紧跑回家。也说不清为什么,这幢房子让他充满了紧张感,他的压力已经大到快爆炸了。

张小惊还是一如既往地,不卑不亢、条理清晰地跟医生解释说:"我们刚才是走路过来的,承禧出了很多汗,脸红红的,好像还站不稳。"

"那不是病了!"承禧恼怒地说。

"咦?"沈天泽忽然就知会了什么似的,问张小惊,"那你怎么知道他发烧了呢?"

"我测了呀!"

"怎么测的?"

"就这样。"张小惊居然还当着众人的面示范了一次,这一次承禧有了心理准备,却还是被那突然接近的大眼睛弄得无所适从。张小惊还拉着承禧的手,解释说:"我妈妈说手背的温度比较低,会比较明显。不过我也出了一身汗,不知道准不准,就用额头也测了测。"

沈天泽当即就笑出声了,意味深长地"哦"了一声,故意走到承禧跟前,也准备拿额头蹭承禧的额头。

承禧有所防备,跑得飞快,愤怒地说:"你不要碰我!"

房间里的大人顿时都笑了起来,承禧气恼地站在原地,只有张小惊不明就里,问:"他没病吗?"

"没!"

沈天泽用力地拍了拍承禧的后脑勺,承禧叫了一声,揉着脑袋。沈天泽的爷爷则笑着说:"现在的小孩子真够早熟的!"

"那还不是因为你们集团的食品卖得好!"医生拍着马屁,"如今的小孩子营养好,长大得就快一些,你瞧这个小弟弟,看起来至少七八岁了。"

"我已经八岁半了!"承禧叫了一声。医生才呆了呆,重新打量起承禧,最后尴尬地说:"男孩子发育晚一点,到了青春期就长得快了。"

听到"发育"那两个字,承禧的脸更红了。他嚷嚷着:"我想回家了……"

"好,我这就送你们回去。"

沈天泽笑得跟什么似的,转过头去,却看到张小惊正打量着墙上的字画。她问:"这个是真的吗?"

"怎么可能呢?"沈天泽的爷爷也笑了,问,"你认得这幅画吗?"

"嗯,是《千里江山图》,王希孟的。"

老人家眼睛都亮了:"你认得王希孟?"

承禧心里暗叫一声糟糕,他差点忘了张小惊是出身书香门第了,再这么聊下去,恐怕连这个老富豪都会成为张小惊爱好者,到时候承禧就彻底没有希望了。

于是他不顾形象地跑到了张小惊面前,生气地拉着她的袖子说:"我要回家!"

"他胆子比较小。"张小惊虽然对承禧突如其来的气愤充满困惑,却还是知书达理地跟老人解释着,"我们该走了,谢谢招待,祝您身体健康!"

"让司机送你们回去吧!"老人笑眯眯地说:"小泽,你带两个礼盒过去,跟家长解释解释,别让他们担心。"

"知道了。"

沈天泽嘴角还是挂着暧昧不明的笑,进车库之前,又拍了承禧的脑袋一下,揪着他的耳朵小声说:"乐承禧,你完蛋啦!我们小惊可不是普通的女孩子,你就等着受罪吧!"

什么叫"我们小惊"啊?承禧揉着耳朵,心里想:光是认识她,就已经足够受罪了,你们懂个屁!

但还是挺开心的。承禧望着张小惊的后脑勺想,跟张小惊一起玩,挺开心的。

我要当奥运冠军

2008年就此到来，对所有的中国人来说，2008年是个大年。从1月开始，大新闻就没有断过，雪灾、地震、股市、奥运……

承禧深深地记得那一年，空气里都有什么东西跟平常不一样，大人们总是聚集在街角聊天，一阵子是忧心忡忡，一阵子又是喜气洋洋；有时候聊着聊着就开始哭，有时候聊着聊着就热情洋溢地聚餐去了。

而对承禧来说，那一年最重要的事是：他的身高终于不再像个固定数值一样不动弹了！

他长高的速度有点快，年初的时候还是一米二三，年尾就已经一米三二了。印象里他总是在做梦，梦到自己在飞，又忽然从空中掉了下来。每次承禧都气喘吁吁地醒过来，掀开窗帘，望着窗外蒙蒙亮的天空发一阵子呆，才又重新回去睡。

那一年对承禧来说并不好过，他爸爸想要辞职自己做生意，妈妈不同意，两个人总是在吵。吵架当然都瞒着承禧，承禧却心知肚明，为了能让他们俩吵个痛快，承禧就不怎么回家了，一有空就在外面晃荡。

托张小惊的福，宋野阔他们也不怎么欺负承禧了。所有人都知道承禧的父母最近关系不大好，就陪着承禧在外面玩。

"父母吵架嘛！没什么大不了的！我爸妈就天天吵架，我都习惯了！"宋野阔不在乎地说，"大人很无聊的，除了吵架就是吵架。"

"你也挺无聊的啊，除了打架就是打架！"

"哟！乐承禧你现在了不起啊，都敢这样跟我说话了？"

"我错了，你别打我……"

宋野阔拍着承禧的肩膀哈哈大笑，说："我跟你说，你这种人打起来都没意思，整天就跟个筛子一样在那里抖，比彭彭胆子还小。"

彭彭是张小惊的那只豚鼠，看着挺可爱的，胆子却奇小无比。

但张小惊总是喜欢带着它到处晃悠，甚至一起上学放学。承禧也不确定一只豚鼠的世界是怎样的，不过一个到处都是人的世界，想来应该跟一个到处是恐龙的世界差不多。它总是战战兢兢地待在桌仓内，小爪子紧紧地抱着张小惊的课本。有时候下课张小惊会忘了彭彭的存在，跑出去玩了，只有承禧才会蹲下来看看它，并跟它产生了难兄难弟般的共情。

彭彭这个名字源自《狮子王》里那只野猪，承禧怎么也想不明白，一个小女孩是怎么喜欢上一头猪的。迪士尼那么多动画片，别的小女孩都爱上了公主和小动物，她却独爱那只野猪。问起她，她眨着眼睛说："它很可爱啊！"

之后就说不出个所以然了。

那只豚鼠倒是越长越像猪了，肉乎乎的一大团，不仔细看，根本找不到四肢的存在。

张小惊把彭彭当成了最好的朋友，成天带着它到处跑。她专门给彭彭准备了一个斜挎包，把豚鼠装进去，只露出一个脑袋，骑着自行车在小区里乱逛，并耐心地跟她的豚鼠聊天，说："看，那个就是天鹅！天鹅会飞，你就不会！你这只猪只会吃和睡！跟我一样！"

承禧无意间听到了，心里想，你还挺有自知之明的。

然后某一天那只豚鼠就死了，是被广场上突然扭开音响跳广场舞的大妈们吓死的。承禧听说这件事的时候差点就笑出声了，但一看到张小惊的表情，就立即闭紧嘴巴，佯装无比沉重。

那是张小惊第一次失落那么久，篮球也不打了，人也不爱笑了，有一次作文要求写小动物，张小惊写了那只豚鼠，用情太深，拿到了一个"优"。上课时老师让张小惊念她的作文，谁知道她念着念着就哭了起来，眼泪一串串地往桌子上掉。承禧目瞪口呆，教室里也静悄悄一片，谁也不敢说话，就那么看着张小惊抽抽噎噎地念完了作文，之后坐下来，低着头抹眼泪。

"这可不行！"放学后，宋野阔拦住了承禧，道，"小惊再这么下去会得抑郁症的！"

"那是什么？"

"就是一种很难过的病，现在可流行了！得了这个病的人最后会伤心死的！"宋野阔一脸严肃地说，"我们得帮帮小惊！你跟她不是邻居吗？你偷偷跟她妈打听打听，她喜欢什么。"

对于宋野阔从一个恶霸转换成纯良少年这件事，承禧总觉得哪里不太对。不过跟他熟悉了一些之后，他也不怎么讨厌宋野阔了，觉得他傻乎乎的，其实还挺可爱。

可是帮助张小惊这件事没那么容易，张小惊的人生梦想，总结起来就四个字：天马行空。

她的第一个梦想是：成为外星人。

第二个梦想是：开宇宙飞船。

第三个梦想是：养一只狮子。

第四个梦想是：去南极。

第五个梦想是：造火箭。

…………

那张梦想清单就贴在张小惊家里的冰箱上，承禧一行行看了下来，最后抬头问张小惊的妈妈："有什么……比较简单一点的吗？"

"你自己去问她呗!"张小惊悲痛欲绝,张小惊的妈妈却一点都不在意,笑着说,"我不是跟你说过了嘛!你有什么话就直接跟小惊说,她要是知道了你们想办法让她振作,她肯定特别开心。"

她才不会呢!

承禧想,对张小惊来说,所有人都爱着她,好像是一件理所当然的事。有李喻白和沈天泽在,他乐承禧哪有什么可以做的啊,排队都轮不到他。

张小惊的妈妈正在洗碗,忽然又问:"你家里还好吗?"

"就那样吧……"承禧老气横秋地低下头,看着张小惊之前用来装豚鼠的笼子,那里空空如也,让承禧觉得有些失落。

"其实吵吵也挺好的,一起过日子,哪有不吵架的呢?吵完了也就过去了,你也不用太担心了。"

"嗯。"

承禧闷闷地应了一声,想起宋野阔之前说过的话,才又紧张地抬起头来,问:"阿姨,抑郁症会传染吗?"

张小惊的妈妈呆了半天,说:"你们这些小孩,都哪儿看来的这些词啊?你放心吧!抑郁症不会传染的!小惊也没有抑郁症,你也没有!你们都健康得很!将来会好的。"

但将来……将来实在是个太远的词。

承禧幻想的将来是,能带着父母搬去一套大房子里,倒也不用像沈天泽家里那么大,普通大就行了。得有个院子,让妈妈种花,她喜欢花。虽然她在养花这件事上毫无天赋,相比爱好者,更像个植物杀手,但每次浇花时,她都比平常快乐,会下意识地哼着歌。

然后呢,要给爸爸买一辆轿车,得是好几百万的那种。爸爸爱好不多,对汽车的迷恋也不见得是热爱,更像是出于对富贵的向往。但这也没什么大不了的,买给他就是。

再然后呢,要娶一个老婆,生一个儿子,然后跟儿子一起打篮球……

等一下,万一他的儿子跟他一样胆小怎么办?

光是"脑补"了一下不存在的儿子被人欺负的场景,承禧就紧张起来。不行,我必须要给我的儿子带一个好头,让他成为一个坚强而伟大的男人。

想到这里,承禧就换了运动服,出门跑步去了。

强壮的灵魂必须要有强壮的身躯来支撑,他要成为一个伟岸的男人,这样,他的儿子才会有安全感;如果有人打他的儿子,他的儿子一定要会还手,最好还能打赢对方;还有,他的儿子要必须非常聪明,不能是个弱智。

如果是这样的话,张小惊就不能成为他儿子的妈妈了。毕竟张小惊是个弱智,这可能会遗传。

这么一想,承禧就停下来了,震惊地望着面前的空气。他在思索,他的老婆候选人是怎么从裴巧若变成张小惊的。

想着想着,张小惊就出现在他眼前了,她虽然拿着篮球,却有气无力的,只是闷头走路而已。

"张小惊!"承禧大叫了一声,跑到她面前问,"你能不能好好学习啊?"

"啊?"张小惊皱了皱眉,"我已经很努力了呀!"

"那还要更努力一点。"

"为什么?"

"……因为成为一个优秀的好学生,是每个少先队员都应该做的!"

总不能说是因为他儿子吧?

"你有病吧?"张小惊朝承禧翻了个白眼,忽然又看了他一会儿,问，"你是不是长高了？"

"嗯！"承禧骄傲地说，"我现在已经一米三了！"

"真不错！"张小惊伸出手，在两个人之间比画了一下，"你再长高几厘米，就跟我差不多高了！"

绝望。

承禧气恼地走开，张小惊跟在后面，两个人都晃悠悠的，走得很慢。春天的天空总是沉沉的，但空气里全都是植物的味道，很好闻。

承禧小声问："张小惊，你开心吗？"

"好像不怎么开心。"张小惊说。

"那你要怎样才能开心起来？"

"我也不知道，我妈妈说等我忘掉彭彭就好了，反正总有一天我会忘记的。"张小惊很忧郁地说，"可是我觉得我一辈子都不会忘记彭彭的，我老是想着它，晚上睡觉的时候，总觉得能听到它叫的声音，好像它没有死，只是跑丢了，在外面玩了几天才回家，不过它不会开门，只好在楼下叫我。一听到那些吱吱声，我就跑下楼去找它，但到处都找不着……"

等一下，你听到的那个吱吱声……

承禧想打断她，张小惊却又哭了起来，捂着眼睛道："都是我的错，我不该带它出去玩，但我又想着，它天天在家里肯定很无聊，我还以为它会很高兴呢！"

承禧呆呆地看着她，也说不出话来，也不知道该怎么办好，奇怪的是，她语文从来没及格过，可是她却把伤心形容得那么好，令承禧也跟着伤心起来。他看着张小惊哭了好半天，才跟张小惊说："张小惊，你不要再哭了。要不然我再买一只豚鼠给你，好不好？"

"不好，彭彭就是彭彭，跟别的豚鼠不一样。"

"那要不然，我模仿彭彭给你看？"承禧说着，就吱吱地叫了起来，学着豚鼠的样子吸着鼻子，磕着牙齿。过了一会儿，他才又说：

"不对啊,你到底是喜欢你那个彭彭,还是《狮子王》里的那个彭彭?野猪我可不会学,我还得回家重新看一遍……你喜欢灰太狼吗?我会模仿灰太狼!

"嘿嘿嘿嘿,小肥羊们!我灰太狼大王来了!"

表演灰太狼可是承禧的绝活,他自己在家偷偷摸摸练习过很久的,他以前想过,如果他变得跟灰太狼一样阴险狡诈,那以后班里的同学就都会怕他。

只可惜他也只敢在家里模仿。

如今第一次当着别人的面表演,他演得无比认真,甚至觉得自己将来有希望成为一个明星,像成龙一样飞来飞去的。

然而他的表演并没有受到任何表扬,张小惊呆滞地看了他半天,才说:"乐承禧,你真的太傻了!"

……好吧,他也承认,这的确是太傻了。

不过呢。

"不过谢谢你啊,我现在没那么伤心了。"

"真的啊?"承禧也高兴起来,"那我以后每天表演给你看?"

"一次就够了,真的太傻了!"张小惊不可思议地说,"你怎么会这么傻呢?"

承禧在心里骂了人生的第一句脏话,心想:还不是因为你这个傻瓜嘛!

谁也没想到张小惊最终振作起来是靠奥运会。8月,整个花好月圆村都热闹非凡。为了迎接奥运会,四季湾和居民广场上都各装了一面户外巨型大屏幕。开幕式那一天,家家户户响起的都是同一个声音,只是除了承禧家——他们家空无一人,连灯也没开。

四月的时候,承禧的父母终于吵出结果了,爸爸下定决心要辞职,妈妈阻止了很久,还是无济于事。某天饭桌上,爸爸很平静地公布了这个消息,然后说:"总而言之,咱们家最近可能要穷一阵子了,承禧你要听话,最近都别惹妈妈生气了。"

承禧点了点头,说:"知道了。"

妈妈垂着头,没说话。

晚饭结束后,妈妈在厨房洗碗,爸爸则拿了一罐啤酒,在外面坐着。承禧跟着出去了,父子两人坐在台阶上,承禧问:"你干吗非要辞职?"

"我不想一辈子给人打工。"

承禧想了想,表示非常理解,他将来也不想一辈子给人打工。

"那妈妈为什么不高兴?"

"她怕失败了,咱们一家就要喝西北风去了。"爸爸牵了牵嘴角,很勉强地笑着,"不过我也是为了你们俩。现在物价越来越高了,我的工资一点也没涨,这么下去也是要喝西北风的。我想着还不如拼一拼,万一失败了,大不了再回去找工作,但万一成功了,咱们家人将来都能过得好一点。"

承禧不明就里地点了点头。

爸爸却很感慨,拍着承禧的肩膀叹道:"男人跟女人不一样啊,儿子!男人总得去冒点险才行,你还小,不明白,为了一个家,只能去拼一把。"

想到自己那个并不存在的儿子,承禧严肃地说:"我明白的,当爸爸的,就是得给儿子做个榜样才行!"

承禧的爸爸呆了呆,接着就哈哈大笑起来,道:"说得好!"

承禧的爸爸准备要做的是电商,在2008年,这看起来似乎还是个注定要失败的行业。他之前在市区的一家厨具经销公司工作,认识的工厂足够多，辞职之后，依然打算卖厨具。家里没什么地方，爸爸就在花好月圆村外面租了间小型仓库，那里房租低，交通也比小区内方便。一台电脑，一张简易单人床，承禧的爸爸就这样成了一个网店店主。

第一个月，只有六单生意。

第二个月，有了一百多单生意。

第三个月，两百多。

到了第四个月，爸爸已经忙不过来了，叫了妈妈过去帮忙。妈妈愁闷了小半年之后，才约莫意识到家里似乎在朝着暴富之路而去，捡起了遗忘多年的上班经验，正式地成了一个小作坊老板娘。

没人照顾承禧了，承禧就被托付给了张家。就这样，承禧成了张小惊家的编外人员。一开始他还有点不习惯，但没多久就跟张小惊的爷爷成了忘年之交，因为张小惊的爷爷在整个花好月圆村都找不到可以匹敌的棋友，却被承禧赢了三步棋。

于是承禧成了张小惊爷爷眼里的天才少年，以及张家的大贵客。

奥运会在暑假，除了张小惊的妈妈，其他人都不用上班。张小惊的爸爸就彻底放飞了，每天都边看比赛边跟两个孩子讲解，这个运动叫什么，怎么计分，有什么规则；那个运动员叫什么，当年拿到过怎样怎样的成绩；这个项目哪个国家擅长，哪个国家不擅长……

承禧那时候才知道张小惊的那些体育知识都是从哪儿来的。

张小惊的爸爸负责主讲，张小惊的爷爷在旁边负责补充。张小惊的奶奶忙着做家务，照顾这一家子老小。她视力不好，有一天地没拖干净，摔了一跤。于是快乐的日子就这样结束了，张小惊的妈妈愤怒地回到家，叉着腰把全家都骂了一遍：

"你们一屋子人，是没有手啊还是没有脚啊？奶奶多大年纪了？你们就这么看着她忙活，都不知道搭把手吗？这回只是崴了脚，回头骨折了怎么办？你们知不知道老人家的身体多脆弱，万一磕到头了，你们谁去照顾?

"两个小的也就算了,张问桐你又是怎么回事?那可是你亲妈!你四十岁的人了,连自己亲妈都照顾不好,怎么为人师表的啊?

"张小惊,我平时又是怎么教育你的?奶奶宠着你,你还来劲了是吧?德育课上老师怎么说的来着?家庭必做的事项来背给我听听!

"……爷爷我就不骂你了,但他们几个也就算了,你这么大把年纪了凑什么热闹呢?平时让你多走走路你都不肯动弹一下,这会儿又变成体育迷了?还跟着他们一起吃零食?你看看你那血压数值!还禁得起你这么折腾吗?"

…………

张小惊的爸爸、张小惊的爷爷、张小惊,连带着承禧,四个人站成一排,都低着头挨骂。承禧还想着,自己是个外人,总不至于被指着鼻子骂吧?

谁知道张小惊的妈妈下一秒就对准了他:"承禧你也是,还嫌近视不够严重吗?你才几岁啊,镜片都快赶上玻璃瓶底了,将来怎么办?"

承禧一愣,心想:关我什么事啊?

"以后每天只许看一个小时的电视!我刚才已经把电表抄下来了,明儿起我每天都会查,你们几个也互相监督,谁要是开了电视,回头四个人一起去跑五公里!"

张小惊的爸爸小心翼翼地说:"连坐……不太好吧……"

"我管你们好不好呢!现在都给我打扫卫生去!张问桐,你去医院守着奶奶,我下午还要值班,没空看她。张小惊你也去,老老实实给奶奶道歉!"

…………

总而言之,可以自由观看电视的权利没有了。

晚上七点,四个人都心痒难耐,来回踱着步,抖着腿,转着笔,最后是张小惊的爷爷叹了口气,摆着手说:"去吧去吧,瞧你们几个,跟跳蚤似的！你们去外面看吧，我去医院照顾奶奶。"

于是张小惊的爸爸带着张小惊以及承禧，一起去了运动广场。

承禧很清楚地记得那一天，或者那些天。沿着街道走过的时候，家家户户传来的都是奥运会的播报声，不同的比赛，不同的频道，却是相同的欢呼和失落……紧张激烈的氛围笼罩着每一个人，时不时就有人骑着自行车飞快地驶过，听到比赛结束的哨音时，也不管认不认识那户人家，停下车就冲着窗户大喊："赢了吗？"

"赢了！"

张小惊的爸爸已经走出了竞走的速度，张小惊和承禧则小跑着跟在后面。也不知道为什么，他们什么都没有做，却还是被巨大而澎湃的情绪笼罩着，心情高涨激昂。

而广场上也热火朝天的，小区里的人齐聚一堂，或是站着，或是席地而坐，扇着扇子仰望着大屏幕。那阵子广场周围特许可以售卖饮料和小吃，空气里全是食物的香气，人声鼎沸，搞不好比北京还要热闹。

张小惊的爸爸买足了啤酒和零食，等着看中国队的男篮比赛。

很多人一起看比赛，跟三四个人看比赛是不一样的。几百人一起发出的呼声，跟三四个人也是不一样的。看着看着，张小惊的爸爸就跟隔壁聊起来了，中场休息时间，大家开开心心地喝着酒，吃着花生米。张小惊忽然回头问："为什么没有女生打篮球的比赛？"

"有啊，没人看而已。"张小惊的爸爸说。

"为什么没人看？"

"因为不好看。"

张小惊想了半天，就不再说话了。承禧的腿被蚊子咬了几个包，看球不专心，偶然瞥到了张小惊，他被吓了一大跳。

她的眼睛里有什么东西在熊熊燃烧着，亮得吓人。

比赛结束，大人们还在热热闹闹地聊着天，张小惊忽然从地上站了起来，拍了拍裤子，兀自朝家走去。

"你怎么啦？"承禧问。

"我决定了！"张小惊十分坚决地说，"我要当个奥运冠军！"

承禧愣了半天，忽然有点怀疑，刚才是不是拿错了饮料，导致她或他之中至少有一个人喝醉了。

张小惊又更大声地喊了一句："我要当个奥运冠军！"

于是整个广场的人都转过头来，片刻才有人大喊了一声："好！"

这声"好"就像一个信号似的，许多人都站了起来，铺天盖地开始鼓掌。

与此同时，大屏幕开始直播颁奖典礼，张小惊的身影和屏幕交织在一起。她笔直地站在那里，国歌奏响，五星红旗冉冉升起，承禧看着张小惊，忽然就觉得，她好像已经拿到了奥运冠军似的，那么骄傲，那么明亮。

不管怎么说，相比成为外星人什么的，成为奥运冠军，似乎务实多了。

张小惊的妈妈对这个决定非常高兴，趁机开始坑蒙拐骗，说："要成为奥运冠军必须要很有文化才行，你这个成绩是当不了奥运冠军的！"

"真的？"张小惊半信半疑，"那我要考多少分，才能当奥运冠军？"

"怎么着也得是学校里的前一百名吧！"张小惊的妈妈说。

承禧无语地望着她们母女俩，他们所在的学校，一个年级总共才两百多个人，怎么骗人都这么没追求！

张小惊却很果决，当下就跑到房间内，拿着课本和作业下来了。承禧惊讶于她的行动力，张小惊的妈妈则得意扬扬地笑了笑，并冲承禧眨了眨眼。

承禧会意，郑重地举起手，做了个发誓的动作。

你永远也想不到一个九岁的孩子，为了成为奥运冠军，能努力到什么程度。

那阵子每天天刚亮，张小惊就已经爬起来开始念书了。她站在晨光里，抑扬顿挫地念道："猫的性格实在有些古怪。说它老实吧，它的确有时候很乖。它会找个暖和地方，成天睡大觉，无忧无虑……"

念着念着她就开始犯困，为了清醒头脑，她干脆把书放在墙边，一个跟头翻过去，倒立着继续念："寒雨连江夜入吴，平明送客楚山孤。洛阳亲友如相问，一片冰心在玉壶——在！玉！壶！"

因为那场奥运会，她学会了更多奇怪的运动姿势，翻跟头、倒立、原地转圈，打着并不存在的冰球，沿着并不存在的平衡木跳跃，灌着并不存在的篮，飞扑着并不存在的足球……张小惊能不能成为奥运冠军不好说，但当一个杂技演员肯定没什么问题。

承禧每天在窗前看看，只觉得叹为观止，同时又有一点紧张。他总觉得，张小惊迟早有一天会把自己弄成残疾。

偏偏，她就是身轻如燕，好像什么诡异的动作对她来说都毫无难度。

她可以边跳绳边背课文，一旦背错了，动作就会跟着慢下来，"啪"的一声，绳子打到她的脑门上，她揉揉脑门，不服气地去看书。

她也可以单脚跳着做数学题，口中振振有词地念着解题思路："从学校到家是216（ ）……"，她从家里拿出了一个卷尺，很认真地量着，不久后跑回院子里，兴奋地喊了一声："是米！"

承禧摇摇头，她百分之百是个弱智。

暑假结束后，张小惊的进步非同凡响。开学第一次模拟考试，她竟然闯进了前三十名，这让承禧震撼不已，他逐渐觉得，张小惊要是真的拿到奥运冠军，就可以疯狂嘲笑自己了。

不行，自己也得努力一下才行。

承禧的特长是成绩，他不用太费心思就能拿到很高的分数。弱项则是运动，别说奥运冠军了，他连体育考试都没及格过几次。

为了能赶上张小惊，承禧也开始动起来。他不敢让张小惊知道，就天天跑到四季湾那边的运动场运动。跑步、跳远、跳绳、投篮。

现在，他已经能在花好月圆村到处跑着玩了，既不担心迷路，也不担心会出什么问题。某天他发现自己最喜欢的那双运动鞋破了一个洞，他才惊讶地发现，好像运动这件事也没有那么难。

后来在篮球场上，承禧就有了点信心，某天张小惊和宋野阔他们正准备开始的时候，承禧走过去问："能带我一个吗？"

"哈哈哈哈，你打什么位置啊？你连跑都跑不动！"宋野阔照例捶了他的脑袋一下。他也不生气，推了推眼镜说："我就是想试试。"

"那行啊！"张小惊说，"你跟在我后面好了，小心被人撞倒了。"

"我才不会被人撞倒呢！"承禧愤恨地说。

只可惜，根本没有人理他。

正准备跟张小惊打篮球的是一组六年级的学生，他们个子都很高，但承禧也知道，他们打过那么多次了，也没怎么赢过。个子高，只有在技术足够好的基础上才会有优势，但个子高的人往往都比较自大，不会苦练技术的。

当然了，这也有可能是承禧在自欺欺人。

张小惊这边有高大健壮的宋野阔，可以跟他们身体对抗；还有宋野阔的一个小跟班，投篮非常准。张小惊是运球高手，剩下的那个男生则是来凑数的——虽然，承禧也是来凑数的。不过承禧觉得，他跟那个男生不一样。

承禧信心十足，谁知道刚上场，就被人撞倒了。张小惊尖叫一声："让你跟在我后面了！"

她千辛万苦才把承禧弄丢的那个球抢回来，之后就横冲直撞地朝对方篮圈而去。承禧知道她跑得很快，但还是没想到会那么快，他呆了半天，才从地上爬起来，紧紧跟在他们后面。张小惊把球传给了宋野阔，宋野阔投篮，没进。球被六年级的小孩抢到手里了，承禧趁机跑了过去，在对方还没反应过来的时候就抢走了那个球，往后跑了几步，然后，投篮。

三分球。

为了这个三分球，承禧足足练习了两个月，他也不知道他的姿势是不是够漂亮，也不知道张小惊有没有在看，或是能不能一改自己在他人心目中孱弱的形象。当时他最主要的想法其实是，原来跟大家一起打球，比自己一个人玩开心多了！

然后那个球很勉强地飞到了篮圈上空，受地心引力的影响，有气无力地从篮圈中掉落下去。

还是不够帅……

但不够帅的三分球，终究也是三分球。

承禧的心怦怦跳着，手心出了很多汗。宋野阔率先跑了过来，一把就把他的脑袋揽进怀里，揉着他的头说："哎呀不错嘛！真看不出来，四眼你也能投篮！"

"眼镜！我的眼镜要掉了！"

承禧大叫，宋野阔这才放开了他。他抬起头来，扶正了眼镜，然后才看到张小惊一脸欢喜，说："乐承禧，你好棒呀！"

承禧很想高冷地笑笑，表示这不算什么。

结果他没演好，狂笑了半天，第二轮就开始自大了，被人撞了个人仰马翻，并在家里躺了整整一周。

2009年对承禧来说是个大年份，因为他总算从大家欺负的对象，一跃成了"普通人"。总是跟人一起打球的缘故，他认识的人也比以前多了，以往那些一看到他就拍他后脑勺的男生也不怎么拍他了，而是隔老远就叫:"乐承禧,打球去吗?"

承禧还是很矮,一米五出头,张小惊却已经快一米六了。宋野阔一米六三,他的那个小跟班则一米五八——放眼整个学校,比他矮的就只剩下那些低年级的同学了。

不过他渐渐就接受了这件事,矮有矮的好处。比如说,因为小巧,球场上的那些男生都逮不住他。再比如说,好多伟人个子也不高,拿破仑啊什么的,也不妨碍他们成为同时代里最伟大的人。

总而言之,在自欺欺人这件事上,承禧一向是个佼佼者。他发现他非常擅长自我安慰,不过这似乎不是一件坏事,这让他自信了很多。

2009年的夏天,学校里举办了一场半正式的篮球比赛。张小惊作为唯一的女生出场,承禧则作为唯一戴眼镜的男生出场。他们一路横冲直撞,所向披靡,竟然进了决赛。

决赛那天,学校里盛况空前,借着奥运的余风,许多家长都来了,附近几所学校的初高中生也来了。沈天泽带着一群十分醒目的青少年在边上给张小惊加油,临上场前,他特意把张小惊叫过去说了几句话,张小惊点了点头。

于是那一天就成了承禧人生中最骄傲的一天,只要张小惊一拿到球,就会传给承禧,承禧专攻三分球,投十次能进五次,万一没进,有宋野阔和程泽去抢球。他们最大限度地照顾着承禧,承禧几乎没怎么参与过防守,跑动也不多,却成了整场比赛得分最多的人——整整35分。

后来承禧才知道,这是沈天泽给张小惊出的策略。他成就了承禧,却装作无事发生,慷慨而伟大,于是他就成了承禧心里最完美的男人。

后来的后来,承禧在那个著名的《灌篮高手》里看到了同样的情节,才发现其实也用不着这么歌颂沈天泽……

无论如何,承禧深深地记住了那一天。比赛结束,所有人都热烈地拥向承禧，承禧妈妈甚至当众哭了起来。承禧第一次体会到万众瞩目的感觉，又快乐又惶恐，他四处寻找着张小惊，然后看到张小惊在人群外喝着水，微笑着冲他点了点头。

颁奖仪式，张小惊和承禧捧着奖杯站在最中间。他旁边是喜极而泣的妈妈，身后是他讨厌了许多年的宋野阔和程泽。班主任和体育老师也在，乐呵呵地凑着热闹。张小惊一脸骄傲地笑着，承禧则一脸蒙地盯着镜头，他暂时还不适应这种场面，身体有些僵，表情也很呆。宋野阔探头看了承禧一眼，说："你倒是笑一个啊！"

"啊？噢——"

承禧很努力地想要挤出一个笑容，却还是跟以往一样笨拙。

于是几只手一起朝他伸了过去，张小惊和宋野阔分别捏起了他脸颊的两边，承禧的嘴顿时变成了大白鲨。

"咔嚓"一声，承禧有生以来最丑的照片就这样诞生了。

但他还是把那张照片打印了下来，去礼品店买了一个昂贵的相框，摆在书桌上。

——只不过那照片实在太丑了，摆了一个星期后，承禧终于忍无可忍，把那张照片连同相框一起，放进了抽屉最底层，偶尔才会拿出来看一看。

跟照片放在一起的，是承禧多年来积攒的小本子，本子里有他从杂志上抄下来的"黑客守则"、世界富豪排行榜、他崇拜的人的名单，以及他憎恨的人的名单。

还有一张老婆候选表，第一名是刘亦菲，第二名是灰原哀，第三名是裴巧若……

张小惊的名字是最后出现的，用了很多不同的笔，经过了很多次调整之后，他认识的很多女孩的名字都被划掉了，张小惊就这样从第十二位上升到了第六位。承禧有时候会温柔地看着这个名字，仿佛在看张小惊打排位赛似的，心里想：说不定哪一天她就能登顶呢？

一战成名之后，承禧也进入了校园名人堂，提到乐承禧，大家都说："就是那个脑子很聪明的男孩子。"又补充，"而且体育也特别好。"

"体育特别好"就纯属扯淡了，除了三分球，承禧一如往常，俯卧撑做不来，跑步也特别慢。得知将来中考高考还要考体育，承禧才慌慌张张地开始基础训练，长跑、短跑、跳远、跳绳……

张小惊和宋野阔他们就在一旁看着，时不时给他呐喊助威："乐承禧！加油！再跑两圈就到八百米了！"

"想象有一只狗在追你！"

"霸王龙！想象霸王龙在追你！"

这都是什么奇怪的加油方式……

承禧沮丧而疲倦地跑着，忽然听到身后一阵狂吠，他一回头，没想到张小惊还真的弄来了一只狗。

那是只吉娃娃，看着只有一点点大，但叫声恐怖，跟疯狗差不多。

承禧差点又吓得尿裤子了，一阵狂奔，张小惊在后面叫："冲！快去追他！"

"你别松开狗链子啊！"

承禧的声音已经有了哭腔，看到前面的仙鹤喷泉，想也不想就跳了进去，并顺着喷泉里的雕塑爬了上去。

他的眼镜也掉了，衣服也湿了，抱着仙鹤的脖子瑟瑟发抖。张小惊和宋野阔都一脸震惊："不是吧你，吉娃娃你也怕啊？"

'狗就是狗！狗就是我的天敌！"

'那猫呢？"张小惊问。

承禧顿时就沉默了，他悲哀地发现，他的天敌也太多了一点，猫、狗、豚鼠、蜗牛、张小惊……仿佛会呼吸的生物都是他的天敌，他怎么可以这么丢脸？

一个温柔的大姐姐领着她的吉娃娃离开了，承禧还是不肯从喷泉上下来。张小惊和宋野阔以及程泽就在底下笑嘻嘻地看着,说:"乐承禧,你下来吧,我们不吓唬你了。"

"我不信!"承禧说。

"狗已经被人家抱走了,我们拿什么吓你啊!"

"我怎么知道……我什么都害怕,你们又什么都不怕……"

"也没有啊,我就挺怕哥斯拉的。"宋野阔说。

"他还怕他爸。"程泽在一边补充。

"那也不行……"承禧非常坚持。

路过的行人都笑着望着他们几个人,承禧好不容易建立起来的一点声誉就这样荡然无存,他打死也不肯从喷泉上下来。张小惊一开始还买了根雪糕津津有味地在下面等,后来就不耐烦了,说:"乐承禧,你烦不烦人啊!再不下来我就打你了!"

"我不……"承禧说。

其实他也不知道自己为什么得在喷泉上不可,可能是残存的自尊让他觉得就这么下来了也很丢人,也可能他觉得张小惊真的会打他。总而言之,承禧觉得只要他一直待在喷泉上面,就没有任何东西可以伤害到他。如果下去就不一样了,下去了,他就不得不面对刚才被狗追了八百米这件事了。

最后张小惊等得不耐烦了,才跺着脚说:"你要是再不下来,我就去找刘爷把幺鸡借过来了!"

刘爷是承禧和张小惊的邻居,同一条街的,他养了只八哥,名叫幺鸡。那鸟也真是邪门,不仅会说话,还认得人,当初它亲眼目睹了承禧和张小惊的相识过程,从此一见到承禧就会大叫:"老鼠!"

而承禧总是不负众望地开始狂奔。

这时候那只八哥就会模仿人类的笑声,用粗哑的嗓子大叫着:乐承禧,胆小鬼!乐承禧!胆小鬼!

在承禧看来,那只八哥可比什么霸王龙和牧羊犬恐怖多了,因为它会羞辱承禧。被一只鸟羞辱的滋味,普通人是不会明白的。

想到要被八哥嘲讽的场景,承禧又怂了,思索再三,才决定从仙鹤上下来。

见他终于肯下来了,张小惊便得意地笑了一下,学着电视里那些坏人的样子捏着指关节,"啪"的一声,居然还真给她捏响了。

承禧还没找着眼镜,没看清张小惊的表情,总算看清了之后,准备掉头就跑。宋野阔及时地拦住了他,紧紧箍着承禧的脖子,喜气洋洋地说:"来,张小惊,我给你摁住他了,你别客气,狠狠打。"

程泽也跟着凑热闹,抓住了承禧的腿,在一旁为张小惊呐喊。

张小惊装模作样地撸了撸袖子,朝承禧走近。承禧真的被吓到了,他从来没跟张小惊打过架,但张小惊的力气他是知道的,她要是真的一拳打过来,承禧恐怕半条命都没了。

他下意识地闭上眼睛开始挣扎,手脚并用,胡乱地抓着,在某个瞬间,他才突然呆住,睁开眼睛,震惊地看着张小惊。

张小惊也捂着胸口,瞪大眼睛望着他。

宋野阔和程泽都不知道发生了什么事,见他们俩都静了下来,才松开了承禧,问:"这是怎么了?"

该……怎么说呢?

承禧耳朵发烫,手心发软,不会错的,刚才的确是……

碰到了什么。

"我不是故意的……"

承禧结结巴巴的,试图跟张小惊解释。

然而他既控制不了自己的嘴巴,也控制不了自己的眼睛。视线不断地下移,理智拼命地阻止。身体里好像有两个承禧在做着不同的事情,结果理性的那个承禧输了,他终于如愿以偿地把目光聚焦在她的手上,并试图越过她的手,能看得更清楚一点……

"臭流氓!"

张小惊伸手就是一巴掌,承禧嗷地叫了一声,揉着后脑勺说:"那个什么……我真不是故意……"

"滚!"

张小惊说着就飞快地跑开了,宋野阔纳闷地问:"你到底怎么她了?"

"我能怎么她啊?我敢吗我?"

"那她干吗叫你臭流氓?"

"我怎么知道?"

承禧故作无辜,内心却清楚地知道原因。

那天张小惊穿着一件粉色的女生专属运动T恤,平时倒是没觉察出来,然而一旦仔细看的话……

总而言之,区区一巴掌而已,再来一巴掌都行,反正不亏。

该死的青春期

有什么东西开始变了，不只张小惊，还包括学校里其他女孩子。也不知道是从什么时候开始，她们就像是有了什么共同的秘密一样，从此都离男生远远的。以往体育课上，有人请假的话，老师都会很生气的。但进入四年级之后，老师就会在每次上课之前问有没有女生要请假。学校里那些大大咧咧、马马虎虎的女孩，突然都端庄了起来，不再大声说话了，也不跑来跑去了。某一天下午，老师甚至让男生先离开，只留下女生继续上课。

"到底怎么回事啊？"程泽问。

承禧算是看出来了，程泽的脑子是真的不灵光，当年他到底是怎么被也吓到的？真让人摸不着头脑。

宋野阔则神秘兮兮地笑着说："这你们就不懂了吧！我跟你们说啊，因为那些女孩子……"

他压低了声音，天花乱坠地讲述着那些宇宙奥秘一般的事情。

"真的假的？"

承禧惊叫出声，宋野阔则说："当然是真的了！我在我姐的书里看过，你要是不信啊，咱们等会儿去听听就知道了。"

"我要去！"程泽兴奋地搓着手，宋野阔又望向承禧，承禧心一横，说："我也去！"

他们的教室在二楼，附近有一棵很老的榕树，程泽从家里拿来了望远镜，三个人这才趁校工不注意爬了上去。

宋野阔比较重，怕把树枝压断了，就在底下一点；承禧和程泽各自骑着一根粗壮的树枝，程泽只看了一眼，就不作声了。承禧在一边催："给我看看！"

程泽脸红红地把望远镜递了过去，承禧接过来，最先映入眼帘的就是挂在黑板上的那张卫生发育图，有男孩，也有女孩。

承禧本以为自己很有定力的，结果一看到那张图，整个人就烧了起来。也不知道为什么，只不过是两张粗糙的简笔画而已，却让承禧大脑一片空白，彻底死机了。

"还有我呢！该我了！"

宋野阔在下面焦急地叫着，承禧这才呆若木鸡地把望远镜递下去，他脑子还没转过弯来，祈祷着千万别让宋野阔看到自己通红的脸。

没想到，见多识广的宋野阔比他更没出息，只看了一眼，竟然就直接从树上掉下去了。

"砰"的一声，惊动了正在上课的人。女生们齐齐转过头，看到承禧面红耳赤的脸，顿时捂着嘴巴尖叫起来。承禧想了好半天，才咧开嘴，试图给她们一个善良而友好的笑容。

至于女生们看到的笑容是什么样，这就不太好说了。

人生第一次被请家长，乐承禧、宋野阔、程泽，三个人并列一排，家长们则在后面道着歉："对不起，对不起，回去后我们一定好好教育他……"

承禧家来的是妈妈，离开校园时，她一路上都没怎么说话。宋野阔的妈妈则揪着宋野阔的耳朵，一路大喊着："你这个臭小子，看我今天不打死你！"

宋野阔的妈妈是个富贵的胖阿姨，见到她之后，承禧才明白宋野阔那强壮的身躯是怎么来的。他力气那么大的一个人，却还是一路哀号着求饶："我错了！我再也不敢了！"

承禧心中一抖，小心翼翼地看向自己的妈妈。谁知道一转头，看到的是一张比他还要惊慌的脸，他呆了半天，寻思着这是闯了大祸了。

承禧的父母在承禧心中，一向是这个世界上最好的父母，他们总是宠着承禧，即便承禧不争气，两个人也都变着法地想办法。

唯独这次例外，承禧的父母都如同热锅上的蚂蚁一样，背着承禧偷偷商量着，时不时欲言又止地看着他，又或者在家里焦虑地走来走去。

"这……我怎么说啊？"

这是承禧爸爸的说法。

"那我也没法说啊，我一个女的……"

这是承禧妈妈的说法。

最后他们实在没办法了，就求助了张家。

于是某一天，承禧被叫到了张小惊家的客厅，在充满了书香和墨香的房间里，两个爸爸都和蔼地笑着。

"承禧啊，你也不小了，有件事呢，爸爸得跟你说……算了，张老师，还是您来说吧！"

"这个嘛，我也没怎么养过儿子，还真不知道怎么说……"

"张教授，您别这样啊，您不是个生物老师吗？这种事情肯定比我们小老百姓懂啊……"

"那个什么，我是研究微生物的，跟人体没什么关系……"

"微不就是小的意思嘛！人是生物，那小孩就是微生物啊！您肯定比我懂！"

"你这话说的……"张小惊的爸爸顿了顿,"行吧,那我从胚胎开始讲起。这个胚胎呢,就是生命的初体……"

承禧一脸茫然,看着沙发对面的两个大人。

别的不说,张教授那生物知识可真够丰富的,从植物讲到动物,从中枢神经系统讲到染色体,承禧倒是听得津津有味的,虽然一个字也没听懂。承禧的爸爸则彻底被绕糊涂了,脸上挂着比承禧还迷茫的神色。

这时候楼上突然传来噔噔噔的声音,张小惊的妈妈带着张小惊下了楼,翻了个天大的白眼,说:"行了行了,你们俩带着小惊出去,我来吧!"

张小惊瞟了承禧一眼,就骄傲地抬起下巴,哼着歌出去了。

显然张小惊已经上完课了,看她的表情,其实也不是多大的事。承禧想,张小惊都能听懂,那自己肯定也能听懂。

承禧的爸爸和张小惊的爸爸则如释重负,双手合十,讨好地说:"左医生,您辛苦了,那……就交给您了……"

承禧从来没见过他爸爸竟然能跑那么快,又转过头看了看一脸严肃的张小惊妈妈,心里咯噔了一声,吞了吞口水。

一个小时后,承禧怀着无比沉重的心情走出了张家。张小惊跟两个爸爸正坐在路边吃冰激凌,见承禧出来了,承禧爸爸迅速迎了过去:"怎么样?都听懂了吗?"

"嗯——"承禧犹如失去了灵魂,行尸走肉般地回到自己家。

承禧爸爸愣了一下,问:"这是怎么了……"

左医生这才推开门,拍了拍手掌道:"没怎么,就是讲得认真了一点。"

总的说来,承禧是被上了一堂人体课,她以丰富的医学经验,告诉了承禧生命有多么血腥、多么残酷。皮肤切开之后是什么啦,这个部位那个部位是干什么的啦,平时都怎么用的啦,儿童形态是什么样子,成年形态又是什么样啦……万一用错了会怎样啦,男性跟女性究竟有什么区别啦,哪些话题是禁忌啦,要是承禧敢对女孩子胡来的话,她会用什么样的刀怎样挑断他的筋啊……

什么什么的……

承禧回忆了一下,终究还是忍不住跑去卫生间吐了半天。

这会儿他对女孩子一点兴趣都没有了,老婆也不想娶了,孩子也不想生了,觉得当个简单的小学生,其实也挺好的。

平心而论,其实张小惊是个挺漂亮的小姑娘,她有一张鹅蛋脸,还有一双扑扇扑扇的大眼睛。然而就像做连线题一样,围绕在张小惊身边的诸多词语,让人很难把她直接跟"漂亮"联系在一起。

更何况,人在年少时的审美实在太刻板,诸如女生皮肤一定要白、身材一定要纤瘦,这才算漂亮。

张小惊一天到晚在外面疯跑,白是白不到哪里去的,纤瘦就更不用提了,在承禧心里,她纯粹是个巨无霸型女战士。

学校的女生都在研究着穿衣打扮,张小惊也跟着研究。但她的审美是真的非常糟糕,她似乎是个色盲,分不清很浅的蓝色和白色,也分不清那些温柔的红黄蓝绿和荧光红黄蓝绿。依靠她自己的能力,变漂亮是没希望了,变丑却是绝活。

有一天,她偷偷用了她妈妈的化妆品,把自己弄成了一个人妖,披着白色的窗帘,模仿电视里的那些小仙女婀娜的姿势和说话的语气,一回头,脸上一团红一团白的,差点把她爷爷吓出心脏病来。

又有一天,她穿了一条土爆了的黄色碎花连衣裙,害羞地去便利店买东西,怕被人看到了,跟做贼一样绕着树走。

承禧刚好从便利店回来,跟张小惊打了个照面,故作惊吓地叫了起来。

张小惊揪住承禧的领子就说:"我打死你啊!"

"不劳你动手,我光是看你一眼就觉得我离死也不远了。"

承禧做出求饶的姿势,根本无法直视张小惊那张五彩斑斓的脸,他低着头,只能看到她的裙摆。这裙子都已经这个鬼样子了,底下居然还缀着诡异的荷叶边,让承禧非常好奇:"你到底哪儿弄来的这种衣服?"

"我妈的衣柜里翻的。"

"真看不出来,你妈居然也走过这种路线……"

"我妈当年可酷了!她还会化烟熏妆呢!"张小惊说。

"真的假的?"承禧瞪大了眼睛。

左医生平时都是很朴素的形象,她穿衣都是以实用为主,什么连衣裙啦、半身裙啦都是很少见的,就连普通家庭妇女最喜欢的开衫和衬衣也不怎么穿。不上班的日子,她不是T恤就是卫衣,连妆都不化,一个纯正的欧巴桑。

张小惊从家里捧来了相册,说:"你看!"

承禧打开,立即就受到了视觉冲击。谁能想到左医生年轻时还是个前卫的摇滚青年呢?她烫着那年头流行的大卷,垫肩衬衣,绛紫色的喇叭裤,还戴了顶绿色的贝雷帽。还有熊猫眼,皮衣,身上镶满铆钉和链子……

承禧抬头看了眼张小惊,才说:"看来你是继承了你妈的审美……"

"我也觉得!"张小惊沾沾自喜地说,"我妈年轻时真时尚!"

如果那就是时尚的话,那张小惊还是继续当个土包子比较好。

不过,承禧不敢说。

他只是打量着张小惊的头发,最后说:"要不然你换个发型好了。"

2010年很流行齐刘海,学校里那些漂亮的女生几乎都有刘海,挡住眉毛,一抬头就是一双水灵灵的大眼睛,煞是令人心动。

但那个发型显然不适合张小惊,至少,她自己剪出来的不适合。

当天晚上，张小惊的妈妈就在家里大叫着："你要是想换发型就跟我说，我又不是不让你换！你看看你现在搞成什么样子，丑死了！"

"我又不是自己要长这么丑的，你干吗这么说我？"

张小惊呜咽着，从家里跑了出去。

左医生则皱眉跟了出来，冲张小惊的身影喊："我开玩笑的啊！你怎么还当真了？"

接着她摇摇头，叹口气说："青春期，真烦！"

承禧在窗边看着，觉得张小惊有点可怜，又觉得有些得意。太仇已报啊大仇已报！张小惊，你也有今天！

他兀自看着张小惊在迷茫里晕头转向，那阵子张小惊身上的魔法彻底消失了。她总是很彷徨地走在路上，找不到人跟她一起玩，她就开始学滑板了。放学后，她总是一个人在路边练习滑板，动不动就摔一跤，砰的一声，有点吓人。

承禧有时候就在旁边看着，问："你干吗非要玩这些啊？"

"不能运动我就不开心。"张小惊从地上爬起来，看了看胳膊肘，皮肤已经划破了，鲜血渗出，承禧吓得别过了头。

"那你干吗不继续打篮球啊？"

"没人跟我玩，我妈说我现在大了，不能总是跟男生一起，其他女生又不肯跟我打篮球。"她闷闷不乐地说。

承禧同情地望着她，有点怀念以前跟张小惊一起玩的日子。不过被左医生教导过了之后，他也不敢跟张小惊离得太近。

其实承禧是个很早熟的人，男男女女那些事，他从小就听他妈念叨着，耳朵都快磨出茧了。他妈喜欢言情剧，承禧就在一旁陪着看，他知道张小惊这是自卑了，很想安慰她几句，却又不知道该说什么。

更何况，他就在左医生眼皮子底下生活着，唯恐自己会越界，就总是跟张小惊保持着不远不近的距离。

但是在学校里就不一样了,承禧在学校里地位越来越高,能跟一众校花打成一片。经过走廊的时候,总有那么几个漂亮女生会揪住承禧的耳朵说:"乐承禧,昨天你在路上叫我什么?谁准许你叫我的外号的?"

承禧那时候就发现他是个贱骨头了,很享受被美少女们揪着耳朵咒骂或暴打的滋味。每到那时候他就有点骄傲,张小惊则翻了个白眼,抱着滑板默默走开。

有了足够的零花钱,有了学习成绩,有了逐渐强健的体魄,承禧觉得自己的未来一片光明,努力一下,搞不好连刘亦菲都可以娶到手。

张小惊就这样从他的老婆候选人名单上掉了下来,现在滑到了倒数第三,眼见着就没什么希望了。

真可惜。承禧想,其实他真的还挺喜欢她的。

现在他跟张小惊一见面就吵架,关系也不似从前了,就在承禧觉得张小惊要从他的生命里淡出的时候,张小惊身上却发生了一件大事,这让张小惊从一个公主,变成了一个……

骑士。

2011年,花好月圆村的单身青年越来越多了。由于小区里的房子格局,以往住在这里的都是中年人和老年人,三口之家、四口之家、五口之家,乃至六口之家。奥运会之后,小区里新建的房子都是小户型,有两室一厅,也有一室一厅。早晨的时候,你能看到源源不断的年轻人背着包出门,去附近或市区上班,到了下午,又分批次回来。

小区越来越大了,里面的人也越来越多了,虽然招聘了足够数量的保安,但还是鱼龙混杂,什么人都有。

有一天张小惊上辅导班回来的时候,撞见了一个犯罪现场。

那个辅导机构距离花好月圆村也不算太远,只不过会经过一个工地和一片小树林。那天张小惊经过那片小树林的时候,听到里面有挣扎和争吵的声音,就进去看了看。是一个男人,在挟持一个女人。

张小惊从小受到的教导就是要见义勇为、勇敢善良。即便是不再自信的张小惊,也依然没忘记这两个准则,于是她就冲进去了。

没想到对方手里有刀,张小惊的运动天赋再好,毕竟只是一个小女孩。看到刀,她就慌了,拼尽力气跟对方打了起来,然后也不知道怎么的,那刀就插到了那个男人身上,虽然无大碍,但血流成河,于是那个女的就尖叫着跑了出去。

当警车的声音响起的时候,已经是晚上十点了。喜悦郡里家家户户都有人,车鸣声引得所有人都跑了出来。承禧也在楼上看热闹,结果就看到蓬头垢面、浑身是血的张小惊从车里钻了出来。

"这是怎么回事?"

那天张教授加班,家里就三个人,张小惊的妈妈和爷爷奶奶都吓坏了,警察便把事情的经过一五一十地讲了。由于是未成年,警察决定先把张小惊送回来,之后的笔录再由家长陪着去补。

警察走了之后,承禧妈妈说:"啧,她总算闯祸了,我就知道这孩子将来迟早是要闯祸的。"

如今承禧的妈妈是个富太太了,这位富太太什么富贵的毛病都有:整天跑去美容院,跟别的女人比拼皮包和首饰,嫌贫爱富,并且势利。承禧斜了妈妈一眼,若不是多年的母子情义,他差点就不再爱她了。

等人群都散了之后,承禧才跑到楼下,去便利店买了瓶水,在张小惊家门口晃荡着。那是他们一家搬之后,张家最吵的一天。承禧听到张小惊的妈妈大喊:"你就不知道去叫人啊,我平时都是怎么教导你的?"

"可是当时很急啊!那个女的都快被掐死了!"

"天乌漆麻黑的,你是怎么看到她快被掐死的?马路上那么多车,你拦一辆车能花多长时间?"

张小惊的奶奶在一旁劝着:"算了算了,有什么事明天再说,小惊都吓成这样了,快让她早点去休息吧……"

"我就是因为从小不开心,才生下你的!"张小惊妈妈的声音忽然就有了哭腔,"我小时候干什么我妈都不许,生下你之后就没怎么管过你!我想着你开开心心地长大了,我也算是了我自己的遗憾。结果呢?你看看你现在变成什么样了?一天到晚跟个疯子一样地在外面乱跑!放学了也不知道赶紧回家,就知道往那些没人的地方钻!要不然怎么就被你碰上了呢?"

张小惊也哭了,声嘶力竭地喊:"你骂我干什么?我怎么就不回家了?还不是你让我去辅导班的吗?我都说了我已经尽力了,我就是学不会!成绩不好,长得也不好看,老师不喜欢我,同学也不喜欢我,现在连你也不喜欢我!"

"我什么时候……"

但话音还未落,一个影子就夺门而去,飞快地朝马路尽头跑去。左医生追了出来,她穿着拖鞋,前几天刚下过雨,地面有点滑,她摔了一跤。

"小惊!"她难过地喊。

承禧连忙道:"阿姨,你别急,我去找她!"

他丢下水就跑。

不过张小惊的速度可不是他能赶上的,她的百米跑打破了全校纪录,只有 12 秒 03,承禧的成绩则是 14 秒。

一眨眼的工夫,张小惊就不见了。承禧站在路口气喘吁吁,根据她消失的方向,他在脑子里经过了一番推理,最终有了方向,便朝四季湾跑去。

彭彭就是在四季湾去世的，那个天鹅湖附近，是居民散步的好去处，其中有条林荫道，旁边连着人工湖，靠近河岸的地方有个未经修葺的、保留着原生态的河堤。张小惊当初选了好久才选中那个地方，就是为了让彭彭能离天鹅近一点。

果然，找了一会儿，承禧就看到张小惊的脚印了。她躲在灌木丛里，啜泣声不断传来，承禧很小声地叫着："张小惊，是我。"

啜泣声立即就消失了。

承禧沿着河岸小心翼翼地往前走着，那里路很滑，树枝和草丛支棱着，不怎么好走。路灯在很远的地方，河岸有点暗，承禧看到了张小惊的鞋子，才慢慢地走过去，蹲下来，小声说："你出来好不好？"

他只能用那种很轻很轻的声音，说话的声音还有点抖，因为他看到了她腿上的血，也不知道是她的，还是那个人的。她的鞋子上全都是泥，袜子也脏了，她抱着膝盖，不肯抬头。

偶尔在电视上一闪而过的恐怖片镜头，都不如这一幕让承禧惊慌。他很努力地稳住情绪，绞尽脑汁想着那些可以安抚她的句子，道："左医生这不是怕你出什么事嘛……也不是真的在骂你……那可是你的妈妈啊，她怎么可能会不喜欢你？你都不知道，学校里有多少人羡慕你来着，因为别人的妈妈都管这管那的，可是你想干什么，你妈妈都没有说过你……"

张小惊还是低着头，肩膀耸动着，他知道她又哭了。犹豫了一会儿，他才伸出手，晃了晃张小惊的胳膊，恳求道："你先出来，这里冷。再怎么生气也不能坐在这里，你爷爷奶奶还在家呢，他们要是一着急，病了怎么办？"

"你到底会不会安慰人啊？"张小惊突然就叫了起来，"有你这么说话的吗？"

"好好好，我错了，我该死……"承禧在心里暗骂，他是真的该死，怎么能提这个！

那应该说什么呢？

想了半天，他也想不出来，就只好说："张小惊，其实我挺羡慕你的，你什么都好，胆子又大。要是我的话，我就不敢去帮忙，我会以最快的速度跑回家，躲在房间里面。我从小就是这么一个人，遇到什么事情都只想跑回家……学校里的人也不是不喜欢你，而是不知道该怎么跟你相处。你跟我们都不一样，可以自由自在地生活，到处跑，玩滑板……但我们都是普通人，每天只能待在家里做功课，除了看看电视研究研究明星，就没什么可做的了，所以才会聊那些……"

说着说着，承禧也觉得索然无味起来。

每个人都想要合群，于是大家最终就变成了一模一样的人。

承禧之所以知道这些，是因为他当初才是最不合群的那个。为了能跟同学说上话，他小时候也是拼尽全力的，去看那些一点意思都没有的动画片，买来大家都想要的玩具讨好他们，最后却被人抢走了……

以前承禧觉得，与众不同是一种魅力，后来才发现，其实那是一种能力，不是人人都具备的。

"张小惊，你知不知道，其实你特别好。"

"真的？"

张小惊的声音平静了一些，承禧才转过头去，看到她眼泪汪汪地望着他，眼睛被湖对岸的灯光照得发亮。她的嘴角肿了，看起来格外可怜。那一向锃亮的大脑门也蹭破了皮，整张脸五颜六色的，让承禧心里倏然一紧。

承禧很想伸手摸一摸那些伤口，但是不敢。他只是低下头说："当然是真的，你跑步快，跳得也高，而且特别勇敢。"

"可是我成绩不好。"

"成绩好又没有什么了不起的。"

"我长得也不漂亮。"

"长得漂亮不漂亮也……"

说到一半他就知道自己说错话了,立刻闭紧了嘴巴。

但只停顿了一秒,张小惊就又号啕大哭起来:"你就是觉得我不漂亮!"

"我错了我错了!我瞎了行不行?"

蹲得太久,腿有点麻,承禧经过一番挣扎,在自尊和张小惊之间选择了后者,当机立断跪了下去,双手打开,脑袋着地,虔诚地说:"我给你磕头了,一切都是我的错,任打任杀都是你说了算!"

张小惊看了他一会儿,忽然笑了,问:"傻不傻啊你?"

"傻。"承禧承认,然后问,"那你能出来了吗?"

"我出不来了,我脚崴了。"张小惊说。

"哪只脚?"

"这只。"

张小惊把脚伸了过来,承禧强忍着所有的不适脱掉了她血淋淋的鞋子和袜子,借着远处的光看了看,肿得厉害。他便说:"那我背你回去好了。"

"你背得动吗?我比你重,还比你高。"

"这有什么背不动的?你真是太小瞧我了!我现在身体比以前好多了!"承禧弯了弯胳膊,"给你看我的肌肉。"

张小惊轻蔑地望着他,说:"你那叫什么肌肉?给你看看我的!"

她也弯了弯胳膊,望着那个鼓鼓的小包,承禧沉默了半天,最后说:"我还是扶你回去吧!"

"那不行,得背。"

"好……"

他们花了很久的时间才从河堤走到岸上,张小惊单脚跳着,扶着承禧的胳膊。承禧唯恐她摔着了,几乎所有的力气都在那只胳膊上。

到了岸边,他才蹲了下来,张小惊趴在他背上,抱着他的脖子。他试图站起来……咬了咬牙,再次试图站起来。

张小惊是真的很重。

但绝对不能表现出来。

承禧佯装轻松地说:"你哪儿重了啊?根本就不重。"

"我们班上的女生都比我轻,我都九十斤了!"

"……那也,不算重。"承禧很违心地说。

"乐承禧,你知不知道你撒谎技术特别差?"

"知道啊,我这不是在跟你捧场吗?要那么好的撒谎技术干吗?"

"那你跟别的女生说话时,撒谎技术会高一点吗?"

"什么别的女生啊?我根本没跟别的女生说过话!"

"你胡说!上周你约娇娇看电影,就说了很久的话。"

——娇娇,是学校里最漂亮的女生。

承禧道:"我那是跟宋野阔打赌!不得已而为之!"

"你还请过麦粒看电影!"

"拜托,麦粒都是个初中生了,你觉得我会请初中生看电影?"

"那你为什么找她看电影?"

承禧沉默了一会儿,道:"……也……打了个赌。"

"乐承禧,你就想不到别的借口了吗?"张小惊立即就揍了他的脑袋一下。他叫了一声,解释说:"主要是我现在真的没力气了……"

张小惊却跟没听到似的,很小声地说:"你就没有请过我看电影……"

她的脸贴在他的脖子上,鼻息是温热的。承禧继续往前走着,脑袋里却什么东西都没有了,只是机械式地继续往前走。

张小惊说:"学校里的人都说,只有被你请看过电影的女生,才是漂亮女生……他们还说你肯定会请我看电影的,结果你都请了九个女生了,还是没请我。"

"有九个这么多吗?"承禧也很震惊。

"有啊、娇娇、麦粒、小雪、巧巧、赵子琳、仇梦美……"

张小惊一个个地数着,承禧背对着她,嘴角扬了扬,很温柔地笑了。他问:"所以你就每天到处打听,我请了谁看电影啊?"

"是啊!"

"为什么呢?"

"因为我一直在等你请我看电影啊!"张小惊很自然地说。

承禧心里有什么东西颤动了一下,声音不知不觉就低了下去,说:"我明天就请你看电影。"

"真的?"

"嗯。"

那条路忽然就变得很长,路灯忽然就变得很暖,张小惊忽然就变得很温柔,承禧则忽然就安静下来。他听着自己的脚步声在夜里回荡着,整个小区,就只有这条路最安静,除了树叶沙沙响,就只剩下不远处天鹅的叫声。认识张小惊以来,那是承禧最难过的一天,他很想从此以后都只对张小惊好,只请张小惊看电影。

再说了,在承禧心里,张小惊一直都挺漂亮的。

她那天要是问了就好了,承禧想,她要是问了,他就敢告诉她了。

只可惜她没问,他也没说。

有关请女生看电影这件事吧,其实是这样的。

对男生来说,很多事情就像打游戏一样,需要不停地过关、升级、再遇到新的关卡。

你也不能指望十几岁的小孩子能有什么内涵,对承禧来说,顶撞老师、做一件坏事、邀请女生单独出去玩,就是他的三个关卡。

对别的人来说这三个项目的排序应该不是这样的,但是对承禧来说，邀请女生看电影才是最容易的。他暂时既没有顶撞老师的勇气，也没有做一件坏事的想象力，于是就从他认为最简单的那件事入手。

自从他发现自己也是个潜在的美男子之后，他的自信心就开始提升了。他有一个小本子，专门记录了以前鄙夷过他或者欺负过他的人的名单，其中宋野阔排在第一位，娇娇排在第二位，麦粒排在第三位，程泽排在第四位……

至于张小惊，张小惊出现得晚了一点，排在了二十几位。

以前承禧想着，等他将来发达了，就一个个去找这些人报仇。现在他十二岁了，觉得自己已经相当了不起了，未来可期，前途一片光明。尤其是现在他跟娇娇这么熟，他的心思就活络了，觉得可以把复仇提上日程了……

他内心是一个把这些人都踩在脚下的精彩画面，但一时半会儿的，他还不确定他能踩谁、不能踩谁。既然宋野阔和程泽都被移除在这个名单外了，剩下的也就很好办了。为了验证这些女生是不是还很讨厌自己，他就邀请她们出去玩。别的场合都有些复杂，但看电影……众所周知看电影还是很私密的。

于是有一天他就鼓足勇气去邀请了娇娇，还佯装是在给娇娇面子。

没想到娇娇直接就答应了："好啊，看什么电影？"

居然这么简单？

承禧呆了一下，报了一部战争片的名字。

"我不喜欢看战争片！"

"那就算了。"承禧说，接着就转身离开了。娇娇在原地呆了半天，才大叫："你有病啊！"

九个女生，同意的有五个，拒绝的有四个——四舍五入就是百分之五十，有百分之五十的女生都愿意接受他的邀请，他觉得十分满足。

张小惊搞错了问题，如果承禧是按照他心目中的美貌排行榜来邀请这些女生的话，怎么着也是裴巧若排在第一个，张小惊则是第四个。

无论是按照承禧的复仇排行榜，还是美貌排行榜，他都没什么勇气邀请张小惊。也没有什么具体的原因，就因为张小惊是张小惊。

所以，邀请到第九个的时候，承禧就取消了这个计划。毕竟再邀请下去，他就不得不去邀请张小惊了。

一想到要去面对张小惊，他就开始紧张了。

那时候他就知道了，张小惊在他心里是不一样的，但究竟怎么不一样，他还没想明白。

至于被承禧邀请过的那九个女生，后来成了花好月圆村的九朵金花，她们同仇敌忾，目标一致，就是以咒骂承禧为主。因为承禧邀请了她们之后，就再也没出现过了，有几个女生甚至跑到电影院门口等着承禧出现，结果承禧放了她们的鸽子。

少年承禧，在十二岁那一年，成了花好月圆村的美少女公敌。又过了几年，他的称呼就更简单了，提起承禧的时候，所有的女生都说："他是个渣男！"

以上就是承禧成为渣禧的过程。

但是请张小惊看电影这件事，一时半会儿的，也轮不到承禧了。

张小惊的事情惊动了还在学校的沈天泽，听到消息后，他就立即赶回来了。隔了些日子没见，沈天泽更像个贵公子了。沉稳的高级轿车缓缓停下，沈天泽穿着衬衫和长裤，很像那几年最流行的霸道总裁，也说不清哪里跟别人有什么不同，反正就是人一出现，所有人的目光都会集中在他身上。

那已经是第二天下午了，警察又来了一次，张教授也回来了，正心情沉重地跟警察道谢："好了，我们知道了，谢谢了，你们辛苦了……"

对于张小惊的举动，张小惊的父母都有些惊慌。道理归道理，现实归现实，一个小学生去阻止抢劫这种事，怎么听都让人心惊肉跳。

承禧刚从电影院买了票回来，看到这一幕，也不敢去打扰了。沈天泽的车子出现，承禧自然地就退后了几步。

沈天泽一下车就皱了皱眉，问："这是怎么回事？"

脚上绑着绷带的张小惊则一瘸一拐地跑了出来，扑进沈天泽的怀里就开始哭。

承禧在后面看着，忽然怒火中烧。人可是我千辛万苦背回来的！凭什么荣誉都是你的！

他捏紧了那两张电影票，愤怒地回家去了。

又过了几个小时，承禧才知道，受伤的人已经醒了过来，没大碍，但是准备状告张小惊。

张小惊碰到的那对男女其实是一对情侣，正在分手呢，得知张小惊家住在喜悦郡，两人顿时就同仇敌忾了，坚持说是在闹着玩，要求张小惊家里赔偿二十万。

在2011年，很多人眼里，有房子的人都是富人，住独栋更不用说了，是富人中的富人。一幢带院子的联排小别墅，听起来多浪漫啊，家里还又是医生又是大学老师的，那肯定是个巨富。

这整件事都很荒谬，没有多少人会当真，但张小惊的父母还是都慌了。在不知不觉中，他们把张小惊养成了一个野生动物，这是不争的事实。这一次勉强算见义勇为，但下一次呢？下下一次呢？

左医生和张教授那几天总是在吵架，张教授指责左医生没有好好照顾张小惊，左医生指责张教授没有分摊养育子女的责任。张小惊的爷爷觉得这也不是什么大事，没必要这样。张小惊的奶奶则心疼不已，坚定地站在儿子那边批评左医生……

知识分子吵架都与众不同，一开口就是书面语。

左医生说："张问桐，你扪心自问一下，除了每个月上交一半工资，周末洗洗碗，你为这个家还做过什么？"

张教授说："左碧丽，你也讲讲道理，当初说好了的，张小惊长成什么样的女孩是由你负责的，你说我不懂女性，教育出来的孩子只会是男权附属品，这话是不是你说过的？"

张小惊的爷爷说："碧丽，这就是你的不对了，虽然社会有社会的问题，但与众不同也是行不通的，她既然生来就是个女孩子，有些责任就不得不承担……"

张小惊的奶奶说："你们两个什么时候商量的这些？我怎么不知道？张小惊是只属于你们两个人的吗？我就没有发言权了吗？"

…………

窗外一众人站着嗑瓜子，有人问："他们到底在说啥？"

"这你就不懂了吧？这叫女权主义！"刘爷盘着手里的珠子说，"现在就流行这个！"

张小惊被告这件事，很快就传遍了整个小区。承禧坐在四季湾外面的便利店门口，宋野阔骑着自行车气喘吁吁地跑了过来，把车子往地上一扔，问："都是真的？"

"嗯。"

"小惊呢？小惊受伤了吗？"

"崴了一下，不过跟那件事无关。"

"沈天泽也回来了？"

"嗯，这会儿正在张小惊家里做客呢！"承禧意兴阑珊地说。

"那就没什么好担心的了，有沈天泽在，谁还能欺负得了张小惊！"

宋野阔松了一口气，承禧则望着天边悠悠的云。他有时候觉得，就连宋野阔都比他更喜欢张小惊，只要张小惊人没事，宋野阔就什么都不担心了。

有越来越多的男生开始聚集，他们在便利店门口，七嘴八舌地议论着张小惊家里的事。承禧一直盯着路口，见那辆黑色的轿车出现了，才飞快地跑了过去，拦下车。

沈天泽摇开了车窗，示意他上车。他一上去就问："怎么样？"

"我回去跟家里人商量一下，找个律师给张小惊。这官司我们是打定了，我就不信还能输了这种官司！"

他气愤至极，英俊的脸庞都歪了。

承禧在意的却是"我们"两个字，怎么就"我们"了啊！你一个贵公子，跟我们老百姓有什么好"我们"的？！

沈天泽紧接着就开始教训承禧了："你们又是怎么回事啊？大晚上的，让她一个小女孩在外面乱跑？"

"你这……就有点冤枉人了……我跟宋野阔、程泽三个人都打不过一个张小惊，谁能想到会出这种事啊！"

"真的？"沈天泽扬了扬眉，问，"你们三个都打不过她？"

承禧又开始要面子了："随便说说，也没打过。"

"不过我觉得啊，你们还真不一定能打得过她。"沈天泽一脸骄傲，就仿佛张小惊是她亲妹妹似的。至于一个女孩子能打赢男孩子这件事，承禧也不知道他在骄傲个什么劲。

为了打击一下沈天泽，承禧就说："这也说不准的，张小惊现在的运动能力可不比从前。再说了，我们也都开始长个子了……"

"运动能力不比从前？为什么？"沈天泽的眉毛又皱了起来。

"你去问她啊，我哪儿知道？"承禧摊了摊手说，"我要下车。"

车停了下来，承禧推开车门出去，之后又重新往回走。他忽然就有点烦，其实他是很崇拜沈天泽的，跟家境或者长相没关系，他就是喜欢沈天泽身上那种气势，那是所有的男孩子都想要的。

但承禧不喜欢他对张小惊那么好，也不喜欢张小惊总是缠着他。

总而言之，他就是看沈天泽不顺眼。

人人都爱张小惊

有关沈天泽这个人,总的说来是这样:作为一个运动狂魔,沈天泽拥有一颗拿世界冠军的雄心,但碍于家境,只能成为一个集团继承人。他打篮球,也踢足球,不过最热爱的是拳击,曾经参加过世界青少年业余拳击锦标赛,还打进了十强。但比赛后的那一身伤,让沈天泽的父母及爷爷奶奶、外公外婆、大伯二伯,乃至婶婶舅舅等无数亲属心疼不已,于是就禁止沈天泽再参加格斗比赛了。

沈天泽别的都不好说,运动能力却是一等一的,还是因为家境的缘故,他有的是机会接触那些专业的体育从业人员,什么营养师啦、教练啦一类的。

第一次见到张小惊的时候沈天泽就惊为天人,从此就对这个小女孩充满了无限的兴趣。得知张小惊想要当奥运冠军的时候,沈天泽很是欢喜,觉得既然自己没有机会实现梦想了,那么看着别人实现也挺好。他想过了,只要张小惊肯,他就会全力支持她。

结果张小惊却因为那些鸡毛蒜皮的小事,放弃了运动这个爱好,这真是让沈天泽失望至极。

那一整个夏天,沈天泽都留在了花好月圆村,除了帮张小惊家里介绍了一些律师,最主要的还是想让张小惊成为一名体育生。

"张小惊,你不是想当奥运冠军的吗?"

律师和物业在房子里聊着大事，沈天泽就和张小惊在外面聊着小事。他们俩就坐在路边的台阶上，张小惊的脚伤已经好了，不过依然没有去学校。临近小学毕业的最后几天了，张小惊的情况比较特殊，老师就准了她的假。

承禧放学回来，张小惊垂着眼帘，低声对他说道："我好像当不了奥运冠军了，之前学校送我去参加全市的小学生运动会，有个女生跑得比我更快，我只拿到了一个亚军。老师说，只有拿到冠军才有希望成为运动员。"

"这只是跑步，你的单个项目不如别人，但综合素质应该比别人好。"沈天泽很温柔地看着她说，"很多体育项目考验的是综合运动水平，比如篮球、足球，光跑步快也不行，还需要其他能力。"

"专业的运动员不是从小就开始练的吗？"宋野阔跟承禧一起来看望张小惊，听到这话就问，"运动员到底是怎么当上运动员的？"

"有一些是从小就开始练的，比如游泳、体操。不过也有很多项目是大一点才能训练的，比如篮球。在小学生这个阶段，体育局考虑单个项目成绩最优秀的那些学生，比如跑步、跳高。小惊的弹跳能力和协调能力比其他同龄人高很多，只要能找到合适的项目，我觉得发挥空间会更大。"

沈天泽侃侃而谈，仿佛自己就是体育局的工作人员。承禧掐指算了半天，其实他只比他们大了六岁，却比很多上班族还要老成，说话时不紧不慢，声音厚重，让人情不自禁地就产生信赖感。

承禧和宋野阔却听得茫然，问："所以你想让张小惊现在就去打篮球？"

"打篮球不是需要个子特别高吗？我看张小惊的父母也没那么高啊！"承禧说。

"时代不一样，你们这代人营养好，平均身高已经比父母那辈高出许多了。"沈天泽抬头打量了一下宋野阔，又把目光落在了承禧身上，补充道："当然，也有例外。"

"我现在已经不矮了！"

承禧咆哮，沈天泽像是没听到一般，坏笑了一下，就转过头看着张小惊，说："如果你想的话，我可以介绍你去少年队试一试。"

"哇！那张小惊岂不是现在就可以当运动员了？"宋野阔又叫了起来，兴奋得像只狒狒。

沈天泽却道："这倒也未必，但，试试还是可以的。"

物业和律师从张小惊家里走出来，张小惊的妈妈送他们到门口，宋野阔才反应过来，说："我得回家吃饭去了！"

他一路小跑，沈天泽也跟着站了起来，张小惊的妈妈对他笑了笑，说："要不然你跟我们一起吃饭好了。"

沈天泽点头："也行，刚好我也有事情想跟您聊聊。"

"我也要！"承禧凑了上来。沈天泽回头，皱眉："你跟过来干什么？"

"我都在张小惊家里蹭了好久的饭了！我比你熟！"

"你怎么蹭饭都蹭得这么理直气壮？"

"邻居间互相帮助是应该的！"承禧说。

沈天泽便又拍了他的脑袋一下，差点把他的眼镜拍下来。

那一天无疑是张小惊人生里最重要的一天之一，沈天泽在餐桌上讲着成为体校生的事，其他人则认真地听着。其实想要成为奥运冠军这个梦想，在张小惊的心里自始至终都没有变过，但她缺乏专业的引导，张小惊的父母也从来没仔细往这个方面想过。

借此机会，沈天泽正好把这件事讲了，他说："早一点送她去体校，她就不用担心成绩了，体校对文化课的要求比较低……"

对沈天泽而言，整件事的逻辑是这样的：要不是因为她成绩差，她也不必去辅导班了；要不是因为去辅导班，她也不会遇到这件事承禧默默听着，心里想的却是，如果张小惊去体校的话，那以后就见不着她了。

　　那年他们才十二岁，梦想人人都有，但为了梦想而离开学校，似乎还不是他们能说了算的，得靠家长定夺才行。

　　张小惊的奶奶一听就叫了起来："这可不行！她才几岁啊？"

　　承禧跟张小惊的奶奶解释道："运动员就是要从小开始训练才行！"

　　"那也太小了！"张小惊的奶奶很坚决，说道，"要是个男孩子也就算了，女孩子还是得在家里长大才行。"

　　"你怎么又来了！"张小惊的爷爷扫了一眼左医生，似笑非笑地说，"等会儿碧丽又要骂人了！"

　　"骂我也要说！小惊现在还太小了，必须要待在家里！"老太太很强硬，拍着沈天泽的肩膀道，"这位老师，如果你是来我们家吃饭的，我非常欢迎，但你要带走小惊，我绝对不同意！"

　　而处在话题中心的张小惊母女却都没有说话，左碧丽女士跟没听到两个老人拌嘴似的，侧头沉思半天，才转过头问张小惊："张小惊，你想去吗？"

　　整桌人顿时就安静了，都把注意力转移到了张小惊身上。所有人都知道，只要张小惊点头了，左医生无论如何会想办法成全她的；只要她点头，她就正式跨出"成为奥运冠军"的第一步了；她会离她的梦想越来越近，不管最终有没有实现，能跨出那一步，都将会成为一件了不起的事。

　　张小惊低头想了半天，嗫嚅道："我不知道……"

　　这真是个出人意料的回答。

　　承禧很奇怪地松了一口气，低下头继续吃饭。

　　沈天泽反而失望了，说："我还以为你会很高兴呢……"

　　"我之前看电视节目，有个奥运冠军说他们小时候特别辛苦，每天都要从早到晚地训练……"

"你怕了？"

"没有。"张小惊摇头说，"我只是……"

一桌子人都等着她发言，她却放下了筷子，低着头。

张小惊的爷爷在一旁说："怕吃苦可就拿不到奥运冠军了。"

"我不怕辛苦！"张小惊抬头，看了承禧一眼，才又低下头去，继续说，"我就是怕自己一个人……"

承禧也呆住了。

"如果去学体育，我就没有朋友了，学校里发生什么事我也不知道……就算将来认识了新的同学，他们不喜欢我怎么办呢……"

"怎么会呢？"沈天泽说，"怎么会有人不喜欢你呢？"

"但就是会啊，并不是人人都会喜欢我的啊。"

张小惊的奶奶在担心的却是别的事，她说："这些都先不说，问题是将来怎么办呢？要是去学体育，就没法上文化课了，你要是真能成奥运冠军呢，那当然很好，但你要是成不了呢？将来谁养活你？你本来功课就不好，要知道这个社会是只认文凭的，到时候你连找个对象都难，就更别提找工作了！"

"你怎么一会儿一个问题？刚才还说主要是小惊年纪小呢！这会儿又说是文凭问题了？找对象跟文凭有什么关系啊？"张小惊的爷爷再次找碴儿。张小惊的奶奶却说："那你以为我是怎么相中你的啊？当年跟我提亲的人那么多，要不是因为你识几个字，我会看上你？"

…………

承禧凝重地听着，这话题对他来说，无论如何都有点大了。

沈天泽竭力阻止两个老人继续吵架，他说："如果是经济上……"

"那可不行！"

左医生毫不犹豫就打断了小惊的奶奶，她放下碗筷，很温柔地看着张小惊说:"你要是真的想去呢,也没关系,体校也是有文化课的,就算不能成为运动员,将来也可以当个体育老师,或者健身教练什么的。我并不觉得你非要上名牌大学不可,我只希望你这辈子都快快乐乐的,虽然这并不容易,但我相信你能做到的。"

整桌的人都静悄悄的,只有客厅里的空调在嗡嗡地响着。纵观张小惊的家,依然混乱中带着邋遢,因为人太多,东西总是乱七八糟地放着,茶几上是张小惊的作业,料理台上则是没来得及收起来的案板。彭彭的笼子依然摆在玄关的台面上,为了节约空间,里面塞着雨伞之类的东西。

承禧紧张地看着张小惊,好像依稀感觉到了,以后他们将要走的是不同的人生路。

"我知道你这阵子不开心,没人跟你玩了,你在学校过得也无聊,如果去体校,说不定你能找到喜欢的事情。"

张小惊眨了眨眼睛,似乎是真的心动了。

承禧忍不住叫了起来:"那不行!"

所有人都把目光转向他,承禧支支吾吾了半天,才说:"考不上大学就找不到工作的!"

沈天泽意味深长地扫了他一眼,他连忙继续吃着饭。

左医生却道:"体校也是可以考体育大学的,你是我的孩子,我相信你聪明也聪明不到哪儿去,笨也笨不到哪儿去,将来也不至于养活不了自己……要是你连活下来都有问题,那是不是奥运冠军也没什么区别了,你过得不好,就是我的错,到时候我去扫大街也一定对你负责。"

她说完这番话之后,就耐心地等着张小惊的回复。

张小惊沉默了很久,才反问:"那你希望我去吗?"

"妈妈也比较希望你有一个正常的童年。"左医生说,"就像你说的那样,要有一些朋友,跟别人有一些共同经历,这样将来才好过一些。我希望你来人间这一趟,能把该经历的都经历了,你可以和别人不一样,但也不能太不一样。太不一样的话,人是会很孤独的。"

张小惊思索片刻,便舒展了眉心,道:"那我听你的。"

众人的目光转移到了沈天泽身上,沈天泽望着张小惊母女,忽然笑了一下,道:"那也行,我们先不着急,反正初中和高中都有机会,高中毕业后去当运动员的人也不是没有的,真有那个能力的话,什么时候开始都不晚。我相信小惊。"

张小惊的爷爷顿时眉开眼笑,说:"吃菜!吃菜!承禧你多吃点!"

承禧立即开始朝嘴里扒饭,他吃了几口才说:"下午学校要拍毕业照,张小惊你去吗?"

"当然去!"张小惊说。

于是张小惊第一次成为职业运动员的机会,就这样被扔在了一边,她选择了继续当一个普通的女孩。

承禧松了一口气,到了下午要上学的时候,才看到张小惊一瘸一拐地从院子里走出来,左医生还在院子门口说:"我下午要上班,爷爷奶奶还在睡觉,你自己去能行吧?"

"当然能行了!"

左医生笑了笑,伸手抚摸了她的头发。承禧适时说道:"阿姨,你放心,我送她去!"

两个人顶着烈日往学校走去,难得地,张小惊的速度比承禧慢。承禧有些好奇,问:"张小惊,你将来会后悔吗?"

"我也不知道。"张小惊很诚实地摊了摊手。

"万一你要后悔了怎么办?"

"不怎么办,我妈说我要是后悔了可以抱着枕头哭,哭累了就没事了。"

"你妈妈还真是……"承禧在脑海中寻找着合适的措辞,最后说,"还真是教导有方啊!"

张小惊却没说话,只是望着前面的路。

承禧好像猜到了她在想什么似的,问:"你还是想当奥运冠军吗?"

"想。"她说,"不过我妈说了,让我不要着急,我还有机会的。"

承禧也点点头,他也相信她是有机会的。

在此之前,她还是普通的小孩子,因此,她那些点点滴滴的时刻都变得珍贵起来。太稀松平常的相处让承禧忘记了,她将来是个要成为奥运冠军的女孩。

而学校里正闹腾着,一个班接一个班地拍集体照,几十个学生按照高低序列排队,张小惊在最后一排,承禧则在第二排。

在树荫底下,阳光星星点点地落在所有人身上。张小惊眯起了眼睛,对着镜头微笑;宋野阔则咧开了嘴,露出两排牙齿;程泽不小心闭上了眼睛;承禧则不知道是在看什么,反正是没看镜头,脸不小心扭到了右边,看起来像是在翻白眼。

咔嚓一声,定格——他们的小学生涯就在那个闹哄哄的夏季结束了。

为了庆祝小学毕业,沈天泽送给张小惊了一份礼物:一只狗。

那是一只成年的拉布拉多,足有半米多高,看起来非常壮硕。

承禧只在窗内看了一眼就拉上了窗帘,眼前一黑:完蛋了,那狗那么大也就算了,居然还是黑色的,简直要命。

张小惊兴奋地尖叫起来,扑过去揉了狗头半天,抬起脸问:"是给我的吗?"

"狗比人靠谱!"沈天泽故意望着承禧的窗户说,"这只狗是训练过的,本来是要成为警犬的,不过考试没通过,我就问朋友要过来了。"

"当警犬也要考试啊?"张小惊非常吃惊。

"那当然了,它嗅觉不太好,搜索能力也不合格。"沈天泽说,"不

过它很聪明,也很听话。以后你要是晚上出门就带上它,保准没人欺负你。'

"你可真可怜啊,"张小惊顿时就跟那只狗成了生死之交,她俯身抱着它的脖子,很悲伤地说,"我考试成绩也不好,看来以后我们可以有共同话题了。"

你跟一只狗哪来的共同话题啊?承禧翻了个白眼,真搞不懂张小惊这些奇怪的共情是从哪里来的。

但那狗似乎听懂了,抬起前爪,搭在了张小惊的肩膀上。张小惊欢天喜地地尖叫了起来:"你能听懂我说话!"

跟狗成为革命伙伴之后,张小惊就跳到了沈天泽旁边,拉着沈天泽的胳膊晃荡着,说:"我好喜欢它!你对我真是太好了!它叫什么名字?'

"你自己取咯!反正以后它就是你的了。"

"我能不能叫它彭彭啊?彭彭!你过来!"

狗没有反应,张小惊这才有点失望,说:"那我再想想。"

"有事就给我打电话。"

张小惊依依不舍地跟沈天泽道别,扭捏了很久,才钻进沈天泽怀里抱了他一会儿。沈天泽揉着她的脑袋,也是一脸的柔情。那画面让承禧不禁想起了"生离死别"四个大字,张小惊抬头,他趁机做了个呕吐的表情。张小惊恼怒地冲他扬了扬拳头,这才放开沈天泽。

夸张的道别场景总算是演完了,沈天泽才钻进那辆瞩目的车子里,车子缓缓离开。

世界总算又恢复了平静。

承禧透过窗帘的缝隙望着,没好气地看着,心里想:合着张小惊妈妈的那些准则,就只是针对我啊!

谁知道那只狗就像是觉察到了承禧的敌意似的,忽然地就望向承禧所在的方向。

承禧吓了一大跳,这回直接跳到了床上,用被子蒙住了头。

有了狗,又恢复了自信,张小惊就又雄赳赳气昂昂起来,每天早上傍晚各遛狗一次,闲着没事干就训练狗做事。

那狗也是真的厉害,有时候张小惊忘了给它拴狗绳,它能自己叼着狗绳跑出来。张小惊的奶奶出去买菜,它还能帮忙推小推车。

最妙的是那狗跟对面的八哥成了好朋友,那八哥也不知道跟谁学的,有时候一大早就在喊:Good morning!

张小惊的狗就回一句:汪!

喜悦郡是住不下去了,承禧现在连门都不敢出。一般他要是出门的话,都是向右拐,途经张小惊家、仙鹤喷泉,才到达便利店。现在他宁可左拐,绕着走。

但相遇总是注定的,别人都是转角遇到爱,承禧则是转角遇到狗。有一天早上,他又绕着路去买早餐,忽然就看到张小惊拉着那只狗从远处走来。

"乐承禧!"张小惊大喊。

承禧立即就退后了几步,伸出手制止:"有话好好说!把狗放下!"

"你怎么还在怕狗啊?这只狗很乖的,根本不咬人。"她很欢喜地说,"我已经给它取好名字了,它叫金雳!"

承禧想了半天,才问:"《指环王》里那个矮子?"

"对!"

"你怎么总是能爱上影视剧里那个最丑的配角啊?"

"金雳哪里丑了?金雳多可爱啊!"张小惊揉着拉布拉多的脑袋,对它说,"你说是不是?"

她还真是不管养什么生物,表情、姿势都一个样。

承禧朝后面看了看,准备换一个方向走路,张小惊却又说:"你不是说要请我看电影的吗?"

承禧一怔,差点把这事给忘了。他说:"行啊,你想看什么?"

"《哈利·波特》。"

"那我现在去买票,你要看几点的?"

"都行。"

"那我买到票了再叫你。"

"好的。"

2011年年初,花好月圆村才有了一个电影院,开在繁华里。那影院不大,客流量却很惊人。承禧之前已经去买过一次电影票了,第二次去就很熟悉了,付了钱,取了票,谁知道一回头,就看到娇娇和几个女生正在看着他。她们昂着下巴,怀抱着双臂,脚尖在地面上叩击着,问:"乐承禧,我的电影票呢?"

有关娇娇这个人,如果说张小惊是非典型女生,那么娇娇就是典型的女生,她从小就无比热爱穿衣打扮,梦想是成为国际名模。略大了之后,发现国际名模好像没几个好看的,就开始计划要当服装设计师了。

承禧跟她之间的仇恨,差不多要追溯到幼儿园时期,那时候承禧跟娇娇是同桌。有一天承禧上课时睡着了,哈喇子流到了娇娇美丽的蕾丝边衣袖上,娇娇当即就尖叫起来:"乐承禧!你真恶心!"

从小,娇娇就是只美丽而花哨的孔雀,身上又是蝴蝶结又是蕾丝边的,如今她的"时尚造诣"更高了,穿着一条彩虹一样瞩目的连衣裙,还戴了一大串手镯项链,跟火鸡似的,也不知道怎么就成了花好月圆村的第一时尚小达人。

她比承禧高了半个头,鞋子还带着跟,俯身看承禧的眼神跟看一只小虫差不多。

承禧一看到她就有点慌了,挠了挠头,道:"我……那个什么……要不然下次?"

"那可不行！就今天这场！"娇娇抢过承禧手中的电影票，看了一眼，"哟！两个人，这是准备跟谁一起看啊？"

"宋野阔啊……还能有谁？"

"你既然连宋野阔都请，不如连我们也一起请了呗，反正人也不多，一共才四个人而已。"

"大姐，你说得倒简单，四个人很便宜吗？"

"你叫谁大姐？"娇娇横眉冷对，道，"既然不便宜，那你约这么多人干吗啊？"

"我这不是……"

总不能说是想复仇吧。

想了半天，承禧才说："我这会儿身上钱不够……"

"那回家拿去啊！"

承禧只好默默回去了。

他从小金库里数够了钱，才在路口找到张小惊，尴尬地解释说："那个什么……能不能，很多人一起去看电影啊？"

"可以啊。"张小惊歪着头问，"还有谁？宋野阔和程泽吗？"

"呃，还有娇娇她们……"

承禧搔着头发，也不敢抬头，只是盯着张小惊的鞋子。张小惊静默了一阵，才说："好啊。"

于是第一次跟张小惊一起看电影，是浩浩荡荡的一大群人。她们女生坐前排，承禧跟几个男生坐后排。承禧出了钱不算，还要帮忙跑腿，又是可乐又是爆米花地伺候着那群大小姐。娇娇就坐在张小惊旁边，说："像乐承禧这种贱人，就不能给他好脸色看！"

有娇娇衬托，张小惊顿时就变成了一个温柔的小淑女，只是捂着嘴巴笑。

承禧气恼不已，胳膊伏到前排张小惊的座椅上，说："爆米花！"

"给！"

张小惊扭头，往后递着爆米花，她的小辫子扫过承禧的鼻子。承禧痒痒的，差点打个喷嚏，再睁开眼时，才看到张小惊正目不转睛地看着他。

他的脸就挨着张小惊的脖子，没碰到，却能感觉到她皮肤的温度。她回头的时候，嘴唇差点擦过他的脸。他的左手就搭在她座椅的左边，如果要去拿爆米花，就得伸手越过她的右肩才行。

太近了。

承禧总觉得"女生"就像独角兽一样，只适合在森林里仙气飘飘地经过，介于存在与不存在之间，总是与月亮和星光相伴，以露珠为食，会发光，还会飞，穿过蓝色的夜，留下旖旎的影子。

裴巧若就是那样一只美丽的独角兽，偶尔能见到她一次，承禧就会觉得很高兴。现在他惊愕地发现，张小惊也是个女生，还是活的，拥有呼吸和体温，会动，会说话，他顿时就僵住了，呆呆地看着她。

张小惊微微低下了头，把爆米花往后递着，说："给你。"

鬼使神差地，承禧伸手揪了揪她的辫子，但她也没有生气，待承禧重新坐回到椅子上，才抬头看向大屏幕。

"开始了！"娇娇尖叫。

一群人都兴奋不已地看着银幕，讨论着电影情节，只有承禧歪着嘴角看着张小惊。她僵着脖子，一动不动，有好几次娇娇跟她说话，她都没有反应过来。所有人的注意力都在大银幕上，承禧感觉到，唯独他跟张小惊在想着别的事。

当斯内普教授去世的时候，啜泣声从四面八方传来，娇娇更是哭得天崩地裂，快喘不过气来。张小惊无奈地安慰着她，宋野阔的注意力也从银幕转移到娇娇身上，吃惊地说："她也太能哭了吧！"

承禧在口袋里翻了半天，翻出一包纸巾，便敲了敲张小惊的肩膀。张小惊回头，只看了承禧一眼就迅速地别开了脸，闷头接过那包纸巾。

承禧在心里笑了半天,很好,她比他慌张。

从影院走出来时是下午四点半。宋野阔还在为"哈利·波特"系列的完结而伤心。娇娇则吸着鼻子,边啜泣边教导着张小惊:"我跟你说!你不用学别的女生穿什么花裙子之类的,你是那种帅帅的女生,就应该打扮得酷一点!回头从我妈的店里拿一点给你,你喜欢了再买!"

张小惊从头到尾都没怎么说话,揪着衣角听他们叨叨。

越靠近喜悦郡,人越来越少。到了路口,宋野阔也离开了,于是路上就只剩下承禧和张小惊。那是盛夏,烈日当头,承禧的手心出了很多汗。蝉鸣声轰轰烈烈的,更是让这个夏季变得浓墨重彩。张小惊自始至终都低着头,脖子都快跟地面平行了。承禧在一旁看着,只觉得好笑,临到家门口了,才用力地喊了一声:"张小惊!"

"啊——"张小惊吓了一跳,抬头看着承禧。她脸红红的,像只兔子。

承禧再次揪了揪她的辫子,大声说:"再见!"然后就飞快地跑回家了。

而对张小惊来说,认识娇娇,才是那年夏天最重要的事。

第一,娇娇拥有着花好月圆村最全的女生人脉网,上至九十岁的老太太,下至刚出生的女婴,就没有娇娇不认识的。

第二则是,娇娇自己的打扮虽然花里胡哨的,但帮别人设计造型的时候还挺会做减法的。

在成为设计师之前,娇娇先成了一个"二道贩子"。她妈妈是开服装店的,她就把推销时装当成己任,没过多久就拖着一个行李箱跑到了张小惊家里。

承禧一脸好奇地盯着张小惊的窗户,还想看看张小惊能打扮成什么样子,谁知道娇娇走到窗边,一见到承禧,就翻了个巨大的白眼,用嘴型无声地骂了句"臭流氓",然后把窗帘拉上了。

"什么臭流氓啊!二楼看三楼什么都看不到好吗!"承禧在窗前气愤地大叫。

喜悦郡的隔音总是时好时坏,每当承禧觉得隔音糟到不能再糟的时候,喜悦郡总能发挥它隔音非常好的一面。好比那一天,承禧只能听到她们俩在房间里哇来哇去的,无比快乐。

承禧觉得没劲,准备去找宋野阔玩,结果联系好了人,刚下楼,就听到张小惊欢喜地叫着:"爷爷!我这样穿好看吗?奶奶你觉得呢?"

承禧决定不管不顾地冲进去了,刚走到院子边上,就看到那只拉布拉多,它敦厚和蔼地望着他,温柔得像个祖母。但承禧还是缓缓地后退几步,之后就飞快逃跑了。

胆小这件事对男人来说太致命了,即便不能像张飞、关羽他们一样所向披靡,至少也不能连狗都怕吧?

承禧有点焦虑,宋野阔在旁边出着主意:"我爸说,你要是怕一个东西呢,就一直跟那个东西在一起,习惯了就好了。"

"你说得倒好听!你试过吗?"

"当然试过了!我小时候特别怕水,不敢游泳,后来有一天我爸把我扔进了泳池里,我就学会游泳了。"

宋野阔非常认真地说,这让承禧有点动心。他问:"那你的意思是,让我去宠物店?"

"宠物店怎么行啊?那些狗都是关起来的,要去就去狂野一点的地方。走,我带你去棕榈园!"

宋野阔拍着承禧的肩膀就往棕榈园走,承禧一路挣扎着:"别别别……宋野阔,我们朋友一场,你不能这么对我……"

但宋野阔这人从小就没什么良心,对承禧的哀求置若罔闻,没多久就把承禧拉到了四季湾附近。那天刚好是周末,隔着几百米,承禧就听到了棕榈园传来的狗吠声,他都快哭了,这时却听到了郁美泽的声音:"乐承禧?"

郁美泽穿着白裙,拉着一只雪白的萨摩耶。那是只刚出生没多久的小奶狗,浑身雪白,毛茸茸的,一见到承禧就摇着尾巴绕着承禧转。承禧本来还有点紧张,结果一看到它的脸就愣住了。

这世界上没有一个人能抗拒小动物的幼崽!

没有一个人!

郁美泽把小狗抱了起来,问:"你在这儿干吗?"

"随便逛逛。"承禧憨憨地笑着,问,"新的狗?之前那只呢?"

"这就是它生的小崽崽啊!"郁美泽抚摸着那只小毛球的长毛,谈不上有多高兴,但眼角、眉梢都挂着喜悦,"其他的我妈都送人了,就留下了这只。可爱吧!它叫雪球。"

承禧战战兢兢地伸出手去,小狗汪了一声,承禧又迅速收回手。

"哎呀,你急死人了!"

宋野阔抓着承禧的手就往萨摩耶身上送,小狗纯良无害甚至满脸微笑地看着承禧。承禧的手指触到了小狗的毛,挠了一会儿,它又汪了一声,舔了舔承禧的手。

承禧浑身打了个激灵,那一刻,他就是全世界最爱狗的人。

"对了,中学我也要在泽园念了,以后我们就是同学了,我可不会让着你的。"

"不需要,不需要。"承禧专心致志地玩着那只狗,直到余光里有一个靓丽的身影滑过去。

承禧惊愕地转身,然后看到了张小惊。她穿着一件短款的T恤、牛仔短裤,手腕上戴着一个黑色的铆钉手环,鼻梁上还架着一副太阳镜。滑到路口,张小惊转了个弯,滑板在地上转了几个圈,之后被她轻巧地收回到了手里。她好像还不大习惯这身装束,看到承禧后,有点腼腆地笑了笑。

"这样才对嘛！多好看哪！"娇娇在后面拍着手大叫。

宋野阔瞪大了眼睛："那是张小惊？"

承禧从小就觉得，化妆打扮是改变不了一个人的长相的。他妈妈在这方面花了那么多钱，也不见有什么效果，结果见了那天的张小惊，他才发现着装真的能改变一个人。

经过娇娇的指导，土里土气的张小惊突然成了一个炫酷的美少女，这真是太不可思议了。假以时日，就离脱胎换骨不远了。

好在张小惊的妈妈阻止了她继续散发魅力，晚上在家里教训张小惊："我没有说这样穿不好看，我也觉得很好看，但你现在还是个学生，没必要穿成这样！我也不是个保守的人，你将来想怎么打扮随便你，但万事得有个度，你明不明白？"

"那什么才叫度嘛？"

"……我也说不清楚……"

"那你让我怎么把握那个度嘛？"

"很简单，我说了算！我就是度！"

"你这是专制！"

"对，我就是专制！"

"专制是不对的！"

"是不对的！"

"那你干吗还这样？"

"因为我不讲道理！"

"……你怎么能这样？"

"我就这样！"

承禧在心里拍手称赞：阿姨，你真是好样的！不讲理真好，不讲理万岁！

张小惊又恢复了之前的朴素打扮，只不过衣服比以前像样太多了。娇娇的新货一到，她就会把张小惊的衣服留下来，再以很低廉的价格卖给她。

就这样，张小惊再也没为合群这件事困扰过。认识了娇娇，就约等于全世界都是她的朋友了。娇娇跟任何女生都能成为绝世好闺密，她不仅教张小惊穿衣打扮，还教张小惊表情管理。

"对！就这样！以后你就用这个表情看人，你个子高，应该是别人仰望你，你干吗要低头看他们？你要记住，任何人都不值得你低头！"

承禧刚好准备出门，听到这话，就站定了。

娇娇说："刚好！就拿乐承禧做示范！"

"你放开我！"承禧现在见了娇娇就怕，娇娇却不管不顾地把他拉到张小惊面前。张小惊抬着下巴，微眯着眼睛，跟女杀手似的，一脸不屑地说："禧爷早。"

"你也……"承禧怔怔的，心想，这都叫什么事嘛！

"超帅的！你以后就要这样！"

娇娇尖叫着说，张小惊也跟着高兴，一秒就又恢复了之前的傻样子，又跳又叫着："真的呀？"

"真的！"

两个人相拥着欢呼起来，承禧走到路口了，才又回头看了她们一眼。

他恐惧了多年的"张小惊地狱"终于成了现实：一个人人都爱张小惊的世界就摆在眼前，但承禧不怎么慌张了，远远看着，也忍不住愉悦起来。

紧接着，他们就都是中学生了。

花好月圆村有半数小孩都在泽园念初中,那学校在繁华里和四季湾之间,面积很大,非常漂亮,还有一个室内球场。承禧经常经过那所学校,总以为自己念了中学就会变成一个帅气的男中学生,报名那天才发现,他好像被那些真正帅气的男生衬托得更加幼稚了。

也说不清是幸还是不幸,承禧又跟张小惊分到了同一个班级。这一年,张小惊一米六八,承禧则是一米六三。也不知道怎么的,他的座位却排到了张小惊后面。

下课后,张小惊就跟那些女孩子叽叽喳喳地聊着天,承禧则在座位上看书、听音乐,偶尔抬头看看张小惊的后脑勺,偶尔伸手揪揪她的小辫子,然后在张小惊的骂声里继续看书做题。

新的学校,新的身份,认识了新的同学、新的老师。

张小惊也迎来了新的开始。

开学第一个星期,就那么紧凑又匆忙地过着,直到体育课,老师教大家打排球。

"排球是世界上最热门的三大球之一,三大球是指足球、篮球以及排球。体育界有个说法,三大球、三小球,像我们很喜欢的乒乓球、羽毛球、网球,就属于小球……"

泽园的升学率虽然不行,副课却是很精彩的。那天下雨,体育课只好移到室内去上。一阵简单的热身之后,体育老师开始讲解排球,承禧在脑海里闪过当年跟张小惊一起看奥运会的场景,忍不住看向张小惊。

张小惊站在他前排偏左的位置,他正好能看到她的侧脸,只见她双手背后,笔直地站在那里,聚精会神地听着。

"排球考验的是弹跳、身体反应速度,以及协调能力……"

体育老师不紧不慢地说着这些话,在室内体育场带来回声,外面的雨声淅淅沥沥的,承禧心神不宁,忽然就想到了什么。

弹跳,张小惊是一流的。

反应速度，张小惊也是一流的。

协调能力，更不用说了——她毕竟是一个从小就能手脚并用从三楼爬下来的人。

沈天泽说过，她现在最缺的就是一个合适的体育项目。她喜欢篮球，也喜欢跑步，不光跳高成绩很好，跳远和铅球的成绩也很好。

她就是为体育而生的，身体素质好，精力充沛，自己也喜欢运动。最重要的是，她的家人也支持她。

奥运冠军那样的梦想，恐怕很多人都有过，但张小惊是认真的。

承禧心跳加速，把张小惊的喜好和能力排列组合一下，排球，似乎一直在这里等着她似的。

练习开始，承禧的注意力全都放在了张小惊身上，果不其然，张小惊兴致勃勃，一拿到球就抛了起来，然后跳跃。

那个球网，其实跟摆设一样，只有一米五左右的高度，也没拉直，有气无力地垂着。大部分人都还在练习垫球，张小惊已经"嘭"的一声，把球狠狠地拍到球网另一边的地面上。

那声音跟爆炸似的，把所有人都吓了一跳，大家都愣在那里，包括体育老师。

张小惊则轻盈地落到地面，兴奋地吸了吸鼻子。

体育老师过了好半天才反应过来，走过去问她："你叫什么名字？"

"张小惊，惊讶的惊。"张小惊摸了摸鼻子，兴奋地叫了起来，"我喜欢这个！"

惊讶的惊

太阳其实是很危险的,任何人都知道接近太阳的结果,不过你还是会一次次地,以蜡烛做翅膀,或是以钢铁做机翼,想要离天空更近一些。

排　球

"女排可是很了不起的，在上世纪一口气拿到五连冠，要知道那时候中国想在体育项目上拿个冠军可不容易……"

2008年的夏天，张小惊的爸爸跟张小惊和承禧讲着女排的历史，张小惊的爷爷在一旁补充："那时候电视都还没普及呢，一个院子里最多有一台电视，想了解比赛都得听广播。1981年，中国女排打日本队，所有人都跑到有收音机的人家里听比赛……"

承禧没什么兴趣，张小惊则津津有味地听着，之后问："那奥运会咱们还能赢吗？"

张小惊的爸爸和爷爷都模棱两可，说："这就不好说了。"

2008年8月21日，中国女排以0∶3的总分负于巴西队。张小惊连午饭都没吃，一个人在太阳底下走来走去。承禧在家里午睡，醒来后看到张小惊在路边跳着，练习拍球的动作。

那时候其实大部分比赛她都看不懂规则，但学得都有模有样的，一个人对着空气可以练习大半天，之后才回家休息。

——现在好了，她有球可以拍了。

那天放学后，张小惊还在室内体育馆里练习着垫球、发球、托球。一大群男生就在她附近打篮球，她跟没看到似的。那些男生倒是认识她，说："张小惊！来跟我们一起打篮球！"

"回头再说，我先练练这个！"张小惊道。

承禧、宋野阔以及程泽一道，坐在球场边上，宋野阔问："她在干吗？"

"打排球，你们马上就要学了。"承禧从地上站起来，拿起书包，说，"我先走了。"

"等等我，我跟你一起，我没带伞！"

三个人撑一把伞回家，自然是没一个人能幸免。

夏末的雨真下起来还是很要命的，天像是漏了个大口子，雨帘让人的视线都变模糊了。

承禧回到家后书包彻底湿透了，擦干了头发出来，才听到张小惊的妈妈在隔壁喊："清风阁那边出车祸了，全医院的人都被叫回去加班！你们俩看看谁有空去一趟，实在不行给学校打个电话，让小惊晚一点回来！"

承禧匆忙擦了头打开窗户说："阿姨我去吧！"

他一路飞奔，都快到学校了，才看到张小惊正撑着伞，雀跃地走在路上。

张小惊有一把红色的伞，上面印着圆点，是他爸爸去国外开会时带回来的，倒也不贵，却格外漂亮。她喜欢下雨天，一到下雨的时候就到处踩水洼，还咯咯笑半天。

现在她倒是稳重一些了，可能是穿着球鞋的缘故，也不敢乱踩，但低头走路的样子跟小时候没什么区别。

承禧拿着伞走近张小惊，说："你带伞了啊？"

"没带啊，是宋野阔给我的，他说他跟你一起回去。"

这个该死的宋野阔！

承禧想起刚才他们三个人抢伞的样子，气得咬牙切齿。张小惊看到他手里的伞，才问："你给我送伞来了？"

"哪儿啊，清风阁出了车祸，你妈忙不过来，我就顺便帮帮忙。"

承禧又打了个喷嚏,他头发没干透,还穿着短裤和拖鞋,连眼镜都忘戴了。整个世界都氤氲无比,像他在杂志里看到的印象派的油画。

每个人的青春期都有那么一个下雨天,就像歌里唱的那样。

但也并非每个人都需要一个屋檐。

那个傍晚非同寻常,张小惊的快乐即使没说出来,承禧也感受得到。她的每一个毛孔都诉说着运动的喜悦,毫无疑问,她喜欢排球。

她还喜欢狗,喜欢下雨天;她最好的朋友是彭彭,其次是那只拉布拉多,然后是娇娇、沈天泽;张小惊喜欢蓝色,是白羊座,她不喜欢蛋糕之类的甜食,但很喜欢喝可乐;张小惊的偶像是女足的孙雯和打网球的李娜,想当奥运冠军,并且说不定真的可以……

张小惊的一切都如此简单,但承禧呢?

承禧忽然发现自己是个毫无特点的人,这让他有点茫然。

他在伞下发着呆,张小惊突然探头,看了承禧半天,才说:"你不戴眼镜还挺好看的。"

"难道我戴眼镜就不好看了吗?"

"你戴上眼镜比较呆,看起来特别傻。"

"怎么可能!"承禧震惊地说,他还以为自己无论如何都很帅。

张小惊却哼起了歌来:"春天的花开秋天的风,以及冬天的落阳,忧郁的青春年少的我,曾经无知地这么想……"

是罗大佑的《光阴的故事》。

她边哼哼着,边用肩膀夹着伞柄,双手手心向内交握着,两只手的拇指和虎口形成一个平面。这是老师教的垫球技术要点,要用手腕的力量,将排球轻松地弹起,手就不会痛了。

实际上还是痛得要死。

体育课结束后,所有人都揉着通红的手臂喊痛,唯独张小惊一如既往,细瘦的手腕在空中摆动。

看到她在回家的路上依然练着,承禧终于忍不住问了:"张小惊,你就那么喜欢排球啊?"

"是啊!我觉得打排球比篮球还好玩!"张小惊又兴奋起来,"我不是没法灌篮嘛!每次看宋野阔灌篮都很羡慕,今天自己扣了一下才发现真的超爽的!"

"篮球跟排球能一样吗?"承禧不满地说。

张小惊说:"但用尽力气打出去的时候肯定都一样的,我力气超大的,你知道吗?我妈总说我像个疯子一样,不过我特别喜欢全力以赴那一下子,就好像……就好像……"

她歪着脑袋想着措辞,想了半天,才说:"我说不清,就是觉得我战无不胜,能打倒一切,好像整个世界都是我的!"

你还用得着在打球的时候发现这一点吗?承禧没好气地翻了个白眼,你本来就战无不胜,能打倒一切。

以及,世界本来就在你手里。

想到这一点,承禧就失落起来。

"赵老师说只要能凑够人,我就能组建一支排球队,我们学校还没有女排队呢!"张小惊跳来跳去,躲着那些深深浅浅的水洼,就算承禧什么都看不清楚,也能感觉到她的眼睛都亮了。她说:"赵老师还说,咱们省还有中学生排球锦标赛呢!只要报名就可以参加!咱们市只有十所学校有女子排球队,我要是成功了,泽园就是第十一所,努力一下,打进前五名不成问题……"

"哪儿有那么容易啊!"

承禧忍不住泼冷水,张小惊却停住了脚步,伸手掀起承禧的伞,望着承禧说:"我觉得可以就是可以!"

"好的。"承禧由衷地说,"你一定可以的。"

"对吧?我也这么觉得!"

她又兴奋地跳了起来,跟许多年前一样,她依然是一个会飞的姑娘。而除了仰望,承禧似乎什么也做不了。

反正截至2020年，张小惊都没有拿到奥运冠军，但她已经成为一名职业球员，入选了国家青年队，时不时就在体育频道出现一下。她打的位置是自由人，在一众身高接近两米的球员当中显得非常娇小。

自由人这个位置主要是参与防守，存在感远不如主攻、副攻，但张小惊将那个位置打出了新高度，在场上翻滚、扑救、传球，成了防守队员的主心骨，好让主攻和副攻可以安枕无忧地往前冲。

不过在接触排球的初期，她打的是主攻。

她倒是很快建立了一支女子排球队，是队内第二高的人，因为擅长跳跃，又是队长，就自然而然地当了主攻。在承禧看来，那支球队跟玩似的，只不过张小惊玩得很认真罢了，下午一放学，她们几个女生就在室内体育场里练习着垫球、传球。

他们都很好奇，张小惊能打成什么样。

沈天泽得知张小惊喜欢上了排球之后很高兴，特意安排了一次比赛给张小惊。那次比赛在市区进行，他亲自开着车载着她们去，是跟全市排名第三的队伍打，租借的是正式的体育馆。少年女子排球，拦网高度是两米——而泽园平时训练的高度是一米七；张小惊的球队平均年龄十三岁，平均身高一米六五，师范附中的平均年龄十四点五岁，平均身高是一米七三……

想都不用想，那场比赛输得有多惨烈。

师范附中首先发球，就直接得分了。那其实是个很平常的球，但除了张小惊和另一个矮个子的女生，其他人都呆若木鸡，根本没反应过来。

由于是正式的运动场，承禧他们三个男生就很"正式"地坐在了观众席。张小惊呆了半天，才拍了拍手，鼓励其他人："没关系，才开始！我们还有机会！"

师范附中再次发球，这一次打到了前场，但身材最高大的副攻居然把球给打飞了……

这下子,连师范附中的那几个女生都笑了起来。她们原本还聚精会神地准备着比赛,见到这一幕,就意兴阑珊起来,懒洋洋地配合着,还是将泽园杀了个片甲不留。

承禧都不忍心看下去了,宋野阔则在旁边叨叨着:"排球到底怎么看来着?"

"你连规则都看不懂还跟着跑过来啊?"程泽无语地说,"每边都是三次触球,打到对方界内就算得分。"

"这不是挺简单的吗?那小惊怎么就输了呢?"宋野阔一脸的难以置信,承禧算是看出来了,在宋野阔心里,张小惊就是个无所不能的人。

承禧则默不作声地望着球场,比赛还没结束,那几个女孩子都哭了,只有张小惊还算平静,拍着她们的肩膀说:"我们是第一次比赛嘛,输了就输了,下次再努力就行了!"

她满头大汗,根本看不出一点沮丧的痕迹。沈天泽把毛巾和矿泉水递了过去,娇娇也跟着给大家打气:"不要哭了!我们去吃好吃的!沈天泽,你能不能请我们吃顿贵的啊?"

"你想吃什么?"

"贵就行!"娇娇说。

沈天泽无奈地说:"好的。"

他揽着张小惊去一边了,也不知道在说些什么。张小惊在喝着水,认真地听着,偶尔才点点头。虽然她脸上看不出什么变化,但承禧知道,她还是伤心了。她伤心时最大的表现就是,话会少很多,并且会开始走神,反应变得很慢。

"怎么会这样……"宋野阔比球场上那些姑娘还沮丧,他手里还拿着那个可以拍的塑料手掌,想了半天,把它扔到了垃圾桶里。

程泽则说:"师范附中是专业的,泽园才成立,输了有什么不对吗?"

"那也输得太惨了点,我都想上去帮她们打了。"

"得了吧,你也不怕你一个球打过去,把人家打出脑震荡来!"

"那就打出脑震荡呗!刚好给小惊报仇了!"

他们两个人聊着聊着就聊到别的话题上去了,只有承禧还目不转睛地看着张小惊。沈天泽跟对方教练打招呼去了,张小惊正好背对着球场,承禧看到她擦了擦汗,继而又擦了擦眼睛,才连忙站了起来,一路小跑着从观众席上跳下来,问:"张小惊,你没事吧?"

"没事。"张小惊回头冲承禧笑了笑。

完了,这个时候还能笑出来,怕是真的伤心到极限了。

"一次失败而已……也没什么大不了的……"

承禧无力地安慰着她,她再次笑了笑,说:"我知道。"

冬季已然来临,女生们打完比赛就去换衣服了,娇娇去了更衣室跟着帮忙。剩下四个男生走出来,程泽说:"我跟我爸说好了要去找他,晚上坐他的车回去,就不跟你们一起去吃饭了!"

"我得陪着小惊。"宋野阔说。

沈天泽没说话,在驾驶座上订着餐厅,挂了电话后才回头说:"你们几个自己打车去,这车坐不下那么多人。"

"挤一挤不就行了呗!"宋野阔说。

"人家一堆女生,哪儿愿意跟你们几个男生挤啊?"

宋野阔和承禧这才下车。

外面是阴沉的天,灰蒙蒙的冬季。也不知道为什么,冬季总是灰蒙蒙的,说不清是云还是雾笼罩着的天空变成很脏的白色,承禧那时候才觉得,天空好像的确是白色的。

难得来市区一趟,宋野阔决定坐趟地铁。他们在郊区待久了,都快忘了自己是生活在大城市了,有地铁,有机场,有数不清的高楼大厦和各式各样的高级商场。

承禧跟宋野阔还是第一次坐地铁，两个人一头雾水地跟着人群排队、买票，光地图就看了半天，在自动购票机前耽误了好久。要不是看他们俩是小孩子的分儿上，恐怕后面的人早就开始生气了。

　　后来有个白领实在是看不下去了，问："你们到底要去哪儿啊？"

　　宋野阔报了酒店的名字，那个女白领帮他们点了位置和人数，等票出来了，还不忘提醒一句："从这边进去，电梯下到二楼，注意看线路，别坐反了！"

　　承禧和宋野阔灰溜溜地跑开，过了闸，下电梯。

　　那是下午一点半，出行高峰期，地铁里密密麻麻的都是人。承禧和宋野阔茫然地站在人群当中，一再确认着要上的车。结果地铁一到，两个人就都蒙了，半推半就地进了车厢，半小时后才给沈天泽发短信：救命！我们迷路了！

　　有一点无法否认的是，承禧的人生地图，是跟着张小惊一起扩大的。第一次独自走出喜悦郡，是跟张小惊一起，为了看"一吨的钱"；第一次独自离开花好月圆村到市区，是为了看张小惊比赛……

　　后来第一次离开这个他生活了多年的城市，也是为了看张小惊。

　　第一次出国，是2016年，巴西奥运会。承禧和张小惊都是17岁，高考结束，办了护照，坐了漫长的飞机抵达南半球，在微凉的空气和陌生的语言中研究着交通线路图，磕磕巴巴地跟人交流着，寻找着预订的酒店和奥运场馆。

　　张小惊参与了他人生中所有的重要时刻，无论如何，他都想象不出来没有张小惊的生活。

　　第一次迷路，自然也少不了张小惊。

　　承禧和宋野阔绝望地站在地铁站外，看着恐怖的人群和附近的写字楼。娇娇从车里探头，对着他们俩大叫："你们两个笨死了！怎么连地铁都不会坐啊?"

承禧和宋野阔一路小跑,上了车,才发现车里只剩下三个人,其他女生都去找在市区上班的父母了,只有娇娇和一个叫齐思琪的女生还陪着张小惊。

沈天泽带他们去吃自助餐,在五星级酒店的旋转餐厅。几个人都没食欲,吃了一阵子就倦了,说要回家。沈天泽这位大学还没毕业就在富豪排行榜上占有一个姓氏的准富豪就安安心心地当着司机,一路上都在说:"回头我看看,能不能找个懂排球的体育老师去泽园工作。"

"大哥,您这简直就是只手遮天啊……"宋野阔也说不清用什么语气在说着这句话。

沈天泽却很平静地回答:"我们家本来就是泽园的董事会成员啊,请个体育老师而已,应该也不是什么大事。"

行吧,有钱就是可以为所欲为。

"反正泽园也就是仰仗着刚好在花好月圆村里才有的生源,泽园本身没什么卖点,村子还要继续扩建呢,回头学校要是有个能拿得出手的项目的话,说不定考虑在泽园买房子的人也会多一点。"

沈天泽的开车技术是挺好的,边聊着天,边风轻云淡地转了弯,旁边有一辆车要超车,差点就撞了过来。沈天泽踩了踩油门,有惊无险地躲开了。

"你干吗第一次比赛,就给小惊她们找个这么强的队伍啊?"

沈天泽尴尬地说:"我就认识这么一个女子排球队的老师……"

他说完,车内就安静下来了。

娇娇睡着了,宋野阔则在为冷场而尴尬。

承禧全程都看着张小惊,她一路上没说过话,静默地望着车窗外,托着腮。

上了高架桥之后,城市的喧嚣被丢到了脑后,但张小惊肯定是忘不了那座大城市了,在村里横行霸道了那么久,她总算发现自己并不是一个战无不胜的人。

承禧其实也一样，他们自然是拥有顺利又快乐的成长过程，偶有挫折，也都不值一提。非要出去这一趟，两个人才能发现自己的渺小，在更大的世界里，他们就是两个平淡无奇的普通人。

但承禧不想当普通人。

张小惊也不想。

总算回到了喜悦郡，张小惊的妈妈正在门口等着，看来是早就知道消息了，身上还穿着医院的制服，是特意请假回来的。车门一拉开，她就无声地抱住了张小惊，小声说："没事没事，咱们下次再加油。"

张小惊把脸埋进她的脖子，终究还是哭了起来。

承禧和宋野阔一起下车，正手足无措着，沈天泽就冲承禧勾了勾手指。承禧会意，跟着沈天泽的车子走远了一些，才停下来。

沈天泽在车子里望着承禧说："张小惊就交给你了啊。"

"你也太不了解她了，她根本不会为这种事伤心的。"

"你确定吗？"沈天泽问。

承禧沉默了一阵，其实他也不确定张小惊会不会为此伤心，抑或伤心多久。他就是觉得，张小惊不是那种一击就垮的人。

他说："当运动员最重要的不就是心态吗？如果她输了一次球就放弃了，那还当什么奥运冠军啊！"

沈天泽思忖片刻，道："说的也是。"又抬起头来，"看不出来，你还挺聪明的。"

"什么叫看不出来啊？我满脸都写着'聪明'两个字，好吗！"

承禧凑过去大叫，沈天泽伸出手来，毫不犹豫地弹了他的脑门一下。他捂着脑袋嗷地叫了出来，沈天泽这才心满意足地说："那我走啦，聪明人！"

当天晚上张小惊到底有多伤心，承禧就不知道了，他只知道她第二天又活过来了，大清早就带着金雳出去跑步了。

张小惊的爸爸和爷爷则把承禧叫到了家里，问："小惊到底怎么输的？"

"这说起来可就没完没了了，除了没有比赛经验，对手太强也是个问题。师范附中的女排全市第三，非常专业，相比之下，泽园的就跟过家家一样。她们那几个人每天也就是拿着球拍来拍去的，哪见过师范附中那种阵势啊，一上场就吓傻了。"

狗不在，承禧难得还能再去张小惊家里蹭饭。张家人都记得承禧的口味，又从冰箱里多拿了几根培根出来。承禧津津有味地吃着面包，说："排球跟篮球不一样，又不需要近距离抢球，张小惊那些优点就没机会用上了。她打篮球最大的优势不就是速度快吗？可是她再快也不可能迅速退回去接球啊！"

承禧回忆着昨天那场比赛，中学生的比赛，跟奥运会比起来就差远了。球都是轻飘飘地从球网这一边飞到另一边，回合制，当然是有来有回你来我往才好看，但泽园这边纯粹是六个反应迟缓的人桩，不像对面又是进攻又是防守的，配合那么有默契。

一人球队。承禧忽然想起这几个字来。

"那怎么办呢？"张小惊的爷爷问。

"不着急，这不是才开始打吗，集体项目讲究的就是个配合，默契培养出来就好了。"

张教授正忙着做早餐，中式的西式的，一家人能做一大桌。他负责煎，张小惊的奶奶负责蒸和煮。餐厅里饭香四溢，真是个令人愉悦的清晨。

只可惜张小惊不在。

张小惊此刻在想什么呢？

承禧的爷爷道："想组建一个球队，还是挺难的吧？泽园的女生本来就少,擅长运动的应该也不多?"

"擅不擅长不重要,重要的是喜不喜欢。"张教授说,"体育呢,最重要的还是看胜负欲,只要大家想赢,又肯用心,就没有什么打不赢的比赛。"

承禧没好气地说:"怎么你们当老师的,讲话都一模一样的?大学生也相信这种心灵鸡汤吗?"

"这怎么能是心灵鸡汤呢?这是事实,要不然,也不会被传诵这么久了。"

张教授说话永远都不紧不慢的,远不如左医生有趣。

承禧四处望了望,问:"阿姨呢?"

"昨天不是跟人换班了吗?这会儿在值夜班。"

"可真够辛苦的。"

"那当然了。"张教授脸上忽然浮现一抹柔情的微笑,怀念地说,"小惊像她妈妈,不服输。她当年学医也是靠死磕,第一次上解剖课时还吐了,我还记得当时老师开的是腹腔……"

张教授陶醉不已地讲着他们大学那些事,承禧则表情复杂地放下筷子,屏住呼吸。

"要知道人体是有很多脂肪的……"

张教授面不改色地把刚煎好的培根放进承禧的盘子里,承禧看了一眼那些焦黄的部分,差点快吐出来了。

"叔叔,咱们能换个话题吗?"

这时候张小惊正好跑步回来,问:"你们聊什么呢?"

"在说你妈,当年她想当个外科医生,不过老师不建议。"

"为什么?"张小惊满头大汗,脱掉外套,洗了手,就在桌前坐了下来,拿起牛奶和面包。

"当外科医生对身体的要求比较高,一场手术短则两三个小时,长则七八个小时。女性体能本来就差,你妈那时候还特别讨厌运动,根本吃不消。"食物全都做好了,张教授拉了张椅子坐下来,"最后她就只能学内科了。"

"难怪碧丽跟奶奶吵了那么多年!"张小惊的爷爷笑眯眯地望了张小惊奶奶一眼,补充说,"你妈就是因为体力吃亏的,所以一直希望你能拥有一个健康的身体,免得想做什么事时才发现自己手无缚鸡之力。"

张小惊这才恍然大悟。

张教授却跟没听到似的,继续说:"不过还是挺可惜的,要知道她缝合技术特别好……"

在承禧准备离开之前,张小惊及时打断了这个话茬儿,她说:"这么说的话,其实跟我没关系咯?那她干吗总是说因为我?"

张小惊一脸好奇,张小惊的奶奶则叫了起来:"吃东西时不要说话!"

张教授则很不好意思地说:"主要是因为你,她放弃了考博的计划。"

"那真的挺可惜的。"张小惊摇头晃脑地说,"我妈这么聪明,为什么我这么笨?"

"那是因为你从来就不肯用你的脑子!"

承禧道,张小惊瞪了他一会儿,不紧不慢地冲门口叫:"金雳!"

承禧立即跳了起来,踩着凳子跨过厨房的操作台,屁滚尿流地从窗户翻了出去。

输了球之后,张小惊才发现打球也是需要大脑的,她到处寻找关于排球的资料和书籍,整天跟人商量:"怎样培养球队的默契?"

"怎样训练才能发挥队友的潜能?"

"我们球队现在最缺的是什么?"

"你说是二传重要还是主攻重要？"

以上这些对话既会发生在张小惊家里，也会发生在学校里，她几乎捞到人就跟人开始聊，甚至连狗都不放过。

临近期末，所有人都忙着准备考试，只有张小惊还在絮絮叨叨的，周围的人实在对排球一点兴趣都没有，张小惊只好回头看向承禧："你说……唉，算了……"

"不是，你什么意思啊？你跟金霄都能聊，凭什么跟我不能聊？"

自习课上，承禧气得吹胡子瞪眼的。张小惊摊了摊手，无奈地说："你又不懂。"

"我不懂？"承禧瞪大了眼睛，放下手中的笔，又推了推眼镜，滔滔不绝地说，"你打听主攻跟二传更重要有什么用？关键是主攻为什么重要？二传又是为什么重要？你想明白这些了吗？网上全都说二传更重要，但为什么呢？"

"因为……"张小惊呆呆地吐出这两个字来。

"二传掌握整个球队的进攻节奏，进能攻、退能守，二传打出好球了，主攻才有发挥空间。但你现在的球队没有任何人具备这个能力，二传既需要过硬的基本功，也需要脑子足够聪明，你运动能力没问题，但还没学会用脑，你队里脑子最聪明的是齐思琪，但她性格不行，冷静不下来，一紧张就容易慌——之前跟师范附中失球不就是因为这个吗？何况她个子又是最高的，少了她，你的进攻线又怎么办呢？"

张小惊赫然愣在那里。

"剩下的四个人都是被你叫过来凑数的，也就那个矮个子的女生的综合能力不错，但如果把她调到二传的位置上，你就彻底没有防守球员了，你明白了吗？"承禧毫不客气，指出所有问题。

学霸有学霸的习惯，在张小惊决定打排球之后，承禧就一夜之间背熟了所有排球规则，还连续看了几场比赛。他也不确定他的说法是不是对的，但团体比赛，思路应该是差不多的。

承禧一动不动地看着张小惊，还以为会迎来她仰慕的目光呢，谁知道她垂下了眼皮，问："你早就想过泽园的问题了？"

"对啊。"

张小惊便又转回自己的课桌上了。

"喂！"承禧拉了拉她的辫子，问，"干吗突然不说话了？"

张小惊身体前倾，离他远了一点，不知所措地挠着头发。

"你到底怎么啦？"承禧探身。谁知道她又突然趴在课桌上，呜咽着说："你都想过了，我却没想过……我跟她们说过排球很好玩的，结果我们却输得那么惨……"

张小惊的前后左右桌都被吓了一跳，看了一眼张小惊，又看向承禧。承禧也瞪大了眼睛，道："不是吧你？你是真哭还是假哭啊？"

好在张小惊只哭了不到五秒的时间，就坐直了身体，拿着笔记本和笔重新转过来，把本子压到了承禧的课本上，说："你再说一遍，说慢一点！"

她睫毛上还挂着泪，也不抬头看承禧，让承禧忍不住笑了一下，敲了敲她的脑袋，道："都跟你说了脑子要经常用的嘛！"

他扫了一眼她的本子，上面记录的全是跟排球相关的信息，"爆发力""弹跳""跳发球""团队精神"……这些词都被她重点画了圈，她成绩虽然不怎么样，却写得一手好字，飘逸有力。承禧从来没想过写个作文都凑不够字数的张小惊能凑出这么一本密密麻麻的笔记来，他怔了一会儿，才问："你干吗不去找体育老师商量啊？"

"赵老师觉得我们就是打着玩的，虽然也会指导我们几句，不过我觉得他根本不怎么放在心上。你忘了，他还是篮球队的主教练——我们学校的篮球可比女排好多了。"讲到这里，她的语气有点失落，继续说，"泽园的羽毛球和网球也打得很好，老师顾不上我们。"

承禧怔了怔，问："要不然你换几个球员呢？师范附中的那几个年纪都比你们大,个子也比你们高。你应该去初二和初三找人,光初一的这几个怎么行?"

"我问过了,没人想打。"她的声音颤了一下,"连篮球都没人想打,她们说害怕晒黑,还怕长肌肉。"

承禧侧头:"所以,你才组建了女子排球队?"

张小惊点了点头。

这下子,承禧又有些同情张小惊了。女生跟运动……承禧不敢保证所有的女生都讨厌运动,但至少,没有多少人会像张小惊这么痴迷。别的女生都喜欢跑步啊、游泳啊这种舒缓的个人运动,练瑜伽的、打网球的也有,然而篮球和排球——你至少得有足够的运气,先凑够一支球队,才有机会喜欢。

其实好久之前他就问过张小惊,为什么会那么喜欢运动。张小惊的回答很简单:"因为赢了很开心啊!"

那是他们还一起打篮球的时候,赢了很开心,一直赢就会一直开心,这是驱动着所有人一次又一次冲上球场的原因。每一次成功的投篮都能给你带来成就感,每一次练习都指引着你离成功更近一点。当投身一项运动时,你的注意力会前所未有的集中,目标如此简单明确,只要不停地练习下去,总会有那么一个瞬间,会让你觉得所有的努力都是值得的。

"我发现我就是输不起。"

放学回家的路上,张小惊才说:"虽然我在家和在学校里都假装没事人一样,但晚上我根本睡不着,一闭上眼睛就在想那场球赛,不停地想,要是第一个球防住了会不会好一点,要是平时训练时多练习一下防守是不是好一点……"

暮色将至,他们背对着夕阳,冬季天色暗得早,把两个人的影子拉得很长。

张小惊单肩背着书包,手指捏着书包带子,骨节凸起。失败让她变得有些焦灼,她低着头,紧紧地抿着嘴唇,眼角眉梢都是失落。

承禧侧头看了她半天,才忍不住说:"你不是输不起,你是从来没输过。"

张小惊好奇地看向他。

"不管是篮球也好、跑步也好,还是别的什么,你都没有输过。你还记得你为什么会喜欢打篮球吗?"

"因为——"张小惊的眼珠子转了几圈,也没想出个所以然来。

"因为你打得好,"承禧替她回答了,"但也没那么好。你还记得吗?你第一次投篮,是因为有人把篮圈卸下来给你。你跳得很高,反应也很快,不过我觉得你真的不会打篮球——"

他咬了咬嘴唇,犹豫着要不要把话说完,鬼知道说完之后张小惊会气成什么样子。

如果她想不明白这件事,那排球应该是没什么希望的。

所以承禧还是照直说了,他抬起头看着张小惊,几近冷酷地说:"你的篮球显得很好,是因为有宋野阔给你撑着,你每次丢球他都会给你抢回来,就算他抢不回来别的人也会抢回来,不然以你那个投篮能力,你真觉得你能拿到冠军?"

张小惊彻底呆住了。马路上来来往往的都是人,承禧敢保证,这话没有多少人会跟她说。她妈是不会说的,她爸不了解,宋野阔自己都搞不明白,当然也不会说,而沈天泽会把这视作理所当然,不会觉得那是个问题。

从小被宠大的人是不会注意这些的,张小惊的自信和坚定都来自周围无条件的赞美,但她的盲目和自大也来自这里。只有承禧既跟她一起打过球,也早就发现了这一点。以往不说,是因为他觉得这不重要,现在却不得不说。

"所以打篮球的时候，你只要带着球往前冲，发挥你最大的优势就行了，这就导致你打排球时也觉得只需要进攻。问题是，你的排球队并没有一个宋野阔在你身后，你们队，根本没有一个靠得住的防守球员。你是队长，自己都注意不到这一点，就更不能指望别人能注意了——"

承禧是个成绩很好的人，成绩好，作文就好，作文好，总结能力就强。他也不确定这些话在他脑海里存在了多久，反正就那么一气呵成地讲出来了。他特地留意着张小惊的表情，但她只是咬了咬嘴唇，没什么表情，问："然后呢？"

"从小到大你在运动上都是靠天赋，我也相信你的天赋真的很好，但想当奥运冠军的话，只有天赋肯定是不够的。之前有个主教练接受采访时不是说了吗？球商也很重要，你得用你的脑子去想，排球到底是怎么回事，比赛又是怎么回事，你不能总跟个野生动物一样只会往前冲，野生动物捕猎都需要用智商呢……"

讲着讲着，承禧猛然停住，因为他看到张小惊的眼睛又泛红了。

"还有吗？"

"没了。"

承禧是真的不敢再说下去了，倒不是因为怕张小惊生气，而是怕她伤心。生气了他还可以老老实实道歉，大不了就是再跪一次，但伤心不一样，伤心可不是道歉能解决的。

尤其是，承禧根本不知道张小惊伤心时会是什么样子。

"那谢谢你。"张小惊说完这句话，转身继续往前走了。

她走得飞快，承禧则故意放慢了脚步，跟她拉开距离。

说得太过分了吗？

应该没有吧？

承禧不大确定。

晚上十一点，承禧在桌前做着功课，垫球的声音又响了起来。他拉开窗帘，看到张小惊在路边练习着，她双手交握，虎口形成一个平面，一次次地把球弹起。

已经是隆冬了，她只穿了件防风夹克，里面依然是运动服，袖子拉了上去，小臂并拢，不断调整着姿势和力度，球便时而高时而低。

自从开始打排球之后，她的胳膊总是肿肿的，青一片紫一片。承禧有时候都怀疑她根本不知道疼，饶是这样了，她还打得津津有味的。

街道上只有几盏昏黄的灯，她也无所谓，仰着脸，专心致志地盯着球。

每当她专注地打量一样东西的时候，被她凝视的东西就会变得格外珍贵，仿佛在空中的不是一个软塌塌的球，而是一枚小小的月亮。那个时候的张小惊跟平时不同，看起来是个非常安静的小姑娘。

她垫球的声音并不算大，承禧也不确定会不会吵到其他居民，很想提醒她最好还是白天再练，不过刚掏出手机，就看到张小惊收起球，回到院子里去了。

于是他又放下了帘子。

承禧继续做功课。

就这样忙到了十二点，他才伸了个懒腰，准备去厨房倒杯水，却瞥到张小惊的房间一片漆黑。就算张小惊不做功课，她睡觉的时候也有盏小夜灯是亮着的，张小惊去哪儿了？

承禧打开窗户，低头朝狗屋吹了声口哨，没动静。

承禧这才发短信给张小惊：你在哪儿？

他也不确定她会不会回复，谁知道不到一分钟，手机就响了起来。

篮球场。

"疯了吧？"

承禧暗骂一声，评估了一下外面的天气，穿上外套蹑手蹑脚地下楼了。

张小惊去的篮球场，当然是张小惊篮球场。那一片总共有四个篮球场，并行着连在了一起。四个篮球场虽然是相通的，但抵达时走的是截然不同的路，如果走错了，就得绕过一个形状诡异的游泳池。以前人们相约见面的时候，都是说"靠大路的那个篮球场"，或者"最里面的那个篮球场"，现在则是说：张小惊篮球场。

虽然她已经很久没打过篮球了，但那个篮球场却有了名字，人人都知道，它是属于一个叫张小惊的女生的。

那个篮球场就是张小惊的荣耀石，而她现在就是那个颓废的、等待复仇的辛巴，宋野阔和程泽则如同彭彭和丁满。

那么……

承禧想了半天，然后跺了跺脚："我×！我岂不是那只狒狒？"

两个人的开天辟地

夜里十二点，篮球场依然不乏在外面逗留的青少年。南方的冬季没有那么冷，夜空清澈如镜面。为了方便居民穿行，篮球场依然亮着灯。几个高个子男生在三号篮球场练习着投篮，张小惊则在她的篮球场练着蛙跳。她脱掉了外套，只穿了一件运动卫衣，头发沾在额头上，出了很多汗。

"你疯了吗？"承禧还没走近就喊了一声，遥望了一下球场，从角落里捡起衣服走过去，小心翼翼地问，"你生气了？"

"没有。"

她继续跳着，完全无视承禧，跳到尽头了，才站起来拿起运动水壶，喝了几大口，之后说："我想了一个晚上，你说的是对的，不过寒假我还有一场比赛，现在也来不及再去想那些了。想要赢得下一场比赛，我只能先拼命地练习防守才行。"

承禧一脸错愕，说："短短两个星期的时间，你就想从输变成赢？"

"为什么不可以呢？我这次约的是育德，她们的排球队也是新组建的，如果连她们都打不赢，我还当什么奥运冠军啊？"

"育德什么时候有的女排队？"

"就上个月，我跟娇娇去谈的！育德刚好有个女生也很喜欢打排球，很快就组建好了！"说到这里，张小惊才仰起脸来，非常骄傲。

旋即,她又低下了头,说:"不过她们的球队应该比泽园强,她们队里有两个本来打篮球的,个子特别高。"

"那你准备怎么赢?"

"我刚才想了一个战术,你能不能听听?"

她气焰低了很多,简直是恳求式地看着承禧。

看到那个表情,承禧就不经意地笑了起来,她是怎么会觉得他不肯听的?

他再次把手伸了过去,说:"你先把衣服穿上再讲。"

张小惊便接过外套胡乱地套上了,领子都没翻出来。她说:"我脑子没你那么聪明,分析不出来那么多原因之类的,不过我了解她们的性格。一开始学打排球的时候,我的确是负责往前冲的那个。不只我,我们队前场三个人,都跟我一样,全都是个子高、跳跃能力强的人,那些打得不够好的人,就自然而然地被放到了后场。但是我忘了一件事——"

"什么?"

"正是因为身高和球技都不行,负责防守的人压力才会特别大,所以一丢球就慌了。"

承禧怔了怔,还以为她想了一个晚上的是技术层面的东西,没想到是这些。

但,好像也有点道理。

他问:"那谁负责进攻呢?"

"齐思琪和许云夕。"张小惊大概是真的被刺激到了,脸上也没什么表情,"齐思琪就是……"

"我认识齐思琪,我小学时跟她一个辅导班的。"

"那就好。"

"许云夕呢?"

"就是你说的那个综合能力很强的矮个子的女生。"

张小惊捡了块石子，自顾自地在地上划拉着，一个方块，两条线，就是一个排球场，前场进攻，后场防守。排球的规则乍一看很简单，然而越是简单越需要技术，因为必须得保证每一个位置的安排都精准无误。

"你下午说起的时候我才反应过来，把许云夕放在后场是浪费，其实她的反应力不比我慢，而且人也很聪明。我刚才在网上搜了一下，个子矮的主攻手也有很多，我爸说以前日本女排的平均身高就不高，不过她们还是打得特别好。"

"那其他人呢？"

"余夏和叮当都是为了减肥来的，小鱼儿则是被娇娇强行拉过来的，但小鱼儿传球很准，我觉得可以先当二传。"

承禧试图把这些名字跟那些女生对上号，勉强对上了四个。他琢磨了一会儿，很快就发现了漏洞所在："你不是说，育德有两个篮球队的女生吗？那个子肯定很高，轮到许云夕防守时怎么办？"

"我会在她后面。"张小惊点了点后排的三个位置，说，"我想好了，由我来当自由人。只要我不丢球，那她们只要能得分，我们就不会输得那么惨了。"

承禧错愕了半天，才说："你这算什么战术啊？你怎么可能保证得了不丢球？"

"我说了我能我就是能！"

她说得铿锵有力，眼睛里依然是她每次做什么决定时都会亮起的坚毅。一旦下定什么决心的时候，她的脸看起来就会像一面大理石一样，有种冷冰冰又明亮的质地。

张小惊把石子丢到了一边，干脆脱了外衣，又跑到球场一侧开始蛙跳了。

承禧对着地上那个几乎没什么痕迹的站位图沉思着，他很清楚这个策略有问题，一时半会儿，也想不到问题究竟在哪儿。

他问:"你为什么不考虑做接应呢?这样既可以进攻也可以防守。"

"不行。"张小惊边跳着边说,"育德那两个篮球队的肯定会盯着许云夕那个位置打,到时候我后撤都来不及。"

承禧眼睛一亮,没想到她还真的想了。

无论如何,她现在都有点队长的样子了。以承禧对张小惊的了解,张小惊其实并不傻,她只是不爱想事情而已。一旦开始想,那么就没什么能难住她的。

承禧看着她抿紧了嘴巴跳跃着,十二月的天,她额头上是豆大的汗粒,刚才还在另一边打篮球的男生也不知道什么时候不见了,球场上就只剩下他们两个人,外加一只狗。

金雳的目光随着张小惊的动作从一侧到另一侧,承禧掏出手机看了看时间,无奈地说:"就算你能,也用不着大半夜的在这儿训练啊!"

"我们跟育德约的比赛时间是期末考试后,现在再不练就来不及了!"

"可是你一个人练有什么用?"

"我以前练的都是扣杀和托球,还没练过怎么救球。再说了,其他人还要忙考试,也没那么多空。"

说到这里,承禧才想到什么,问:"那考试呢?"

"不考了!"张小惊恶狠狠地说,"连个比赛都赢不了,还考什么试!"

"……"

承禧呆了半天,才鼓足勇气,朝金雳走过去。他跟金雳隔着半米的距离彼此凝望着,金雳一脸的莫名其妙,承禧则一脸的尴尬。他指了指金雳旁边的排球,金雳不知所措地瞪了他很久,才突然会意,用脑袋顶了一下排球,球滚到了承禧脚边。

"真棒!"

承禧冲金雳竖了竖大拇指,金雳点了点头。随着时间的流逝,承禧忽然觉得,他跟金雳都开始有共同喜好了。

他从地上捡起球,走到张小惊前面,说:"喂!"

张小惊抬头。

承禧退后几步,跟张小惊拉开距离之后,才说:"准备好接球。"

张小惊的反应还不如金雳呢,想了一阵子才恍然大悟,从地上站起来,摆好姿势,信心十足地说:"来吧!"

没想到,张小惊的那个战术还真的成功了。

泽园和育德的女子排球比赛非常热闹,两所学校都是私校,绝大部分学生都住在花好月圆村,总的说来,是一场熟人和熟人之间的较量。

那一天左医生也来了,宋野阔特意把最好的位置留给了她,一脸殷勤:"阿姨你坐!您要喝水跟我们说!我们还带了加油用的道具呢,可能吵了点,您千万别见怪……"

左医生往下探了探身,问:"承禧,你怎么在下面啊?"

"我是教练!"承禧说。

"真的假的?"左医生表示好奇的时候,跟张小惊没什么区别,都是瞪大眼睛,满脸的不信任。

承禧推了推眼镜,无奈又自豪地说:"真的!张小惊拜托我的。"

兴许是因为承禧说了实话,让张小惊对承禧刮目相看,也兴许是承禧陪着张小惊训练过几次,让张小惊对承禧充满了信任。总而言之,那天晚上陪张小惊练完球后,张小惊就对承禧说:"乐承禧,要不然你当我们泽园的教练好了!"

嗯?

承禧这个人虽然自大又自恋,但本质还是个㞞货,一瞬间就僵在了那里。张小惊却说:"现在我在想什么只有你知道,我在场上,肯定留意不到那么多事情,你比我聪明,也比我更冷静,到时候你看着不对帮忙喊暂停就行了,我相信你!"

她目光炯炯地看着承禧,那眼神与其说是出自信任,还不如说是出于无奈——她实在找不到别人了。

看着那样的眼神,承禧只得点了点头。

于是比赛当天,其他人都坐在上方,承禧则坐在教练席。他手里还拿了个本子,记录着比赛的要点,比赛还没开始,承禧就自己先紧张了,一个劲地抖着腿。

比赛是在泽园的室内运动场进行的,泽园的室内运动场其实是个阶梯教室,总共能容纳四百人,那天至少坐了一百多人。育德是体育强校,学生声势浩大,自带了啦啦队。泽园也不遑多让,娇娇照例又穿成一只孔雀,在台下指挥着她的女子军团,一起大喊:"比赛第一,友谊第二!泽园最强!笑声响亮——哈哈哈哈哈哈!"

群魔乱舞般的笑声响起,承禧无语地捂住了耳朵。

左医生都被吓傻了,道:"这是在干什么……"

"阿姨,这你就不知道了吧?我们学校跟育德是世仇,不管是篮球、足球还是别的什么,反正先吵一架再说!"

宋野阔他们就坐在承禧上方,承禧能轻而易举地听到他们说话。宋野阔得意扬扬地跟左医生解释着,之后站起来,双手卷成话筒状,朝着对面大叫:"育德傻×——"

对面也不客气,集体大叫:"宋野阔傻×!"

喊完了,所有人都开始狂笑。泽园的教导主任在下面用喇叭有气无力地说:"请同学们注意文明!不要破坏泽园和育德的友情!"

两队出场,观众席爆发出了热烈的尖叫声。

为了这次比赛,娇娇还特意给泽园女排订做了一套队服,纯黑色的,育德则穿着黄色的运动衫,平均身高的确比泽园高了很多。

经过承禧旁边时,张小惊特意看了看承禧,承禧庄重地点了点头,表示让她放心。

他正紧张着,一只大手就搭在了他肩膀上:"哟!禧爷,您了不起啊,居然还在 VIP 席!"

一听到那个浑厚的声音,承禧就头也不回地拨掉了那只手,严肃地说:"我现在是教练!"

"小惊也太惨了,居然让你当教练。"沈天泽在承禧旁边坐下,双臂交叉,依然气场惊人,身体如同城墙般厚实,充满压迫感。

对比之下,承禧依然像一根小火柴,不过他比以前壮实了一些,怎么着也是根加强版火柴。

"没办法,我们学校的体育老师都忙不过来。"承禧推着眼镜,打量育德的人,一眼就找到了那两个过去是女子篮球队的女生。她们都非常高,身体颀长,步伐轻盈。

承禧在纸上画下她们的位置,果不其然,张小惊最在意的那两个女生分别是主攻和副攻。

"这是什么?"沈天泽问。

"站位图。"承禧说。

"还挺专业的嘛!"

"那当然了,这次比赛,我们必须要赢。"承禧说。

两边都是熟人,比赛的氛围就轻松了很多。育德的女生跟张小惊放着狠话:"张小惊,听说你们输球之后还哭了啊?我倒是要见见你哭的时候是什么样子!"

张小惊也不客气地回击:"做梦吧你!等一下你就知道是谁哭了!"

哨声响起,张小惊转过头跟队友交代着比赛的注意事项,然后退回到发球的位置,再次冲承禧点了点头,才自信满满地望着对面,将球高高地抛起——

"发球是每个球员都应该全面掌握的技能,包括位置、速度,以及轨迹……"

自从答应当泽园的教练之后,承禧就经常陪着张小惊一起练习。张小惊进行身体训练,承禧则在附近抱着手机研究排球战术。那年头网上的排球信息不多,承禧翻遍了互联网,还网购了仅有的几本排球相关的书,什么《排球指南》《教你打排球》之类的,最后一路看到《运动生理学》。

他照着书上的内容跟张小惊解释:"凌厉的发球能打破对方球队的进攻,发球动作里,最具震慑力的就是跳发球——我觉得其他初中生不一定能掌握这个技巧,但我觉得你可以试试。"

她练了很久,终于能够在这次比赛中发挥出来。球被高高抛起,张小惊助跑,接着起跳,手臂在空中画出一条完美的弧线,"砰"的一声,球就叩击在育德的后场。

那声音很大,作为开场,也足够让人眼前一亮的。

跟当初的泽园一样,根本没有人反应过来,泽园就这样拿到了第一分。

"张小惊!!"

观众尖叫起来,育德的队长则大叫着:"喂!你认真的吗?"

"当然是认真的!"张小惊吸了吸鼻子,拿起了备用球。

承禧不确定来看这场比赛的人有多少能看懂排球,根据他的经验,中学生的体育比赛,都是看热闹的居多。这一场比赛也不例外,专不专业已经无所谓了,反正氛围已经有了。观众席上到处都是加油呐喊声,让球场上的女孩子们都兴奋起来。

得分球队继续发球,这一次,张小惊换成了下手发球。

所谓下手发球,是指身体前倾,一只手托着球,另一只手从下方击球,球将上升到很高的位置上,越过球网,之后下坠。

这一次育德接住了,接应将球垫起,组织进攻。主攻一上来就想扣球,然而当球刚离开她的手掌,许云夕就已经纵身,很轻地将球拍了下去。

"天生运动能力好的人是不会好好练习技术的。"这是承禧一贯的思路，或者偏见。既然张小惊坚持许云夕有这个能力，那么，许云夕就得给那两个打篮球的女生一个下马威才行。

临开场前，承禧特意对许云夕说："她们俩一看到你就会觉得你不行，但她们打惯篮球了，触球的时机不一定对，你到时候留意着，只要一有机会，就给她们一个下马威。"

许云夕是个非常灵巧的短头发女孩，她立即就明白了承禧的意思，点了点头。

这个策略再次成功了，泽园拿到了第二分。

"泽园泽园你最强！"娇娇甩动着亮晶晶的手环，泽园的观众席上立即尖叫起来。

沈天泽忍不住感慨："啧，还挺像那么回事的。"

承禧没说话，只是紧紧盯着齐思琪。他前两个策略已经用完了，第三个就看齐思琪的了。

坦白说，承禧对齐思琪一点信心都没有。齐思琪从小就是一个特别自卑的姑娘，她发育得比张小惊还早，小学四年级就超过了一米七，身宽体胖的，看起来就像一只熊一样笨重。之所以加入女子排球队，纯粹是因为张小惊邀请了她，她没有拒绝而已。除了高，她没有任何优势，倒是缺点一大堆，诸如不够自信、内向、反应慢。

但张小惊说："齐思琪一旦认真了，会特别厉害。"

承禧只能相信张小惊。

球飞过了网，育德的斗志也被激起来了，自由人稳健地把球给了二传，二传转给了主攻。这一次，那个主攻没有贸然行事，而是朝泽园的后场打去。泽园的后场依然没反应过来，好在张小惊有所防备，一个箭步冲了过去,反身将球送到了前场齐思琪的位置。齐思琪跳了起来,用力地击球——

但这个球被育德那两个打篮球的女生拦下来了,她们的反应是真的很敏捷。球从许云夕的头顶越了过去,许云夕起跳,但没够着。

张小惊根本来不及站起,干脆一个跟头翻了过去,跪坐在地上,双手垫球,再次传给了齐思琪。这次育德的女生来不及回防了,齐思琪一个扣球,泽园再得一分。

执　念

很多年后,承禧才在电视上再次看到这一幕。现场看球的效果其实远不如在电视上看,因为没有多角度的视频回放,没有定格,没有慢动作特写。在现场,那个球像子弹一样精准而迅疾,砸到了地面上,也砸到了承禧的心上。

他瞠目结舌地看着落到地面的张小惊,她侧对着他,双手撑着膝盖,大口地喘着气,眼睛里是想要击败全世界一样的光,并没有太多快乐,只有不甘和不服。

而在电视上,那一幕会被无限放大:她上肢后仰,双腿自然而舒展地向后弯着。腰部到右肩最大限度地后旋,犹如一张拉满的弓。她的目光定在了球上,那一刻,她的眼睛里除了那个球,什么都没有。

必须得到它,那个球,或者说,那一次的胜利,以及那个梦想。

"就好像,我战无不胜,整个世界都是我的!"

或者更早一点的:"我决定了,我要当个奥运冠军!"

以及更早的时候:"虽然没投进,但我抢到球了!这个球场以后是我的了,没错吧?"

承禧哑然坐下,听到沈天泽笑了一下,道:"这才像话嘛!"

然而那个时候承禧就发现了,他宁可张小惊永远都拿不到奥运冠军,也不想张小惊这么辛苦。

他的心怦怦跳着,一阵不可名状的剧痛,很想能帮她做点什么,却什么也做不了。

"真想拿奥运冠军的话,不越过几个坎是不行的。"沈天泽很平静地说,"当初我打世锦赛,有个巴西少年一拳打到了我鼻子上,我都能听到鼻骨断裂的声音,心里想着:完蛋了,我这辈子注定要成一个歪鼻子了,搞不好连女朋友都找不到。但我当时觉得,就算被打成猪头,也要把这一拳打回去才行。"

承禧不动声色地看了看他,才发现他的鼻子果然有一点歪。

"然后呢?"承禧问。

"然后我还是输了,"沈天泽转头冲承禧笑笑,很平静地说,"我技不如人,我认了。如果再给我一次机会的话……"

他捏了捏拳头,胳膊上的肌肉隆起,依然笑着说:"乐承禧,你知道什么叫执念吗?每个人都有很多求而不得的东西,不管是机缘巧合也好,还是命运使然也好,执念就是无论你什么时候想起都会百爪挠心的东西,你会不停地想,要再试一次,一次就行了。然后你还是会失败,还是会输,但你还是会想,下一次肯定能行。不管你试过多少次,你都放不下,一旦想起还是心痒难耐,非得得到它才行。"

承禧的执念则是张小惊,哪怕很多年过去后,他的目标都很简单,只要能待在离张小惊足够近的地方就行。他从来也不期许什么,只要能看到她,他就会觉得很满足。

人们总是把这种感情称为爱情,但承禧觉得,那是比爱情还要深刻很多的东西,她如同太阳一般光芒万丈,让他的人生多了更多想象。太阳其实是很危险的,任何人都知道接近太阳的结果,不过你还是会一次次地,以蜡烛做翅膀,或是以钢铁做机翼,想要离天空更近一些。你很清楚你在追求的只是一个幻象,迎接你的永远是粉身碎骨的失落,不过没关系,你不在乎。因为燃烧的瞬间带来的灼热和快感，比什么都大。你可以一次次地死去再复活，在涅槃里获得永生。那些失败和试探构成了活着的感觉，你心甘情愿，因为她值得。

她比什么都值得。

2012年寒假的那场球赛，第二局是泽园输了。纵使最后所有人都燃起了斗志，也弥补不了技术和体力上的不足。最后的比分是27∶25，育德赢得艰难，也没有丝毫快感；泽园则纷纷沉默着，看着快喘不过气的张小惊。

"你没事吧？"娇娇小心翼翼地问，"要不然我们不比了？"

"开什么玩笑，现在才一比一，我们还有赢的机会。"张小惊坐在地上，靠着墙壁喘着气，喝了几口水她才站起来，很平静地说，"我们会赢的。"

但她连站起来都有些困难，倚着墙凝神了好一会儿。

一众女生都低着头，沮丧得说不出话来。

这次比赛跟师范附中那时的比赛不一样，上一次她们毫无防备，这一次则是拼尽了全力。如果拼尽全力还赢不了，那就是赢不了，就这么简单。

承禧低头打量着他的小本子，他在上面记下了每个人的优势和性格特点，也记下了育德的。其实问题很简单，泽园没有能够轮换的人，如果张小惊能休息一局的话……

他扭头看了看娇娇，还没开口，许云夕就先问了："娇娇，你跟我们一起练了那么久……"

"我不行的！"娇娇惊恐地退后几步，很夸张地叫着，"我真的想帮忙，但我连两百米都跑不下来，我就是个美丽又娇弱的废物！"

承禧无语地望着她，她怎么到了这种时候都不忘自夸！

这时候一个颀长的影子走了过来，在承禧身后说："打得不错嘛！"

众人一起回头，看到一个苗条的女巨人。她刚好也穿了一身黑，黑色皮衣、黑色高领毛衣、黑色牛仔裤、黑色长靴。她一头乌发，化着无懈可击的妆，看了张小惊一眼，轻松愉悦地问："你们就六个人？"

沈天泽连忙站了起来，跟泽园的女孩子们介绍道："这是朱沐，省队的……"

他话音还未落，娇娇就又凑了过来，八卦地问："你女朋友吗？"

娇娇的声音向来又尖又细，这一喊，连观众席的人都探出身子来，打量着这个身高一米八六的美艳女人。沈天泽尴尬地望望天，朱沐则笑着说："他想得美！"

她比沈天泽还高了半个头，但两个人身上那种沉稳而骄傲的气质一脉相承。她看了看张小惊，又看了看其他人，然后问："你！你为什么不参与防守？"

"啊？"被点到名的余夏愣了一下，内疚地说，"我反应不过来……"

"你不用反应，你看着她就行了。"朱沐拍了拍许云夕的脑袋，又侧向许云夕，说，"你反应很快啊，可你干吗不招呼你的队友？"

"我……"许云夕也一脸彷徨。

"你们还真是一点默契都没有啊！"朱沐叹了口气，"平时在电视上就没看到过吗？你们可以在背后打手势的，你防守不行，可以叫她，她跳得高，能帮你拦球；你的话，传球比其他人都好，可以在接球之前就思考一下，假如你接到了球传给谁；你什么都好，就是没有自信，要我说，对面那两个女生可不如你，你不用忙着参与防守，盯着那两个女生就行了……"

朱沐几句话就分配好了任务，女生们都懵懵懂懂地点头，最后她才看向张小惊，不客气地说："你还真以为你所向披靡啊？你还差得远呢！"

张小惊连反驳的力气都没有，只是专注地望着她。

"你们球队只靠她一个人，但你们有没有想过——"朱沐把手放在了张小惊脑袋上,在朱沐的衬托下,承禧才发现张小惊无比娇小,她迅疾如风,动作流畅而简洁,跟一般人的确不一样。嫣然一笑之后,她才问:"她们球队也只靠那两个人?"

她指向育德那两个打篮球的女生,众人这才一呆。

育德的人也觉察到了朱沐的存在,众女生连同那个老头都朝这边看了过来。朱沐长长的胳膊一伸,就把所有人都揽住,悄声说:"你们把球打高一点,不要怕自己的前场接不住,也不要怕丢球,当务之急是让那两个女孩子先乱了阵脚。你们这边弃掉一个张小惊,去换她们那两个主力,绝对不亏。"

"可是……"

休息时间结束,朱沐拍了拍几个人的肩膀,说:"去吧,放心,你们肯定能赢!"

泽园的女生都怔怔地上场,朱沐则舒适地在椅子上坐下,翘起了长腿。她挤了挤沈天泽,沈天泽挤了挤承禧,承禧差点被挤了下来,侧身打量着那个女人。

"教练同学,把你的本子给我看看。"

"啊——"承禧有些发蒙地把本子递了过去,她翻了一阵子,才笑着说:"这都写的什么啊?体测呢?"

"那什么……"承禧挠着头,一瞬间又变成了不知所措的初中生,尴尬地说,"我们没看懂那个表格……"

有关排球的那些书上都写着测试项目和计分标准,什么"启动速度""摆臂""甩腕""阅读战况"之类的,字面意思都能看懂,但怎么测就完全想不明白了。承禧挠着头,解释说:"而且期末考试……"

"你就别吓唬他了!"沈天泽把胳膊搭在承禧肩上,笑了半天,问朱沐,"怎么样?她们还可以吗?"

"一塌糊涂。"女人合上了本子,才扬起唇角,慵懒地说,"不过呢,喜欢比什么都重要。"

承禧的教练生涯就在 2012 年 1 月 12 日下午 3 点 06 分结束了,他特意看了看时间,铭记那一刻。朱沐的到来不仅令他失去了发言权,还让他连座位都没有了,一个人蹲在椅子旁边,可怜兮兮地看着球场。

"承禧,那是谁啊?"宋野阔在观众席上问。

承禧抬了抬眼睛,根本懒得说话。

专业的球员就是不一样,第三轮一开始,她就不停地指挥着泽园的女生——"四号!""左边!""防守!""别接!"

张小惊又开始追着球跑了,听到这句话,猛然停住脚步。

球果然出界了,在地上有气无力地弹了几下。裁判鸣哨:"泽园一分!"

张小惊这才恍然大悟,感激地冲朱沐点了点头。

承禧托着腮,心不甘情不愿地看着比赛。

而朱沐关于"打高球"的策略也让球场上爆发出了笑声,因为一看到高球,那两个女生就下意识地跳起,伸手触球——这完全是打篮球的习惯,触到球后她们一呆,就开始茫然了。

排球的比赛规则注定了那些球都成了牺牲品,每支球队只能触球三次,育德的防守跟泽园不相上下,都非常烂。即便是传给自己的球员,防守球员也未必能接住。

忽然,那两个女生就成了送分球员,泽园只需要看着她们自乱阵脚,就可以得分了。

"到底怎么回事啊?"

育德的观众席传来不满的声音,那两个女孩子顿时困扰起来。

而朱沐则得意地笑了笑。

"你怎么看出来的?"沈天泽问。

"排球跟篮球的触球姿势不一样,篮球的手腕是要借力,排球则是要主动出击,因为排球比篮球轻,也比篮球软,用的力道不一样,动作就不一样。"

承禧点了点头,原来如此,这的确是他看不出来的地方。

短短几分钟,朱沐就扭转了球场上的形势。泽园打得从容了不少,张小惊也得以缓了过来,没有刚才那么疲倦了。她特意回头看了看朱沐和沈天泽,最后又看了看承禧。

承禧很无奈也很温柔地冲她笑了笑,她呆了呆,才继续比赛。

球在育德那边,小鱼儿把球传给了张小惊,张小惊将球高高托起,育德的女孩子这次长了记性,没有接。问题是,其他人也没有接,大家都眼睁睁地看着球落到地上,泽园再次得到一分。

心动的瞬间

"小惊杯"当然是太夸张了一点,但"顺意杯"未尝不可。

第二天沈天泽才跟承禧说:"我爷爷当然不会为了一个初中生就办一场排球比赛……你想什么呢?昨天不是说过了吗?公司最近正在跟排球协会接洽一个活动,早就定好了会包括青少年组的比赛。"

"哦——"承禧这才松了一口气,要是真来个"小惊杯",他还真不知道该用什么表情来面对。

"那排球……是因为张小惊?"承禧又问。

"不是,是排协来找的我们,今年不是奥运会吗?各个项目的体育活动都需要预热。顺意除了拿到排球的冠名,还拿到了射击和冰球的——不瞒你说,我连冰球怎么比都不清楚,这世界上的比赛项目还真是出乎意料地多啊!回头我也得跟着研究……"

承禧抬头看了他半天,终于还是忍不住吐槽了:"你堂堂一个集团的继承人,怎么每天跟搞体育的似的?"

"两件事。"沈天泽竖起两根手指,"第一,我并不是集团的继承人——你知道集团是什么意思吗?那可不是什么一个老板和几个员工的组合,而是一个庞大的体系。我可没什么做生意的天分,专业的事情还是要交给专业的人去做,我能捞个部门经理当当就不错了。"

此刻承禧正跟沈天泽坐在泽园对面的奶茶店里,沈天泽倒真是一点架子都没有,几块钱的麻辣烫也吃得津津有味的。他的吃相很有教养,自始至终都端坐着,一只手拿着那些蘸满酱料的木棍,另一只手用筷子把食物夹下来。

看到他干净的手指,承禧连忙拿起纸巾,擦着自己的桌面。

终于把那些食物从扦子上夹下来了,沈天泽才继续道:"第二,企业要有企业的担当,取之于社会,用之于社会,赞助一些小型商业比赛,对一个上市集团来说也是应该的。赞助比赛总比做广告便宜,这对公司和体育来说都是双赢。"

寒假,奶茶店里都是学生,三三两两地围坐着。承禧听得一知半解,"哦"了一声,就把头转向了门外。

其实几年前他也经常经过这家奶茶店,却总是连抬头朝里面看一眼的勇气都没有,没想到一眨眼的工夫,就能坐在其中跟人侃侃而谈什么"生意"啊"集团"啊之类的——虽然都是沈天泽在说他在听,但时间的迅疾还是让他恍惚起来。

没想到他也进入了坐在这家店里跟人聊天,被经过的小学生注视的阶段了。

马路对面,朱沐正在跟张小惊她们在体育馆里训练。泽园即便是在寒假也保持着半开放的状态,有几个高个子的女生正往学校里走着,仔细看,才发现是育德女子排球队。她们边走边骂着:"娇娇太不够意思了!有专业的运动员都不叫我们!"

一个小时前承禧也在体育馆里,朱沐特意换上了运动装,但那群姑娘都累垮了,对于训练,全都是心有余而力不足,于是体育馆内就变成了大型闺密座谈会。她跟她们聊运动装备,一开口就是:"对了,你们都有运动内衣吧?如果想要打好球,运动内衣还是要买的……"

除了泽园女子排球队,以杨诺诺为首的泽小篮球队也来了。十几个女生站成一排,承禧这个"教练"被这突如其来的话题弄得措手不及,听了几句,才举起手来:"那个……老师……"

女生齐刷刷地回头，承禧慌忙收拾好他的本子和笔站起来，在哄笑声中离去。他忍不住感慨，这群女生都是怎么回事？怎么一点都不害臊呢？倒是搞得他面红耳赤的。

他刚走出学校就遇到了正在停车的沈天泽，便指了指身后，对沈天泽说："不用去了，里面正在聊女人的话题！"

"啊？"沈天泽一脸疑惑，旋即才点了点头，"明白了。"

"你明白什么了啊？"

"肯定比你明白。"

"那运动内衣什么的……"

沈天泽斜睨他一眼："禧爷，您要是想聊女人呢，就去找个跟你差不多大的，我是不会给你的猥琐增加素材的！"

"什么猥琐啊？我一个发育良好的青少年！这是正常的好奇心！"

沈天泽扬了扬眉："发育良好？"

趁他抬起手之前，承禧便迅速跑开了。

他们两个男生在小吃店里吃着零食，喝着饮料。沈天泽突然问："乐承禧，你将来想做什么呢？"

承禧回过神来，咬了咬吸管，说："还不知道呢！"

沈天泽饶有兴趣地问："那等小惊成了奥运冠军之后，你怎么办呢？"

"她拿奥运冠军关我什么事啊？我可能到时候给她送个花篮什么的，摆在机场迎接她，然后在电视里看她采访……"承禧咬着吸管，"将来我还能跟我儿子吹牛说，你看，这是你爸我青梅竹马的旧友，她第一次参加比赛的时候，还是我当的教练，要是没有我，她都拿不到今天的金牌！"

沈天泽笑了半天，才道："说真的，你有过什么梦想吗？"

"有啊。"承禧侧着脑袋回忆了半天，一个个报了出来，"我小时候呢，想当巴菲特，后来想当比尔·盖茨，还有那么一阵子想当个房地产大亨、石油大佬什么的……"

沈天泽替他总结出了规律："也就是说，你的梦想是随着富豪榜波动的。"

承禧想了一会儿，点了点头："应该是吧。"

"那就约等于没有梦想。"

"那能怎么办呢？梦想又不是走着走着就从天上掉下来的。我又不是张小惊，三岁就能打篮球，一蹦三尺高，又有奥运冠军指导她比赛，又有大富豪给她赞助活动……"承禧破罐子破摔地说。

"等会儿，你这一股脑的醋意是怎么回事？"沈天泽皱眉。

承禧定了定神，大概这就是……嫉妒吧。

他难过地说："可是你说我能怎么办呢？我哪儿知道她拿了奥运冠军我要怎么办，又或者我应该有什么梦想之类的。我这么一个天真烂漫的青少年，就应该看着漫画想着漂亮妹子，结果我的人生被张小惊衬托得像个废物一样！好不容易当了个教练，还被人取代了，你突然问我有什么梦想，我哪儿知道什么样的梦想在这个话题下显得比较合适。"

沈天泽还是看着他笑，说："你不是个聪明人吗？"

"聪明人又能怎么样啊？世界上那么多聪明人，我又不是最聪明的。"

"就没人跟你说过，聪明也是一种天赋吗？"沈天泽很平和地看着他说，"聪明人还是很少的，这世界上绝大多数人，都是平平凡凡的普通人。"

承禧怔了半天，看着他英俊而温柔的脸庞。太可惜了，真的没有人跟他说过这件事，沈天泽是第一个。

就在他感动得无以复加的时候，沈天泽故作惊恐地睁大眼睛，缩着肩膀道:"禧爷,您这个表情就有点过了!也不用感动到这种程度……"

承禧想了半天才反应过来,连忙号叫:"啊我……不是这样的!我那个什么……"

"好啦!知道啦!"沈天泽再次被他逗笑了,桌子上的食物被他一扫而光,他擦着手指说,"人生呢,其实是很漫长的。有些人的天赋会在很小的时候体现,而有些人的天赋可能出现得晚了一点。我们经常会说艺术和体育什么的是需要天赋的,但我总觉得,每个人的天赋都不大一样,哪怕很擅长认路,也是能找到自己的出路的。"

承禧有点不屑,问:"开出租车的天赋吗?"

"你以为开出租车不需要天赋吗?"沈天泽侧头,笑了笑道,"你这个人就是自以为是,总觉得脑袋聪明就了不起了。你现在只是在这个小区,只遇到了一个张小惊,将来等你去到更大的地方,会遇到更多会闪闪发光的人,他们会全方位地碾压你,你会感慨于自己怎么会这么普通……"

承禧专注地听着。

"不过呢,你肯定也有什么独一无二的特质是别人取代不了的,要是被那些会发光的人吞噬掉了,那就真的完蛋了。"

虽然这也是心灵鸡汤,但承禧这回听进去了,他钝钝地问:"长大会很辛苦吗?"

"有的时候是。"

"那其他时候呢?"

"还是会很快乐的,总觉得天下都是你的,就等着你摩拳擦掌地行动。"沈天泽笑着说,"不过呢,你也不能因为这个就自大起来。"

承禧凝神想了一阵,才说:"知道了。"

在承禧成为一个富豪之前,他爸爸倒先富了起来。随着网络的普及,电商一跃成了最热门的行业之一。2011年还没有多少人用智能手机,到了2012年年初,就有越来越多的人开始聊"3G"和"应用"。走在路上,经常能听到有人在讨论"App"和"Wi-Fi"的发音问题;小区里的快递员也越来越多了,人们越来越习惯于网络购物,承禧家的收入就这样在不知不觉中翻了倍。

回到家后,他正在思索他的未来,忽然听到楼下响起了一阵鸣笛声。大老板乐建业在楼下叫着:"承禧,你快出来看看,这是什么?"

承禧从窗边探头,看到一辆崭新的轿车正停在楼下,附近的邻居都围着那车子打转。承禧只扫了一眼,就激动地跑下楼,问:"你买的?"

"废话!难道是偷的吗?"

"多少钱?"

"六十多。"

"啊?"

"万!"

承禧愣了半天:"我们家什么时候这么有钱了?"

承禧的爸爸春风得意:"我不是早就说了嘛!你老子我只要肯努力,就没什么做不到的事!"

"你什么时候说过啊?"承禧小声嘟囔着,还是无比欢欣地看着那个著名的LOGO。

奔驰,一向是富裕的标志。

他拉开车门,嗅了嗅崭新的皮革的味道,摸了摸方向盘,坐在驾驶座上,思索着将来自己开车的场景,然后逐渐觉得,他跟张小惊的距离也没那么远了。

张小惊一家自然也跟着出来了,张教授赞叹着:"漂亮!"

张小惊家里只有一辆车,是一辆很普通的SUV,大,能坐下全家人。

以往承禧还挺喜欢那辆车的,如今这么一对比,才发觉贵一点的车子,其实就是不大一样。

紧接着张小惊训练回来了,她正跟齐思琪聊着天,看到她,承禧就摁了摁喇叭。

张小惊看到承禧,立即兴奋地跑了过来。她完全无视了这辆崭新的轿车,目光发亮,问:"你那个本子呢?给我抄一下!朱沐说我要记下每个人在每次比赛上的数据才行!"

"在楼上……"承禧从车身里探头,故意拍着车身说,"我们家的新车!怎么样?好看吗?"

"哦,好看!"张小惊扫了一眼,问,"你现在能上去把本子拿过来吗?"

"这可是奔驰!"

"真棒!"张小惊敷衍地竖了竖大拇指,然后说,"本子!"

"好的。"承禧彻底放弃了。

大时代正在发生某种变化,就连承禧都感觉到了。连续多年的经济增长在2012年年初有所放缓,经济学家们都忧心忡忡地在电视上聊着房子和GDP,再加上"末日传说",让那个冬天变得异常寒冷。网络上到处都是极寒和暴雪的消息,仿若世界末日真的会来一样。

承禧一家却在庆祝着买车的喜悦,有了车之后,承禧父母就自然而然地开始考虑换房子。

火锅在餐桌的正中央翻滚着,承禧帮妈妈准备着食材,爸爸则在研究花好月圆村里各个小区的户型图,一会儿说:"还是隐溪府好,我喜欢电梯楼。"一会儿又说:"其实还是独栋住起来比较舒服。"

承禧皱眉听他们聊着,终于忍不住问了:"这房子不是贷款还没还完吗?"

"你懂什么!贷款不用急着还,这样才能跑赢通胀!"承禧爸爸很是得意,他喝了点酒,红光满面地说,"其实要想还,现在就能还完了,你以为你爸爸我是吃素的?我跟你说,咱们家现在住大别墅都没问题!"

"你少在那儿嘚瑟!村里最大的别墅你买得起吗,你?"

"不就是买不起云顶山庄吗?别的能有什么问题,咬咬牙,也就供下来了。"

妈妈切好了菜,承禧端到桌子上,这小小的客厅因火锅变得雾气蒸腾起来,在这样的时候,承禧顿时觉得还是小房子比较温馨。他说:"张小惊家住了五口人呢,都没什么问题,干吗非得搬家?"

"你以为他们家不想换啊,小惊那个阁楼都快住不下来了,你看看她那个个子,我都想不明白她是怎么天天爬进去的。"

承禧想起了自家的阁楼面积,忽然也沉思起来。是啊,张小惊已经那么高了,是怎么屈居在那个面积不到五平方米的房间内的呢?

关键是那阁楼很矮,张小惊肯定没法站直了身体进去,难不成真的每天爬进爬出的?

"我看书茗苑的房子就挺好的,有两个车库,将来也方便。"

书茗苑远在花好月圆村的另一头,云顶山庄下面,跟喜悦郡是两个方向。这文雅的名字跟户型背离得很严重,那边都是独栋大别墅,光院子就有几十平方米,非常豪华。

但他还是说:"你就一辆车,要两个车库干吗?"

"那不是将来得给你准备一个吗?书茗苑有个三百平方米的大户型,四室两厅,我看着还不错。到时候我跟你妈住一层,你跟你老婆住一层,我们还能尽享天伦之乐!"

承禧的爸爸是真的开心,他这些年过得也不容易,钱是赚到了,累也是真的。给别人打工和当老板是不一样的,老板没有假期,一年到头都忙活着,饮食不健康,导致他一日千里地发着胖,头发也不见了一半。

春节临近,承禧难得在花好月圆村过春节,以往他们都是回老家,但今年不打算回去了,因为爸爸说,今年春节订单可能会加大,得抓紧时间工作。

他们一家三口难得能这么其乐融融,承禧爸爸就开了瓶酒,边喝边说:"你呢,就好好念书!咱们家还没出过大学生,要是你考上大学了,你要什么我给你什么!到时候十里八乡的人都跑来给你庆祝,咱们乐家脸上也有光。"

承禧皱了皱眉,道:"我要是真考上好大学了,也未必跟你们一起住,用不着买那么大的房子。"

"嘿!你怎么那么多事啊!你是不是不想搬啊?"

"反正不怎么想……"

"为什么?你不是一直都想住大房子的吗?"承禧妈妈纳闷地问。

承禧在"虚荣"这件事上,完全继承了他父母,从小就渴望大房子、豪华轿车这些有望实现的,想象力更丰富的时候,什么游艇和私家飞机也不在话下。承禧觉得自己在花钱上还是很有天赋的,万事俱备,就只差钱了。

他撇了撇嘴,还没想好怎么回答,承禧爸爸就突然大笑着说:"我看,你就是舍不得小惊吧?"

"啊?这跟张小惊有什么关系?"承禧故作鄙夷,装傻。

爸爸却说:"哟!还装不知道呢!你看张小惊什么眼神,以为我看不出来啊!"

他是真的喝醉了,承禧还什么都没说呢,他自己就先乐上了,嘿嘿笑着说:"小惊不错啊,长得漂亮,人也懂事,咱们家跟张家也不错,刚好咱们家有钱,他们家有文化……"

"才几点啊?你就醉成这样了!"承禧妈妈跑过去夺酒杯,承禧无语地看着两个人闹腾。

有敲门声响起,承禧去开门,然后就看到张小惊一家正拿着刚写好的对联,喜气洋洋地说:"过年好……"

承禧心里一慌,就听到妈妈在后面吼着:"我才不要张小惊那样的儿媳妇呢!"

外面刚好有小孩在放鞭炮,噼里啪啦地响着,紧随其后是巨大无比的沉默,如同 UFO 一般笼罩在喜悦郡 21 号的上空。

承禧仰起头,生无可恋地望着门框。

张小惊怔了半天,才生气地大叫:"你做什么春秋大梦啊!谁愿意给你做儿媳妇?"

她把那个"福"字往地上一扔,转身跑了。

而张小惊父母的口形还停留在那个未发出的"啊"字上面,尴尬地说:"那个什么……小惊爷爷写了几副对联……"

"哎哟,那真是谢谢了!"承禧妈妈手忙脚乱地跑过来,接过春联,脸红成一团,解释说:"那个什么,他喝醉了……"

承禧的性格完全是继承他妈妈的,私底下又是自大又是趾高气扬的,一旦做错了事,或者被人戳穿了,就会变得卑微又手足无措。

此刻她扒着门框,跟扒着救命稻草一样。

承禧深深地叹口气,只等着左医生来救场了。

幸好左医生也没有让他失望,笑着说:"没事,没事,过年嘛,多喝几杯也是正常的……"

"我刚才……"

"没事,没事,我们都没听见……"

"那……"

"春节快乐,我们走了,回头再来给你们拜年!"

门重新被关上了,承禧妈妈顿时就跟小学生似的,捏着手,小心翼翼地跟承禧说:"那个什么……你要不然……明天去解释一下?"

"还解释什么啊？搬家吧！"承禧想死的心情都有了，心里盘算了一下张小惊现在的地位，做好了再次被全校"霸凌"的心理准备。

不过新的一年到来，大家终究是成熟了一点。如今也没人会暴打承禧了，取而代之的是无休止的嘲笑，连远在天边的沈天泽都特意驱车过来，大声示威："是谁说我们小惊嫁不出去的？"

"我拜托你们！以讹传讹也要有个限度好吗？"

承禧绝望地坐在门口，他妈是连门都不敢出了，把承禧推出来解决这个问题。承禧鼓足了勇气试图去跟张小惊道歉，结果金雳这只总算有点温柔的狗在一夜之间就恢复了地狱恶犬的形象，死死地捍卫着张家的大门。承禧的爸爸——这位罪魁祸首这会儿还在睡觉。

小年当天，承禧堪比雾都孤儿，在寒风中瑟瑟发抖，看了一眼沈天泽特意开过来的双人座敞篷跑车，说："你不冷吗？"

"冷啊，家里忙，就剩这么一辆车了！"

沈天泽还真是一点派头都没有，不管周围有着怎样的道具，都朴实无比。他从副驾驶座上拿出一大堆精美的礼盒，扒拉了半天，才从中找出最小的一个，说："本来你们两家一家一份，不过看样子你随便拿一点就行了。"

承禧望着他手里那袋顺意集团出品的、市值两块五的糖，连手都懒得从口袋里拿出来，冷眼道："不必了，心意我领了就行。"

"收着嘛！好歹也是大过年的！"

沈天泽笑嘻嘻地看着承禧，承禧无奈，接过了那袋糖，说："那真是多谢你啊。"

"春节快乐！"他冲他眨了眨眼睛，就狂笑着去张小惊家里了。

承禧长叹一口气，转身回屋，见到妈妈可怜巴巴地站在窗前，问："咱们是不是不能住在这个小区了？万一董事长知道了……"

承禧翻了个白眼:"他堂堂一个董事长,闲着没事干,专门跟你过不去吗?"

"你别这么说嘛,我哪儿知道他们就在门外啊?真是的!来拜年也不提前打声招呼!"

承禧妈妈的绝活之一就是,无论发生什么事,都能在别人身上找到错误。她又委屈又不服,撇着嘴巴说:"这也不能怪我,小惊的确不适合做儿媳妇,当婆婆的,谁不希望有个听话懂事的儿媳妇呢?"

"妈,我今年才十三岁!你这个担心真的太远了一点!"

她想了一阵子,顿时就松了一口气:"对,你才十三岁,将来会遇到更合适的女孩子的。"

"什么叫'更'啊?"承禧叹了口气说,"算了,我回房间了。"

他回到他温暖的小卧室,打开电脑,紧接着就看到QQ里一连串的消息提示。好友群里,张小惊正在狂怒地骂人:就乐承禧那种人渣,谁肯跟他结婚才是倒了八辈子大霉!

——他妈也是,一天到晚就她把乐承禧当宝贝,也不想想当初是谁带着他那个软弱无能的儿子上学放学的!

——气死我了!

宋野阔都快笑疯了,问:要不要我帮你揍他一顿?

——不用,免得脏了你的手!

娇娇则趁机火上浇油:骂得好!乐承禧这种人,最好孤独终老!

没想到最温柔的人是程泽,他说:等一下……你们说的这些,禧爷看到了怎么办?

——就是要让他看到啊!他看不到我骂什么?

张小惊暴躁地打了一连串的感叹号,之后道:不说了,沈天泽来了。

承禧看了一会儿,就关上了QQ。

他觉得又好气又好笑,最终还是挂着模棱两可的笑容浏览起了一个 IT 论坛。

那些年，承禧的爱好始终是跟电脑相关，当年因为家境问题没有去的电脑班始终在他的心底存有一席之地，虽然现在家里有能力送他去辅导班了，他却没什么兴趣了。靠着互联网，他多多少少学会了一点点编程技巧，打开 TXT，研究着别人发布的代码，在电脑前一坐就是一个下午。

天色渐暗，爸爸才敲了敲门，说："走！我们去给小惊道个歉！"

小惊。

为什么他们都能毫无顾忌地唤着这个称呼呢？承禧却总是连名带姓地叫她张小惊？

承禧说："关我什么事啊？我不去！"

"嘿！你怎么能不去呢？快过来！"

承禧的爸爸揪着承禧的领子就下楼，承禧无奈地跟在后面，看到妈妈怨怼的表情。她正和着面，说："不是说要搬了吗？道什么歉啊？"

"你这话怎么说的？人家张家是怎么对咱们的？咱们家现在是富了，但当年要不是左医生和张教授帮着照顾承禧，咱们家哪来的今天？做人要知恩图报！"

承禧的爸爸难得这么大声讲话，虽然道理是那么个道理，但承禧还是吓了一跳，下意识地维护着妈妈，问："你是不是酒还没醒啊？"

"啊？没醒吗？"

爸爸连忙去洗手间洗脸，承禧看向他妈妈，她正委屈地准备着给张小惊家的礼品，东西全都是早就准备好的，烟酒茶、老年人的保健品，在此基础上，还有个丝绒袋子。承禧扫了一眼，看到那袋子上印着"中国黄金"的字样，愣了一下，才说："他们家是不会收的。"

"那也得送，小惊家里赚钱不多，当初你每天去吃饭也花了不少钱，我跟你爸那时候钱不多，每个月只能给几百块……"妈妈的眼眶又红了，捧着承禧的脸说，"你跟他们说清楚，我也不是嫌弃小惊，我就是……就是怕你受委屈……"

十二岁的时候,大人还不会跟孩子聊钱,十三岁的时候就不一样了,大人会想当然地以为孩子已经明白这些了。现在承禧距离十三岁还有几个月的时间,正处在要否定全世界的前夕。他困扰地甩开妈妈的手,说:"你真的想太多了,他们家人是不会计较这些的。"

"你怎么知道?"

承禧垂着眼帘,没办法说,因为我就是他们家人养大的,所以我知道!

幸好承禧爸爸及时出来了,一声令下:"走!"

承禧连忙开始换鞋,跟着出门。

也就乐建业还能在遇到了这种事之后面不改色地去张家做客,他拎着礼包,以及早就准备好的红包,拖着承禧往外走。承禧跟在后面,一进门,就看到张小惊恼怒的脸:"你不许进来!"

"祸不及家人!我是无辜的!"承禧也跟着大叫,"我可什么都没有说!"

"小惊,不许胡闹!快让叔叔进来。"

左医生虽然维持着秩序,但眼角眉梢都挂满了幸灾乐祸,要不是唯恐张小惊会生气,承禧觉得她能爆笑半个小时。张小惊的爷爷奶奶也都是一副八卦的表情,寒暄着:"快坐!外面冷吧?"

"这才几步路,有什么冷不冷的?"乐建业先生毫无廉耻之心,当即就坐下说,"我昨天是喝醉了,今天下午才起来,什么都忘得一干二净了!承禧妈妈到底说啥了?"

"也没说什么,小惊自己闹着玩呢!过一阵子就好了。"

张小惊一听此话,放下筷子,穿上羽绒服就往外走。

"你去哪儿?"

"你管我呢!"张小惊用力地关上了门,看样子,是真的生气了。

左医生冲承禧使了个眼色,承禧会意,连忙追了出去。

春节时期的花好月圆村是多样的,很多人回乡,很多人团聚,有些房子是欢声笑语,有些屋子则岑寂无声,只开着一盏小灯。鞭炮声不时地从远处传来,街道如河流,路灯是渔火,在这样的时刻,人们心底总是忍不住泛起浪漫主义幻想。

比如说,爱情是怎么发生的呢?是命中注定还是偶然呢?承禧忍不住地想,他会爱上张小惊吗?张小惊会爱上他吗?

如果他的邻居是娇娇,他会爱上娇娇吗?如果张小惊没有出现,他会一如既往地爱着裴巧若吗?

关键是,裴巧若现在在做什么呢?为什么他完全不知道,也不关心了呢?

如果一个人在一生之中注定要爱上什么人的话,是会爱上距离自己最近的那个人呢,还是最远的那个人?

张小惊牵着金雳,大步流星地走在前面。承禧则无声地跟在后面,回忆起他们认识的这么多年。最早她给他的是一个背影,现在也是一个背影。那背影从一个蹲在地上的小毛球变成了颀长的少女,除了那不停摆动的辫子,好像一切都变了。时间就在他回过神的这个瞬间充满了意义,他看着她颀长的身影,那么多年过去了,她依然是一个光是背影都能令他想要接近的人。

犹豫了半天,承禧才叫了一声她的名字:"张小惊!"

她没好气地问:"你跟着我干吗?"

"你要去哪儿?"

"跟娇娇她们约了放烟花……不对,你管我去哪儿呢!"

承禧在她身后浅笑,知道她并不是真的生气,便鼓足勇气,伸出手揪了揪她的羽绒服帽子。她气愤地甩开,说:"不要碰我!"

"你要讲道理,我可什么都没说!"

"我才不管呢!你妈那么说了就是你的意思,你们母子心连心,谁不知道啊?"

承禧忽然几大步挡在她面前,问:"所以我妈要是说对你很满意呢?"

张小惊顿了顿,脸红了,用力地推了他一把,说:"你走开!"

她生气时总是会这样推人,以前承禧被她推倒过好几次,一直震撼于她的力大无穷。结果也不知道怎么的,这次承禧却纹丝未动。

承禧还以为她没用力气,张小惊则呆了一下,抬头看着承禧。承禧根本没反应过来,问:"我妈就是那么一个人,你又不是不知道……"

旋即,他也发现哪里不对。

他退后一步,震惊地看着张小惊,从眉毛到下巴,再从额头到肩膀。

张小惊比承禧更震惊,瞪大了眼睛并张大了嘴巴,像是见了鬼。她上上下下地打量了承禧半天,才说:"你不要动!"

"好的。"承禧已经发现问题在哪儿了,一动也不敢动。

暗夜里,张小惊就像一头小怪兽一样,一开始只是推搡了他一下,见承禧还是没什么反应,她就松开了狗链,退后几步,开始助力起步——

承禧想起在纪录片里看到的野牛,吓得闪到了一边,伸手拦住张小惊说:"你等会儿!"

张小惊虽然停住了脚步,惊恐的神色却不减刚才,她大叫道:"你!你现在多高?"

"我不知道!"承禧也跟着提高了声音,"我好久没量身高了!"

"你都跟我一样高了!"张小惊失声尖叫,承禧连忙说,"应该没有！我觉得我应该还是比你矮一点！"

"我不信！你就是长高了！我们比比！"

张小惊走到他面前，伸出手在两个人之间比画着。承禧大气也不敢出，也不太确定，这时候是应该先蹲下去一点，哄她开心好呢，还是不管不顾地哈哈大笑好。

天哪，他居然也有能够平视张小惊的这一天！这太不可思议了！

但平视张小惊，和仰望张小惊，看到的是一个截然不同的人。被提醒了之后，承禧才发现，这个角度看的话，张小惊似乎终于变成了一个柔软娇小的小女孩，而不是一个高大威猛的女武神。

但她不应该离他那么近的，不应该跟他那么近还没什么表情的。

承禧避开了她的眼睛，垂眸，结果落入眼帘的是她的脖颈。因为忘了戴围巾，拉链也没拉好，她的脖子和一小部分肩膀就这么堂而皇之地进入他的视线，他甚至能感觉到那些皮肤的体温，仿佛暗火，灼烧了他的脸颊。

张小惊却浑然不觉，手掌打平，从她的头顶移到承禧的眼前。她量得太认真，根本没觉察到承禧发红的耳朵。承禧屏住呼吸，目光落在了张小惊的嘴唇上。

——"这个呢，就叫柳叶刀，别看这刀子很小，却很锋利的，可以轻松切开人体最厚的皮肤！"左医生像个变态一样把玩着手里的小刀，漫不经心地说，"你将来要是乱摸女生的话，我就用这把刀子剁了你的手。"

这是当年张小惊妈妈跟承禧说过的话，后来他才发现那是把很普通的水果刀，就摆在他们家厨房，别说是皮肤了，就连削个苹果都有点费劲。不过左医生在传达什么，他想他是明白的。

下一秒，承禧就后撤了一步，转身说："肯定没你高！"

"已经跟我一样高了！"张小惊大叫着，两个人的身高差比承禧妈妈说过的话更令她愤怒，她几大步跑了过来，拉着承禧的袖子说，"你站住！不要动！"

承禧试图甩开她，她不依不挠地又把手伸过来，再次拉住他的袖子。他甩开，她又拉住，这一次她碰到了他的手指，他只能把手塞回口袋里；张小惊不服，再次抓住他的胳膊，他再次甩开……

承禧几乎是怀着破釜沉舟的心情猛然转身，四目相对，张小惊才总算顿住。

这时候应该说点什么好呢？

承禧有点紧张，看着张小惊的眼睛，其中有什么东西缓缓流淌着，让她的眼神变得飘忽不定起来。承禧知道那是什么，张小惊却不知道。她茫然而惊讶地看着他，目光在他的脸上流转，有闪避，也有仓皇。人间所有词汇都不足以描述这一刻，他咽了咽口水，说："别比了。"

她却一脸茫然，睁大眼睛看着他——她真是个傻×。

迟疑很久，承禧才说："走吧。"

"……噢！"

张小惊呆呆地跟在承禧身后，承禧看了看她的影子，她有些不知所措，一会儿低头沉思，一会儿又抬起头，茫然地看着承禧。

也不知道怎么的，承禧忽然觉得有点伤心。她不知道，她什么都不知道。

这就是左医生最害怕的青春期，无论如何你总会遇到什么人，并惦念什么人。但你们都还太小，经不起失望和心碎，所以不能肆意妄为。你若是珍惜，就该懂得克制。

在恰当的年纪做恰当的事，这是承禧的理智能够提醒他的。然而什么时候是恰当，什么行为才算恰当，是理智所不能决定的。

走着走着，就有烟花在他们头顶绽开，像是为了扫除尴尬似的，张小惊一阵欢喜，尖叫起来："她们已经到了！"

她一阵风似的从承禧旁边跑了过去，却忘了金雳，它被丢在了路边。

　　越来越多的鞭炮声响起,烟花在四面八方绽放,空无一物的夜空因为它们的存在而显得没那么孤寂了。张小惊仰着脸打量着天空,烟花映照在她的眼角眉梢,星星点点的,让她的脸变得喜庆。承禧沉默地看着她,她没有变过,还是会随时随地就开心起来,但承禧似乎已经长大了。

　　他手插口袋,看着张小惊的身影远去,却没有追逐的力气了,依然站在原地。

　　过了很久,承禧才觉察到停留在他身上的目光。他转过头去,望着旁边的金雳。金雳也看着他,一如既往地,自己咬着绳子,期盼般地看着承禧。它那洞悉一切的眼神让承禧忽然觉得有点温柔,他蹲下去,伸出手,小心翼翼地摸了摸它的脑袋。

　　金雳安安静静地,既没有叫,也没有咬他。

　　他满足了,从地上捡起狗绳,低声说了句:"好吧。"

　　至少他不再怕狗了,那这一年,肯定是极好的一年。

作为普通同学

闹归闹，玩笑归玩笑，乐家要搬家的事是认真的。

其实搬走了也好，承禧曾听张教授跟承禧爸爸无意间说过，两个孩子都大了，不能再像以前那么闹下去了。承禧爸爸说："这小子像我，不知道将来能弄出什么事来！"

张教授问："你以前干过什么？"

"偷看女孩子洗澡，差点没被我爸打死！"

张教授立即警觉地抬头，瞪了承禧爸爸半天，问："那你们什么时候搬家？"

"过两天去看房子，想着趁承禧开学之前搬。"承禧爸爸道，"对了，小惊怎么还住阁楼啊？"

"她自己也没说有什么不便，我跟她妈也没想过这事……"张教授有点尴尬，也有点沮丧，"当初买这套房子的时候根本没想过她会长这么高，前几年倒是想换呢，谁知道现在房价这么离谱……"

"没事，网上都说过一阵子就跌了。"承禧爸爸道，"对了，我们家搬走之后这套房子暂时不准备卖，也不准备租，要不然你们先住着？"

"那不用！不用不用！"张教授吓了一跳，连忙摆手。

总而言之，在那一年的春节后，承禧一家就搬出了喜悦郡。当时承禧身高一米六八，张小惊则是一米七一，但他们似乎都明白，这样的身高差不会持续太久了。

由于还在同一个小区内，搬家也比较简单，一辆小货车就把必需品都装完了。

承禧抱着纸箱离开的时候，左医生正在院子里跟装修工人交涉换窗户的事情——张小惊那扇封闭型窗户，终于要改成可以打开的了。她正在窗前看着路边，见承禧抬头，就做了个鬼脸跑开了。

说到承禧的新家——

那是套二手房，前任房主是个老华侨，装修考究，并充满格调，整套黑胡桃木的家具，厨房完全没什么使用痕迹，全都是高端电器。院子里，草坪修剪得当，风景也美不胜收，草本植物和灌木安排得错落有致，靠墙的位置还种着玉兰和松树……

这是所有人都渴望的那种梦中才有的房子。

承禧家倒也不是买不起新房子，但2012年年初，主流的观点是房价会暴跌，于是父母就考虑买个二手房先住着。

"怎么样？我没骗你们吧？"中介看到承禧一家三口的表情，顿时就得意扬扬起来，介绍说，"这房子根本就没人住过！原来的业主是买来颐养天年的，不过他儿子女儿都在海外，他一年也回不来几次，才决定卖的。我跟你们说，这个价格你们再想看到都难了，九千块一平方米！跟送你们有什么区别？"

"你送人东西还一平方米九千块啊？"承禧妈妈当即就道，"太贵了！谁不知道房价正在跌啊！春节前你就说九千块，怎么现在还是这个价？"

"春节前我报的价格是均价，什么房子都有，但你看看这房子，你自己看看！"那中介是个十分情绪化的中年人，前一秒还眉飞色舞，下一秒就变得神秘起来，压低了声音说，"我跟你们说，整个书茗苑就这套房子最漂亮！我看你们在村里住了那么多年，是老住户，才最先带你们看这套的！房子昨天才放盘，你们是第一户来看房的，别管房子跌不跌,这个装修摆在这里,我看你们一家三口都是很讲究生活品质的人,肯定很明白它到底值不值这个价格。"

承禧瞥了瞥爸爸敞开的羽绒服和大肚腩,也不确定他是怎么看出他们家人很讲究生活品质的。

"你说这些都没用的!"承禧妈妈说,"再好的电器放几年也都是过时的!这些电器我们回头肯定是会换的,家具也不是我们喜欢的风格……"

而承禧的爸爸根本没说话,双手背后,正悠然地在院子里散着步。他神情舒展的时候,就像个弥勒佛一样,眼角眉梢都挂着奇怪的祥和。

承禧蹲在地上抚摸那些温柔的小草,爸爸说:"瞧你这没出息的样子!"

"你不是也一样吗?"

承禧笑看他根本合不拢的嘴,在以前,这种房子他们连想都不敢想,如今却近在眼前,恍如做梦一般。

"你快上去看看你的房间!"

"你怎么知道哪间是我的?"

"之前我看户型图的时候就选好了,你就住这间!"爸爸指了指承禧头顶的阳台。

承禧一怔,问:"真的假的?还有阳台?"

"骗你干什么?不过,这套房子每间卧室都有阳台。"

承禧一阵小跑,上了二楼,找了一阵子,就找到了属于他的那间。

房子很久没通风了,但敞亮气派的格局还是让他着实一惊。无论何时,明亮本身带来的愉悦都是无可取代的。那房间足有三十多平方米,家具都是现成的:大单人床、书桌、书柜、衣柜。除了书桌上方的大窗户,床边还有一扇落地窗。浅灰色的窗帘垂在地板上,承禧走过去,拉开窗帘,看到一个令人怦然心动的小阳台——

谁也说不出那个阳台究竟有什么独特的地方,但那的确是让人看了就会高兴起来的阳台。

二月的微风徐徐吹来,承禧独自开心了一阵,才走到阳台边上。

爸爸正仰着头在下面等他,一看到儿子的表情,就豪迈地大手一挥,说:"买了!"

承禧妈妈还在那里讨价还价,听到这话气得要死,说:"你别说话!"

中介却已经走了过去,拍着马屁:"还是乐先生有眼光……"

谁知道承禧爸爸砍起价来比妈妈还狠,他说:"你跟那个业主打个电话,就说八千五,我可以付百分之五十,明天就能拿到现款——他同意的话,咱们现在去签合同!"

中介脸上的笑容凝固,恨得牙痒痒。

但他还是老老实实跑到一旁打电话去了,抱着手机聊了一阵子,才回来说:"业主说八千六,不能再低了!"

2011年年末至2012年3月,房价连续跌了小半年。回到喜悦郡后,承禧妈妈还在数落爸爸的不是,一个月后更是天天发飙,骂完了承禧爸爸就开始骂承禧:"都怪你!不就是有个阳台吗?笑什么啊你?有什么好笑的?"

承禧无语地看着她,心里想,怎么这都能怪到我身上?

但多年后再聊起这件事,承禧妈妈的说法就不是这样了。她在电话里跟人讲:"还不是因为我!那时候他们都说房价要跌,我知道根本跌不了多久,你说咱们中国人买房观念这么重,房子怎么可能会跌嘛!我当时就铁了心劝他爸把这套房子买了下来,才八千多!刚好抄底了!"

那时候承禧就发现了,这世界其实毫无逻辑可言,像他爸那种智商可疑、做决定全靠一拍脑袋的老实人能成为一个伪富豪,这真是太荒谬了。

然后又过了一些年，他才发现，运气也是天赋的一种，有些人就是运气特别好，比如他们一家三口，再比如张小惊一家。

比如许许多多的人，就这么搭上了时代的列车，一路向前，直奔幸福而去。这趟车有人赶上了，有人没赶上，仅此而已。

刚搬完家那阵子，新房子倒是很热闹，乐家的亲戚朋友都来贺乔迁之喜，承禧父母也忙得不亦乐乎。忙完了他们就发现，梦里的房子就应该老老实实待在梦里，一旦成了现实，就什么毛病都出来了。

好比说夜晚到来，他们一家三口在那大得荒唐的客厅吃着晚饭，除了电视里《新闻联播》的声音，就几乎什么声音都没有了。以往在喜悦郡的时候可不是这样的，喜悦郡热闹，他们家人即使不讲话，也能听外面的人讲话，听到什么有意思的话题还能跟着聊几句。而现在，方圆两百平方米内就只有他们一户人家，安静得令人尴尬。

"要不然……把咱爸妈接过来？"承禧妈妈如坐针毡，忍不住提议。

"还是算了，他们在乡下住得好好的，根本待不惯城里。"

"那……把我爸妈接过来？"

"你问问呗，要是想来也行。"承禧爸爸说。

承禧倒是无所谓，其实升入中学之后，他就发现自己本来就是个很安静的人。跟着张小惊热闹了那么多年，与其说是他爱玩，不如说是他喜欢看着张小惊玩。她是个很好玩的人，这是确凿无疑的，但无论有没有承禧，她都是一个很好玩的人。

承禧则截然相反，失去了张小惊，他就恢复了书呆子本性，可以抱着书或者对着电脑待到地老天荒。

想起小年夜张小惊那个惊慌的眼神，承禧还是忍不住牵了牵嘴角。

此刻,她在做什么呢?

张小惊跟承禧妈妈的仇还没有算完,张家来参观新房子时张小惊没来,左医生笑着说:"别担心,她过一阵子就忘了。"

只可惜这次左医生错了,这个仇,张小惊一直记到了2019年,并以此作为不跟承禧结婚的理由。她热血沸腾地说:"那不行!我要当你永远也追不到的人!你快回去告诉你妈,不是我不配当她儿媳妇,而是她儿子追不到我!"

"不是……你怎么拒绝我还能拒绝得这么激情澎湃的?"

"复仇的快感太爽了!"张小惊说,"我这么一个可可爱爱的小女孩,小小年纪就被你妈否定了女性魅力,换你你不生气吗?"

"拜托,我从小就被当成渣男,当了这么多年,我找谁复仇去啊?"

张小惊想了一阵子,才看着承禧说:"你不一样,全世界都认为你是渣男的话,那肯定是你自己的问题!"

反正张小惊就是很擅长"双标",她讲话永远没有逻辑也没有规律。承禧并不能时常见到她,每当夜幕降临,他就会想起她的声音和笑脸,她永远都是扬扬自得地抬着下巴,在承禧心里变成爱情这个词的具象形式。他望着她微笑,她则假装没看到他的眼神,低低头,就又迅速跑开了,把手卷成话筒状,大叫着:"乐承禧!谁是最喜欢你的人?"

"张小惊。"承禧笑着说。

"那你最喜欢的人是谁?"

"也是张小惊。"

张小惊满意了,才咯咯笑起来。

不过在2012年,承禧还挺享受一个人的日子,他戴着耳机,听着歌，悠然地在小区里晃荡着。为了上学方便，他父母给他新买了一辆自行车，是那几年最流行的"死飞"，他选了很风骚的荧光粉，在初春的傍晚经过棕榈园，就看到张小惊正牵着金雳跟几个女生遥遥走来。

隔着马路和红绿灯，承禧停下车子，张小惊却在看到他的瞬间挥手跳了起来："乐承禧！"

救命！承禧暗叫，这笑容也太引人遐想了。你怎么可以这么朝气蓬勃地冲向一个男孩子还挂着甜美无比的笑容呢？这很要命的，好不好？快别过来！别过来啊你！

饶是内心波澜壮阔的，承禧还是没什么表情，摘了耳机，坐直身体，听到张小惊火上浇油地问："怎么样？新家好玩吗？想我了吗？"

"想了！"

承禧眯起眼睛望着她，结果张小惊却自己先脸红了，问："真的啊？"

"假的！"

"那就好！"张小惊很夸张地拍了拍胸脯，然后说，"对了，你的寒假作业给我看看！"

"你要干吗？"承禧算了算日期说，"准备在开学前两天一口气把作业都抄完吗？"

"那倒没有，我跟你说，自从我学会用脑子打排球了之后，就发现功课也能看懂了！原来脑子一旦开始用了，就真的会变得很有用！"

她自豪地发布着她的惊天大发现，说："上学期我不是拿了三个零分吗？我妈说再这样下去就不让我打排球了，结果我一看寒假作业，忽然就有了很多灵感，把作业都写完了，就是看看你的，对对答案，齐思琪说你的答案肯定都是对的。"

上个学期末，为了准备跟育德的比赛，张小惊总是半夜跑出去训练，考场上连续睡了三天。左医生拿到成绩单后都傻眼了，问："张小惊,你这个成绩是认真的吗?"

张小惊也很诚实,说:"我睡着了!不是不会!"

"那你会多少呢?"

张小惊沉思一会儿,道:"反正也不多。"

以往承禧还在的时候,张小惊的作业都是抄他的,如今承禧搬走了,承禧还以为她会为作业痛苦呢,没想到她居然还做完了。

听到齐思琪的夸奖,承禧难得谦虚:"那倒也没有,我偶尔也是会错几道题的。"

"齐思琪说你成绩属于超好那个级别的,她只是一般好而已……她可崇拜你了!天哪,我都不知道你们好学生居然还有这么多类别!"

"那当然了,只有好学生才懂好学生。"承禧想了个她能明白的例子,说,"就像你打排球,才知道谁打得比较好。"

张小惊点了点头:"有道理。"

"那寒假作业是我给你送过去,还是你跟我去拿?"

"我跟你去拿好了。"张小惊说。

从棕榈园走到承禧的新家,走路的话,至少要半个小时。不过张小惊是个不怎么怕走路的人,她心情不好的时候可以在小区里暴走一个小时,心情好的时候也能暴走一个小时。她就是台永动机,根本不知道什么叫疲倦。

此刻她就牵着金雳走在承禧旁边,一过马路,那些女生就跟他们道别了。棕榈园附近人很多,书茗苑附近人却很少,承禧专心致志地盯着前方,提防着自己的眼神时不时瞄过去。

其实才两周没见而已,但还是有什么变化悄然地发生了,让空气里涌动起一种躁动不安的氛围。

"你剪头发了?"承禧问。

"嗯,之前太长了,转头的时候头发总是打在脸上。"张小惊抚摸了一下她的新马尾。

"训练还顺利吗?"

"还行。"张小惊说,"朱沐也就来过那么一次,给我们每个人都制订了一个计划,好比说我要增加传球的精准度、齐思琪要增加灵活度什么的……不过小鱼儿和余夏都觉得现在这样训练太辛苦了,就退队了。"

"那怎么办?"

"现在想加入的人更多,倒是不怕找不到合适的。"说到这里,张小惊又快乐起来,凑过来道,"我跟你说哦,那次比赛校长也看了,他还挺喜欢看我们打球的,说今年市运动会可以报名参加!虽然我估摸着今年也拿不到什么成绩,但明年就不一样了,等杨诺诺来到泽园,我估计我们就能打过师范附中了。"

"那挺好的。"承禧说。

真的挺好的。像现在这样,没有太陌生,也没有太亲密,可以在路边一起聊聊天,就挺好。

张小惊走着走着又站直了身体,离承禧远了一点。她低着头,望着路边的小草,而承禧则看了看她的侧脸,再次确定了,他是很喜欢她的。

但有一句话是怎么说的来着?

不要打扰我最亲爱的。你可以喜欢她,但不可以吓唬她。

你得好好守护她才可以。

再开学之后,承禧和张小惊就从邻居变成了普通同学。

作为普通同学的承禧和张小惊是不怎么说话的,张小惊总是很忙,一下课就会被人叫出去,而承禧则常年在座位上不怎么动弹。初中的时候,承禧在众人眼里是个很文静的男生,喜欢听歌、玩手机,不爱说话。

在找到梦想之前，承禧决定好好念书，搬了家之后他闲得没事干，干脆把初二和初三的教材都买回家了，边自学边开始自己做测试。

他在学习上是真的很用功，别人写卷子是被迫，他不一样，他是出于兴趣，几乎把市面上所有的练习册都买回家了，一套接一套地刷题。也许做题对他来说跟张小惊打球是一样的，比赛赢了就是赢了，输了就是输了，题目对了就是对了，错了就是错了，如此简单。

而别的事就很难说了，很多事在承禧的脑海里疯狂徘徊着，一会儿站在"对"的那一边，一会儿站在"错"的那一边，这让他缺乏安全感。

比如说，早恋是对的还是错的呢？

有一天上课，老师发现承禧在看别的书，顿时就有点生气，谁知道拿起来一看是中考知识点总结。她看了看他已经做完的例题，错愕地问："你……这些，你都学会啦？"

"是啊。"承禧抓着脑袋说。

老师便沉默地放下书，走到讲台上，狠狠地夸奖了承禧半个小时。

下课后，张小惊第一时间冲到了承禧面前，惊呼："天哪，你真是个变态！"

这件事被广泛地宣传着，除了少数人，其他人的看法都很一致：乐承禧真的很变态。

于是"变态"就成了承禧的新外号。

作为变态和渣男的乐承禧，在那些年里逐渐有了点名气和地位，在不熟悉他的人看来，他就是个长相还不错的、成绩非常好的学霸，但在熟悉的人看来，他就是个无比闷骚的工具人。

自从搬家之后，放学后他就不再跟张小惊一个方向了，而是跟娇娇一个方向。承禧家和娇娇家都是做生意的，店铺也都开在繁华里。承禧要在商业街解决午饭，就时不时遇到娇娇。娇娇对承禧的态度十年如一日，只用祈使句，直接下命令。

"借我五十块钱！"

"帮我把书包送到我妈店里！"

或者："我设计的海报印出来了！你下午去打印店取了送到学校。"

娇娇是承禧从小到大遇到的最神奇的人之一，她大名凌雪娇，单亲，跟妈妈姓。说到母女情深，张小惊跟左医生远不如娇娇母女俩，她们俩跟双胞胎似的，都长着一张无比艳丽的脸，又是一脉相承的臭美，可着劲地在脸上折腾。学校不让化妆，这也不妨碍娇娇每天捣鼓眉毛，并烫了眼睫毛。她长得很像芭比娃娃，五官华丽得过了头，几乎每一个毛孔都在宣扬着她的美貌。

2012年春节期间，小区里举办过一次舞蹈大赛，明显是让跳广场舞的大爷大妈们参加的，谁知道凌家母女却报名了。大冷天的，她们穿着裸露面积高达百分之五十的舞蹈服跳了一段拉丁，让广大老少爷们儿都长了见识。

除此之外，娇娇还是个执行力超强的管理型人才。除了学习，学校里的一切都跟她息息相关，谁跟谁绝交了、谁跟谁冷战了，她都得第一时间知道才行，然后像个热心的大妈一样到处劝和。

她会因为校园生活太无聊而跟校方申请举办模特大赛，还会为了活跃贴吧氛围举办校草大赛……娇娇不是泽园的员工，这绝对是泽园的损失。

承禧留意过，就连校长见到娇娇都会绕着走——她就是这么可怕。

也多亏了娇娇，承禧才能第一时间知道张小惊的所有消息。

张小惊第一次参加青少年市级运动会，是在四月，张小惊的生日前夕。

"小惊说拿到名次再过生日，拿不到就算了！不过我已经跟沈天泽申请了庆功宴基金，要是赢了我们就可以去琴园包场了！"

琴园是花好月圆村最昂贵的餐厅之一，环境优雅，还有个大院子，一般有人订婚才会去那里包场。

承禧一听，就倒吸了一口气。

他闷头骑着自行车，身上挂了三四个书包，全是娇娇跟她那群好闺密的。

闺密之一问："不过市级运动会……能那么容易拿到名次吗？"

"小惊说还是有希望的，今年有十六所学校参赛，高中组有十个学校，初中组只有六个，她的目标是进入前五就行了。"

……好吧，这样就要办"庆功宴"的话，还能说些什么？

"不过小惊说不着急，她的目标是十月的顺意杯，到时候杨诺诺来了，赢面就很大了。而且顺意杯奖金很多，还可以带着大家一起发财。"娇娇说着说着，突然回头问，"你怎么还在这儿？"

"你的书包送你家店里，剩下的呢？"承禧无奈地问。

那群女孩子这才笑嘻嘻地拿回自己的书包，说："辛苦你啦！小变态！"

"你们就不能好好叫我的名字吗？"

"好的，禧爷！"

承禧长叹一口气，这才快速地把娇娇的书包送到了繁华里，吃了饭，又回到家，然后他打开电脑，输入：送给女生的生日礼物。

——你任何时候在网上输入这句话，一般紧跟着跳出来的都是：送给喜欢的女生的生日礼物。

承禧回车键敲得太快，反应过来的时候，搜索框里已经是这句话了。

这句话就像某种证据一样，让他呆了很久。他紧张地盯着那几个字，现在，他的电脑已经知道他的秘密了，它会告诉别的电脑吗？别的电脑会无意间告诉别的使用者吗？

他父母会知道吗？张小惊会知道吗？

虽然他知道只要删掉浏览记录，这一切都将不存在，没有人会无聊到在他的电脑里装病毒，偷窥他在干什么。但某个瞬间他还是觉得，这句话是会通过网络传播出去的。

踌躇了一阵子，他才心虚地移动鼠标，点击"后退"。

结果他看了一大圈也找不到一个合适的。张小惊喜欢什么呢？毛绒玩具？项链？香水？花？

算了，给女生送礼物太难了。

闹钟响起，承禧又匆匆赶往娇娇说的打印店，他一看到那堆 A4 全彩海报就傻眼了：上面是泽园女排也不知道什么时候拍的照片，大小不一又错落有致地排列着，底下是一排醒目的大字：决战市运！

白色的底，穿着黑色球衣的少女，字则是金色的。

那套运动服还是娇娇设计的，至于为什么选黑色，她当年的原话是："为了酷啊！"

作为海报来说，那视觉设计倒是挺像那么回事的，不过……

"怎么样？好看吧？"娇娇突然推门进来，说，"我自己设计的！"

"你怎么除了当学生，什么技能都掌握了？"

"那当然了！为了能把自己 P 得美美的，我可是苦练了一个寒假的 Photoshop 呢！"

"您真是太伟大了！"承禧说，"不过你印这么多是想干吗？"

"我要广泛宣传一下，让大家都去给张小惊打气！市运动会上肯定还会再碰到师范附中，这次我们在气势上可不能输！必须要让师范附中在开场前就感受到压力，这样才有机会赢！"

她居然还记着师范附中的仇，这女人太可怕了。

"你能拿得动吗？拿不动我叫宋野阔他们也来帮忙。"

"你也太瞧不起我了……"承禧试着搬了一下，然后就尴尬地放下了。

娇娇毫不客气地翻了个白眼，就走出去打电话了。

承禧忽然自虐地觉得，娇娇瞧不起他还真是有理有据，现在就连他自己都有点瞧不起自己了。

春季来临的时候,那些海报被张贴得到处都是,要不是被校方和物业联合紧急叫停,鬼知道娇娇能组织起多少人涌向体育馆。

青少年市级运动会是在工作日举办,校长明令禁止,非参赛人员不得去参加。娇娇气得要死,不过还是拜托了几个家长去前方播报消息。在差使别人这件事上,娇娇一向有着神乎其神的能力,那么多成年人,愣是被她指挥着包车出发了。

开赛第一天,张小惊的座位是空着的,桌子上却堆满了送给她的生日礼物,什么鲜花、毛绒玩具、巧克力……承禧查过的东西都有。

而他的礼物也藏在那堆礼物里面,以防万一,没有署名。

初中组女子排球比赛将在上午十点开始,总共就六支球队,一天就能打完了。

开赛时,承禧完全无心听课,一直在转着笔,还在忧虑地想着比赛可能遇到的状况,有个女生就叫了起来:"赢啦!"

"张小惊吗?"没想到物理老师也无心讲课,问,"第几?"

"才打完第一局,第一局25:10!"

这比分……承禧笑了笑,不知道哪所学校那么倒霉,遇到了张小惊。

"才一局你叫什么啊?把手机放下!好好听课!"

物理老师又恢复了严肃的神色,继续讲:"下面把书翻到第26页……"

到了下课后就不一样了,几乎全走廊都在聊这件事。娇娇特意找人四处播报着泽园3:0大胜的好成绩,宋野阔一路狂叫着跑进承禧所在的班,说:"张小惊厉害!"

他抱着一个跟他差不多大的鳄鱼抱枕,放到了张小惊的座位上。

承禧瞠目结舌地望着那只鳄鱼，说："你怎么送这个啊？"

"她喜欢鳄鱼啊，"宋野阔说，"鳄鱼咬合力巨强！但鳄鱼特别懒，为了保存体力，每年只在动物大迁徙的时候才大开杀戒。小惊觉得特别好，可以节约休息时间！"

行吧……承禧想起来了，是有这么回事。

"中午一起吃饭吗？"

"好的。"承禧说。

搬到书名苑之后，承禧就跟宋野阔成了饭友。承禧饭量还好，他还是一如既往地挑食；宋野阔则不然，他简直能吃下一头牛。现在他又高又壮，两个人坐在一起，衬托得承禧宛若孔雀一样。

"对了，你给张小惊送了什么啊？"

"啊？还没想好。"承禧面不改色地撒谎。

"请她看电影怎么样？前两天我跟我爸一起去看了，我跟你说，去的女生就没有一个不哭的，到时候就你们两个人，张小惊哭得梨花带雨的，把脑袋往你肩膀上一靠！……嘿嘿！我这个主意不错吧？"

"啊？"承禧根本没明白他在说什么。他一拍桌子："《泰坦尼克号》啊！我爸说，他当年就是靠这部电影追到我妈的，这片子当年可红了！而且吧……"

他压低了声音，小声在承禧耳边说了一句话，承禧立即就坐直了身体。

"你怎么什么都不知道？"宋野阔鄙夷地说，"据说删了一点点，不过还是能看到！"

他眯起了眼睛，津津有味地怀念着。

2012年的4月，电影院几乎只有一部电影，那就是《泰坦尼克号》3D版。当张小惊忙着跟人奋战的时候，学校里的男生则都在聊着被删掉的那一秒镜头，以及那个虽然模糊却足以让人念念不忘的背影。承禧承认他也不是什么好人，反正该知道的不该知道的，他全都早就知道了。

但《泰坦尼克号》是不一样的,非要总结原因的话,那就是:那可是个活人——活人啊!

青少年市级运动会上,泽园女排拿到了第三名的好成绩,第二名是师范附中,第一名则是专业的体育学校。育德第五,紧跟泽园的是重点高中十六中。

不能说那是一个非常好的成绩,但依然是个令人骄傲的成绩。

张小惊她们当天下午凯旋,等车抵达花好月圆村时已经放学了,大部分同学都已经离校,只剩下娇娇等人正抱着大堆礼物在等排球队回来。

体育老师驾车回来,趁大家开口尖叫之前,就打开车窗,竖起了手指,做了个"嘘"的姿势,说:"都睡着啦!"

小巴车里,几个女生东倒西歪地躺着,承禧一眼就看到了张小惊。她跟齐思琪脑袋挨着脑袋,身上盖着校服,看来又是出了很多汗,头发都沾在了唇角,像一个欲说还休的逗号。

"那怎么办?"娇娇捧着那束鲜花说,"还有这么多礼物呢!"

"我路上已经打过电话给他们父母了,估计过一会儿就来接人了。"

"可是左医生只有一辆电动自行车啊,礼物也不好拿……"

"那……"

"算了,我们送过去吧!"娇娇招呼着众人,她找来了一个大纸箱,把礼物都装了进去,宋野阔和程泽一人提着一边。承禧在自行车上,看到这场景,也只好说:"你们去吧,我就不过去了。"

"别啊,晚上我们还准备在张小惊家蹭饭呢!"宋野阔道。

承禧却说:"你们要庆祝等周末再庆祝吧,都累成这样了,醒了还得应付你们……"

娇娇顿时抬起头来,震撼地说:"天哪,乐承禧,我居然没发现,你还挺体贴的!"

难得被娇娇夸奖，承禧比被她骂了还要紧张。他正准备说点什么，谁知道娇娇就跟什么都没说过似的，已经转过了头说："那我们把东西放下就走，今天就不打扰小惊了。"

"好的。"

承禧看着他们离开，再回头的时候，发现张小惊已经醒了，她依然靠在齐思琪的肩膀上，微微睁开眼睛。

人在刚醒来的时候，眼神是很致命的，迷茫和脆弱混杂，如同从露珠和草丛后探头的小动物，会激起人所有的保护欲。隔着车窗，承禧心里潮涨潮落，像一条小船，终于找到了可以停靠的岸，甚至能闻到露水的气息。

他凝望了她很久，才推了推眼镜，对她笑了一下，用口型跟她说：明——天——见。

张小惊困倦地揉了揉眼睛，坐起身体。

承禧却已经离开了。

又过了一些年，张小惊才说，那是她难得认真打量承禧的瞬间，想想看，她满身倦意醒来，在暮色里看到一张……用她的原话来说，"还算顺眼"的脸，顿时就愣了很久，心里想：乐承禧什么时候那么成熟啦？

但是在2012年，张小惊对此是拒不承认的。娇娇举办的那个校草大赛，承禧连参与评选的资格都没有，是有几个人匿名表示"乐承禧为什么不在名单里"，承禧才勉强进入候选行列。

张小惊比赛后的第二天，前桌就兴致勃勃地跟张小惊八卦这件事。承禧佯装没听到，戴着耳机在心里暗笑，却听到张小惊说："乐承禧？怎么可能？乐承禧哪里帅了？"

她走到承禧面前，端详了承禧半天，才说："不行！我觉得我比较帅！我也要参加校草竞选！"

结果不用说了，张小惊以高票当选，成为泽园的合法校草，并且是唯一校草。

　　而那个下午,张小惊在给娇娇发完短信后只是把手机扔在了书桌上,望着承禧道:"乐承禧,我的生日礼物呢?"

　　"我忘了。"

　　"那你要怎么赔我?"

　　"你想要什么呢?"

　　张小惊想了半天,才说:"请我看电影吧!"

　　"好的。"承禧在心里尖叫:居然还有这种好事?

有关爱情这件事

《泰坦尼克号》。两个人。

这几个字光是组合起来,就是一个引人遐想的画面。

承禧在网上订了票,特意挑了两个好位置,甚至换上了他最喜欢的那件衬衫,结果就看到张小惊又是球鞋配运动服地出现了,她皱眉打量了承禧半天,问:"你干吗穿成这样?"

"其他衣服都洗了。"承禧面无表情地说。

他们挑的是周末的下午场,巨幕杜比厅,进进出出的都是情侣。成年人们涌进去回忆青春,而年轻人则嚼着口香糖去制造他们的青春回忆。无论怎么看,这都无异于是一次约会,承禧有点紧张,张小惊则惶惑地问:"怎么这么多人啊?"

她当真知道那是一部怎样的电影吗?

谁知道坐下后,张小惊却说:"哎我跟你说,那个男主角超帅的!我第一次看的时候心跳都停住了!"

"啊?你看过啊?"

"是啊,小时候跟我爸妈一起看的。你没看过吗?"

承禧摇了摇头,合着全世界就他没看过这部电影。

他转移了话题,问:"你不是收到了好多生日礼物吗?就没收到什么特别喜欢的?"

"别提了,都什么乱七八糟的,又是项链又是巧克力的,我最近在减肥,又不能吃巧克力。朱沐说我虽然看起来瘦,但体重还是重了一点,如果再控制一下,就能跳更高了!"

她如今是三句话就能绕到排球上,承禧则默不作声地想着他送出的那条项链,是一个可以转动的太阳系,花了他半个月的零花钱。他还以为,她肯定会喜欢呢!

结果她却说:"还是宋野阔最了解我!那个鳄鱼抱枕太可爱了!"

好吧。承禧想。鳄鱼,记住了。

电影开场,两个人戴上3D眼镜。承禧非常确定,她是紧张的,所以才絮絮叨叨不停道:"你不觉得这个大胖子很好玩吗?"

"这老太太在老人家里算气质很好的了!"

"有一个胖阿姨我特别喜欢,等下你留意着!"

影院有影院的礼仪,为了不打扰别人,张小惊讲话时都是侧向承禧,用手捂着嘴巴,声音小小的,近乎耳语一般。

承禧也斜坐着,听着她叨叨:"你肯定喜欢女主角,她胸特别大!"

承禧一口可乐喷了出来。

"我什么时候……"

"你肯定是!"张小惊忽然坐直了身体,笃定地说。

"我——"

承禧正准备反驳,张小惊抓住他的胳膊低声尖叫起来:"来了来了!全世界最帅的男人来了!"

兴奋完了,她才收回她的手,一心一意地沉浸在电影里。

承禧的胳膊依然搭在两个人中间的扶手上,皮肤上是张小惊手指的触感,因为一直拿着可乐,她的指尖冷冰冰的,像是在承禧的皮肤上留下了永远也不会消失的印记一般。

她侧向他,他也侧向她,在年少的承禧看来,这大概就是接近爱情的东西。

你对爱情最早的理解，必然是出于影视剧，一部接一部的文艺作品告诉你，爱情是事出有因。

就像"泰坦尼克号"上偶然相遇的人，他懂得她所谓的灵魂，她则被他的自由所吸引。导演很耐心地铺陈着他们相爱的原因，他是个有品位的男人，她则是个思想前卫的女孩……

但这在承禧看来，是有些荒谬的。如果说爱情一定需要理由来支撑，那么爱情就是逻辑推导的结果。

然而爱情不应该是建立在逻辑上的，爱情理应是一瞬间却无比壮大的事情，如同火箭升空，看起来那么平常，需要的却是足以能够对抗地心引力的动能——你知道什么叫地心引力吗？地心引力就是不可抗拒不可违背的宿命，是真理，是必须。那你想想看，你要有多澎湃的力量，才能对抗你的逻辑、理性，以及你与生俱来的胆怯？

你成长至今，肯定不是为了能跟一个女生在电影院里看电影而欢庆的。

可是那喜悦远超你人生里所有的成就，只因为她探了探头，朝向你所在的方向，你的人生就被赋予了其他的意义，拥有了能够对抗地球的力量。

其实无论怎么看，那都是一部很无聊的电影，承禧觉得配乐不错，群戏氛围很好，女主角的头发很美——不可言说的部位也很美。

以及，删减真该死！

除此之外，就没什么别的可说的了。

当大船撞到冰山之后，承禧脑海里依次滑过的内容是：如何在手被铐住的情况下打开手铐，如何远离游轮沉下后引起的漩涡，如何在水里保持体温。那扇门，怎么看，其实都能躺得下两个人……

他是个理性的人，不接受这种人造的悲剧。

然而回过神的时候，旁边突然传来啜泣声。承禧吃惊地转过头去，看到张小惊满脸是泪，吸着鼻子。

承禧又是从口袋里找了半天纸巾,递过去:"给。"

张小惊不言不语地接过去,继续专心致志地哭着。女歌手的吟唱过于煽情了,电影院到处都是吸鼻子的声音。死亡忽然就成了爱情的完美注脚,给这样的感情画上了完美的休止符。

但你还活着,她也还活着。你们都会好好地活着,平平安安、健健康康地活着。

承禧重新把目光移回大银幕,情不自禁笑了起来。

什么叫爱情呢?就是你明知道旁边坐的是个弱智,你脑海里依然产生了跟她共度余生的想法。你在大脑里构建了一幢完美的房子、完美的草坪以及一只完美的狗,而你所需求的只是她在你的视线范围内哭或笑而已。她不会懂的,这你早就知道了,但你无所谓,无论她在哭还是在笑,你都会由衷地愉悦,仅此而已。

电影结束,观众依然不愿意离席,在令人怅然的音乐声里,张小惊悲伤而做作地捂着胸口,说:"我可怜的杰克……"

承禧笑了半天,才问:"你还准备伤心到什么时候?"

"再过一会儿就好了。"张小惊吸着鼻子说。

身后突然有个声音响起来:"张小惊?"

承禧回头,看到张教授和左医生正从上面走下来,承禧吓得差点从椅子上跌下来:他差点忘了小区里就这么一家电影院,这下子完蛋了!

"你们两个居然偷偷跑来看电影,都不带我!"

走出影院后,张小惊气愤地大叫。

"我们不带你不也有人带你来了吗?"左医生斜睨承禧一眼,并转向他说:"你这真是司马昭之心……"

张小惊说:"这个歇后语我知道!是路人皆知!"

承禧和张小惊的妈妈默契十足地翻了个白眼,承禧说:"讲道理!这个月就这么一部好看的电影!"

"是我要看的!"张小惊挽着妈妈的手臂,解释说,"上周娇娇他们全都看完了,我忙着准备比赛就没看!不过在电影院看真不一样啊,我都快难过死了!"

左医生道:"是吧?莱昂纳多帅吧?"

"超帅的!"

"只可惜那个英俊的莱昂纳多随着杰克一道永远沉在大西洋了。"

左医生在手机上搜了当年莱昂纳多的最新照片,举到张小惊面前,张小惊只看了一眼就道:"快拿走快拿走!不要影响我刚看完这部电影的心情!"

然后她又转移了话题,不客气地指责张教授:"我让我爸带我来看,他居然说没空!这个骗子!"

张教授想的则是另一件事,他说:"我上个星期的确没空啊,前天我不是问过你今天要不要跟我们一起看电影了吗?然后你说的今天你要出去玩的,谁知道是跟——"

张教授瞪了承禧一眼,父亲撞到宝贝女儿跟异性一起看电影,跟母亲撞见完全是两个概念。张教授是个好脾气的人,看承禧的眼神与其说是愤慨,还不如说是幽怨,这让承禧心里咯噔了一声。

他很清楚这时候谁能救他狗命,连忙几步跨到左医生旁边,说:"那我先走啦?"

左医生却道:"要不然我们一起在外面吃顿饭吧?承禧,你跟你爸妈说一声。"

"不用说,他们根本就不知道我每天在干吗。"承禧有点沮丧。

"那你每天怎么吃饭啊?"左医生一脸惊诧。

"有时候去我爸妈店里,有时候就热一热剩饭,有时候在外面吃。"承禧说。

左医生立即一脸正色道:"这可不行!"

承禧还以为她会准许他继续去张家蹭饭呢,谁知道左医生接下来说的是:"男孩子一定要学会做饭才行,这样将来才能照顾好女朋友!"

承禧无语地望着她,到底谁是司马昭啊!

2012年4月13号的傍晚,承禧和张小惊一家坐在餐厅外面的椅子上。他们想去的餐厅很热闹,排队的人比想象中还要多,左医生道:"承禧,你跟我一起去买水——你们要喝什么?"

"可乐!"张小惊说。

"我不用。"

承禧紧张地跟在左医生身后,其实从在影院见到左医生起,他就知道之后会发生什么了。

距离上一次他们俩单独聊天已经过了两年,那一次的聊天内容还历历在目,完全是童年心理阴影那个级别的。

这两年若说承禧懂得了什么,那就是:左医生杀人根本用不着刀,她是绝世高手,随便拿根牙签都能当倚天剑。

两个人进入便利店,各自拿了饮料出来,买了单,左医生才在路边的椅子上坐下来,问:"承禧,你要跟我聊聊吗?"

"暂时不用了。"承禧很是抗拒。

"为什么呢?"

"因为我知道你要说什么,你大概也能猜到我会说什么。"他在左医生旁边坐了下来,叹了口气,也豁出去了,"你放心,我撑死了也就是有贼心没贼胆。"

左医生笑了,问:"所以贼心是有的咯?"

"那可就多了去了……"承禧叹了口气。

左医生笑了起来,她穿着薄风衣,翘着二郎腿,还是那副黑社会老大的样子,很放松地说:"我倒是没什么不放心的,我这么如花似玉的一个漂亮女儿,性格又可爱,要是没人喜欢她,我才担心呢!"

"我可没说我……"

完了,死活说不出那两个字。

至少也不应该对着对方的妈妈说。

承禧卡在了那里,左医生顿时就哈哈大笑,笑完了,才问:"小惊知道吗?"

"应该不知道吧……"承禧抓了抓头发。

左医生说:"你可别吓着她了,小惊比较晚熟,跟我不一样。"

"你小时候什么样啊?"

承禧好奇地问,结果左医生忽然眼睛发光,神秘莫测地说:"那可就说来话长了,我当时把全校长得好看的男生都花痴了一个遍,连我们终于相爱后我却被诊断出绝症的场景都想到了,晚上一个人在被窝哭了好半天……"

"怎么你们女生想象里的感情都伴随着绝症呢?"承禧是真的困惑了。

左医生却说:"因为死亡才是爱情最好的证明啊!所有人都知道心动是会结束的,在感情最浓的时候死去,爱情就获得永生了。"

承禧恍然大悟,又道:"这也太悲观了吧?为什么你们会觉得那个什么……一定会结束?"

"鬼知道为什么。"左医生很快喝完了手里的可乐,捏扁了罐子,扔进垃圾桶里,怅然地说,"反正就是会结束的。"

"我的就不会。"承禧说。

左医生斜着眼睛看他,他很坚决,站起来道:"我不会的。"

大学男生宿舍一向是个吹牛的好地方。有一次寝室夜谈,承禧的舍友自然而然就聊起了女人——男人当然不会用"爱情"这个词来概括无处安放又蓬勃的欲望,把那些誓言和许诺都当成了彰显自己有魅力的谈资,他们都说:"最搞笑的是,当时我还说会永远爱她……谁知道一个暑假过后就全忘了。"

对男人来说,越重要的事情就越应该轻飘飘地讲。爱情什么的,忽然就变成了勋章一样的装饰品,每个人都炫耀着自己的多与少,唯独承禧一言不发。

因为回头一想,他才发现他人生最庄重的一个许诺是对着他爱着的人的妈妈讲的。甚至提到"初恋"这个词,他脑子里闪过的都是张小惊母女同框的样子。这真是太诡异了!

承禧总觉得,如果他鼓足勇气早恋的话,肯定也是跟左医生斗智斗勇。谁知道他还在找着他根本不存在的勇气呢,左医生就直接浇灭了他对未来的美好憧憬。

那天她说:"你别紧张,我已经跟小惊聊过了,小惊说她拿到奥运冠军之前绝对不会谈恋爱的。说实话,我觉得她怕是连晚恋都赶不上了。"

"那你还问我!"承禧恼羞成怒。

左医生则笑嘻嘻地反问:"我问你什么啦?"

承禧回忆了一遍两个人刚才的对话,她果然什么都没说过。

"……你厉害!"

他由衷地竖起大拇指,再次感慨,高手就是高手,自己还真的太嫩了。

有关爱情这件事,承禧只跟张小惊聊过两次。一次是在 2014 年,一次是在 2016 年。他发现他跟谁都能聊这个话题,但就是没法跟张小惊聊。提起女孩,他也是一套一套的,从言情剧桥段到网络段子,那些被总结出来的经验，不管是偏见还是毫无意义的句子，他都熟练掌握，然而一面对张小惊，他就会当场死机。

张小惊就像个 bug（程序漏洞）一样，扰乱了他横平竖直、井然有序、条理分明的人生。她在他的常识和逻辑之外，拥有另一套系统，这两套系统根本就不兼容，两相一撞，承禧的系统就卡住了。

譬如说在 2013 年的顺意杯之后，承禧意识到了张小惊去体校是必然，离开花好月圆村也是必然，那么以后很难再见到张小惊也是必然。

承禧他们那座城市的体育学校在另一端，跟花好月圆村呈对角线，直线距离三十二公里。没有直达公交车，没有地铁，离那所学校最近的重点中学是市一中，虽然官方没有排名，但民间却公认，那是全省最好的中学。

当张小惊带着她的排球队冲锋陷阵的时候，承禧在琢磨着该怎么考个中考状元来。

他的想法很简单，让他父母现在去买套学区房也不现实，想进市一中，他就只能靠自己——状元总该有点优势的吧！比如说选学校什么的。

后来是不是状元也不知道，政府为了保护青少年的隐私，禁止公布成绩排名。不过承禧家的电话还是响了好几天，他等了好久，终于等到他期待的那一所学校。

与此同时，张小惊在全国锦标赛上一炮而红，签约了一家俱乐部的青训队——就那么一周的工夫，承禧千辛万苦缩短到十公里的距离，顿时变成了三百公里。

当娇娇到处宣扬着这条喜讯的时候，承禧脸都绿了。

宋野阔无限同情地看着承禧，过了好半天才说："禧爷您也笑笑啊，好歹也是破了本校中考记录的，用不着这样……反正就在隔壁市，也不远。"

娇娇这才愣了一下，问："你是为了小惊才考一中的啊？"

"不是不是，我是为了我自己。"承禧矢口否认，一如既往地贫嘴，"像我这么自恋的人，当然要去最好的学校才行。有实力的自恋叫自信，没实力就叫傻帽了。"

娇娇翻了个白眼，说："你以为你不是傻×吗？我从小就觉得你超傻的，没想到竟然还能考上省重点，这世界太奇怪了！"

她说得对，这个世界真是太奇怪了。

拍毕业照的时候张小惊不在，中考的时候张小惊也不在。为了庆祝承禧中考拿到了一个好成绩，乐家大摆宴席时张小惊也不在。

左医生原本还担心张小惊打不出什么名堂的话，将来连求生都有问题。谁知道张小惊完全是乘着火箭直飞，半年后就进入了省青少队，一年后则成了半职业选手，连底薪都有了。

运动员的生活跟普通学生不一样，当其他人在过暑假的时候，她正忙着备战各种各样的常规赛、锦标赛、运动会，以及这个杯和那个杯的……

她如今很少回家了，回来也只待一两天就走。承禧上一次见到她还是中考前，那天下着大雨，张小惊穿着一件蓝色的雨衣，把帽子拉了上去。她提着运动手袋，行色匆匆地跟承禧擦肩而过，承禧大叫了她一声，她却没有听到。

"张小惊！"承禧再叫，掉头追上去，眼睁睁地看着张小惊走上了公交车。

她总算把帽子放了下来，找了个位置坐下来，才看到正在目不转睛看着她的承禧。

愣了一下又笑了一下之后，张小惊冲承禧挥了挥手。

她笑得很温柔，嘴角是承禧从未见过的弧度，简直令人怅然。

承禧也只能跟着笑，并挥手。

他没法说出那一刻他有多难过。

升入高中后，他们就再也没见过面了。

不过2014年的10月有一件大事。

那一年，那个单身了多年、一度被人怀疑过性取向、常年给老中青三代女性提供各种不切实际幻想、始终稳占花好月圆村NO.1的美男子李喻白终于要结婚了！

于是整个花好月圆村就跟着热闹起来，那可是李喻白啊！他结婚谁能不去看一眼！他想低调完婚群众都不允许，琴园把最好的日子以及能容纳四百个人的室内兼户外空间都留了出来，大家还是觉得不够，愣是把隔壁一家酒店也腾了出来，最后莫名其妙地，就变成了全小区的狂欢节。

这样的日子自然是少不了张小惊的。

那个周末，承禧的学校原本是要补课的，但他一看到张小惊的朋友圈就跟学校请了假，火速回到小区里，连衣服都没来得及换，放下书包就骑着车赶到琴园，到处寻找她的身影。

然后他就看到她了，她扎着一个丸子头，正背对着他在一个台子前吃着东西。

承禧气喘吁吁，擦了擦额头上的汗，竟然有点心酸。

他很小声地叫了一声："张小惊！"

张小惊回过头来，让承禧呆了很久。

她如今瘦了太多太多，全然是雕塑般的脸，还化着妆，看起来像个芭蕾舞演员。她正狼吞虎咽地吃着沙拉，腮帮子鼓鼓的，见是承禧，立即睁圆了眼睛，然后捂住嘴巴，把食物咽完了才说："我都快饿死啦！"

"怎么了？没吃午饭吗？"

"还不是因为这条裙子！"张小惊说，"娇娇说我再怎么着也不能穿着运动服来参加婚礼，非要给我化妆打扮——怎么样？好看吗？"

她小心翼翼地拉了拉裙摆，有些紧张地问。

那是件缀着碎钻的纱裙，一动就星星点点地闪烁着，像银河一般。她涂着很淡的眼影、樱桃色的口红，裙子外面是一件黑色的短款小皮衣，脚下则是短靴，是那几年挺流行的摇滚甜心风格——娇娇在打扮张小惊这件事上，真是够用心的。

"好看！"承禧由衷地说。

"超贵的哦！这条裙子要六百多块钱呢！"

张小惊很震惊，承禧便又笑了，其实她还是一点都没变。

婚宴是自助式的，客人来来往往，都是熟人，一见到张小惊他们就过来打声招呼，张小惊则落落大方地跟他们聊着天。许是化了妆又穿了裙子的缘故，她矜持了很多，等终于闲下来，才拉了把椅子坐下来，问："你怎么样？住校还习惯吗？"

"别提了，那所学校全都是变态。我们宿舍四个人，光市第一名就有俩，是别的地方考过来的，每天玩了命地在学习，搞得我特别被动，也只能跟着玩命。"

承禧擦了擦鼻子上的汗，也找了把椅子，在张小惊旁边坐了下来。

那天阳光很好，琴园被装修得美轮美奂，花香浓郁。小孩子们抓着气球跑来跑去，承禧则和张小惊在长桌旁聊着天。这场景有点梦幻，承禧低头看着张小惊层层叠叠的裙摆，总觉得有些恍如隔世。

其实离开花好月圆村才一个月而已，承禧却觉得像是过了一个世纪一样，早就忘了这小区里悠闲的生活。

人生好像以一种很具象的形式出现在承禧的生活里，让他措手不及。

张小惊吃着沙拉问："那你干吗非要去市一中啊？育德不是更适合你吗？"

她的眼角跟裙摆一样总是不经意地闪烁着，像音乐的间奏一样，时不时就在他心里敲下一个音符。

承禧已经懒得回答这个问题了，岔开了话题，反问她："你呢？训练还好吗？"

"也就最近比较闲，下个月就要参加国家队的选拔了……"

"国家队？"承禧呆住。

"是少年队啦，为了参加亚洲 U15 准备的。好多人都要去呢！我还不一定能被选上。"

U15，是 under 15 的缩写，泛指 15 岁以下的所有体育比赛，包括篮球、足球、排球等一系列国家级少年赛。

张小惊已经参加过一次 U14，这次是 U15，那么之后就是 U16、U17……以她目前的表现来说，只要不出意外，她就会从少年队升入青年队，然后再跟许许多多的职业选手竞争——只有赢了那些顶尖选手，她才有机会进入奥运会大名单。

在这个过程里，她将要不停地代表学校、代表城市、代表省、代表国家……代表俱乐部，出战各种常规赛、联赛、运动会、世界杯……

这是条漫长而又清晰的脉络，并呈阶梯式上升。她能不能成为奥运会冠军，其实只需要一两年的时间就能清楚了。如果她打不好，她的排球生涯将会止步于某个阶段，就再也没有然后了。

——这其实比高考什么的残酷多了。

承禧对张小惊有信心，却还是没想到会这么快。

张小惊却说："虽然只是集训，但压力也挺大的。我跟你说哦，中国排球比我打得好的女孩子太多了……沈阳有个女孩子摸高三米，还比我小一岁，你说是不是很恐怖？"

摸高是指弹跳后所能触及的最高高度，是衡量排球水准的最重要指标之一。

承禧问："那你呢？"

"三米一六。"她又有点骄傲地笑了，承禧便跟着笑了。

无论如何那都是个盛大而完美的婚礼，有音乐，有香槟。李家大出血，琴园和酒店也都想借李喻白的脸来宣传，给打了大大的折扣。好几个摄影师穿梭其中，忙着找场景，然后某个瞬间，快门声响起，承禧和张小惊一起抬头。摄影师冲他们笑笑，道："别看我！继续聊天啊！"

但承禧和张小惊都拘谨起来。

之后承禧才看到那张照片，那是他跟张小惊少数单独的合影，也不知道究竟是哪个瞬间拍下来的，她侧头倾听承禧说话，手撑着下巴，照片上根本看不见她的表情，却还是能感觉到她的专注。

而承禧则端坐着，穿着校服衬衫，戴着黑框眼镜，像个呆瓜。只看那张照片的话，会让人觉得，承禧何德何能，能让她这么望着他。

摄影师走了之后，一个侍者举着盘子经过。张小惊一看到三明治就追了上去："给我一个！"

她大概是真的饿坏了，才会看到什么食物都两眼放光。但现在她吃东西很谨慎，先是打开三明治看了一眼，确认了里面的食物之后，才解释说："我跟你说，我现在吃东西可讲究了，每天都要测体重，只要胖一点点，教练就会发火。有一天我实在太馋了，就偷偷摸摸跑出去吃了顿麦当劳，谁知道第二天教练就看出来了，我都被他骂哭啦！"

"真的假的？"

"真的呀！他说我既然那么想吃就去吃个够好了，然后就叫了一大堆麦当劳到学校里，说，你继续吃啊！继续吃啊！我气不过，干脆就坐在地上吃了起来，边吃边哭……超傻的！"

她很无所谓地把这些当笑话讲，全然想不到承禧心里在想些什么。他就在一旁微笑着听她讲这些大事小事，天哪，他真想念她。

但他没法从张小惊脸上看出什么同等的情绪，她只是吃着东西，笑，讲着体校的生活。

她说她并没有别人想象中那么顺利，其实她压力很大，讲她刚去体校第二个月就后悔了,她知道训练很辛苦,但也没想到会那么辛苦,好几次都打电话给妈妈,又不忍心让妈妈为她担心,就只好什么都不说了。

她说她第一次参加锦标赛的时候表现得很不好,以前在球场上她都是最闪耀的那个,到了全国锦标赛上就不一样了,她只是普普通通的优秀而已,虽然偶有发挥爆表的时候,但更多的时候还是焦虑,发现自己并非天之骄子……

很奇怪,承禧完全能明白那种感受。承禧苦笑着说:"那你真应该来重点中学试一试。我中考706分,进了一中才发现这只是平均分,我们班至少有一半人都是700多分。今年高考人数900多万,我都不敢想,将来要怎么跟这些人竞争。"

"700分!"张小惊尖叫,"我才考了300多……天哪,你到底是怎么考出来的呢?"

这个承禧就不会告诉她了。

好比说,他在中考前查了一下,全市参加中考的学生是11万——一想到要跟11万人竞争,他就觉得快要爆炸了。

但一想到还有个可能要跟无数人竞争奥运奖牌的,他就又平静了一点。

再好比说,中考前承禧一度有些神经质,复习到崩溃的时候,他总会骑着自行车跑到喜悦郡,在19号房子前吹一声口哨,然后等着金雳出来。他跟金雳,一人一狗,总是大半夜在张小惊篮球场玩,有时是他陪着狗,有时候是狗陪着他。这两者之间究竟有什么区别,承禧也说不上来,他只记得玩累了他们就躺在篮球场上,金雳依偎着他,他则看着天空,怀念着跟张小惊一起练球的那个寒假。

他那么拼,不过是为了能够离她近一点——结果一想到现在他们甚至不在同一个城市,他就觉得傻得不得了。

新娘和新郎总算出来了，张小惊和承禧才各自找了个位子坐下。

身着正装的李喻白又帅出了新高度，让所有的嘉宾都倒吸一口气。相比之下，新娘的长相就平淡多了，并不是那种令人眼前一亮的女性。但胜在她气质好，很有韵味。

司仪介绍着李喻白和新娘子相识的经过，谁也没想到，他跟她居然是在相亲网站认识的。被追问为什么去相亲网站的时候，李喻白很无奈地说："我周围实在没什么女生啊，就只好去相亲网站了。"

众人都笑了起来。原来顶级帅哥都是这样说话的。学到了。

而张小惊在那个时候，跟左医生打了个招呼就悄悄离开了。

承禧一见，便也跟着出去了。

张小惊还背着运动包，包里装着滑板，她从包里掏出滑板，踩了上去。承禧则骑着自行车，用力蹬了几下，才赶上张小惊，问："你怎么就走啦？"

"我下周就要集训了，是跟学校请假回来的，今晚就得赶回去。"

"这么着急吗？"

"是呀，我们哪有什么假期啊！我们教练总说，奥运冠军又不是从天上掉下来的，总得抓紧所有时间练习才行。"

承禧定了定神。

琴园在半山腰上，下去时一路都是坡道，坡很缓，视野却不怎么好。承禧留意着路边的反光镜，故意骑在她前面一点点，见有车上来，就伸手挡了挡张小惊前面的路。

张小惊笑了："干吗，你怕我撞到啊？我在这里玩滑板时，你还不会骑自行车呢！"

"你会不会是你的事，我身为一个绅士，保护女士却是必须。"

"哟！你什么时候成绅士啦！"

"不瞒你说，全都是被娇娇训练出来的。娇娇说男生一定要走在马路外侧，这样万一出事就是我被撞死了，反正她也不心疼……"

张小惊便又捂着嘴巴笑了起来。

这时候一辆电动车逆行，从弯道拐了上来。承禧急忙刹车，张小惊却没反应过来，切切实实撞到了他的胳膊上。承禧下意识地圈住她的腰，她吓了一跳，踩起了滑板的一头，之后才默默收起滑板，老老实实地走着路。

那应该是下午三点或者四点，他们背对着太阳，正是晚饭还太早、午饭又过去了的时候，马路上一个人也没有。承禧回忆那一天的时候，总是会拼命地追溯那一刻的云或者天空，希望有什么不一样的东西出现，好让他能记得更清晰一些。

很遗憾，那一天太普通了。普普通通的下午，普普通通的马路，张小惊忽然用普普通通的语气问："承禧，你是不是喜欢我？"

"啊？"承禧从灵魂深处发出一声鸡叫，紧接着就清了清嗓子，下意识地否认，"我不是，你怎么……"

说到一半，他才暗叫一声，自己否认个鬼啊！

"娇娇跟我说，你去一中是因为我，因为体校周围只有那一所重点中学，而你肯定是要上重点中学的。"张小惊也不看他，低着头，自顾自地说，"我也不知道是不是真的，但我想了想，觉得我应该挺喜欢你的。"

承禧便刹住了车，脑袋轰然炸开。

张小惊很小声地说："其实我刚才撒谎了，不是娇娇非要给我化妆打扮，而是我自己想打扮。我就想知道，我会不会也变漂亮一点。结果一化完我就觉得，我居然也有这么好看的时候啊！我超想让你看我化妆的样子，所以就这么来了。我等了你一个上午，很怕口红会花，不敢吃东西，谁知道……"

她自嘲地笑了笑，说："刚才跟你说话的时候我一直在想，我的妆是不是花了，你会不会笑话我……"

"怎么会呢……"

承禧鼓足勇气转过头，却看到她茫然而无助的脸，顿时就不敢再说话了。

她说："我们省队的教练很凶的，一有新人去就问我们有没有男朋友，我年纪最小，他就没问，不过我当时脑子里想起来的人是你。我们教练说，如果要是有喜欢的人呢，必须得跟他提前报备，因为恋爱会影响到每个人的心情和发挥水准，他得时刻把握才行。本来我不明白这一点的，但今天忽然就明白了。"

承禧顿住，的的确确想不到他那个时候应该说什么。

初秋的阳光无动于衷地照在地上，像在看笑话似的。除了自行车轮胎的声音，就只有偶尔经过的风了。承禧的鼻翼上出了很多汗，他看了看张小惊，也不确定是因为腮红还是因为刚才的阳光，让她变成了一个玫瑰色的少女。

"我妈说，如果我想到什么就直接告诉你，但我想了半天也不知道应该说些什么。我去体校后经常会想起你，有时候想打个电话给你，又不敢，我也不知道我在怕什么，但就是不敢……"

她声音小小的，眼帘时而抬起时而垂下，说："我一点也不喜欢这样的自己，我喜欢我以前什么也不想，只是闷头往前冲的时候……"

说着说着，她就委屈起来，揉了揉眼睛。

承禧心里一阵抽搐。

好的，这就是女孩子的心，他明白了。她如此害怕如此脆弱，但她还是如此勇敢，把自己的内心摊开给他看了。

承禧发誓，他将永远不会伤害她。

于是他说："没关系，我等你啊。"

她转头看着他，他便也假装无所谓地说："你不是说，拿到奥运冠军后才考虑什么……什么的，那我就等你到那时候。"

"万一我拿不到呢？"

"怎么可能呢？你肯定会拿到的。"承禧坐直了身体道。

"我都没什么信心了……"张小惊低着头说。

"那不行，你必须得有信心，你要没信心我就完蛋了。"承禧故意用很夸张地语气讲，"你要是拿不到的话，我就只好每天给奥组委写信，恳求他们给你颁发个奥运冠军了；或者我每天跪下求求沈天泽，问问他有没有兴趣举办个奥运会什么的……"

张小惊又被承禧逗笑了。

"你根本不用理会我怎么想，继续往前冲就好了。想打电话给我呢，就打电话给我好了，不想理我就不用理，反正我哪儿也不会去，就在这里等你。"他伸出手，犹豫了一下，才摸了摸她的头发，望着她道，"怎样都没关系的。"

"那我要是永远都不理你了呢？"

"我就只好每天躲在被子里哭了，还能怎么办啊？"

张小惊又笑了。

无论如何，看到她笑，承禧就放心了。

"那，我们能继续做好朋友吗？"张小惊问。

"当然了。"

"特别好的那种？"

承禧笑了，说："特别好的那种。"

"拉钩？"

"好的。"

承禧跟她拉了那个莫名其妙的钩，并送她回到喜悦郡。还是那条长长的路，他们却不再是当年的孩子了。她一路都闷声往前走着，承禧则跟在后面。到了张小惊家门口，张小惊背对着他翻找钥匙，承禧才忽然叫了她一声："张小惊！"

"嗯？"

张小惊回头。

承禧则踩了踩脚下的地面，道："我就是在这儿认识你的。"

张小惊还是不明所以。

承禧清了清嗓子,再次站直身体,很认真地说:"你是到了锦标赛的时候才发现自己很普通,我却在认识你那天就知道我很普通了。但在我看来你一点也不普通,你就是独一无二、无可取代的你,跟所有人都不一样!你肯定会……肯定会拿到奥运冠军的!"

——天哪,这是什么愚蠢的台词啊!承禧在心里暗骂。

张小惊一头雾水地看着他,过了一会儿才笑了起来。

"谢谢你,承禧。"

承禧确定她进屋了之后才掉头,在经过 16 号时候,却听到那只八哥很应景地喊了一声:"乐承禧!胆小鬼!"

承禧刹车,扭过头去,震惊地说:"天哪,你怎么还活着?"

八哥得意扬扬,说:"Good morning!"(早上好)!

去巴西

再一次聊起这个话题就是 2016 年了，高考结束，承禧彻底解放了。

2014 年至 2016 年的那两年，张小惊过得并不算顺利，她的身高止于一米七六，再也没长过了。她原本是被当作主攻来培养的，渐渐就成了二传，再渐渐，就很随机了。她的位置随着队伍的不同飘忽不定，虽然也随着青少年国家队出征过几次，但她还是忧虑万分，觉得没什么机会参加奥运会了。

为了重新找到动力，她决定去一趟巴西。

"我就是想再亲历一次奥运会。"

经历过 2014 年的摊牌之后，张小惊时不时就来找承禧聊天，有时候是电话，有时候是微信，有时候则是突然出现在他面前。

在市一中那样的地方，张小惊总是很醒目的。她并不是那种美貌非凡的女孩子，却还是你在人群中一眼就能看到并记住的女孩子。上高中后，承禧在一中的同学就都知道承禧只在乎一个叫张小惊的女孩子，她在体校念书，是个运动员。无论张小惊什么时候出现，承禧都是不管不顾地第一时间去见她。

承禧的高中生涯其实挺无聊的，他不怎么喜欢竞争，也不喜欢只有成绩说了算的人生。高中三年，他都维持了一个文雅而安静的少年形象，唯独张小惊出现，他才会短暂地快乐一会儿。

市一中只有少部分人住校，大部分人都是走读。承禧调整了表情，穿过人群，走出校门，看了看手机上的时间：早上 5 点 42 分。

她为什么能在这个时间出现，这完全是个谜。要是问她呢，她肯定会说："是你说过想找你就随时可以找你的！"

说完了，她自己又会低下头，不好意思地挠挠头，小心翼翼地问："是不是打扰你了？"

接着她自己就会解释说："我就是想来……看看你。"

承禧发现他根本不用配合她，她就能自己一个人把对话全补完了。她究竟在纠结什么，承禧是不清楚的，反正她就是会在不好意思、内疚和高兴以及恼羞成怒之间来回转换，沿着诡异的路径将这些情绪排列组合，一个人演完一部小剧场戏。

承禧像看戏一样地看着她自己在那儿纠结，而张小惊也总是在觉察到他的表情之后，才扬起拳头说："不许笑了！再笑我打死你啊！"

那时候承禧总会笑得更夸张，得死死咬住嘴角，别开头去，才能说出"好的"两个字。

而承禧的渣男人设更是坚如磐石，因为除了张小惊，一中的同学还知道，有一个服装学校的大美女总是来找承禧——这位不用说了，自然是娇娇。

九年义务教育一结束，娇娇就彻底放飞自我了。她在一所由某个知名模特创办的私立学校念书，学费贵得惊人，但凌家不在乎，凌家母女只追求一件事，那就是美。

大美女凌雪娇在经历了火鸡审美和圣诞树审美之后，终于进化成了原子弹，每次出场都能震慑所有经过的路人。她成了一个小网红，不吓到所有人不罢休，戴着堪比冷兵器般的项链，在承禧学校对面的小店喝个奶茶，都能喝出埃及艳后的气势来。

她一见到承禧就不耐烦地问："我的时间不宝贵吗？"

"我的错，"承禧毫不犹豫地道歉，"我们莘莘学子毕竟肩负着祖国的教育重担，还请女王大人海涵。"

娇娇很吃惊："什么？那个字不是念 xīng 吗？我还以为是'悻悻学子'。"

"那就是字典错了，反正肯定不是您的错。"

娇娇总算满意了，打量着自己新做的指甲——那上面镶嵌着的材料建个城堡都没问题。她慵懒而哀愁地说："乐承禧，小惊最近特别烦躁，你可得小心跟她说话。"

"她怎么啦？"

"她现在觉得自己不是什么绝世天才了，她的个子还没有刚入队的那些人高，那群小孩子才十二岁！"

承禧默然，身高，这是个永远也跨不过去的坎。

其实早几年张小惊就知道她高不到哪儿去了，她加入体校时是一米七三，一年后是一米七五，再过了一年，就只长高了一厘米了……到后来承禧都比她高了，她却再没长过了。

体校那种地方还是有点变态的，每个人都跟竹笋似的噌噌长着个子，唯独张小惊的身高停留在了一米七六。她从小就习惯了她是个高个子女生，却没想过，她也会有被衬托得很矮的时候。

其实一米八以下的主攻手也不是没有，但，很少就是了。中国向来不缺人，她这个身高在省队里还能靠卓越的技术弥补一下，但到了国家层面，就完全不值一提了。

"其实我觉得长到一米七几就挺好的了，女孩子要是真长到一米八或者一米九，那也挺吓人的。不过我怎么觉得并不重要，她想打排球，长不高就是致命伤。"娇娇叹了口气，"唉，你说这是什么世道？连小惊都要觉得自己矮。"

"不是还可以当自由人吗？"承禧说。

"那多没意思啊，还是主攻比较帅。"

"张小惊又不是因为帅才打排球的,她是自己喜欢打排球——当年跟育德比赛她都不介意做自由人,如今更不可能介意了。"承禧说。

娇娇却翻了个白眼,道:"你还真是一点都不了解张小惊,她是习惯了当场上的决胜王者,而不是什么防守队员。"

承禧怔了怔,娇娇又伸出手来:"奶茶钱和打车钱给我,我要回去了,我就是跟你说一声她最近心情很差,你想想看有没有什么办法。"

娇娇从来不会放过任何一个能敲诈别人的机会。

承禧老老实实地转账给她,她点击了收款,才优雅地从高脚凳上站起来,一摇一摆地朝地铁站走过去——她肯定是坐地铁回去,再把钱省下来,做她的小生意。她现在自己创立了一个服装品牌,在网上卖衣服。其实她迄今都看不懂排球或者任何一项体育运动,她对体育的肤浅了解就是谁比较酷、谁比较帅。

倘若论起这个世界上谁最喜欢张小惊,承禧肯定是排在娇娇后面的。娇娇之前说过,只要她努力赚钱,张小惊将来就不会担心钱的事了。她还说,如果她能开公司,将来万一张小惊不想打球了,也可以找到工作。娇娇虚荣又精明,但她对张小惊是掏心挖肺的。

因为这个,承禧永远都会尊重她。

但以后——承禧想,以后应当是他来照顾张小惊的。

现在娇娇坚持认为张小惊就是个恋爱脑,如果她不亲自把关,张小惊就会变成一个傻白甜——傻白甜倒也不要紧,但因为承禧傻白甜,这就太没出息了。

她有个全都是女生的群,聊来聊去都是青春期女生最关心的那些:男生、明星、星座……若不是娇娇截图给承禧,承禧也想不到张小惊私底下能花痴成什么样。她会说:我觉得承禧现在变得好好看啊!你们说,承禧穿正装会不会特别帅?

每到那时娇娇都会无比暴躁,发一堆生气和咒骂的表情,道:张小惊你给我有点出息!你再这样我踢你出群!

张小惊就会发一个脸红的表情，说：我错了。

当然，这些截图也不是轻易就能看到的，一张图五十块钱，明码标价，童叟无欺。

承禧也问过娇娇：你就不怕她知道了你截图给我生你的气吗？

你个白痴，她要真怕就不会发群里了。她就是想让你知道。

她们俩私底下当然也聊过，但那些内容娇娇就不会发给承禧了。娇娇只是跟承禧说：你要对张小惊好一点，她见到你真的会紧张，就连左医生都觉得小惊现在彻底没救了。你也知道，她是个没什么脑子的白羊座，而你是个没有心的天秤座。所以，你最好对她冷淡一点。

承禧完全搞不明白那个"就连"和那个"所以"之间究竟有什么逻辑关系，以及到底应该是好一点，还是冷淡一点呢？

但她的意思承禧大概是明白了。他老老实实发了个红包给娇娇，说：遵命。

承禧倒觉得她们都多虑了，张小惊既不是什么傻白甜，也不是什么恋爱脑，她只是喜欢什么东西就会这么一门心思地扑过去而已。最早是彭彭，然后是篮球、排球、金霂……倘若承禧是只豚鼠，她大概也会把他装在口袋里，带着他去看天鹅、晒太阳、聊天。

鉴于承禧是一个雄性人类，她的行为模式就变成了：带着承禧去吃很好吃的拉面，天气好的时候去动物园，口袋里塞满了想送给承禧的小玩具，跟承禧说说知心话，而已。

承禧当然知道她的慌张，高一时她还是踌躇满志地出现，等到高三时，她就变得不声不响的了。他们俩总是坐在市区的一个公园前喂鱼，张小惊不说话，承禧就也不说话。正午的阳光照在波光粼粼的湖面上，也穿透了张小惊的耳朵。她专心致志地发着呆，承禧问："张小惊，你开心吗？"

张小惊就会回头冲他笑一笑："挺开心的呀！"

她并不是那种需要男孩子去宠爱的女生，她脑海里有着她自己的世界。承禧有时候看向她，总觉得他跟那只豚鼠毫无区别，她只是需要有个生物陪着她而已。

而这天她却很慌张，一见到承禧就拉住了他的手腕，问："你说我要不要去一趟巴西？我想再经历一次奥运会，我都快忘了我为什么想当奥运冠军了！"

承禧把她拉到了学校对面，看了看她的表情，问："你怎么了吗？"

"我可能以后都打不了主攻了。"张小惊低着头，委屈地说，"我现在已经是队里最矮的人了。"

好在娇娇提前通知过承禧，承禧有所准备，问："那么当自由人呢？你喜欢当自由人吗？"

"自由人的话，我的个子好像又太高了。"张小惊很迷茫，"你说我是不是根本就参加不了奥运会了？我将来要怎么办呢？"

"怎么可能呢？"承禧安慰她，思索了一阵，才说："你现在才十七岁，有的是机会。"

"可是现在排球打得好的小女孩到处都是，人家十四五岁就已经长到一米八了，跳得特别高。"

"打排球又不是跳得高就行。"承禧望着她焦虑的脸，下定了决心，"要不然我们就去巴西好了，我陪你一起去。"

"真的？"张小惊一脸欢喜，"那就这么说定了！"

承禧微笑："当然是真的。"

天知道他有多喜欢她高兴时的表情，为了能让她高兴，他做什么都可以。

而她说完就准备转身离开了，承禧又拉住她："等会儿，你千里迢迢跑过来，就为了说这几句话？"

"对啊，我早上还要训练呢！"她看了看手机，道，"这会儿赶回去刚刚好。"

那阵子她是在体校,准备学校里的比赛。

承禧说:"吃完早餐再走。"

他看了看闹哄哄的早餐店,进进出出的都是学校里的学生。那个时间点,只有一个体面又安静的地方是营业的。承禧想了一会儿,就拉着她朝另一个方向走去。

市一中旁边有一家老牌五星级酒店,早餐的价格是一百五一位。承禧付了账,拉着她去餐厅,张小惊在后面跌跌撞撞地叫:"这么贵!你疯啦!"

"反正偶尔才吃一次。"承禧说。

男孩子的感情其实很简单的,喜欢一个人,就想把最好的东西都给她。他跟网上吐槽的那种直男一模一样,就是你看了我一眼,我已经想好孩子的名字了。这是他高中的最后一个月,往后他将要迎接的,就是成年人的生活了。承禧已经仔仔细细地规划完了未来几年的生活,想好了要去哪一所学校、学什么专业、将来要去哪一家公司、要赚多少钱……他也不知道他能实现多少,但一起吃一顿早餐,至少难不到哪里去。

他拉着张小惊坐下来,问:"你要吃什么,我去给你拿!"

"我自己……"

"不行,你不要动。"他按住她的肩膀,铁了心要对她好这么一回。他去倒了咖啡、牛奶、橙汁,然后去取粗粮面包、炒蛋、火腿。早餐要肉菜蛋俱全,她不能吃多油的食物,但体能消耗又大,那么就选水煮玉米、蒸红薯,然后蔬菜、水果。

还有什么?

他来来回回跑了好几趟,把食物堆满了桌子,之后坐下来说:"张小惊……"

"我不听!"

张小惊顿时就捂住了耳朵,承禧还什么都没说呢,她自己就先脸红了。

承禧笑了半天,才伸手拉开她的手腕,很平静地说:"我就是想跟你说,你想打球就尽情地打球好了,不要想什么将来,那些是我要想的事。"

天知道这句话他在脑子里想了多久,一开始想的也不是这样的措辞,也不是在这样的场合。他计划了无数情景和无数种表达方式,结果却在这一刻忍不住用最简单的方式说出来了。

他是想要跟张小惊在一起一辈子的。

既然已经说完了,他悬着的一颗心就落下来了,深吸了一口气,等着看张小惊的反应。

张小惊只是"哦"了一声,就低头开始吃东西了。

她也不敢抬头看他,也不敢说话,拘谨地缩着肩膀。承禧托着腮,意趣盎然地等着她明白过来。她大约琢磨了十多分钟,才犹豫着抬头:"你刚才……"

"对的!"承禧看着她的眼睛,很庄重地点了点头。

张小惊又"哦"了一声,不过看她的表情,她似乎还是不确定。

但也不知道为什么,承禧还挺喜欢她一脸迷惑的样子。

出了酒店,张小惊还挂着那副云里雾里的表情。承禧已然翘了一堂课,也无所谓迟到多久了,送张小惊到了地铁站。她双手抓着背包带子,再次问:"所以刚才那句话……"

"就是喜欢你的意思。"承禧说。

"哦——"

要不是周围人太多,承禧真想吻她的脸。

看到她那副傻样子,他忍不住弹了弹她的脑门,问:"傻啦?"

"干吗打我?"张小惊捂着额头,彻底搞明白了,腼腆又生气地说,"我知道了!那……我回学校了?"

"去吧!"

承禧一直笑着,等她进了地铁站,才转身,跳了起来,并高呼:"YES!"

承诺得再好听,回到家里,承禧也只能老老实实伸手跟父母要钱。

乐建业一听说他要去巴西,就瞪大了眼睛:"你这泡妞成本可真够高的啊!你当你老爸我的钱是大风刮来的吗?"

承禧面无表情地谈判:"爸,距离高考只剩两个星期了,这时候就应该我提什么要求您都得答应,不然我高考发挥失常,对大家都不好,您说是吧?"

他装模作样地推了推眼镜,乐建业说:"嘿!你小子还敢要挟我了?我要是不同意呢?"

"那我就只好铤而走险,去借高利贷了。"承禧两手一摊,一副死乞白赖的样子。

承禧爸爸还没说话,承禧妈妈已经吓了一跳,说:"那个可千万不能碰!哎呀,你就给他嘛!反正也花不了多少钱……"

承禧跟爸爸对望一眼,都无奈地笑了起来。承禧妈妈一头雾水:"你们这是在笑什么啊?"

"你还真觉得你儿子会傻到去借高利贷啊?"承禧爸爸不可思议地看了看承禧妈妈,然后对承禧说,"我倒是没什么意见,反正我辛辛苦苦赚钱,将来也是要给你的,本来我还想着你好不容易高考结束了,咱们全家去欧洲旅旅游呢……"

承禧顿时又有点内疚了,说:"明年我陪你们一起去。"

"得了吧,我看这往后的寒暑假、国庆,都没我跟你妈什么事了。"乐建业眼含笑意扫了承禧一眼,才问,"左医生答应了吗?"

承禧老老实实地回答:"还不知道呢。"

"我看这事挺悬的,网上说去一趟巴西要七八万呢,小惊家不见得能拿出这么多钱来。"

"要不了那么多,"承禧说,"顺意集团这次是赞助商,沈天泽说不用担心住处的事。我们又不看开幕式,就看几场女排的比赛……"

"等会儿!"承禧爸爸突然坐直了身体,问,"你们怎么住?"

"张小惊跟娇娇一个房间,我跟刘爷……"承禧无奈地说。

呆了半天,承禧爸爸才哈哈大笑起来。承禧翻了个白眼,真不愧是亲爸。

承禧妈妈则问:"怎么刘爷也要跑去看奥运会啊?"

"他大女儿在阿根廷,他说顺便去看看女儿。"

"反正左医生同意了就行。"乐建业还是那副幸灾乐祸的表情,之后才说,"你小子一天到晚就知道享福!回头我还得给张教授解释……你都不知道张教授如今看到我的表情。"

"那你真应该看看他看到我的表情。"

他们父子俩心照不宣地笑着,唯独承禧的妈妈还在哀愁地感叹着:"我还是觉得小惊跟承禧不合适……"

承禧爸爸乐呵呵地说:"你觉得合不合适重要吗?你儿子眼瞅着就是个大学生了,你还能继续管天管地啊?"

不提"大学生"三个字还好,一提这三个字,承禧妈妈的眼泪就立即滚落下来:"承禧,你能不能考个近一点的地方啊……"

承禧被这突如其来的眼泪吓到了,他说:"妈,我只是去念书而已……你别搞得我像是要去赴死一样,好吗?"

"我就是……唉。"她擦擦眼泪,站起来道,"我还是打牌去好了,反正这个家没一个人在乎我。"

承禧无奈地看着她离去。

乐建业哈哈大笑着说:"你得从现在开始就考虑一下婆媳关系了,

我是不会管的,哈哈哈哈哈哈!"

"这有什么好考虑的,"承禧无奈地说,"你没发现我妈就是因为搞不定张小惊才不喜欢张小惊的吗?我觉得她都快被张小惊虐出心理阴影了……"

"真的?"乐建业很是惊诧,摸着下巴道,"那我得对她好一点,看看要不要给她买个包什么的。"

承禧笑了笑,他父母才是标准的傻白甜。

可是能当傻白甜,何尝不是一种运气呢?

有关承禧和张小惊,也不知道从什么时候起,就变成了全小区众人皆知的八卦主角。当承禧穿过那些马路的时候,认识他的人都会问:"你跟小惊真的要去巴西啊?""左医生会答应吗?""高考准备得怎么样了?"

承禧到达喜悦郡,听到张小惊正尖叫着:"我不是把所有工资都给你了嘛?怎么能不够看一次奥运会的呢?"

"你那点钱够干什么的啊?网上都说了,奥运期间巴西的消费特别高。真不是我小气,但咱们家实在也不是那么富裕的家庭,哪儿供得起你花那么多钱去看奥运会啊?"

"要不了那么多!沈天泽说住宿他包了,我就只需要个来回机票钱。要不然你先借给我行不行?我将来还你!"

"你干吗非得今年去啊?2020年再去不行吗?日本好歹还近点。"

"2020年我肯定是公费去!我就是想作为观众去看看,先感受一下氛围!"

"还肯定呢!你怎么肯定是公费去?"

"我说了肯定就是肯定!"

…………

刘爷正跟张小惊的爷爷在院子里喝茶,金雳蹲在一边,一看到承禧,就跑了过来。

承禧熟练地挠着它的头,听刘爷说:"要不然机票什么的,我出了算了?"

刘爷有三个子女,全都在海外,他不喜欢住在国外,就一个人在花好月圆村享着清福,从来都不差钱。

张小惊爷爷说:"那可不行,小惊妈妈肯定不同意。"

里面正为钱争论,承禧自然也不好意思进去了。

刘爷问承禧:"你爸怎么说?"

"他说,左医生点头了就行。"

刘爷就笑了笑,道:"便宜都让你小子占了……"

话音还未落,就听到左医生扬高了声音:"不行!你要是敢因为这个就跟别人借钱,我就真生气了。"

这时候张小惊的奶奶从外面回来了,不耐烦地说:"吵什么啊?你就让她去呗!你不肯出,那我来出好了!"

左医生道:"真不是我不出,我也出不起啊——您知道去一趟要多少钱吗?"

"能花多少啊?十万够吗?这点钱我还是有的。"

这下子,刘爷、张小惊的爷爷、承禧全都呆住了,张小惊的爷爷追了进去,问:"你哪儿来的那么多钱啊?"

张小惊的奶奶气定神闲地说:"我炒股赚的啊。"

"哎哟喂!这老太太真够可以的!"连刘爷都震惊了,跟着进去看热闹。

左医生则瞪大了眼睛,问:"您什么时候开始炒股的啊?最近不是股灾吗?"

"我跑得快,就损失了一点,现在还剩……"她戴着老花镜,看了看手机,很平静地说,"哦!够了,你们想一起去都够了。"

张家全体都愣住了："不是，你这么有钱，之前我们考虑换房子时你怎么也不说一声呢？"

"你这个老太婆，怎么还学人炒股啊？"

"我之前不是跟你们说过嘛！你们一会儿说我会被人骗，一会儿又说我不会炒股，我当然就不跟你们说了！"老太太摘下老花镜，霸气十足地说，"小惊，你要多少？"

"您真的资助我啊？"张小惊欢喜地抱住奶奶的脖子，说，"我还以为，您不喜欢我打排球呢？"

"不喜欢也不能不管你啊！这么大的人了，还为了几万块求你妈，这像什么话嘛！"老太太不屑地说。

得，谁能想到喜悦郡还隐藏了一位股神呢？

据张小惊奶奶说，她每天起床后去买菜，等所有人都吃完早饭离开后，她看一会儿财经新闻，那时刚好开盘。电视上的专家推荐什么，她要是觉得有道理呢，就跟着买，要是觉得没道理呢，就不进行任何操作。她的炒股秘诀很简单：不恋战——不管是涨还是跌，差不多就及时收手。如果感觉到哪里不对，不管是涨是跌都清仓。

2015年的大跌和2016年的熔断，她都是因为眼皮跳才避开的。

她还真的很能沉住气，就靠着每个月几千块的退休金，玩得风生水起，却绝口不提，全家愣是没一个人知道。

把这些经验分享出去之后，全小区都惊呆了，最后大家一致认定：股票果然是个玄学。

承禧的父母也炒过股，不过都是以跌为主，玩了几个月，两口子就跌到信心全无、怀疑人生，自此再也没碰过股票了——刚好让他们躲过一劫。

承禧则再次确认，他父母就是靠运气活下来的。

总算有了钱，高考一结束，承禧就跟张小惊专注地为里约之行忙碌起来。

这一年他们已经十七岁了，无论如何都不再是孩子了。张小惊已经随国家队去过日本和塞尔维亚，比较有经验；娇娇则更是风生水起——为了拍那些衣服，她一有空就在海外晃荡着，搞得像个名媛一样。

只有承禧没出过国，多多少少有些怯场。

像他这种有洁癖又拧巴的人，对巴西这样的地方没有任何信任，什么常备药物、清洁工具之类的背了一大堆。张小惊则只有一个巨大的双肩包。承禧问："这就够了？"

"够了啊！"张小惊说，"我每次出国都只背这么一个包。"

好吧，看来承禧也得精简行李了。

而行李最多的人，当然是娇娇。

一听说娇娇要去，承禧就知道他这趟纯粹是去当仆人了。

果不其然，娇娇盛装出现在了机场，一袭五颜六色的紧身裙，戴着太阳镜，摆弄着特意为了去巴西而买的立体手机壳，是一只蓝色的大鸟，她还给张小惊准备了一个情侣款。

一见到承禧，娇娇就抬了抬下巴："我的行李箱。"

"遵命。"

他扫了一眼她身后的行李箱——不知道的恐怕还以为她要移民呢！

其实这次娇娇纯粹是在帮承禧的忙，只有两个人，左医生不见得会放行。娇娇难得拿出了她的良心，道："乐承禧，机票钱我就不问你要了，我是来给你们打掩护的，相信你心里也有数，回头怎么报答我，你自己看着办吧！"

"懂！"承禧说。

但他没想到，就连刘爷也是来帮承禧忙的。

当张小惊和娇娇手拉着手聊天时，承禧正绝望地面对着那几个各种型号花里胡哨的行李箱，忙碌之际，刘爷雪上加霜，把他的行李箱也放到了承禧面前，笑眯眯地说："还有我的。"

他到哪儿都盘着手串，悠然说："你放心，我待两天就走，绝不打扰你们。"

承禧顿了顿，问："只待两天……那干吗还要折回巴西啊？"

"小惊爷爷让我来的，你想想看，我要是不来的话，张教授会同意你们几个来吗？"

承禧笑了，一提起张教授，如今大家都会心照不宣地笑起来。

其实临行前张小惊的父母曾经找过一次承禧——这是承禧意料之中的事，那么远的地方，就几个年轻人。承禧能猜到左医生要说什么，已经打好了腹稿，谁知道当天主要想跟承禧聊天的人却是张小惊的爸爸。

门一打开，左医生就把张教授推了进来，说："要说你自己跟他说！"

承禧父母只看了他们一眼，就跟着笑了起来。其实每个人都知道各自想说什么，但大家都默契得没有说。

左医生倒是最松弛的那个，一进门就坐了下来，问："有酒吗？"

"哟，您怎么忽然想喝酒了？"承禧爸爸连忙走去厨房，问，"想喝什么酒？"

"不是我要喝，是张教授要喝——他就这个胆子，还想跟承禧过招呢！我看承禧都比他稳重！"

承禧连忙道："我保证什么都不会发生！你们快放心吧！"

结果是左医生皱了皱眉，道："什么都不发生？那多没意思啊？"

"你怎么说话呢？"

张教授气得要死，左医生和承禧爸爸笑了起来，承禧妈妈则脸红红的，在一旁道："那个什么……不就是小孩子出去玩嘛……再说刘爷和沈天泽也在……"

"沈天泽要是不在我才放心呢,他在了准没好事!他一天到晚就知道宠着他们几个,一点大人的样子都没有!"左医生喝了杯承禧爸爸倒出来的酒,迅速把乐家当成了主场,说,"你们俩去楼上说去吧!"

于是后来就变成了张教授跟承禧在他的房间里大眼瞪小眼。张教授看了看地上的行李箱,问:"都收拾好啦?"

承禧心想,这不是废话吗?明天就要出发了,没收拾好还得了?

张教授又看了看承禧的书柜,说:"你的阅读范围还挺广泛的……"

承禧不动声色地看着他尴尬,张教授跟左医生不一样,他是个笨拙的人,每次见到承禧,都是一副欲言又止的样子,非常可爱。

承禧的手机振动了一下,他打开,看到张小惊问:他们到你家了?

到了。承禧回复。

你对我爸好一点,我觉得他今天都快要哭了。

看到这句话,承禧就笑了起来。他主动说:"叔叔,你要是想说什么就说吧,我现在也不是小孩子了,道理我都懂,不会乱来的。"

谁知道张教授在承禧的书桌前坐了下来,真的揉了揉眼睛,说:"那个什么……你千万别欺负小惊……"

"是什么让你觉得我能欺负得了张小惊的啊?"承禧震惊地说,"张小惊的性格你还不了解吗?你就算信不过我,也得信得过她啊。她又不傻,我也不傻,我们都是大人了……我保证我会一直对张小惊好的!"

他调整了一下语气,很认真地说:"我真的很喜欢她。"

"这个我相信,"张教授说,"不过男人嘛……"

想了半天,他才叹了口气:"算了,反正,你们注意安全。"

"好的!"承禧说,"那么多人在呢,不会有事的。"

张教授再次幽怨地看了他一眼,意味深长地说:"我是指,别的方面的安全。"

承禧想了一会儿才反应过来,硬着头皮说:"您真的多虑了!"

后来承禧才发现他还是太年轻,张教授作为一个奉子成婚的老男人,比承禧更懂男人。

是承禧思虑不周了……

里约热内卢

里约。

至少2016年的里约是魅力非凡的，北半球的夏季是南半球的冬季，好在里约靠近赤道，并不是那么冷。

他们出发时已经是8月中旬了，开幕式结束不久，但街头还是热闹非凡。作为主办方的奥运会，承禧已经感受过一次了。他记得为了2008年的奥运会，老师会多教他们一些奥运相关的英文，招待各国友人——虽然承禧一个外国人也没遇到过，却还是记得那些简单的句子。他记得奥运火炬经过他所在的城市的那一天，张教授载着承禧和张小惊一起去看，人山人海的，他们连个火焰的小尖尖都没有看到，只能看到一丛白烟……

奥运会为什么那么重要呢？因为它代表了人类的极限，更高、更快、更强。承禧作为一个自小就不怎么擅长体育的人，根本搞不明白那个"更"究竟有什么意义，直到认识了张小惊，他才发现那是有意义的。

他很喜欢一部电影，叫《疯狂原始人》。那是2013年，张小惊去体校前跟承禧一起去看的，依然是4月，张小惊生日。看到女主角之后张小惊就说："这个很像我！"之后男主角出场，她又说："这个是你！"

非常好。承禧在心里想，她作为洞穴人去打猎，他作为智人去点火。从猛犸象到登月，那就是极限的意义。人类——原本就是为了追求极限，才脱离了食物链。张小惊有张小惊的极限，承禧有承禧的极限，他们将会分工配合，过上非常好的生活。

得是非常好才行。

巴西是个很有风情的地方，那风情是指，它好像来自另一个世界，混乱和纵情并存着，那么炙热的音乐，和那么炙热的人，随机地散落在那些破败的街道上。靠近亚马孙雨林的缘故，里约的空气非同一般地清新，海风送来海盐和雨林的气息，令人沉醉。

以都市人的观点来看，里约似乎落后不堪，但那一点都不影响它的美，时间仿佛只在那里经过了一下就走了。在街头，你有时候能看到大航海时代，有时候能看到公元前，有时候又能看到 21 世纪……各个时代都在那里堆叠着，让里约变成一个绝妙的地方。

张小惊一路上都欢天喜地的，而承禧则一脸困倦。

要跟张小惊一起去旅行，承禧才发现她纯粹是头猪，吃得饱、睡得香，承禧则焦躁不安，不是在飞机上漫无目的地走来走去，就是忙着照顾刘爷和娇娇。整整 25 个小时的飞行，他根本就没睡过觉。

沈天泽开着车子来接人，看到娇娇的行李箱后沉默了一会儿才说："我再叫一辆车。"

这几年沈天泽已经正式开始上班了，他变得非常忙，为了工作方便，他搬出了花好月圆村，无论是跟小惊还是跟承禧，他们都许久没见过了。作为一个商务人士，他现在很有派头，穿着亚麻西装，戴着太阳镜，说："你们来得正好，之前抽奖中了奥运之旅的几个人刚走，房间正好空着，你们可以住那儿。"

"你跟我们住同一家酒店吗？"娇娇问。

"同一幢，不过不是一个楼层。"沈天泽解释，"我应该没什么空招待你们。这次奥运会实在太乱了，每一秒都有临时状况发生……不过朱沐也在，她来给一家电视台当主持人，你们有事找她也行。"

他显然误会了娇娇,娇娇说:"我只是想问问,同一家酒店的话,能不能挂你的账?"

沈天泽看了娇娇一眼,才无奈地说:"你挂呗……"

承禧和张小惊以及刘爷都在后排笑着。

沈天泽从后视镜扫了承禧和张小惊一眼,才道:"居然还真让你泡到手了!"

四人座的轿车,后排挤了三个人,张小惊完全贴在了承禧身上。她趴在他肩头,甜甜蜜蜜地玩着承禧的手指。沈天泽不满地说:"我的天,这个少女感是怎么回事?乐承禧,你把原来的张小惊还给我们!"

"我之前跟你说过张小惊现在彻底废了,你还不相信!"娇娇也跟着大叫,"早知如此,当初我还不如怂恿你追张小惊呢!你再怎么着也比承禧像样一点!"

"这种话你可别乱说,我一向只喜欢御姐,对小孩子可没什么兴趣!"

"拜托,这个还用你说?大家早就看出来了。"娇娇又笑了起来,八卦地问,"朱沐呢?她住哪儿?"

沈天泽幽怨地回答:"奥运村。"

总的说来,那次旅途,怎么看都像是花好月圆村随机挑了几个人,跨了洲继续重复他们从前的生活。

承禧他们居住的酒店倒是很不错,是高层海景房,正对着著名的伊帕内玛海滩。海滩上穿什么的都有,等红灯时,几个穿比基尼的女人从车前经过,车内的男人集体跟着转头。南美女人的身材,啧啧!

娇娇立即愤怒起来,说:"张小惊,我们晚上也穿比基尼出去玩!"

"好的!"张小惊说。

"带上我带上我!"刘爷"为老不尊"地笑着说,"你们两个女孩子多危险!"

"那带上你有什么用啊?遇到危险了你打也打不过,跑也跑不动。"

"我可以帮你们拖住歹徒,让你们跑远一点啊!"

承禧和张小惊一道笑了起来,没想到刘爷还能这么幽默。

他倒是说到做到,只待了两天就走了,还是跟一堆年轻人拼车自驾。承禧将刘爷的行李箱拎到那堆驴友的车子上,刘爷戴上了太阳镜,跟承禧挥手:"可别浪费空房间啊!"

都什么人啊!

承禧又是一阵面红耳赤地笑。

在里约的那些天,无疑是他最快乐的一段时间。他总算可以没有任何顾虑,不用再担心学业,也不用再担心别的事,花着父母的钱,光明正大地享受青春。他当然也知道这很阔绰,因而格外珍惜。

当他的同龄人忙着等成绩、参加谢师宴、跟同学聚会的时候,承禧每天跟张小惊一道研究着去看什么比赛、怎么坐车、去哪里吃饭。

即便是承禧爸爸豪迈地嘱咐过不要担心钱,承禧也很享受跟张小惊一道掰着手指头算账的时刻。她很节约,喝杯果汁都要算算汇率;但她的数学也是真的很愁人,对着手机都能算错,当承禧想要提醒她的时候她又会倔强地说:"你不许说!我要自己算!"

她英语也不怎么样,但很敢讲,总是对着翻译软件跟周围的人手舞足蹈地比画着。承禧也说不清是她的英语还是当地人的英语更差一些,反正他们总是一通鸡同鸭讲,然后在某个时刻一起恍然大悟,再高高兴兴地跳起来,你都搞不明白他们怎么能开心成那样。

张小惊是没带什么衣服,娇娇却带了很多。一到傍晚和夜间,娇娇的最大乐趣就是打扮张小惊,然后带着一个穿着漂亮裙子的、扭扭捏捏的张小惊出来,伸手跟承禧要钱:"劳务费!"

承禧心甘情愿地掏钱。

反正这钱花得绝对不亏,这是承禧没见过的张小惊,一个更娇艳的张小惊。

她很适合热带,适合那些花里胡哨的裙子,适合随时有人开始跳舞的街头。有时小孩子踢着足球经过,她会跟他们一起踢;或者看到有人玩滑板,就也借过来跟他们一起玩。有一天,在沙滩上她看到有人在打沙滩排球,脱了鞋就加入他们了——

她的排球,怎么说呢?

当承禧看着那些不分种族、不分国界、不分性别地临时组合起来的队友们吃惊地看着张小惊时,他就会由衷地觉得,他肯定是全里约最幸福的人。

而沈天泽到了第四天才抽出空来,携同朱沐一起请他们吃大餐。

在一家装修极其考究的餐厅里,承禧跟张小惊一起喝了一次酒。那天张小惊扎了一头的小辫子,辫子上都是色彩斑斓的饰品,她涂着亮晶晶的眼影,显得极具风情。对于喝酒,她起先是拒绝的,说:"我教练要知道我喝酒了,会宰了我的!"

"你教练又不会知道。"总裁大人还是一心一意地栽培着张小惊,道,"你要吃过好的食物,喝过好一点的酒,将来就知道什么是好的物质享受,什么不是了。"

"还有,知道了自己的酒量,将来就不会被男孩子灌醉了。"朱沐接上去说。

"承禧才不会灌醉我!"

"我受不了了!"娇娇率先叫了起来,"张小惊,你再提一次乐承禧我就跟你绝交!来吧,我要趁机大醉一场,我喜欢喝酒!"

他们对着无敌的海景吃着菜,喝着酒,然后就集体为劝张小惊喝酒买了单——谁能想到她居然还酒量惊人呢!她简直千杯不醉,最后照着菜单一个接一个地品尝着鸡尾酒,跟试喝似的。

喝到一半沈天泽就举手投降了:"好了,不用担心张小惊将来被别人灌醉了。"

他跟承禧两个人惨兮兮地跑到外面解酒,张小惊则和朱沐对饮着聊奥运会，也不知道是不是学体育的酒量都很好还是怎么样，她们俩都喝完一瓶葡萄酒外加七八杯鸡尾酒了，还跟没事人一样地聊着天。

娇娇倒是喝醉了，在舞池里跳着舞。她跳得很好，其他客人也很捧场，在旁边鼓着掌。

沈天泽回头看了看她们，才转头问承禧："高考成绩出来了吗？"

"还早。"承禧说。

"你自己觉得呢？"

承禧不经意地笑了一下，说："要是没有百分之百的信心，我也不会来这儿了。"

"你还真是一点变化都没有。"沈天泽笑着敲了敲他的脑袋，问，"之后呢？有什么打算。"

"赚钱。赚很多很多的钱。"

承禧望着渐渐暗下来的海岸线，非常明白这是个很庸俗的回答。可看这海岸线是要钱的，背后的餐厅也是要钱的，他们这一趟的衣食住行都是要钱的。他很喜欢在里约的张小惊，想跟着张小惊去更多的地方，非洲、南极、欧洲，甚至月球。

而这些都是要花钱的。

他说："我也不知道自己能做什么，或者应该有什么追求，我现在只想能把张小惊照顾得好好的，想赚很多很多钱给她花，让她什么事也不用担心。"

沈天泽笑了，说："这个计划听起来比你小时候那个像样多了，甚至还挺伟大的。"

"真的？"

承禧有些惊讶，沈天泽说："当然是。我也很想赚很多很多钱给别人花——你知道奥运冠军一年的收入有多少吗？"

承禧摇了摇头，沈天泽报了一个数字给他。

"那你知道拿不到奥运冠军的话，又能赚多少钱吗？"

承禧再次摇了摇头。

沈天泽又报了一个数字出来,承禧便彻底呆住了。

"我们国家虽然是举国体育,但运动员的收入跟其他职业比起来差远了,我们没有观赏性比赛,冷门项目根本没人看,收入最高的却是男足——你说这是不是很讽刺?"他是真的喝醉了,捏着手里的杯子,苦笑着说,"我小时候认识一个打拳击的男孩子,他家里很穷,是在家暴那种环境下长大的,他被送去打拳击的原因是他很扛打——这说起来简直可悲。但他的天赋什么的可比我好太多了,他是个对世界心怀恨意的人,每一次出拳都精准果敢,尤其是他的眼神……"

承禧安静地听着。

"不过拳击在大家眼里可不是什么正经的运动,再加上他后来受伤了,就再也没打过了。上个月他妈妈病了,他通过好多人才联系到我,想问我借钱,我问要多少,你猜他怎么回答的?"

承禧已经不敢回答了。

"两万。"沈天泽很夸张地笑了起来,"你说是不是很好笑?我再怎么着,也是一个上市集团的继承人,我还以为是数目太大了才来找我,谁知道两万就能压垮他……"

笑着笑着他就笑不出来了,很哀伤地说:"他是我在国内最敬重的对手,确切地说,是唯一一个。"

承禧沉默地听着。

'以前我是真的不想当什么集团的继承人,现在却很想。"沈天泽放下手里的水杯,站起来看着远处的海,"除了钱,我什么都提供不了,那就努力地给他们提供更多钱好了。将来我也办各种各样的比赛,让大家都去体育馆里看比赛,让那些资质很好的人不再为了几万块钱到处求爷爷告奶奶——"

承禧从小就很崇拜沈天泽,但这一天,是他最敬重沈天泽的时候。他看着沈天泽微醺而悲哀的眉眼,之后说:"那就这么说定了,我们以后就努力赚钱!"

"好的。"

沈天泽跟他击了击掌,这是承禧以一个男人的身份跟另一个男人的约定。

而背后的女人们——他回头看了看总算有点醉的张小惊,她不明所以地咯咯笑着。他想,这些事张小惊也不必知道,他得好好保护她才行,就让她一直这么傻乎乎地笑下去好了。

但下一秒,当娇娇拉着张小惊一起去舞池,一个极其性感的男人把手放在张小惊的腰上试图教她跳桑巴的时候,承禧就飞快地跳起来了。

退回来说奥运会,那一年的奥运会,张小惊自然是专注地看女排的比赛。除了中国队,她还关心美国队和日本队,她跟这两个国家的少年队比赛过,跟承禧说:"美国队全都是力量型选手——其实不只美国,还有俄罗斯、巴西、古巴……你看她们的肌肉,亚洲人根本没法比……"

承禧扫了一眼,道:"你还是不要练成这样比较好。"

张小惊敲了他的脑袋一下才说:"就算我想练成这样都很难,这个就是先天问题了。我们亚洲人在力量上很难跟欧洲人和美洲人抗衡的,之前我挡过美国队的一个球,手腕都被震麻了,虽然我们教练提前就跟我打过招呼了,但我当时还是被吓到了……要知道我的手腕力量算很大的了,能把我吓到可没那么容易。"

"杨诺诺呢?"承禧忽然想起这个人来。

"她应该比我更强,不过她现在在老家念书,跟我不是一个队的,去年也没参加全国的选拔。"

"那日本队呢?"

"日本队防守太强了,她们从八十年代开始就最注重防守,跟她们比赛很绝望的。她们拿不到分,我们也拿不到分,两边都拿不到分就很容易让人气急败坏,打着打着就会很崩溃。"张小惊顿了顿,"现在聊起来我都开始生气了!"

她现在是个专业的球员了,现场看球没有解说,承禧就靠张小惊在旁边解说。她看比赛时很认真,总是会提起一些承禧根本不会注意到的事情。

奥运会的阵仗不一样,十多万人的大型体育馆,不管是哪一场比赛,现场都是锣鼓喧天。张小惊得凑到耳边跟承禧说话,承禧才能听清楚。

而承禧则斜斜地靠在她肩头,拉着她的手。

他很享受那样的时候。

至于中国队——

除了在第一次去看中国队的比赛之前,她很少聊起中国队。

跟承禧一道排队检票的时候,她还兴致勃勃地说:"这次参加奥运会的有几个姐姐我认识,之前她们来少年队指导过,她们可好玩了!这次参加奥运会的都是新人,有个球员年纪比我还小呢!不过她九岁就开始打球了。我们教练说,郎导就是想打破旧的女排队伍结构才选了这些人的,不过我们教练不看好……"

"那你呢?"

"我倒是觉得挺有希望的,虽然都是新人,但全都很强。朱婷是去年世界杯的MVP,我超喜欢她的!好想跟她一起打球!还有张常宁,她也特别强!"

但那一年的奥运会,中国女排,前面几场实在没什么好说的。

张小惊总是咬着嘴唇,焦虑地看着球场。

承禧总觉得,再这么下去,搞不好她都想放弃排球了。他们之所以来巴西,是想让她重新找回奥运会带给她的振奋,很显然,她得到的只有失望。

直到 8 月 16 日——

北京时间 8 月 17 日，是巴西的 8 月 16 日，巴西队对中国队。

那是承禧跟张小惊喝完酒的第二天，承禧还昏昏沉沉的，就已经被张小惊拉起来了。早上七点不到，承禧一脸困倦，张小惊则严肃异常，说："走吧！"

那是一场原本被认为毫无悬念的比赛，中国队在过去几年跟巴西队的比赛中曾连输十几场。只在 6 月的大奖赛上战胜过巴西队一次。

人们都说这场比赛将是中国女排在本届奥运会的最后一场比赛，没有多少人对这场比赛有信心，也没多少观众去加油。

承禧始终迷迷糊糊的，其实他都有点不想去看了，他很怕看到张小惊失望的眼神。

但张小惊最在乎的就是这场比赛，她说："就算输球也要看，我不能总顾着输赢，得看看巴西队是怎么打的。"

承禧带着困意随张小惊入场，预算有限，他们的位置也很一般，还是二手票——卖票给他们的是一个中国女排的死忠粉，他是个胖胖的中年人，把票给他们的时候说："我从北京奥运会追到伦敦奥运会，今年实在不行了，我都不忍心看下去了！"

承禧有点遗憾没留下他的联系方式，他很确定，把票卖给承禧，将会是那个人此生最后悔的事。

而承禧和张小惊捡到了人生最大的运气。

那场比赛，在未来的很多年里都被人不断地提起着。巴西队占尽了主场优势，场上的观众比例完全是碾压级别。中国队却愣是从一团乱麻打到巴西队全线崩溃。网上疯狂传播着那个哭泣的巴西小孩，以及郎平平静的表情。还有朱婷的暴扣、张常宁的拦网、袁心玥的快攻、颜妮和丁霞绝妙的配合……

那场比赛，有太多太多可以说的了。承禧也不明白什么叫体育精神,但绝境重生这四个字,无论何时想起,他都会觉得热血沸腾。

他很庆幸那一天他在场。

第一局打得很焦灼,张小惊紧张地咬着手指,却还试图让自己平静,她跟承禧说:"巴西副主攻是塔伊萨,目前世界最强的副攻,你等下注意看她的位置移动……"

"……其实大家打得挺好的,就是紧张了一点……"

第二局开始,她就没再说过话了。

承禧也没想到那些女孩子打着打着就翻了盘,每个人都不顾一切地去进攻、防守……是每一个人。

在现场,你很容易就能感受到她们的稚嫩和焦灼,她们不停地大吼大叫;紧张时会挠头,焦灼地走来走去。她们会气到哭泣,也会不知所措。算算年纪的话,其实她们还是一群孩子,跟张小惊一样,她们都是普普通通的、充满生命力又不甘心的女孩子。

而她们要承载十几亿人的希望。

第四局,当比分变成 22∶25 的时候,承禧彻底清醒了。

仅有的那些中国队的观众都快把嗓子叫哑了,那场比赛的氛围实在是不怎么友好,观众数量又是碾压级别,你得拼命地喊,才能让她们听到你的支持声。

喊完了,承禧怀着复仇般的快感笑了起来,转过头去,只看到张小惊正一动不动地盯着球场。

那些女孩子,以及郎平。

那目光承禧在很多年前就见过,她只有被激发起全部的斗志后才会这么专注,眼睛发亮,只聚焦在她关心的事物上。她曾经这样看过彭彭,这样看过篮圈,这样看过排球,也这样看过承禧。

看到那个目光之后,承禧就知道,张小惊又要离开他了。

现在他不再是她最喜欢的那个心爱之物了,不再是她一看到就无限欢喜的人,不再是她害怕自己一想起就会占据整个大脑的人,不再是她不管什么时候因为想见就莫名其妙出现在面前的人……

他短暂地占据过张小惊,然而现在,他得把张小惊还给排球了。

一阵失落之后,承禧自嘲地笑了一下,记住了那些人的名字:朱婷、颜妮、张常宁、丁霞、林莉……

好吧,输给她们也没什么丢人的。

比赛结束,所有人都开始沸腾。张小惊则站起来说:"我不看了,我要回国!"

"啊?"

承禧一脸惊诧,急匆匆地跟在张小惊后面,张小惊走路飞快,道:"天哪,我居然浪费了那么多时间,我真傻……"

"你到底在说什么?"

"我以前一直想着当主攻或者二传,其实几年前我就知道我只能当自由人了,但我就是不肯接受现实。"张小惊忽然回头说,"你都不知道我发现自己长不高了之后有多难过,没有人会想当球场上的防守人员的,人人都想进攻,想当最强的那个——我在省队的教练不喜欢我就是因为我不听话,他有意无意把我朝自由人的方向栽培,但我假装不知道……我真的太傻了,我干吗要在乎这些?明明我也可以成为世界上最好的自由人!"

她语速飞快,问:"你留意到她们刚才是怎么防守的吗?"

承禧摇了摇头,他承认他只盯着进攻端了。

"每个人都在防守!不管是主攻还是二传,防守时都是拼了命撤回去。"张小惊说,"我不是说林莉表现不好,我觉得她已经打得非常好了,这场比赛肯定会载入史册的,但肯定不会有多少人记得,今天之前大家是怎么骂她们的。尤其是林莉,你去网上搜一下,没有一个人知道她有多难。我国从来就不缺主攻人选,但顶级的防守球员很少——你还记得我小时候跟育德的那场比赛吗?"

"当然。"这哪儿能忘得掉。

张小惊说:"当时泽园就是因为防守不行,前两轮大家都手忙脚乱地救球,导致没办法进攻。如果不是因为朱沐和杨诺诺,其实那场比赛我们未必会赢——"

承禧不满:"还有我。"

"对,还有你!"张小惊的情绪被打乱了,总算笑了一下,她抚着承禧的脸颊,平静地说,"这场比赛其实跟那场比赛一模一样,你还记得我在跟育德比赛之前说过什么吗?"

承禧瞬间就明白她的意思了,微笑着道:"只要你不丢球,球队就不会输。"

她紧紧抱住他的脖子,柔情似水地说:"还是你最了解我。"

然后又迅速松开,道:"不行,我得现在就去练习!"

"你去哪儿练习啊?"

张小惊想了半天,不确定地说:"健身房?"

他们住的酒店就有健身房,张小惊反正走到哪儿都穿着运动服,问了问健身房的位置就直接去了。承禧一直跟在她身后,她直冲器械区,在一堆威猛无比的壮汉中调着杠铃,开始做负重深蹲。

承禧望着那些比他的小腿还粗的胳膊,哪儿敢离开?

他只好在休息区看着张小惊。

但看着看着,他就睡着了。

不知道是因为残存的酒精,还是因为刚才看比赛时太亢奋,他现在一点力气都没有,对巴西的热情也趋近结束,现在只想找个舒适的地方尽情休息,好好睡一觉。

后来他是被张小惊叫醒的,睁开眼时,看到张小惊湿漉漉的大脑门,她擦着汗,柔声叫道:"承禧,醒醒。"

承禧没戴眼镜,迷迷糊糊地打量着她。张小惊就笑了一下,吻了吻他的额头,很温柔地说:"要不然你回房间去睡吧?"

"好。"承禧是真的累了。

张小惊把他拉了起来,拉着他的手,带着他回到他的房间,开了门,说:"你好好休息,我一会儿过来找你!"

承禧根本没留意到后半句话,门一关,他就拉上了窗帘,倒头睡去。

也不知道过了多久,敲门声重新响起。承禧开门,先闻到了洗发水和沐浴露的味道。张小惊刚洗完澡,头发还没干透,穿着一条白裙子——她好像竭力打扮过了,却显得更笨了。

门一打开,她就把头抵在他的肩膀上,说:"我想跟你一起睡!"

承禧怔了半天,笑了,道:"你倒是抬起头来说啊!"

"那不行,太害羞了。"她说。

她那么高的个子,小鸟依人是不可能了,整个一鸵鸟依人。谁也不知道她在想什么,手里居然还拿了个枕头。说完那句话,她就把脸埋进枕头里,"噌"的一声跳到床上,并猛地拉起被子,盖住了她的头。

承禧笑了半天,才在她旁边躺下来。

"你不许乱动噢!"张小惊说。

"好的。"承禧说。

OK,你现在十七岁,你跟你喜欢的女生在异国他乡,她就躺在距离你十厘米左右的地方,同一张床上。窗外是海景区特有的蓝天白云——那风景美得有点过分,你也想不明白是因为里约热内卢本身就很美,还是因为你的心情才变得很美。

你能闻到她头发上洗发水的味道,这味道很要命。你脑海里闪过了你看过的所有无聊电视剧和限制级电影的画面,为了冷静下来你只好回忆了一下攻占巴士底狱的时间,以及南美的大洋暖流走势图。然而她随便一动,你的思维就变成了碎片,什么都不记得了。你能感受到她的呼吸和体温,脑子里是《自由引导人民》的画面,想着巴士底狱,贝多芬第5号交响曲和《狮子王》的主题曲同时响起,狒狒举起小狮子,露丝脱下睡袍,法国大革命,人民冲向街头,烟花绽放,八岁的张小惊用脑袋测了测承禧的体温,说:"没感冒啊?"

"1789年7月14日!"承禧说。

"啊?"

"攻占巴士底狱的日子。"

张小惊不明所以,只是说:"你要好好睡觉!不许睁开眼睛!"

"好的。"

承禧还是笑着。

他老老实实地闭上了眼睛,隔了一会儿,就感觉到张小惊转过身来,面对着他。

他能感觉到她的目光沿着他的眼角眉梢流转,她小心翼翼伸出手指,摸了摸他的眉骨、鼻梁、下巴……她喜欢他的眉毛和鼻子,她曾经跟他说过。她还喜欢他的手。她所有的喜欢都如同星星,坠落在他的身上,让他也明亮起来。

她的指尖凉凉的,呼吸却是温热的。

过了好大一会儿,她才拉住他的胳膊,搭在她的腰上,又移动了一下位置,离他更近了一些。

隔着薄薄的衣料,承禧碰到了她的皮肤,那是娇嫩而滚烫的少女皮肤,他只是轻轻摩擦了一下,就不敢再动了。

张小惊小声笑着,他也跟着笑,也不知道为什么笑,反正两个人就是来回无声息地笑,声音很轻,很痒。

承禧总算开了口:"所以,我不能乱碰你,你却能乱碰我?"

"是……"

她语气里也是藏不住的笑意，想了很久，才把她的脸埋进了承禧的脖颈。承禧能感觉到她每一次的呼吸和自己每一次的脉搏，它们如此贴合。

"不知检点。"承禧说。

张小惊便佯装要起来，说："那我走啦？"

承禧立即把她箍得更紧一些，环住她的腰道："那不行。"

他鼓足勇气把他的脸埋进她的发间，深深嗅着她的味道，那无疑是他最爱她的一刻，恨不能把她揉进他的身体里面，但他又不太敢。他只是紧紧地抱着她，想着巴士底狱，想着当时在巴士底狱囚禁的人。

当时都有谁来着？他们能听到外面那惊天动地的心跳声吗？

这时候张小惊吻了吻他的嘴唇，并抱住了他的脖子，不再动了。

承禧总算睁开了眼睛。

然后他就看到张小惊一双波光潋滟的眼睛，女孩子从天真无邪到妩媚娇艳，好像也就是那么一瞬间的事。她把头发放了下来，如同解除了封印，要是她顶着现在这张脸出去说她想当奥运冠军，恐怕没多少人会相信。

现在的她就是一个浑然天成的可人儿，你甚至搞不明白她一颦一笑之间的旖旎是从哪儿来的，她就那么期待又默许地望着他。

承禧伸手摸了摸她的耳朵，她又笑了起来，夹住他的手道："痒……"

谁还忍得住啊！

承禧翻了个身，把她压在身下。他也不清楚怎么会那么熟练的，而张小惊还是笑吟吟地看着他，伸手钩住了他的脖子。

承禧哑声道："超喜欢你的……"

他声音真的很小，也不期望她能听到，她却说："我也……"

而承禧甚至都等不到她把那句话说完。

与独角兽的告别

这当然不是承禧第一次吻她,他第一次吻她是在高考前两天。学校放假,承禧回了趟家,他父母都比他紧张,好吃好喝地伺候着,一遍遍用拧紧的声音道:"承禧,你千万别紧张。"

"我不紧张。"承禧无奈地说,"我都准备三年了,有什么好紧张的?你们俩再这么晃下去,我可就该紧张了。"

"啊!那我们不打扰你了,你忙你的!"

承禧的父母又连忙退出房间,关上了门。

这时候手机忽然响了起来,承禧打开,看到是张小惊发来的微信,她问:你在家吗?

在。

我在门外。

承禧愣了一下,连忙下楼,跟父母说出去散步。

一出别墅的大门,承禧就看到张小惊了。她还是背着她那个巨大无比的双肩包,穿着T恤和短裤,球鞋,像个清瘦的男孩子一样,倚着墙等待承禧。

"怎么了?"承禧问。

"就是想见你。"她抓着双肩包的带子,很困惑地问,"你高考的时候,我用不用去给你加油什么的呀?"

听到这句话，承禧就笑了，说："不用。"

"那……我应该做点什么？"

"什么都不用，你就好好地训练，等着我的好消息就行了。"

"可是我……"她挠着头，很不好意思地说，"我现在应该是……女朋友……了？女朋友就应该……"

那三个字她说得无比小声，承禧却听得一清二楚，都快笑出声了。他凑近她问："女朋友？"

她自己已经脸红成一团了，低着头，笑着，不知所措地挠着自己的胳膊。

她手长脚长，在那一刻却无从安放，左手挠着右手，右手挠着左手。

想了一想，她才把脸抵在他的肩膀上——他们的身高差实在不足以让她把脸藏到别的地方了。她就那样把颈椎弯成一个奇妙的角度，露出几块凸起的骨骼。

承禧把手搭在她的肩上，轻抚着她的脖子，小声说："真的，什么都不用做，我没什么压力的，不过就是高考而已。"

"可是齐思琪说她紧张得都快吐了。"她抬起头来，眼睛里全然是惶恐，好像要参加高考的是她，而不是他们。

"齐思琪不是说过了吗？她跟我，不是同一类好学生。"

倒也不是承禧自大，他的确没什么紧张感，反正他的上升空间和失败空间都很有限，发挥好与不好之间，最多只有十几分的分差。他怕过猫、怕过狗，甚至怕虫子，就是从来没怕过考试。

"你不紧张的话，那……我就走啦？"

张小惊又准备说完话就离开了，这次承禧却拉住了她。

她明显是不准备回家了，匆匆回来一趟就又要回学校。她应当是想了很久才出发的，或许还硬着头皮跟教练请了假——一想到这些，承禧就没法放她走。他看着张小惊的眼睛，张小惊被挤到了墙角，缩起了肩膀，害羞地垂下眼睫毛，又咬着嘴唇笑了起来。

承禧便凑过去吻她。

但吻和吻是不一样的，他后来经常会跟张小惊在不经意的时刻接个吻，碰一下。或者在没人的时候，漫长而悠然地体会着那种唇齿相依的感觉。张小惊总是夹杂着怯意和笑声回应，她很笨拙，手指拉着他的衣角，或者拉住他的手。

承禧总觉得，她什么都不懂，后来才发现，不懂的是他。

她的紧张和羞怯忽然都成了柔情，将她点缀成了一个丰盛的女人。她一点点地试探着，应承着，所有的退却都变成了邀请，缱绻在他的怀里，变成了小小的火苗，或者小舟。海潮盛情难却，一汪汪地涌过去——

其实张小惊对自己的身体是很自卑的。比如说，她一度很讨厌她的手，因为她手指上全是茧。承禧有一天把她的手放在自己的掌心，仔仔细细地看着。她抽回手说："我不喜欢我的手。"

"那就给我好了，我喜欢。"承禧吻了吻她的手心，她才又高兴起来。

她也不喜欢她的腿，她说："我要练爆发力，大腿很粗的！"

承禧说："我又没看过，要看了才知道。"

她还不喜欢她的腰，据她所说，她是个拥有六块腹肌的少女。

"所以我才是校草嘛！你就不是！"她故作潇洒地拍着她的肚子说。

承禧知道她在意这些，跟所有的女孩子一样，她总是担心自己不够美好。可是她真的想多了，她依然是个柔软的、水润润的女孩子。她身体的每一寸都好得不得了——

不过也的确什么都没有发生。

由于"安全问题"。

承禧回忆了他临出发前往巴西前一天的晚上,他去便利店买水时想起张教授的话,还扫了一眼柜台右下角跟口香糖摆在一起的安全套们,出于种种原因,他当然是没买。

——现在悔得肠子都青了。

短暂的温存之后,承禧就强忍着冲动松开了她,并一脸绝望地看着对面的墙。那场景很适合有根烟,用来承载所有的灰心、沮丧和颓废。

张小惊笑了半天,才说:"下次好了。我饿了!"

"那我们去吃东西。"

"我回去换衣服。"张小惊趴在承禧身上,起身,很认真地问,"我问你,你喜欢性感的女生还是可爱的女生?"

"你这是准备讨好男朋友吗?"承禧摸着她的头发和耳垂,现在她彻底变成一个红润润的小女人,眼睛亮晶晶的,天哪,她真美!

她却说:"不是讨好,是勾引!"

"你都跟谁学的啊?"

"娇娇啊!娇娇说你肯定喜欢性感的女生,但我又不敢穿那种很性感的衣服……"

"你还是别穿了。"承禧想起前几天那个邀请张小惊跳舞的男人,抚摸着她的腰肢说,"你怎样都很性感。"

"所以你的确喜欢性感的女生咯?"

承禧忽然意识到了什么,这才不是张小惊会问的问题,这是娇娇会问的问题。他甚至意识到娇娇为什么让张小惊问这个了。

他连忙坐起来,说:"不!我喜欢运动型的女生!"

张小惊娇俏地笑了起来,问:"你怎么知道我想问什么?"

"你放心,我肯定是个合格的男朋友。"

他抱住她,她跪坐在他身上,头发垂在他的肩上,低头浅浅地笑着。承禧很喜欢她的头发,像流水一样,总是很轻地从他的皮肤上划过去。放下头发后,张小惊会变得温柔许多。她捧起他的脸,像小鸡啄米一样吻着他的唇角,之后她的嘴唇有意无意地沿着他的脸颊擦过去。她轻轻咬住他的耳朵,气若游丝地说:"我才不信呢!"

"啊!吃饭!"

承禧大叫一声,她都从哪儿学来的这些?!

那天他们在街头一家露天小餐馆吃着烤肉,张小惊肚子饿得咕咕叫,对着牛肉大快朵颐,跟饿了三天似的。

最终她穿的是承禧的T恤、运动裤,以及拖鞋。她的头发胡乱地扎着,松散地垂在脖子后面。任何一个男人都会认为这才是世界上最好的装束,你的女孩,穿着你的衣服。那跟占有欲无关,而是信赖的表现。她把自己全部地交付给了你,让你从此都不会再孤单了。

承禧一直把手搭在她的脖子上,绕着那几缕碎发,觉得人生巅峰,不过如此。

吃着吃着,就有几个个子很高的女人从他们旁边走过。

一米九几这个数字,说起来是一回事,在现实里,又是另外一回事。

承禧总算近距离地接触过了那几个传奇,她们当真颀长无比,走路带风,四肢长到没地方放。

其中有个人忽然叫了一声:"张小惊,你怎么在这儿?"

张小惊愣了一下,连嘴角的酱料都没来得及擦,一阵小跑地跳了过去,说:"我来看你们比赛呀!天哪!你们今天打得也太好了!"

"我们自己也没想到啊!今天打完都傻了!根本没法休息!只想尖叫!"

"而且我们昨天把行李都收拾好了,还以为今天就要回家了呢!"

"那我陪你们一起尖叫好了!啊——"

张小惊说着说着就尖叫起来,一群高大健硕的女孩子,就那么叫了起来,引得整条马路的人都望向她们。奥运期间,街头到处都是顶级运动员,当地居民不管看到谁都先冲过去合个影再说。她们躲避着手机和照相机,跟张小惊一道躲在树荫里。早上还焦躁不安的几个人,此刻都亢奋到不能自已,跟张小惊手拉着手乱跳着。

"你还待多久啊?下一场你在吗?我带你去见郎导。"

"我准备明天就回去了,决赛我看不起,而且我现在只想回去训练!"

承禧呆了呆。

有人认出了她们几个人,她们才匆匆告别。

张小惊回到座位上,问:"怎么样?她们是不是好可爱?"

"是。"承禧问,"明天就回去?"

"我还没看机票呢,"张小惊说,"但我想一有票就回去。"

"怎么没跟我说过?"

"本来刚才去找你是想跟你商量这件事的……"她陷入回忆,脸又红了,小心翼翼地问,"你生气了?"

"没有,我怎么可能生你的气?"

但看到那个表情后,承禧确定娇娇才是对的了,她果然是个恋爱脑——她干吗要担心他会不会生气,干吗要那么小心翼翼?这样一个时刻留意着承禧心情的张小惊,又怎么可能拿到奥运冠军?

承禧把她拉到自己旁边,擦了擦她的嘴角,问:"回去之后呢?"

"我们教练在漳州,我要先去找他……"她顺势就在承禧的腿上坐了下来,有过身体接触之后,她的姿态的确不一样了,也不知道是因为在异国他乡,还是张小惊本来就是个很直接的女生。

她抱着他的脖子,道:"我也不知道这届女排会不会赢,就算这一届赢了,跟我也没有关系。我今年 17 岁,2020 年是 21 岁,2024 年是 25 岁，2028 年则是 29 岁——2024 年和 2028 年，才是我最有机会拿到冠军的绝佳时期。"

承禧呆了呆，他倒是没想到这一点。

其实他想聊的是别的事，不过现在，已经无所谓了。

现在在他面前的，是沈天泽他们想要的那个张小惊，而不再是只属于承禧一个人的张小惊。

她说着说着，连眼神都变了。她说："那个时候我应该已经变成了一个经验老到的自由人，不再会害怕奥运会这样的场合。现在跟我同龄的这些青少年选手，我大多数都认识，资质和条件比我好的到处都是，如果我们从现在就开始努力配合的话，那么 2024 年和 2028 年的冠军，就一定是我们的。"

其实来之前她还犹豫不决的，但现在她又回到了 2008 年，变成一个只想当奥运冠军的小女孩。或者 2012 年，为了胜利而无所谓自己打什么位置的张小惊。现在她思路清晰，讲得头头是道。她已经想到 2028 年了，那么她势必会继续打下去。

但张小惊不是那种能分神的人，当她脑子里只有一件事的时候，就放不下别的事了。这一点承禧发现了，娇娇也发现了，就张小惊自己还没发现。

不过聊着聊着她就意识到了，顿了一下，小声说："我这次回去，就要为了那些女孩子去练习了，联赛期间我既没有空见你，也分不出心思考虑你的感受什么的……我应该没办法当一个合格的女朋友了……"

原本承禧也不在乎这些，但他还是忍不住问了："合格的女朋友应该是什么样子的？"

张小惊歪着脑袋想了想，道："应该要会撒娇、卖萌，每天打扮得无比妖艳地勾引男朋友，做爱心便当……"

"哟！"承禧飘飘然地吹了声口哨，"这听起来不错！不过你这又是从哪儿看来的?"

"网上啊……"

承禧真是快笑死了,拉着她的手说:"我说过了,你不用考虑这些,你打你的球就好了,我怎样都无所谓的。"

"那……你还愿意等我吗?"

"等啊,干吗不等?"承禧背起了《无间道》的台词,"只要不是'三年又三年,都十年了老大',就好。"

张小惊也跟着对:"以前我没有机会,现在我想做个好人!"

"跟法官说去啊!对不起,我是警察!"

承禧将她的手扣在身后,张小惊以吻为子弹,响亮地撞击了他的额头,说:"哼!谁知道!"

张小惊真没说错,她一回国,就全身心地投入训练里去了,别说见面了,连消息都不怎么回复。

承禧跟她当天下午就订了机票,迪拜转机,这次是三十个小时。

沈天泽和娇娇听到后都大吃一惊:"这么急?"

"看到她们那么拼命,我哪有什么心思在这儿晒太阳。"张小惊说,"我也要回去努力了。"

"已经订好机票了吗?"沈天泽看向承禧,承禧点了点头。

"难得来一趟,我还想多待几天。"娇娇说。

"没事,你玩你的,我跟承禧两个人回去就行。"张小惊跟娇娇热情相拥,然后再次告别,"那我们国内再见!"

"下飞机了发个消息给我。"沈天泽说。

回程的路上,张小惊一路都在回顾着之前看的几场比赛。她的背包里有个本子和笔 —— 承禧没想到还是四年前的那个。那本子早就陈旧不堪了,想来,是她总是翻阅的缘故。

本子上还有承禧最早写下的字迹："二传：进攻节奏""跳发球"，旁边画了个星星符号。

一时间，承禧感慨万千。

张小惊突然问："承禧，你会怪我吗？"

"怪你什么？"

"比如根本没空理你什么的……"

"你以前也不怎么理我啊，从小都是你在外面闹腾着跟人玩，我在旁边看着……我又不是因为你理我才喜欢你的。"

"你不要讲得这么可怜好不好？明明是你不跟我们一起玩。"张小惊趴在小桌板上，眼睛弯弯地望向他，"那你为什么喜欢我？"

"我喜欢你，是因为你是你。"

"那你将来会喜欢别的女孩子吗？"

"应该不会。"承禧揉了揉额头，故作忧愁地说，"喜欢一个就够我累的了。"

张小惊便笑了起来，依偎着他说："你千万不要喜欢别的女孩子，不然我就要失恋了。我失恋了女排就拿不到奥运冠军了，到时候你就是千古罪人，要跟全国人民谢罪才行……"

"你这罪名罗列得还真够别致的。"

张小惊又笑了起来。

承禧亲了亲她的脸颊，看着窗外的云层，说："睡吧。"

"晚安，乐承禧。"

"晚安，张小惊。"

你在飞机上见过月亮吗？如果没有的话，那你真应该看一看，当月光洒在云层上，那场景如梦如幻。那是独角兽会出没的地方，它隔着窗户跟你对望，又扫了一眼你怀里的女孩子，不经意地笑了一下才倏忽离开，只留下一个淡蓝色的影子。你当然知道独角兽和云层都不存在，它们只不过是你的幻想和一大堆的水蒸气而已，你还知道你现在看到这些,就表示云端之下的人看到的将会是一个阴天,他们牺牲了他们的天气,好让你能看到这样的景致。

可这是你的童年,你跟独角兽之间需要一场告别。

承禧跟张小惊在机场就分开了,她行程紧凑,连休息的时间都没有,出了到达厅,就直奔出发厅。承禧则在传送带前等着行李箱——都是娇娇的,她嘱咐承禧把那些已经拍完照片的衣服先拿回来。

张小惊都跑出去好远了,才又突然跑了回来,怔怔地看着承禧说:"天哪……我都忘了跟你道别了。"

一看到她那个表情,承禧就笑了,说:"说过多少次了,你忙你的就好。"

她心里是有他的,这就够了。

"那,祝你早日考上心仪的学校!"

"也祝你早日拿到奥运冠军。"

张小惊用力地拥抱了他一下,才拿出百米冲刺的速度跑开。

所以,承禧就想不明白了,她干吗非得订时间那么紧的机票不可?

承禧父母连同左医生一起来接承禧,把行李都放后备厢后,承禧爸爸才问:"怎么样?好玩吗?"

"还好。"承禧想起在里约的一幕幕,终究还是忍不住扬起了嘴角。

左医生瞪着他说:"完蛋了!最近最好别让张教授看到你!"

"你怎么在这儿啊?"承禧看着左医生问。

"我当然是来八卦的,不然还能来干吗?我问张小惊,张小惊什么都不跟我说,问娇娇,娇娇又说她什么都不知道……"

"然后你觉得我就会跟你说了?"

"唉,再怎么说我们也是朋友一场嘛!"左医生拿胳膊肘撞着承禧,期待地说,"你讲讲!讲讲嘛!随便讲一点就行!"

承禧都快被她逗笑了，这是什么妈啊？

承禧爸爸则哈哈大笑起来，说："臭小子！恭喜你了！"

"恭喜什么啊你们？我又什么都没说……"

"是恭喜你收到录取通知书啦！"承禧妈妈在副驾驶座，一副欢天喜地的样子，她从包里掏出快递，转身递给承禧，才尖叫起来："咱们儿子有出息啦！"

承禧看了一眼地址，就满足地发出一声长叹。

他差点把这事给忘了——现在，他是名副其实的天之骄子了。

惊艳的惊

　　旧的秩序以肉眼可见的速度崩塌着,变成纷纷扬扬的碎片,击中了每一个只是恰好生活在这个时代里的人,这简直毫无道理可言。

北　方

承禧的整个大学期间都在忙着赚钱，他小时候学编程时在网上认了一个师父，多年后那位师父已经成了一个大拿，而承禧则成了一个大学生。

他的学校当然是在北京，毕竟，那些最好的学校都在北京。

到北京的第一周，他的师父就来看他了。承禧也说不清那算不算是网友见面，他在网上已经见过师父很多次，师父却是第一次见到他，隔着车窗望着承禧身后那块含蓄而古典的匾额，说："可以啊，徒弟！女朋友呢？"

"在天津。"承禧说。

张小惊确定了要打自由人之后，她的教练就安排她转会俱乐部了。天津，那是中国女排最好的俱乐部之一的所在地。

"什么时候叫出来，我请你们吃顿饭啊！"

承禧的师父是个看起来其貌不扬的男人，戴着眼镜，胖胖的。他总是穿着很廉价的衣服，手腕上却是一块价值六位数的手表。对外，他是个不怎么说话的人，但承禧知道他其实是个话痨，他年轻时不得势，很喜欢拉着承禧讲历史、讲哲学、讲科技和讲经济。这事说起来有些诡异，一个成年人，整天对着一个初中生絮絮叨叨，发泄生活中的不满。

不过承禧很喜欢他，他变成现在的乐承禧，肯定有他师父一半的功劳。他师父是个知识面无比广阔的人，像个说书人一样，什么都能聊得很有趣。

而承禧对互联网的热忱还是跟第一次上网时一模一样，依然坚信互联网拥有改变世界的能力——现在承禧能跟他的师父面对面地聊天，就是一个证明。

"她忙着打联赛呢，年底之前是见不着了。"

"那你生日怎么办啊？"

承禧一怔，哪儿想到会有个陌生的大叔记得他的生日。

他抓了抓头发："不过了呗，还能怎么办？"

"那怎么行？回头师父给你过！"师父从车窗里掏出一个盒子递给承禧，"给，这是你上大学的礼物，等你生日时再送你更好的！"

他送了一副承禧想要很久的智能眼镜，承禧怔住了："这……太贵重了……"

"没事，公司多的是，你想要什么回头就去我们公司拿。你是我徒弟，现在又在全宇宙中心，怎么能让你缺了这些？"他如今很得意，看了看手表，道，"得！我得走了，回头再来找你！"

"好的。"承禧抱着那个盒子，目送他风驰电掣地驾车离开，心里想，北京可真是太神奇了！

承禧作为一个南方人，对北方几乎一无所知，刚到的时候没一件事是习惯的。他父母对首都也有着不切实际的幻想，他们亲自送承禧到学校，结果待了几天就有点烦了——"这也太堵了吧？""这东西也太难吃了吧？""地铁人也太多了吧？""这空气也太干燥了吧？"

"好了好了，你们赶紧回去吧！那么多人都能在这儿待下来，我怎么就待不下来了？"

承禧爸爸还是老样子，简单明确地用钱表示了他对儿子的支持："那行，我们就走了，你花钱不用省，没钱了就给家里打电话。回头小惊要是来了，你们俩就好好玩。你可得对小惊好一点啊，别带着小惊去那些乱七八糟的酒店，咱们乐家也不差这点钱——"

"知道了！"承禧不耐烦地说，高中结束之后，他总觉得张小惊才是他爸的孩子，说来说去都是让承禧照顾张小惊。

至于张小惊的父母，说的则是："你们俩自己看着办吧！反正我们也看不见，管不着。年轻人该玩就玩，该吃就吃，有事给家里说一声就行。"

承禧这哪儿是去上大学，感觉被托孤了差不多。

不过他是真的没什么机会跟张小惊见面，张小惊现在是青年队的正式球员了，超级联赛一打就是大半年，一般都是10月末开始，打到第二年的春季。

这日子倒是很好记，承禧的生日后开始，打到张小惊的生日之前。9月到10月会进行密集型集训，张小惊自然不会有空。

除了春节，张小惊既不可以离队，也不可以请假。联赛之余，她还要回省队打比赛，有时候是参加国家队的训练……

反正掐指一算，能见面的时间屈指可数。

从巴西回来之后，整个2016年的后半年，张小惊只来看过承禧一次。她对北京的兴趣可比承禧大多了，一见到承禧就兴奋说："我要去自然博物馆！他们都说那里有恐龙！"

她拿着旅行手册，跟个第一次来北京旅游的小学生似的，见到胡同也要叫唤，见到黄包车也要叫唤。在游客区，她为了几块钱的塑料"景泰蓝手镯"跟人讨价还价半天，最后商讨出了一个贵得离谱的价格——

"买了买了！"承禧扫码，付账。

"你送给我啊？"

"送！"

张小惊这才欢欢喜喜地戴着那个塑料手镯离开，一路上都打量着她的手腕。承禧心想，绝对不能带她去潘家园，不然乐家可能会破产。

那次她只待了三天就走了，周五晚上来的，周一早上走的。北京到天津的交通倒是很方便，二十分钟的高铁就能到。只不过从承禧的学校到高铁站需要一个多小时，从天津的高铁站到张小惊的训练基地又要一个多小时。

不过张小惊不让承禧去看她，她说："这几年是我最重要的几年，我可不想因为这些跟比赛无关的事被禁赛。"

承禧一听就皱起了眉："所以，你还是没跟教练说？"

"我哪儿敢啊？我们教练真的超凶的！"张小惊很夸张地缩起了肩膀，之后又说，"不过我今天穿了特别性感的内衣赔罪！"

她说着说着就拉开衣服拉链，承禧都被她的脑回路惊呆了，道："等会儿，你觉得靠色诱就能跳过这个话题？"

"不能吗？"张小惊又把拉链拉了上去，失望地说，"不能就算了……"

"别！"

承禧没出息地伸出手。

张小惊笑了一阵才揽着他的脖子说："我也不知道是不是我太贪心了，但我不想当一个除了排球什么都没有的人，我是想着，除了打排球，我依然是个生活很丰富的人……"

"你是。"承禧说。

很小的时候他们写作文，题目是《将来的我》，其他人都写得认真又庄重，唯独张小惊写的是：将来的我一定会成为一个很酷的人。张小惊成绩虽然飘忽不定，但从小到大，老师都很喜欢逗她，故意问："张小惊，什么叫很酷的人啊？"

"就是跟别人不一样的人。"

她好像从小就很害怕她会变成那种庸俗的大人，张家也由着她任性,然后一眨眼,她和承禧就来到了已经成年的年纪,张小惊自己不知道,她分明是丰富得不得了,承禧却一清二楚。

他们两个,一个成了符合社会标准的广义上的优秀的人,一个在独特的领域里恣意绽放着。这很好,承禧时常想,是张小惊的存在,让他觉得这个世界还挺有意思的。

所以什么被不被知道之类的,承禧真的无所谓。

不过见不着,终究是有些难熬。尤其是经过一个甜蜜的暑假之后,忽然又变成只能靠女朋友主动找他的人,这比原本就单身还令人烦躁。承禧宿舍有一个恋爱狂魔,一到晚上就跟女友卿卿我我,又是电话又是视频的,搞得剩下三个人很是崩溃,几乎把那人赶出去。

张小惊就不一样了,她还真没什么空跟承禧聊天,要是比赛赢了,她就会跟教练和队友继续分析下一支队伍的特点,总结赢的经验;要是输了更不用提了,她能连续三天不发一言。偶尔打电话,她聊起来的也是排球,说:"天哪,卡位好难啊!我每次都会慢半拍。"

自由人轮换位置是不需要跟裁判打招呼的,可以随时跟后排的球员换位,对擅长进攻而不擅长防守的球队来说,一个反应快速敏捷的自由人就是定海神针,可以让整个球队的心情安稳许多。

张小惊一开始当自由人时还不太习惯,在职业比赛中,仅靠拼命去扑救是毫无意义的。一来职业球员可不会像初中生一样有那么多技术漏洞,二来仅仅只是救球的话,又何必非要她不可?

2016年的奥运会,自由人是没有替补的,以后会不会有,大家都不知道。想进入奥运会大名单,张小惊就只能成为最好的那一个,The best one。

一开始她完全处在迷茫期,需要弥补的短板太多,卡位、一传……职责和动作不同,对球员的要求也不同,从爆发力到反应力,完全是两个截然不同的思维体系。约等于她打球迄今为止所有的经验都要推翻重来,重新回到基本功练习。

承禧是真的没办法分担她的压力。

但张小惊说:"不过跟你聊聊天,好像开心多了。"

她是个完全不需要男朋友宠爱的女孩子,总是神出鬼没的,偶尔半夜冒上来跟承禧聊天,说:想你。偶尔忽然又给承禧寄一个快递,里面塞着她比赛期间在外地买的小礼物,还有手写的信。

承禧有时候觉得,她恋爱最大的乐趣就是对别人好,至于回馈什么的,她根本就不在乎。张家的教育让她不会乱收昂贵的礼物,她也不许承禧总是想着她,语重心长地教导承禧:"你要好好念书,将来要做一个对社会有用的人,不可以满脑子都想着女孩子。"

"你这就过分了,见不着,还不许别人想一想的吗?"

张小惊就叽咕叽咕地笑半天,道:"那就每天只许想半个小时。"

"周末呢?"承禧望着手里的机票问。

"准许你多想一点,两个小时好了。"

"好的。"承禧笑着说,接着排队、检票。

想见到张小惊其实很简单,比如说,跟着她去看她的比赛就好。

掐指一算,承禧已经很多年没见过张小惊打球了。

他最后一次看完张小惊的完整比赛是在2013年的顺意杯,决赛,是泽园跟体校。

那时候张小惊还是主攻,齐思琪是副攻,杨诺诺是二传——那是她去体校之前最好的阵容,但是跟体校的学生一比,完全就是小朋友过家家。体校那帮人十来岁就长到了一米八、一米九,张小惊拼尽全力,最后总比分也只是1:3。

比赛结束后,体校的队长跟气喘吁吁的张小惊说:"张小惊,你想不想来我们学校?你想打排球的话,待在普通学校肯定是没什么希望的。"

张小惊擦了擦脸上的汗，没说话。

其实所有人都知道她最后一定是要去体校的，是她自己舍不得泽园，她就是想带着大家拿一次冠军。当体育局的人去张小惊家里时，连承禧都觉得她会第一时间答应的，她却没有。是齐思琪主动找的承禧，说："你能不能去劝劝张小惊？让她赶紧答应去体校。"

承禧都呆住了，问："她还没答应吗？"

"没有。"齐思琪摇了摇头说，"她觉得现在走了就是对我们不负责，但我们全都觉得她留下来是耽误了自己，她脑袋转不过这个弯来。"

"那左医生怎么说呢？"

"左医生肯定是不希望她那么小就离开家里的呀！所以我才来找你的。"齐思琪看了看承禧，道，"她会听你的。"

想到往事，承禧忍不住会心一笑。非要在回忆的时候，他才反应过来那句话意味着什么。

而在他们十四岁那一年，他是在脑子里盘算了半天才去找张小惊，张小惊正低着头遛狗。承禧跟她摆事实讲道理，她默默听着，末了才吸了吸鼻子，问："那……如果我打得不好怎么办呢？"

"怎么可能呢？你要是打得不好，他们也不会找你了。"

她想了很久，才点点头："那我去试试好了。"

三年过去后，她终于成了正式球员。

巴西奥运会结束后，女排就变成了最热门的项目，奥运冠军们各自回到俱乐部，于是联赛的门票变得难订起来。那几年直播视频还很少，电视台能播的体育项目也很有限，想看一个冷门的比赛，只能去现场看。女排联赛总是换地方打，于是承禧就跟着张小惊一道去了江苏、浙江、福建。

职业联赛中的张小惊比小时候可认真多了，无论是动作还是表情，都是个运动员的样子了，非常专注。自由人的队服跟队友的都不一样，所以，承禧总是一眼就能看到她。

其实她在青年队初期的比赛完全没有小时候的比赛好看，大家都是职业球员，没有那么多漏洞和逆转出现。张小惊过人的实力完全埋没在了那群更天才的国手之中，但她打得很努力，即便是下场之后，也一动不动地望着球场上众人的表现，时不时跟队友交流几句。

承禧拍下了张小惊比赛的视频，发给了齐思琪。齐思琪惊叫：天哪！又说：我真想小惊！

承禧心里想：谁不是呢？

他总是一个人去看球，默默订了机票和门票，跟其他人一道排队检票，坐在人群中看张小惊——他是真的只看张小惊，有时候全场欢呼的时候他都不知道大家在干吗，猛地醒过神来，才发现是哪个队又得了一分。

比赛结束，承禧再飞回北京。

一来一回，半个月的生活费就没有了。承禧倒无所谓，反正他也没什么花钱的地方。

而张小惊是到了12月的时候才知道这件事的，她打电话给他，问："你怎么都不告诉我啊？要不是齐思琪跟我说，我都不知道你去现场看我的比赛了！"

"不是不想让你分心吗？"承禧道。

"那也……"她娇嗔地说，"多贵啊，你不要乱花钱啊……"

"花在你身上怎么能叫乱花钱呢？这叫名正言顺地花钱，好吗？"

承禧说，她便又笑了起来，然后才问："那……你也听到他们骂我啦？"

她指的是她丢球后的那些嘘声，刚转自由人时她打得并不好，总是丢球，一丢球，观众就会骂人。跟任何比赛的防守球员一样，赢球就是集体的功劳，输球却总是那么一两个人的责任。

承禧也不知道张小惊会不会听到，或者听到了介不介意，到了这一天才知道她还是能听到的。

"没有，我是个聋子。"承禧面不改色。

张小惊哈哈大笑，道："等休赛了我就去看你！"

"好。"

运动员自带名人光环，尤其是张小惊这个名字，连个同名同姓的都没有。在网上输入这三个字，曾一度只能看到一些零星的体育报道，以及贴吧或论坛里的破口大骂。承禧一开始还气得不行，后来才发现，反正无论是谁都会挨骂，朱婷也挨骂，张常宁也挨骂……这个世界上简直就没有不挨骂的球员。

张小惊却说："没事，反正我有空时也会匿名跟他们对骂。"

承禧愣了一下，才说："所以你有空时宁可跟网友对骂，也不给我打电话？"

"我怕你忙嘛！"她又笑嘻嘻地揽着他的脖子，问，"你吃醋啦？"

"你说呢？"

"男子汉大丈夫！要大度一点，不要总是吃醋！"她说。

那时已经是2017年的1月初了，张小惊总算有空来找承禧，非要带他去故宫。两个人坐了很久的地铁，又排了很久的队，终于走进故宫。

张小惊说："我给你准备了一个礼物！"

"你给我准备了一个礼物，在故宫？"承禧眯起了眼睛。

"对！我在故宫给你准备了一个礼物！你肯定会喜欢这个礼物的！"

她拉着他一路乱窜着，从乾清宫到坤宁宫。北京的冬天其实远不如人们想象中冷，走着走着就会出很多汗。张小惊的手暖烘烘的，走路时还是跟竞走似的，看到什么都是一阵大呼小叫，说："给我拍照！给我拍照！"

而承禧是少数能把照片拍得很好看的直男，张小惊每次看到都很惊讶："天哪！你是怎么拍的啊！"

"娇娇不是在朋友圈分享过教程吗？"

"你看那个干什么啊？"

还能干什么啊？还不是为了这一刻。

承禧对着手机一点点教她，她就站在他面前，脑袋离他很近，睫毛眨巴眨巴的，依然能让他心跳加速起来。

逛了几个小时，那个"礼物"都没有出现。最后张小惊逛不动了，沮丧地坐在路边，望着天空发呆。

承禧问："到底是什么啊？"

"好烦啊！"张小惊说，"天气预报说今天下午三点会下雪，我还想着带你来看下雪呢！你不是没见过下雪吗？"

承禧都傻了，他笑着问："天气预报什么时候能准确到连几点下雪都预测出来了？"

"但网上都说现在的预测可准了……"她很失望地说，"我看人家拍的故宫雪景可好看了！就想跟你一起看！"

"没关系，看不到也无所谓。"

"那你第一次看到下雪就不是跟我一起了！"

承禧没敢跟她说，其实上周就下过一次雪，不大，跟他想象中的下雪天相去甚远。

他还是拉起她，道："以后有的是机会。"

"那不一样的！"

她兀自生气着，因为冷，她的鼻头都红了。承禧忍不住抚摸她的脸，她又腼腆起来，垂着眼帘问："干吗？没见过大美女吗？"

"没，"承禧说，"难得见到，就多看几眼。"

张小惊就又笑了起来，紧紧地抱住了承禧。

她真的是个很爱笑的女孩子，承禧有时候觉得，或许爱的意义，就是有什么人能在见到你的时候就扬起笑脸，好像你的存在都是奇迹一般。他喜欢那些微小的时刻，两个人手拉着手，无论说不说话都会很开心，动不动就凑到一起笑，顷刻间人群中就只剩下他们俩了。

那是比什么都要缱绻的画面，他童年里所渴望的一切，终于都在这里找到了落脚点。

他们一定会是很幸福的人。他想。

张小惊的技术真正有所突破是在 2017 年的全运会上，同一时期奥运冠军们正在准备国际排联的大冠军杯，于是亚运会就成了青年球员们发光发热的好机会。

那是暑假，承禧在电视前看亚运会的比赛直播，张小惊的特写镜头不多，不过承禧的目光依然追随着她，然后他就看到，张小惊一直盯着对面的边线看着。

终于，某次攻击朝地面打过来的时候，张小惊一个鱼跃，背对着球网，看起来很轻盈地把球击了出去。

那球很高，速度却很快，球还未落地，她就已经转过了头，目光炯炯地盯着那条边线。

球以一个很刁钻的角度落地，张小惊得分。

"得分！得分了！"电视上的解说员比承禧先叫出声，他吃惊而兴奋地说，"漂亮！这是来自自由人的得分！担任广东队自由人的球员叫张小惊，今年刚满十八岁，这是她第一次参加全运会。我们再来看一眼这个球是怎么得分的……"

承禧猛地从沙发上站起来，人都傻掉了。

承禧妈妈则在旁边问："这是什么意思啊？得分不是很正常吗？"

"不是……"

承禧也不知道该怎么跟她解释，只是兴奋地揪着裤子。70 英寸的大屏幕上，回放的慢镜头里，张小惊正目不转睛地看着对方的那个漏洞位置，嘴巴微张，沉着肩，一双眼睛还是黑白分明，无比璀璨。

"要知道自由人是不能进攻的！不过这并不代表不能得分。早在2016年的奥运会决赛上，林莉就是靠一个得分扭转了比赛上的形势……"

解说员替承禧回答了他妈妈的问题，承禧妈妈却还是不得要领，问："就是说，小惊很厉害的意思？"

"这哪儿只是很厉害啊？这是顶尖球员才能打出来的球！"

承禧大叫着，拉开门跑出去，一路跑到了喜悦郡。谁知道张家一片平静，张教授正对着电脑工作，张小惊的奶奶浇着花，爷爷则遛狗去了。

"承禧啊，你怎么来了？"

张小惊的奶奶见到承禧还是很高兴，承禧则说："不是，你们家居然没一个人看张小惊打球吗？"

"我也看不懂啊……"

张教授从房间里走出来，问："怎么了？小惊怎么了吗？"

"张小惊刚才……"

承禧还是一脸激动，但看到张教授的表情就放弃了，道："算了，没事。"

这都什么人啊！到头来，居然只剩下承禧一个人看张小惊打球。

经过泽园的时候，他听到几个初中女生正兴奋地叫着："张小惊刚才那场比赛好好看啊！赵老师说那个球可厉害了！"

"天哪，我终于看到她打球了！她好帅啊！"

承禧顿住，回头，看到一群顽长的少女，身上穿着的依然是张小惊她们当年穿的队服。夏日的艳阳照在她们身上，她们也跟张小惊一样，扎着马尾辫，抱着排球，步伐矫健，又蹦又跳的，尖着嗓子说："她今年暑假回不回来啊？能不能请她指导我们打球啊？"

"她应该没空吧？"

承禧看着她们，笑了半天。

张小惊虽然离开了泽园,泽园的女排却留下来了。2015 年的时候,泽园就成了全市青少年女子排球的王者,虽然依然打不过体校,却再也没输给过师范附中。

这是张小惊留给母校的大礼包。

承禧初中的老师们则都变成了排球迷,时不时在朋友圈里分享一下泽园女排的最新战绩,或者转发着张小惊的新闻,自豪地说:这是我的学生!

他们还是一如既往地爱着张小惊,可是张小惊吃过的那些苦,并没有多少人知道。

早在从巴西回国的飞机上,张小惊就跟承禧说:"我们教练说我打球很像朱婷,我要是能长到一米九几肯定能和她一起做主攻——不过我这次近距离看了朱婷的比赛,发现我跟她比起来差远了,她是绝对的天才,我不是。"

她还说:"我是那种天赋很有限的球员,除了拼命我什么都不剩下了。"

"不过,"她又说,"中国女排,本来就是拼了命才拿到今天这个成绩的,拼命根本不是什么了不起的能力,拼命是运动员最基本的要求。"

自由人能够得分,考验的是对空间的绝对把握能力,以及无与伦比的技术。不管是接球还是打出去,那一微秒的动作,都失之毫厘差之千里。那完全是教科书级的球技,一毫米都错不得,搞不好比脑外科手术还要精细。

承禧只是没想到,她只用了一年时间就打出了那样的球。

那么这一年里,她到底流过多少汗?练习到了什么程度?

而人间最好的事之一,就是劳有所得。

能打出那样的球,就说明张小惊已经毫无疑问是一流球员了,至少半只脚踏入了奥运会的大门。

骄傲之外，承禧也有点感慨。

几天后张小惊回来了，很兴奋地说："你居然看那场比赛了呀？我们教练都夸我了呢！虽然还是没有笑，不过感觉他很高兴！"

她模仿着教练的表情和语气说："张小惊，那个球是你无意打出去的吗？你练了多久？"

"那你怎么回答？"承禧兴致盎然地问她。

"我就说，'我练了好久了，之前没遇到过机会，今天这个防守漏洞比较明显，我就想试一下。'我们教练就说，'不错。不过以后你再在正式比赛中自我发挥，我就要禁止你出场了。尤其是这种大型比赛，你必须得按照我的要求来，不然会扰乱比赛节奏。'"

她还挺有表演天赋，一阵子挺直了背，一脸严肃，一阵子又瑟缩成一团，跟挨骂的学生似的。

他们两个人正在四季湾的林荫道上，现在他们出去遛狗，狗都归承禧管了。

承禧坐在椅子上，张小惊站着。承禧笑了半天，拉住她的手，她才依偎着他坐下来说："我从巴西奥运会结束时就想着要打那个球了，江苏女排有个女孩子反应比我快，一传也比我好，我想进入国家队，必须得先打赢她才行。"

"怎么可能会有人反应比你快？"承禧很诧异。

张小惊却笑着说："我哪有那么厉害啊？反应比我快的人多多了！"

"我不信！"

"我给你看我的宿敌！"

她侧着头，在手机上找着照片，不一会儿给承禧看了一个女孩子打球时的照片，说："就是她，反应比我快。"

过了一会儿又给承禧看了张照片，说："这个也是我的宿敌，当初跟美国队的比赛，就是她把我吓到了。不过当初我接的是高球，以后就要接低球了……"

承禧揽着她的腰，她躺在他怀里，趁人不注意，承禧亲了她一下。

　　四季湾还是那个四季湾，他们却不再是从前的孩子了。承禧想起背张小惊回去的那个夜晚，其实那一天他就很想亲她的，只是当年他不敢，现在敢了。

　　张小惊当然不会知道承禧在想什么，她笑了一下，依然滑动着手机，介绍着她庞大的"宿敌军团"。她说："这个俄罗斯的妹子比较麻烦，她球速特别快，2020年我万一遇到她，发挥不好的话，估计要被全国人民骂死了……"

　　她脑子里已经有了2020年东京奥运会的全部球队，以及每支球队的参赛人员，每个人的技术特点、每个球队的风格。诚如她之前所说过的，她的赛场未来。

　　不过那一年，他们都没有想到，2020年根本没有举办奥运会。

　　2020年——这一年，是该怎么形容的一年呢？

MVP

2017—2018年的女排联赛赛季,张小惊拿到了她人生的第一个MVP:最佳自由人。

那是她人生最高光的时刻之一,虽然只有小范围的人知道,也没有什么像样的颁奖典礼,也没有太多观众。体育频道倒是提了一两分钟,还采访了张小惊。她对着镜头傻乐了半天,说来说去就一句话:"就是很高兴啊!除了高兴什么都想不到了!"

那一年她又进步了不少,还是因为个子高和移动快的缘故,她防守范围扩大了很多,那时候看张小惊打球就很精彩了,她一个人就是一条防守线,不管球到哪里,她都能第一时间冲过去。承禧有时候在排球论坛看网友们讨论她,如今再提起"张小惊"这三个字,大家倒是众口一致地夸,觉得她前途可期,将来会是绝对的王者。

不过她最终爆红不是因为排球。

她最终爆红是因为——

2018年的5月,张小惊来找承禧玩,结果在地铁里遇到了一个"咸猪手"。那是个年纪挺大的老头子,在骚扰一个小白领。小白领到处用眼神求救着,地铁上那么多人,就张小惊出手了。张小惊痛斥了那个老头,并扭送着他去派出所。老头子体力还挺好,竟然想打她。

但他怎么可能打得到她?

早在 2011 年，在张小惊遭遇那次事故之后，沈天泽就很想教张小惊一点格斗术。为了测试一下张小惊的反应有多快，沈天泽竭尽了全力也碰不到她。那时候的张小惊还是个小孩，也不知道怎么窜的，最后竟然爬到了沈天泽背上出了拳——她当然是没打他，却把沈天泽吓了一跳。

一个参加过锦标赛的拳击少年都碰不到她，更何况一个老头子？

现在已经十九岁的张小惊，身高一米七六，体重七十公斤，力大无比，且矫健。她很轻松地就避开了那人的手，俯身移动到他后方，马尾在空中划出一道漂亮的弧线。她又将那人的手扣在了身后，这次动作强硬了很多，两只手都扣起来了，喝道："你怕丢人就别乱动手啊！就是看人家小姑娘好欺负是吧？走！我送你去派出所，让你的亲朋好友都看看你是什么人！"

那段视频在网上疯狂转着，张小惊总算到达承禧的学校时，承禧正不可思议地看着热搜。她穿着黑色的T恤和紧身牛仔裤，还化了妆，乍一看，还真挺像个高贵冷艳的模特。

自从她发现自己审美无药可救外加一点色盲之后，她就几乎只穿黑白两色了，但顾长健康的女孩子，好像随便穿穿就很好看。再加上那几年很流行街头装扮，让张小惊在人群之中格外瞩目。

那敏捷的身手和大义凛然的姿态，无论何时都令人惊叹。

网友们正纷纷搜索着有关这个女孩子的一切，这一搜可就不得了了，好家伙，这可是未来的国手——怎么能让人欺负未来的国手？

然后再一搜，就更了不得了，她居然在 2011 年就已经干过这种事了，还上过法制报，是作为不予受理类的典型案例出现的。那些新闻虽然没有提她的大名，花好月圆村的居民却津津乐道着这件事，说，她从小就是这样的人。

天哪！我们小惊这是彻底红了吧！

啧啧，这反应速度……吾家有女初长成。

——力拔山兮气盖世。

哈哈哈哈哈哈哈，程泽你要笑死人吗？

你们快看评论！快看评论啊！咱们小区居然有那么多人都在微博吃瓜。

只有娇娇与众不同，说：小惊这个妆不错，真不枉我对她的一番教导！

…………

群里正热火朝天地讨论着那些视频，有网友拍的，也有地铁的监控拍的。承禧在地铁口，翻来覆去地看着那几个视频，心里想：怎么又来了一次？

然后视频里的人就出现了，她还拎着一个购物袋，欢欢喜喜地问："你猜我去哪儿了？"

承禧很配合："派出所？"

"你怎么知道啊？"

承禧把手机举到她面前，她看了一会儿，才惊呼："天哪！我红了吗？"

话还没说完，她的手机就响了起来，她接起，叫了一声"妈"，然后说："哎呀你怕什么嘛？哪有什么人会报复我？嗯，我刚到……"

她斜了承禧一眼，承禧接过了她肩上的背包——真要命，居然那么重。

后来才知道里面都是给承禧的礼物，什么钱包、耳机、小音箱，全都是女孩子会送给男孩子的那一类。她说："我发财啦！我拿到好多奖金！"

"好多是多少？"

张小惊报了个数字出来，承禧"咦"了一声，竟然真的挺多。

不过，这与钱无关。

他骄傲地看着她，说："那也不用花在我身上啊，这些我自己也能买。"

"那不一样，我喜欢给你花钱！"张小惊道，"等我拿到奥运冠军就包养你！"

作为一个重度网瘾少女，她讲话一向是直接迅猛。承禧笑得要死，道："我堂堂一个名校大学生，怎么在你心里跟个小白脸似的？"

"你不就是标准的小白脸吗？我妈和娇娇一致认为你就是个矫情的'小姑娘'！"

承禧拿起了手机："这不行，说好的平权呢？我得跟你妈好好讨论一下这件事……"

承禧在微信里对左医生咆哮：你怎么能说我是"小姑娘"呢！

左医生不客气地回复：你给我死开！小惊这个白眼狼都没买礼物给张教授，他抱怨好几天了，我这会儿正烦着呢！

承禧想了一会儿，他微弱的男子气概还是输给了他坚挺无比地尿，老老实实说：好的，这就滚。

张小惊这次红得很彻底，一顿饭的工夫，她的微博粉丝就过了五十万。简单说来，她扭转了大众对运动员的既定印象，她那个微博，搞得跟个营销号一样，不是在转发萌宠视频，就是毫无意义的"哈哈哈哈哈哈哈"，她还给她的爱豆打投、跟其他粉丝吵架，最要命的是她无比沉迷表情包，常年附着一堆猥琐无比的表情说着莫名其妙的话。

涨了粉丝之后，她第一件事就是拼命地翻微博，说："完蛋了，这个微博有我的好多黑历史！"

"你能有什么黑历史啊？"

"别提了，你想都想不到当年我为了爱豆跟多少人吵过架……"

承禧点进她的微博，第一条内容是她几分钟之前刚发的：承蒙各位厚爱！别翻了别翻了，在删了在删了！

至于她的爱豆，承禧看了一眼就眼前一黑——她们居然还管他叫小白脸?

那真是个无比繁忙的下午,张小惊的微博是在2011年注册的,七年时间,她发了足足几万条微博,后来自己都删不过来了,干脆重新发了条微博:假装今天又是无事发生的一天。

九张配图,分别是哭泣的小猫咪、无语的熊猫人、"当事人就是非常后悔""我能怎么办,我也很绝望""害怕""对不起,让你们看到了我这个废物""给大佬跪下""吨吨吨吨吨吨"……

然后,到了晚上,张小惊尖叫一声:"我爱豆给我点赞了!"

得,承禧脑海里响起 Yesterday once more 的旋律,总觉得这剧情,他好像早就经历过了。

红了之后,张小惊就飘飘然起来了,一会儿说:"沈天泽说要给我个代言!"一会儿又说:"网友给我寄了好多礼物啊!"

原本她还担心她又要被教练骂,谁知道她教练这次还挺支持她。6月,她甚至被邀请参加了一档综艺节目,录完后特意跟承禧说:"你看到的时候千万不要生气!"

"你干吗了?"承禧问。

张小惊小声说:"我不想说……"

承禧也没怎么想,结果到了节目播出那一天,她居然亲自跑到了北京,订好了酒店房间,很迷幻地准备了一大束玫瑰,按着承禧的肩膀,说:"你在这儿看。"

承禧皱眉,一脸迷惑。

那是一期好几个年轻体育明星一起录的节目,无非就是介绍介绍自己,介绍介绍自己的职业,玩玩游戏之类的。六个人,其中有一对花样滑冰的,是情侣。

既然有情侣,就自然而然地聊起了爱情。主持人问:"听说国家队对恋爱要求特别严格,你们是怎么通过的?"

那对恋人说:"我们教练当初还试着把我们分开,特意换了人训练,不过我们俩跟其他人配合都不行,最后只能再换回来。"

踢足球的男生说:"我们青年队又不是巨星,说实话平时连个女孩子都见不着,什么恋爱之类的……"

射击的女生说:"我根本没想过。"

打羽毛球的男生说:"我也没想过。"

轮到张小惊时,张小惊也摇了摇头:"没想过。"

"所以你们全都是单身啊?"

"对啊。"

…………

承禧沉默地看着电视屏幕,过了好久,才一字一顿地说:"张!小!惊!"

张小惊一个箭步蹿到了门口,很夸张抱着头蹲在地上,说:"你听我解释!我本来是想说的!谁知道他们全都说没有,我脑子抽了!就也说了没有……"

承禧的手机振动起来,他打开看了一眼,群里都快笑疯了。娇娇说:干得漂亮!宋野阔问:小惊这是跟禧爷分手了?沈天泽则发了一长串的"哈哈哈哈哈哈"。

承禧咬了咬嘴唇,放下手机,明明应该很生气的,但也不知道为什么,也很无奈地笑了。

好了,这是官宣"单身"了。

承禧的班级群也跟着问:等会儿,这个不是乐承禧女朋友吗?

话说回来,我们是不是从来没见过她?

合着乐承禧是杜撰了个女朋友?

…………

非常好,承禧想,他真是越来越像个变态了。

这会儿他真想拉着张小惊冲出去,到学校里去逛一圈。

不过张小惊要早睡,明天一大早又要去打比赛。

她见承禧也没生气,才笑嘻嘻地凑过来,道:"节目组放出预告后我收到了好多私信,没想到我还挺受欢迎的。"

"微博的私信,那能看吗?"

"也有能看的哦,有一个超帅的男明星给我发私信了,说他很喜欢我。"

承禧震惊地抬头,她才把那个"男明星"的照片给他看。

好吧,那是个星二代,今年大概……六岁了?

"怎么样?是不是超帅?"

"好的,超帅。"

"我现在知道女明星为什么都说自己是单身了,"她跨坐在他腿上,学着女明星的样子,嗲声嗲气地说,"还是单身好,谁知道以后会不会遇到更好的男人。人家现在这么受欢迎,说不定哪天就嫁给我爱豆了呢!"

承禧还是笑着道:"好的,那你去嫁你爱豆好了。"

她竟然还真的幻想起来:"哇!到时候我就是全部少女的公敌,一提到'张小惊'三个字就有人心痛到窒息。我和爱豆结婚当天大家都在马路上哭泣,人群中还夹着一个乐承禧,好惨哦!"

承禧被她逗笑了,仰起脸吻她。

而身后的电视节目还在继续播放着,主持人问:"那就没有碰到过什么特别的人吗?"

这次是张小惊先回答,她说:"有一个。"

她说:"我去体校之前,好多人都来恭喜我,不过有一个男生应该是很失落的,我觉得他有点舍不得我走。他来找我散步,我就跟他去了。我们住的那个小区特别大,全部走一圈至少要花两个小时,我以为他有好多话要跟我说的,结果他什么都没说,除了经过便利店时他问我渴不渴……"

"这也太奇怪了吧?"主持人说。

"对啊!我也觉得太奇怪了,不过也不知道为什么,虽然他一个字都没说,我却觉得我都明白了。我还挺喜欢那个下午的,好像特别安静。"

承禧记得那个下午,他跟张小惊一起走在路上,她牵着金雳,马路上到处都有人跟她打招呼,她碰到熟人就停下来跟别人聊几句,承禧就在后面看着他们聊。张小惊很兴奋,说到体校,道:"下周就要去了!他们想让我打今年的少年锦标赛!"

"我也不知道下次回来是什么时候。"

"当职业运动员,好像也没那么容易吧?我妈让我先打着看。"

那是春末,连绵的春雨过后,空气中有玉兰的花香。承禧抬头看着并不算太晴朗的天空,以及偶尔被风掠起的树梢,心里浮起一阵很空泛的情绪。他有太多话想说了,结果却一个字都说不出来。

就那么走走停停的,两个小时过去了。张小惊一路都小声地哼着歌,偶尔从积雨的水洼跳过。

他根本不知道她那时候在想什么。

临到喜悦郡了,张小惊才抬头,对承禧道:"那我走啦?"

"好。"承禧说。

他当然不会阻止她去体校,也不会阻止她离开。可是年少时的离别,怎么说呢……

他只是在路口看着她的身影渐渐走远,经过仙鹤喷泉,经过便利店,经过刘爷家。到 19 号门口时,她才停住脚步,侧对着承禧。

承禧以为她会转过头来的,但是她没有。

电视上的张小惊说:"我知道他就在那里看着我,很想转过头看他一眼,但那时候我才发现,好像更伤心的人是我,所以我就没有看。"

"哇!"电视里响起了综艺节目特有的音效声,主持人兴奋地问,

"那后来呢？他现在在哪儿？"

"好像在念大学吧，我也不知道——"

承禧找到遥控器，关掉了电视机。

当年想说却不知道该怎么说的话，如今依然不知道怎么说，不过似乎也不必说了。

他深深地吻着张小惊，捧起她的脸，看了又看。她始终都以一种很谅解的眼神望着他，抱着他的脖子，情意绵绵地迎向他。很久，她才闭上眼睛，手指扣住他的皮肤，小声地唤着他的名字。

承禧重新找到她的嘴唇，她便紧紧地噙住，填满他所有空落落的时光，一丝缝隙也没有留下。

联赛季开始，"单身少女"张小惊又忙起来了，"单身汉"承禧自然也过着他的单身生活。那几年他也没闲着，考驾照、刷证书、学习、赚钱。

自从发现张小惊拿MVP的消息也没几个人知道后，承禧就捣鼓着做一个App。应用市场有专门的足球App、篮球App，但就是没有排球App。

2015—2018年是互联网巅峰时期，那几年每天都有一大堆手机应用问世，各种各样的类型，或是一夜爆红，或是默默消失。中关村里到处都是步履匆匆的程序员和拿着几页纸去拉投资的年轻人。创业潮倒是让咖啡馆的生意爆火，那时候，但凡你在北京的咖啡馆，就能听到隔壁桌在聊互联网，什么"天使投资人""A轮B轮""VC""PE"之类的……

无论是什么应用，后面总跟着以"亿"为单位的数字，什么这个又融了几亿美金，那个拿了几个亿的投资，用户数量是多少多少个亿……

在那种环境里,会让人产生一种遍地是钱的错觉。

承禧的师父却说:"大浪淘沙,这会儿看着是热闹,将来总会过去的。"

承禧也想过要创业,不过他没想到过什么特别好的主意,总觉得也不必拘于这一时,以后有的是机会。

这会儿真的想做什么了,才来跟师父聊。师父问:"受众呢?"

"就排球迷好了,估计也没多少人。"承禧说,"我是想着,我自己一个人做就好了,只分为两大块,一个新闻,一个论坛。"

"有论坛,你一个人就忙不过来了。"师父伸了个懒腰,他的办公室倒是挺清静,跟咖啡馆似的,他说,"你自己做着玩倒也还成,有结构了吗?"

"有。"

承禧把手机递了过去,他边看边点评着:"名字倒是没必要搞得那么复杂,你这种功能单一的应用,名字就叫'排球'好了,需要的人会自己搜……运动员资料库,你一个人肯定搞不定,还得定期维护更新,你还不如让运动员自己上传……"

看着看着,他忽然说:"这是什么?"

屏幕上是一个很粗糙的 App 设计图,名字长得不得了,叫"你今天心情好吗"。

承禧总觉得在感情上,他完全是倒着长的,八岁就能搞得全小区都知道他想娶裴巧若,并且至今都被人嘲笑着;十二岁跟张小惊看个电影都在脑子里闪过"爱情"两个字,十五岁却连个"喜欢"都说不出口……现在更惨了,连想念都不会表达,每天翻来覆去地看着张小惊的朋友圈和他们的聊天记录。

每当想念张小惊的时候,承禧就往上面上传一些照片、小视频、音乐或电影的链接。原本想着一口气送给她的,结果被师父先发现了。

承禧的师父点开那个应用看了一会儿,承禧吓了一跳,连忙抢回手机,耳朵红红地说:"没什么。"

"哟,现在还有人在写交换日记啊!"师父突然就反应过来了,问,"怎么图标是只鲸鱼啊?"

"我要是写个'惊'字在上面,你不觉得就很像恐怖小说合集吗?"承禧问,"交换日记是什么?"

"以前通信不发达,打电话都不方便,就更别提什么视频了。那异地的情侣怎么办呢?就写日记,记录下每天在干什么,什么'走在路上看到一棵树就想起你了啊'什么什么的,之后再交换看……"师父说着说着就开始吐槽了,"也就年轻人才有这种精力,就每天那么点破事,还迫不及待叨叨给对方听。不过这事我也干过,我当时的女朋友是个文艺青年,一篇日记能写两三千字,我每次都看到崩溃,心想,人家写了那么多,我总得回复点什么吧?但你说,两个人谈恋爱,除了想你爱你,还能说点什么啊?为了应付那个日记,我只好每天在那里抄诗——说实话,我但凡有点文艺细胞,搞不好早就是个诗人了!"

承禧笑,说:"你现在当诗人也来得及啊。"

"那还是算了,"师父摸着下巴道,"我现在连想念一个人是什么感觉都忘了,也就偶尔会想想女儿。"

承禧知道师父已婚,有两个孩子,手机屏保都是那两个孩子。

"谈恋爱这事呢,还真是年轻人专属,一点点小事都能记半天,一两句无意的话,翻来覆去想半天,天地万物忽然都跟恋人有关,刮个风想你,下个雨想你,风和日丽也想你……你说说,这是不是脑子有毛病?"

承禧自觉躺枪了,却还是笑着说:"只是想记住罢了,就算是普普通通的日子,也还是想记住点什么的。"

想起那个普普通通的下午,承禧的心还是会泛起一阵涟漪,仿佛有风吹过。

师父却摸了摸下巴，道："你这话说得不错。"

隔了几天，他忽然又找到承禧，说："承禧，你想创业吗？"

"啊？"承禧愣了一下，很诚实地说，"没想到能做什么。"

"我看你那个小应用就做得挺好的，就那种记录小心情的，版面设计得简洁一点，增加一些小情侣才需要的功能，什么纪念日之类的……反正这世界每天都不缺陷入热恋的人，就喜欢找仪式感。"

"社交软件吗？"承禧说，"这类应用也太多了。"

"那不一样，喜欢一个人的时候呢，就是想找个树洞说说话，想被人知道，又不敢被人知道。如今每个人都有一大堆社交账号，但说知心话的地方却没多少。现代人就是一人千面，在不同的应用上说不同的话，像那种很矫情的话，就不知道去哪儿说。"

承禧怔了怔，问："您给我投钱啊？"

"可以啊。"师父说，"你就找几个年轻人跟着你弄，最好都是像你这种细腻的人，集思广益，折腾一下也行。"

承禧愣住，现在他开始觉得，连好运气都是可以遗传的了。

就这样，在互联网潮的尾声之际，承禧拿到了他人生的第一笔投资。他在电话里给张小惊解释着什么叫"天使投资人"，张小惊立即就说："我懂了！沈天泽就是我的天使投资人！"

承禧笑了，这个例子还真的挺对的。

张小惊又说："我也要当你的天使投资人！"

"那小张总，您准备投资多少？"

"你现在身价多少啊？"

"你说了算。"

张小惊笑嘻嘻的，道："我出五十块，买百分之五十的你。"

"我就值一百块啊？"

承禧捂着手机，在学校里散着步。他所在的学校是出了名的漂亮，湖边都是一群卿卿我我的情侣，有人在湖边弹吉他，有人在听。一折青山一扇屏，一湾碧水一张琴。

像这样的时光，承禧也想分享给张小惊。

或许爱情就是一个时间共享小游戏，你的人生被分割成一天接一天，一个小时接一个小时，你明知道分享一部电影或一首歌就会占据对方的时间，但你就是忍不住，想让她参与到你的人生里来，保存你的一部分碎片。

"一百块不错了！"张小惊说，"一百块钱可以买好多东西呢！"

"那就这么说定了！五十块卖给你。"

承禧笑，张小惊也笑。

2018年年末，承禧拥有了一家公司，并开始创业。他那个App捣鼓了小半年才上线，名字还是那个蹩脚的"你今天心情好吗"，有点傻，但大家一致很喜欢。

本来是拿来练手的，后来那个App还挺受欢迎，注册用户很快就达到了百万，单日活动用户数也有个几十万。钱并没怎么赚到，不过师父也无所谓，他说："反正绝大部分投资都是打水漂儿，要当天使呢，就不能指望太多了。"

App里有个匿名发布消息的功能，一到深夜，你就能看到层出不穷的短章冒出，就像承禧的师父所说的那样，满屏的"想你"和"爱你"，还有许许多多的"对不起"。

那些也不知道是说给谁听的情话就这么传给了同样寂寞的人，承禧有时候打开看看，就觉得自己是个运气特别好的人。

他跟张小惊从来没有吵过架，一次都没有。

不过，他们也不是没冷战过的。

2019年，为了备战奥运会，女排的大型集训又开始了。张小惊如愿以偿地参加了集训，却依然没被选中。

那是封闭型训练，从1月到4月，整整四个月里，承禧没有张小惊的任何消息，等他反应过来时才发现集训早就结束了，而张小惊没联系过他。

承禧发了消息给张小惊，张小惊回复说：忘了跟你说了。

承禧一阵呆滞，这种事怎么可能会忘？

他又问：你怎么了吗？

张小惊说：没怎么。

承禧打了个电话给她，她却挂断了。承禧皱了皱眉，再次打过去，她再次挂断。

于是承禧就有些气愤了，发了条微信过去：你接电话。

张小惊回复：我现在不想说，晚点我们再讨论。

到底怎么了？

张小惊还是说：没怎么。

承禧那个恋爱狂魔室友最喜欢吐槽他女朋友的一点是，"你都不知道那些女的在搞什么，一天到晚让人猜，问怎么了又不说，你要是不理她又会更生气"。

承禧之前听到的时候还暗自感慨，还好张小惊是个直接的人，结果没想到就遇到了这么一出。

焦虑了几天之后，他决定跟张小惊心平气和地谈一谈，张小惊却说：我现在是真的没有空。

2019年是中国女排的大年，签约了海外俱乐部的球员集体回国，世界杯、世界联赛、U20世界锦标赛、世俱杯、亚洲女子排球锦标赛……或许许多人都忘不了女排的十一连胜，以及在国庆游行花车上的挥手。那是中国女排的高光之年，也是最忙碌的一年。

承禧有时候看新闻，都觉得她们到底是怎么坚持下来的？那么密集的比赛，究竟是怎么打下来的呢？

当主力球员负责刷成绩的时候，年轻的球员就被安排去长经验。

而那个时候，经验的多少就凸显出不同的结果了。

承禧还没联系到张小惊呢，张小惊就已经跟娇娇去海边度假了。看到朋友圈时，承禧都快气炸了，虽然要好久以后他才知道，她是在为之后的比赛蓄力，当时跟张小惊说的却是：那你好好玩你的吧，爱怎样怎样好了。

2019年是张小惊压力最大的一年，她5月和6月作为候补跟着主队去了波兰和意大利，7月去了墨西哥，8月去了韩国。

跟着主队的那几场比赛她都没有发挥好，一下子就被骂上了热搜。"天才少女"的光环不保，青年队的两场比赛更惨，全都是连前三都没进去。

当媒体在刷着主队的好成绩的时候，二队的压力大到什么程度就没人知道了。娇娇说：你最近别打扰她，她现在真是快爆炸了。

哦，原来发个信息就叫"打扰"？

娇娇回道：乐承禧我警告你，你别在我这儿阴阳怪气的，我可不是张小惊，觉得你什么都好。

承禧便沉默了。

这是他第一次谈恋爱，根本不知道该怎么办。真到这个时候，他才发现他跟张小惊都是最最普通的人，有优点，但也有许许多多缺点。他有点小气，嫉妒张小惊有什么都跟娇娇说，而不是跟他说。然后他还很固执，如果自己没有做错事，就绝对不会低头。

另一方面，他似乎也没什么道歉的时机。

冷战就是这样，一旦不联系超过一个月，双方都有点骑虎难下，两军对峙般地在停战区边缘，却又一触即发。等一个月还好，等两个月甚至也行，但三个月，就很被动了，似乎都没什么退路了。

其实他也忙，真正开始做事了，才发现不管是做App还是与人合作，都没那么容易。他实在不是擅长交际的人，就那么几个人的小团队,还会因为莫名其妙的事情吵起来,吵完了还要继续沟通,最后心力交瘁得不行,对生活开始产生了厌倦。

8月,看到亚洲女子排球锦标赛输了的时候,承禧是真的连问一句的力气都没有了。

其实他常常都能想起她,有时候是难过,有时候是想念,有时候觉得可能再见面了就好了,有时候又觉得,搞不好他就要失去张小惊了⋯⋯

一想到这一点,他就会难过起来。

终究还是,谁也没做错什么,但就是哪里不一样了。

退回来想的时候,承禧也总结不出来那一年究竟发生了什么,能让他们长达半年都没有联系过,或许是因为他们都太年轻了,尚且不习惯热恋期是会结束的,取而代之的是平淡到无话可说的安静。那安静是很令人窒息的,像台风来临之前的天气,空气纹丝不动,像是要有狂风暴雨袭来,但你等了很久,狂风和暴雨都没有来。

到了9月的时候,娇娇突然飞来了北京。她还是一如往常,找餐厅都挑贵的去,承禧搜那个地址时,扫了眼人均消费价格,腿都软了。

那一年娇娇染了一头粉色的头发,穿着丝绒的吊带裙,依然是整个餐厅最醒目的人。见了承禧,她也只是抬了抬眼帘,道:"手机拿来给我看看。"

"你要干吗?"他当然不会给她看。

"你上一次联系小惊是什么时候?"

承禧没吱声,拉开椅子坐下来。

那一年他过得也颓废,人瘦了不少,疏于运动,身体也比以前糟了一些,每天忙得晕头转向的,但真要想什么事的话,又觉得脑子乱哄哄的,根本什么都想不出来。

"你们就准备这么僵着?"

承禧只是问:"她让你来的?"

"没,是我自己看不下去了。"娇娇意兴阑珊地说,"小惊找我是因为她只想把最好的一面留给你,我说过了你根本就不了解她,你肯定会不服,可是我们从小一起长到大的,她什么时候让你见过她难堪的时候?她伤心的时候会整夜整夜哭你知不知道?对自己失望时会天天问别人她该怎么办,她会因为一点点小错就翻来覆去讲好几个月……她会跟你讲这些吗?你觉得她会让你看到这一面吗?"

承禧垂着眼帘,听到"整夜整夜哭"的时候,还是心揪了一下。

"我说你矫情你肯定也不认,但你那点小心思,谁看不出来啊?你从小就喜欢那种完美无缺的女孩子,你们男的呢,对喜欢的女生总是有着不切实际的妄想,所以女孩子就只能把自己最脆弱一面留给好朋友了——别说什么信任不信任的,关键是,谁敢去冒这个险,你敢吗?"

承禧抿了抿嘴唇,还是一言不发。

娇娇则兀自吃着菜,优雅地喝着茶。她一边教训着承禧,还能一边抽出空拍几张自拍。承禧沮丧地坐在一边,想着跟张小惊之间的点点滴滴,恍然发现,她好像的确是个挺爱哭的人。

彭彭去世了她哭,被左医生骂了也会哭,第一次比赛输了她哭,就连跟他表白时都扁着嘴巴,好像随时会哭出来。可是在一起之后,她从来没有在他面前哭过。

那她平时哭的时候都会想些什么呢?会想起他吗?

他是真的无所谓的,抱怨也好,情绪化也好,她怎么样他都能接受。

但她不知道。

说到底,还是因为不相信他吧?

抑或他表现出来的自己,当真是那么一个肤浅的样子吗?会让张小惊觉得,他连这些事情都不能忍受?

反正千错万错，肯定都是他的错。他只是不知道该怎么认这个错。

"我是从来都不看好你，这个你也知道。你就是个幼稚鬼，还得让女生来哄你才行，小惊也算是出尽了浑身解数对你好了，这一点，你不会不明白的。我再说得难听一点，遇到张小惊，是你乐承禧祖上积德。你知道她喜欢你什么吗？"

承禧抬头，这一次，他诚实地摇了摇头。

娇娇叹了口气，很费解地说："小惊说，她觉得不管她在哪里，好像一回头都能看到你，那时候她就会觉得，她是个特别了不起的人——你说这是什么鬼理由嘛？"

承禧徒然呆住，眼前掠过的是她总是跟一群人闹哄哄地走在前面的时光，不管他们在聊什么，她都会下意识地回头，去找承禧在哪里。

"可是她今年最脆弱的时候你不在，她没法像以前那样一回头就看到你。"

最脆弱的时候，是什么时候呢？

是知道自己没被选上的时候吗？还是被全网骂的时候？是输了球的时候？还是跟娇娇去旅行的时候？

为什么他会不在呢？为什么她没有给他一个在的机会呢？

"你要讲讲道理，她不说，我怎么知道？"

娇娇翻了个白眼，吐槽道："你是语音助手啊，还非得别人说了才能知道？那么大的眼睛是长来当摆设的吗？"

承禧怔住。

娇娇眯起了眼睛，最后总结："话我说完了，你能听懂多少我就不管了。反正我这个做朋友的，也就只能做这么多了。念在你对小惊还不错的分儿上我才跟你说这些的，你要是胆敢伤害张小惊，我保证不会让你有好日子过。"

这一点，承禧倒是从未怀疑过。娇娇要是不想让他过好日子，他就绝对不会有好日子过。

她的心跳与脉搏

张小惊。

那么多年过去了,他依然喜欢连名带姓地叫她,不是"小惊",也不是什么"宝贝",他没给她取过什么昵称或者爱称,就喜欢原原本本地念出或打出这三个字,好像才是完整的她。

张小惊就是张小惊,不是什么别的人,是这个世界上独一无二的人。

把这三个字发出去了,他才卑微地说:你跟我说话好不好?我再也不跟你说难听的话了,不原谅我也没有关系,生气了也没有关系,但是你跟我说句话,我想听你说话……

隔了十多分钟,承禧的手机才响了起来,张小惊依然没有声音,承禧"喂"了一声,竟然有点哽咽。

"你不想说话就听我说,以后你不高兴了也可以来找我,我保证不因为这些事讨厌你,你想唠叨什么就跟我唠叨,只要我醒着,一定回复你,接你的电话。你想哭的时候也可以打电话给我,我一定好好陪着你……"

还有什么?

承禧的师父有一个理论,说:"咱们中国人呢,不像外国人那么直接迅猛,根本不爱说什么"我爱你啊我想你"之类的话,我们都说什么呢？说除却巫山不是云，说花好月圆人长久，说十年生死两茫茫，不思量，自难忘……可是女人都爱听那些，不仅爱听，还爱写，所以到处都是那些碎碎的小句子。要说动人吧，它们也动人，但你只能打出来，不可能讲出来。"

所以能讲出来的是什么呢？

承禧舔了舔嘴唇，拼命地想着，最后也只能说："我保证这辈子只喜欢你一个人，你做什么我都陪着你。然后你能不能也给我一个机会，证明我是可靠的呢？"

那边有很轻的哭泣声传来，隔了好久，张小惊才低低地"嗯"了一声。

承禧悬着的一颗心落了下来，道："总算听到你的声音了，我可以去看你吗？"

"现在不行，我得准备世界杯的比赛。"

"那我什么时候能见你？"

"等赢了我就去找你。"

她声音还是小小的，却还是有什么跟以前不一样了。

"那你一定要赢才行，要是输了，我就只能每天跪在你家门口了……"玩笑开到一半，承禧又开始担心她会不会压力太大了，于是又补充，"不过要是输了，你也别太责怪自己了……"

张小惊笑了一下，听到那个笑声，承禧发出一声轻叹，道："你总算是又笑了。"

"我之前，就是……"

张小惊试着解释，承禧连忙掐断了这个话题："嘘，不用解释，我说过的，怎样都没关系的，我们忘了这件事，好不好？"

他小心翼翼地哄着她，她才又高兴起来，说："好。"

然后那一年的世界杯结果，全国人民都知道了。国庆的前一天，女排被连夜接回来，满载着荣誉和喜悦出现在花车上。

那一天的北京很热闹，到处都挂着国旗，战斗机轰轰烈烈地从头顶划过。人们尖叫着，欢呼着。

但张小惊不在，张小惊和承禧正对着电脑看直播。也不知道是因为他们太久没见，还是因为张小惊太疲倦了，看到一半她就睡着了，脑袋倚在承禧的肩上，发出了很轻的鼾声。

承禧关了视频，替她捂上了耳朵，默默看着她睡觉。

那一年，她当真是憔悴了太多太多。

整个2019年，张小惊整整打了28场比赛，虽然不是最多的，却依然是最累的人之一。折合一下的话，平均每两周就要打一场，再扣除掉之前的集中训练和12月份，是每七天就有一场。

不管是大型比赛，还是小型比赛，她全都拿出了百分之百的精力去备战。她后来才跟承禧说，集训的时候她才发现自己欠缺了多少，跟全世界最顶尖的球员一起打球，让她的缺点被放大到无处遁形。有那么一段时间她晚上都睡不好觉，耳朵里总是嗡嗡乱响，实在没有余力去应付别的事情。

承禧呆呆地听着，好久后才说："那以后，如果还有这样的时候，能先跟我说一声吗？"

"好。"张小惊也有些内疚，很小声地说，"我就是……"

话还没说出来，她的眼睫毛就湿了，承禧连忙抱住她道："没关系，你真的不用解释的，我明白。"

她不是能很好地处理压力的那类人，从小就是这样。

承禧还记得跟师范附中比赛结束后她下意识扬起的笑脸，和之后无休止的沉默。以前她尚且能够一鼓作气地往前冲，现在不一样了，因为她真的懂得排球或奥运会了。人只有在真正懂得一个行业的时候才知道敬畏和害怕——这其实是好事情，她只是需要一点时间去习惯这些。

这也是为什么经验会那么重要。

不过，当承禧看着她昏睡的脸时，还是忍不住地想，倘若她不是想当奥运冠军就好了。

这个念头在这许多年里都不断地从承禧脑子里面冒出来，想当奥运冠军当然很伟大，但他不希望他心爱的女人为了伟大而吃尽苦头，他希望她能更轻松一点，过得能稍微……舒适一点。

但他不会说的，因为他知道，那是她毕生在追求的东西。她说过，万一她将来拿不到奥运冠军，就去当教练，自己栽培一个奥运冠军出来。她还说，她就是忘不掉那年夏天留在她心里的鼓胀情绪，想起2008年，那些人站在颁奖台上领奖的时候，她依然会热血沸腾起来，觉得那是人类最光荣的时刻之一。

她说："可能我就是虚荣吧，但我真的很想要那块奖牌，想证明自己，其实我也可以的。"

"那怎么能叫虚荣呢？"承禧还记得他这么跟她说过，"那的确是了不起的荣耀。"

了不起的张小惊，和了不起的奥运会，在承禧短短二十年的人生里，它们就这样构成了她跟他的一切。

他真的相信她能拿到。

然而2019年的12月，他所有的确信都坍塌了。

那一天，他的电话在下午响起，他听到张小惊带着哭腔说："承禧，我受伤了……"

承禧的脑袋瞬间炸开，耳朵嗡嗡乱响。有那么很长的一段时间里，他都只能听到自己血液流动的声音，像机关枪一样。

运动员和伤病，似乎是永远不可分割的。

承禧最担心张小惊受伤的时候是在2012年和2015年，2012年跟育德的那场比赛，张小惊摔到地上的场景他怎么也忘不掉；而2015

年的少年世锦赛上,她则因为落地时没站稳,险些扭伤脚腕。

左医生是医生,沈天泽曾是个近乎职业的拳击发烧友,张小惊便从小就被保护着。他们仔仔细细地教导着她该怎么避免受伤,所有的护具都给她用了最好的,之后受到的就是更专业的训练了,于是张小惊的运动生涯才能那么畅通无阻,根本没有为伤痛困扰的机会。

然而有些伤是避免不了的,譬如说,过度的运动导致的。

承禧已经忘了他那一路是怎么到达天津的了,只记得在路上的时候,他一路上都在想着该怎么办、怎么办、怎么办……如果她恢复不了了怎么办,再也不能打球了怎么办,甚至落下残疾了怎么办。

想着想着他才恍然反应过来,这时候张小惊最需要的人不是他,她需要的是更专业的帮助。

于是承禧给左医生打了个电话,左医生一接起来就道:"今天晚上没票了,我要明天早上才能到天津。"

"她跟你说了怎么回事了吗?"

"医疗队的人说是可能前十字韧带断裂……"

左医生的声音比承禧想象中平稳,但说到"断裂"那两个字,承禧心里还是颤了一下。

他很努力地稳着情绪,问:"你跟沈天泽说了吗?是不是跟他说一声比较好?"

承禧担心的是,譬如说,有没有可能,张小惊可能会需要,那种最好的,即最贵的医疗?

左医生也领会了,沉默了半晌,才道:"可能还是要的吧……"

"那我跟他说。"

"好,麻烦你了。"左医生很歉意地说。

等她挂了电话后承禧才又打给沈天泽,沈天泽一听到消息就道:"我现在出发。不过我现在不在国内,可能明天才能到。"

"好。"

承禧赶到医院的时候,张小惊刚做完检查出来。他也不知道她在哪个病房,去哪儿找她,问了半天,才知道她刚做完核磁共振,便匆匆赶过去,就听到张小惊说了句:"疼——"

那是承禧光听到了就心里发颤的声音,语气又委屈又害怕,状如咿呀学语的婴儿一般,只能说出那么一两个字来。

他们正七手八脚地把她抬到病床上,人太多,他也看不到她,正准备进去,就听到身后有人问:"你是谁?"

承禧回头,看到了张小惊的教练。

这么多年,他总算跟张小惊最怕的那个人面对面了。

承禧也不知道这个教练是不是那个让张小惊边吃麦当劳边哭的教练,也不知道是不是那个让张小惊去当自由人张小惊却没有同意的教练……她有过很多教练,提起他们时用的却是同一种表情。

也或许是全天下的教练都长着同一张面孔,他们总是异常严肃,不苟言笑,脸上散发着近乎冷酷的气场。

而面前的这一个,比承禧印象里的苍老一些,也没有承禧以为的那么高大,看起来好像是个再平常不过的中年人。

但他是张小惊最敬畏的人之一。

或许有那么一个时代,奥运冠军就是用"一辈子的付出"堆积起来的,一个项目背后是无数拼尽了一生最终却一无所得的人堆起来的。但不能总是这样——至少不能都21世纪了,还是这样。

想到这里,承禧捏紧了拳头。

这时候,有个人叫了起来:"教练!"

这个称呼并不是给这位教练的,而是给承禧的。

现在跑向承禧的是一米八六的杨诺诺,她真是高大健壮了不少,跑步的姿势还是跟以前一样,跟打仗似的,带着千军万马般的恢宏。

托她的福，承禧才能找到正确的医院，张小惊后来已经没办法讲话，是杨诺诺拿到了她的手机。承禧只知道她成了职业球员，也很多年没见过她了。

杨诺诺见到承禧倒是挺高兴，说："你来了就好了！我还怕你找不到地方呢！"

然后她转身，挡在了承禧前面，跟那位真正的教练介绍道："这是小惊姐的第一个教练！我当初跟小惊姐一起打球就是他指导我们的！他是小惊姐的男朋友！"

"小惊姐"。

这称呼真让人不习惯。

承禧还是死死地盯着那位教练，心里想，他但凡说一句张小惊的不是，承禧都不能保证自己会做出什么。

那位教练却垂了垂眼帘，说："对不起，没能照顾好小惊。"

他朝承禧躬了躬身，承禧的拳头瞬间就松开了，他有点愣住了，因为很显然，教练比他悲伤得多。

"小惊的父母……"

"她妈妈明天早上到！"

杨诺诺说话也还是跟以前一样，几乎每句话都以叹号结尾。这姑娘才是真正的单细胞动物，完全不会根据场合调整情绪和语气。据说她是队内唯一一个不怕教练的人，可能那位教练也是拿这个十三点毫无办法。

杨诺诺问："能不能让承禧今晚待在这里啊？小惊姐现在肯定最需要安慰了！"

那位教练想了半天，才说了一个"好"字。

"我也待在这里可以吗？承禧也不熟悉天津，万一有什么事我还能帮帮忙！"

这次他没说话，只是很疲倦地点了点头，就离开了。

承禧望向他的背影，好半天，都没缓过劲来。

"你别看我们教练这么凶，其实他可喜欢小惊姐了！"杨诺诺笑着说，"我们国家从来就没有过天才级自由人，都是靠毅力在撑。虽然现在女排风风光光的，但大家还是怕一不小心就又掉下去了。我们教练说，小惊姐自己琢磨出来的那些东西，比我们之前积累的全部经验都还要多，哪怕最后小惊姐没打出什么成就来，也提供了一个新的训练方向。"

承禧缓缓地转向她，虽然他跟她一直都不算熟悉，但还是没法掩饰他的困惑，他紧紧地皱着眉问："你到底为什么，还能笑得出来？"

杨诺诺想了一会儿，才明白过来承禧的恼怒，她说："噢，因为我们身上都有伤啊！这在我们队里还挺常见的。"

那句话说得轻盈而漫不经心，让承禧完全不知道该如何回应。

她想了一会儿，才揉了揉膝盖，声音总算低了一点点，说："不过，小惊姐跟我不一样的吧……她现在是状态最好的时候……"

说着说着，她又回头冲承禧笑了，道："对不起啊，说这些你肯定更担心了，我就是——"

"算了，没事。"承禧低声道。

能让杨诺诺做出这样的表情，那大概，是真的很糟糕了。

张小惊被打了一针止痛，之后就睡过去了。承禧终于见到她时，她身上的汗也干了，眼泪也流光了，嘴唇苍白地躺在那里，头发都沾在了额头上。他从来没见过这么狼狈的张小惊，身上还穿着运动服，羽绒服搭在一边。她在睡梦里都不安稳，时不时皱皱眉，发出些没人能听清的喃喃声。

医院特许了可以陪床，但杨诺诺还是抱了一床被子道："我去外面睡，你肯定有话想跟她说，你有事就叫我！"

承禧很想叫住她的，他怕外面冷，万一她又着了凉，可是也不知道为什么，就是一点声音都发不出来，喉咙发干，磨得生疼。

他在床边坐了下来，小心翼翼地拨弄着她的头发，想擦掉她脸上的泪痕，但又怕惊醒她，于是伸出去的手指又落在了空中，然后缓缓地、轻柔地抚摸了她的脸。

奇怪的是，他也说不清他当时有什么情绪，好像大脑彻底死机了，如同行尸走肉一般。

直到他去握她的手——她就跟被抽掉了所有力气的尸体一样，手掌沉沉地搭在他的手心里，承禧才像被人打了一拳似的，鼻子酸涩起来。

张小惊到了后半夜才醒过来，说："渴——"

"我去拿水！"

承禧站了起来，张小惊又软弱无力地拉住他，小声道："你别跟我妈说我哭过……"

承禧心如刀割，说了声："好。"

手术约在第二天，她没法吃东西，只能喝水。病房里的灯是灭着的，只有窗外路灯的光亮照进来，让这个夜晚总算有了那么一点点光。承禧扶她起来喝水，她倒吸了一口气，接着就死死地咬住嘴唇。

承禧心里一沉，问："还痛？"

"好多了。"她扬起脸冲承禧笑了一下，承禧心里又是一揪。

张小惊侧对着窗户，灯光落在她眼睛里，全然不同于以往的明亮，那是借来的光。现在她支离破碎地躺在那里，靠仅有的一点点力气支撑着她的尊严。她问："我妈呢？"

"她明天早上才到。"

"伤……"

"他们说只是撕裂，不算太严重的，可以通过手术修复。"

"哦——"

其实这些都是承禧听来的，他知道前十字韧带是用来稳定膝关节的组织，如果前十字韧带彻底断了，那就不可逆了，以后连走路都会有问题。他不懂医学，却也知道"不可逆"是什么意思。

这样的损伤会给张小惊的职业生涯带来多大影响，张小惊才是最清楚的人。

她静默了一会儿，才转过头说："你别这样看着我，其实只是小手术，好好做康复的话，恢复起来也不难……"

"等你做完手术，能不能……"

能不能不打球了？

这句话却说不出口。

"嗯？"

"能不能一起去旅行？"承禧道，"我们再去一趟巴西怎么样？还是非洲？你不是喜欢野生动物吗？那我们去非洲好不好？"

张小惊又笑了，说："好呀。"

整个夜晚她的声音都很轻很轻，似乎声音再大一点，她都没有足够的力气支撑。承禧也尽可能地挤出一个微笑，把嘴唇贴在了她的额头，她紧紧地拉着他的手指，似乎想说点什么，但终究也没说出来，只是很歉意地道："我又困了……"

"那你好好睡，我就在这儿陪着你。"

"好。"张小惊说。

等张小惊睡着了，承禧才在群里播报着状况，当然，只讲了相对好的消息，譬如说，她精神状况还不错，什么的。

娇娇和齐思琪都还没睡，等着承禧的消息。程泽人在美国，自然也没睡，看到"前十字韧带断裂"几个字，他们自然而然就都搜了起来，然后不断地把网上的那些解释截图贴进来。

在网上搜索前十字韧带断裂，能看到的都是运动员疼得在地上打滚的照片，足球也好，NBA也好……即便是那些最强壮的男人，也都抱着膝盖疼得龇牙咧嘴的。

紧跟着这个词的,是各种各样的体育明星因前十字韧带断裂而退出整个赛季或正式退役的消息。

互联网虽然很发达,其实有用的信息真的没多少,尤其是关于医疗的,只会让人越看越慌张,除了恐惧,几乎什么也不能带来。

承禧选择相信医生和杨诺诺,抱着一点点侥幸,想,也许,真没那么严重呢?

但现在躺在病床上的这个女孩的样子,让他还真没办法乐观起来。

聊了大半天了,程泽才问了一句:那她以后是不是就不能打球了?

这下子,彻底没人说话了。

承禧按熄了手机,伏在张小惊的床边,拉着她的手。他的拇指贴在她的手腕上,只有感受到她的血液和脉搏都平稳着,才能心安一点点。

你可以跟别人分享你的快乐和时间,却无法与人分担疼痛。疼痛是件很私人的事情,它不可量化,不可控制,也很难被描述。

承禧小时候扭到过一次脚,打了石膏,在家里躺了整整三天。张小惊见到他就说:"你以后要是瘸了怎么办?"

"你才会瘸呢!"承禧不满地说。

张小惊就笑了起来,拍拍自行车座:"我带你去学校!"

"那不行!"承禧一瘸一拐地往前走着,坚决不能接受被女生载着去学校这件事。

张小惊却说:"你真无聊!"

然后就骑着自行车飞快地跑开了。

过了一会儿,她又绕了回来,骑着车子绕着圈,问:"你这样走路,会不会痛呀?"

"不痛。"承禧咬牙道。

"那就好。"张小惊确认了这件事,再次离开。

张小惊是个从来都不怕痛的人,不管是摔到了还是磕到了,她都跟没事人一样揉一揉,就继续跑开了。

现在她却躺在这里,连起身都很困难。

那她究竟是,能痛到什么程度?

左医生和沈天泽都是天亮就到达的。左医生看起来也是一夜都没睡,一到医院就去跟主治医师交流着情况;沈天泽则倚着门框,遥遥地看了张小惊一会儿,转身走开了。

承禧追了出去,问:"你为什么不看她?为什么不走过去看看她?"

"啊?我先去跟左医生……"

沈天泽刚开口,承禧就揪住了他的衣领,道:"还不是因为你,非要让她当什么运动员!"

沈天泽皱了皱眉,他正在打电话,电话接通,但看到承禧的表情后,他还是把那个电话挂断了。

倒是刚好跟主治医师一起走过来的左医生拉住了承禧,问:"你在干吗?这是怎么了?"

承禧松开了沈天泽,低下头去。左医生看了他一眼,怔了一下,就伸出胳膊抱住他的脑袋,小声在他耳边说:"好了好了不哭了,医生不是说了没那么严重了吗?手术做完好好康复就行,咱们这么多人在呢,小惊肯定会没事的。"

承禧承认他从小就懦弱不堪,他胆子小,还是个爱哭鬼,见到老鼠会被吓哭,见到狗也会被吓哭,他怕的东西无比多,怕猫怕狗,怕作业做不出来,怕打针,怕吃药,怕医院,怕左医生骗他的那把"柳叶刀"……

然后现在好了,他最怕的那些事情都一口气发生在了他爱着的人身上。

他小时候是个手指割破都会哭半天的人,所以他也想象不出来,什么韧带断裂,究竟有多糟糕。有关运动伤痛,他最早的印象跟全国人民都一样,是 2008 年,刘翔退赛——据说他一离开人们的视野就哭了,而承禧跟其他人一样,则都对他充满失望。

现在他知道了,他真该死,他根本想象不到那个当时也才二十五岁的男孩子在经历什么,正如同他现在不知道张小惊正在经历什么。

他只知道他恨眼前所有的一切,恨他们都那么平静,不管是医生也好,杨诺诺也好,还是沈天泽也好……为什么他们全都那么平静?为什么这个世界还在有条不紊地运转着?为什么只有他一个人连喘气都觉得困难?

为什么他连个可以恨的人都找不到?

"我在隔壁酒店订了个房间,你去洗个澡,睡一会儿,这边交给我们。"左医生好声好气地哄着他,把酒店的门卡递过去,问,"你带换洗的衣服了吗?"

他摇了摇头,他是空手来的,连手机充电器都没带,这会儿手机早就没电了。

"我找人送过去。"沈天泽说。

左医生便点了点头,拍着他的肩膀说:"去吃点东西,休息一下,现在可不是崩溃的时候,之后才有的忙呢!"

承禧只得点点头,找到左医生订的房间,洗了澡。

刚从卫生间出来,敲门声就响起来了,前来送衣服的似乎是沈天泽的秘书,说:"乐先生是吗?沈总让我把这个给你。"

承禧接了过去,才发现那些衣服都是新买的,连内裤和袜子都有。

是他任性了。

他当然睡不着,换好了衣服又赶往医院。12 月的冷风吹到他身上,让他战栗不止。快到医院了,他才看到左医生,她正在一家小商店买东西,承禧走过去,看到她手里的香烟和打火机,猛然愣住。

原来并不只是他一个人在害怕。

左医生看到了承禧,才笑了笑,说:"就一根。"

尼古丁会刺激交感神经,让身体释放更多的肾上腺素,使大脑分泌多巴胺,从而缓解神经紧张——这道理,左医生肯定比承禧更懂。

左医生在路边点起了烟,她抽烟的姿势还挺娴熟,深深吸了口气,再缓缓吐出来。她说:"我人生就抽过两次烟,一次是小惊刚出生的时候,一次就是现在。"

承禧静静地听着。

左医生道:"我怀小惊那年才二十五岁,跟我妈的关系特别差。我妈是那种……她缺乏安全感,所以想掌控一切,很神经质。我呢,又是个很叛逆的人,从来都不听我妈的话,我们俩总是一见面就吵架。得知我怀孕的时候我妈自然而然又发了疯——哦,当时我跟张教授还没结婚,你可千万别学这个……"

她自嘲地笑了笑,看着萧条的北方冬季的马路,说:"所以刚怀孕的时候我就在想,我连一个合格的妈妈是什么样子都不知道,又怎么可能当一个好妈妈?"

这些事,承禧或多或少也都听过一些,但她亲自讲出来,还是第一次。她身上穿着黑色的大衣,戴着围巾,底下却是牛仔裤和单鞋——估计是出发时太匆忙了,根本没来得及买过冬的衣物。

她冷得直哆嗦,紧紧地抓着衣领说:"小惊刚出生的时候我特别焦虑,天天都在想着,我到底怎么教育小惊才能让她快快乐乐的,不受伤害啊。她是女孩子嘛——这个你们男孩子就不明白了,反正很长一段时间,我天天看着社会新闻,想着我能怎么办,想得头发都快掉光了,我希望她简单单纯,但又不希望她太简单太单纯;我希望她是聪明勇敢的,但也不希望她太聪明太勇敢……后来才发现不管我怎么想,她都有她自己的命运,所以我就想着,那就让她有自我修复能力好了,不管受过怎样的伤害,只要她能自己振作起来,那我这个当妈妈的,就不算太失败了。"

"您把她教育得很好。"承禧说。

左医生嫣然一笑:"我也觉得。"

一根烟抽完了,她踩灭了烟头,接着把那个烟头以及口袋里的烟和打火机都扔进了垃圾桶。

两个人往回走着,左医生看了看表,说:"手术该开始了。"

"不用去北京做手术吗?"

"不用,主治医生就是从北京过来的,算是国内顶尖的了,在这边手术比冒着风险去北京好。"

"那之后呢?"

"先在这里躺着,然后——"她咬了咬嘴唇,说,"得看看沈天泽有没有什么门路。"

"那她以后……"

左医生忽然回头,打断了他,几乎是用乞求般的眼神望着承禧道:"别问。别问以后的事,我什么都不知道。"

承禧怔住,那时候他才发现,左医生早就不年轻了,不再是那个一阵小跑着从房间到院子里的、精神奕奕的年轻妇女。她现在是个脆弱的母亲。

承禧低头咬了咬嘴唇,好像,他是该坚强起来了。

长大这件事说简单也简单,说难也难。承禧还是个小学生时就觉得自己已经挺了不起的了,是个绝对的男子汉;二十岁的时候才发现自己依然是个小学生:极度地以自我为中心,幼稚,愚蠢。

当每个人都忙得团团转的时候,只有承禧在忙着任性和孤僻。他看着他们不停地打电话、取药、签字、缴费，走来走去，而他只是茫然地坐着。

张小惊麻醉醒来后精神有些恍惚，但看到承禧，总会笑一笑。到下午四五点的时候，她才彻底清醒了，问："我妈说你骂沈天泽啦？"

承禧有点不好意思，低低地"嗯"了一声。

"你骂他干什么呀？又不是他让我受伤的。"

承禧把脸埋进臂弯里，根本不知道该说些什么。

张小惊揉着他的头发，还是很轻柔地说："你去好好跟他道个歉……"

"噗，这有什么好道歉的？道歉了就真的尴尬了。"沈天泽拎着食物进来，扫了承禧一眼，笑着说，"看在他哭成那个样子的分儿上，我原谅他了。真有你的啊乐承禧，那么大的人了，居然还能哭出来。"

张小惊吓了一跳："你哭啦？"

承禧干脆把脸埋进被子里，死活都不肯抬头了。

张小惊笑了半天，才问沈天泽："我妈呢？"

"在跟你们教练和队医聊。"

他拉了张椅子坐下来，真是不管什么时候都潇洒万分，一张金属的简易凳子，也能被他坐出总统椅的派头来，大衣袖子挽上去，他边拆着打包盒边解释说："现在的情况是这样的，国内虽然有顶尖的医生，但没有特别好的康复机构，所以我们在考虑把你送到海外去做康复。"

承禧这才定了定神，坐起来。

"康复比治疗还重要，这个你肯定比我清楚。我联系了一家德国的机构，还有一家多伦多的，都是业内数一数二的。你们商量一下，选一个，看看你喜欢欧洲还是北美……"

他打包了粥和糕点，调整了病床，说："来，张嘴。"

承禧立即跳了起来："我来！"

沈天泽还是那副似笑非笑的样子，那看孩子似的表情让承禧尴尬了一阵，如今他也总算愿意承认了，他的确是个孩子。

　　沈天泽把粥递了过去，粥还挺烫，承禧轻轻吹凉了，才小心翼翼送到张小惊嘴里。

　　张小惊边吃着东西边听沈天泽讲着："你至少要过两周才拆线，之后就是春节了，康复期可能要三四个月，左医生似乎不想让你去外面过春节——这个呢，我就没法说了，就算她肯答应，你爷爷奶奶也未必答应，所以，还是你们商量着来。"

　　他很平静，好像是在说一件很小的事情，目光却有意无意地往张小惊的腿上瞄过去。现在她整只左腿都打着石膏，格外瞩目。

　　"还疼吗？"他问。

　　张小惊摇了摇头，说："好多了。"

　　沈天泽便继续道："还有一个方案是，等拆了线我们去上海，上海也有一家不错的康复中心，就是刘翔常去的那一家。你可以在上海待到春节前，之后再去国外——不过我还是倾向于直接走。"

　　张小惊低头思索起来。承禧帮她擦了擦嘴角，她立即就问："承禧，你说呢？"

　　承禧沉思一阵，才道："我也觉得，彻底治好了比较保险。"

　　很遗憾，这个话题他真的拿不出什么主意来，但第一时间打电话给沈天泽，肯定是个无比正确的决定。

　　张小惊真的累了，她垂下了眼睛，费力地思索着。

　　承禧连忙就道："如果你想回家，那咱们就回家。"

　　沈天泽给了他一个鄙夷的眼神，承禧假装没看到。

　　正聊着呢，左医生就进来了。也不管手术前她是什么样子，但在张小惊面前，她永远都挂着一副无所谓的表情。她一进门，病房里的氛围都不一样了，她风尘仆仆地说："有没有什么吃的给我？我快饿死了！"

"粥、点心。"

"这哪儿能吃饱啊?就没点好吃的吗?"

"术后只能吃这些啊。"

沈天泽道,左医生才做出一副恍然大悟的表情:"哦,我差点忘了。小惊,你也太惨了,连肉都吃不了!"

张小惊又对着她妈傻乐起来。

"康复的事讲过了吗?"左医生又问。

"嗯。"

"那小惊你怎么想呢?我跟你教练聊过了,明年上半年都可以不用归队,你就当是放假了。我看多伦多比较好,气候合适,住着也舒服,德国太冷了,语言也不便……"

张小惊低头咬了咬嘴唇,才说:"我想先回家。就是,可以先去上海,然后回家。"

其实她自己也清楚,这未必是正确的决定,所以语气很含糊。

左医生明显松了口气,承禧和沈天泽则交换了一个眼神,很显然,无论对不对,他们都会更尊重她俩的想法。

"那就这么说定啦!等你出院了就去上海,你爸刚好放寒假,到时候可以去陪着你。承禧你呢?"

"当然是去上海。"承禧说。

"Ok,well done!现在我们可以去吃饭了吗?我真的快饿死了!"左医生很夸张地揉着肚子,看向承禧。承禧正准备摇头,张小惊的队友们就涌进来了:"小惊!"

那群女孩子还真是欢天喜地的,跟没事人一样,看来是真的习以为常了。

而张小惊也跟她们一起尖叫着,仿若什么事都没有。

承禧只好离开了,让她们自己聊。

我想我是爱你的

左医生在天津待了四天就走了，承禧只待了三天——其实他不想走的，但张小惊很坚持，她说："我要在医院待整整两周，这两周里既不能洗澡也不方便洗漱，我不想让你看到我那个样子。"

承禧顿住，道："可左医生不是明天就要走了吗？如果我也走了，那你怎么办？"

"娇娇会过来，再说，杨诺诺她们也会定期来看我。"

又是娇娇。

承禧张了张嘴，张小惊摁住他的手，说："那个跟现在是不一样的。我知道你对我好，不过我不准备现在就挑战这些。"

一场大病，让她又成熟了一些，她现在看承禧的目光完全就是女人式的温婉，小妈妈一样的，深思熟虑的，体谅式的。

每个人都说，女性比男性成熟，这一点，承禧从来都没有质疑过，他只是到了那个时候才体会到那个成熟指的是什么。

他放下碗，静静地看着张小惊。张小惊继续添加着砝码，道："再说了，你还要考试。"

提到考试，承禧才咬了咬嘴唇。

"我特别感谢你过来，"张小惊很温柔地说，"那天半夜醒来，看到你在我就不怕了，我知道我不管怎么样你都会陪着我，但我还是希望,你想起我的时候是想起那个干净漂亮的张小惊,而不是连排便都有问题的我……我爷爷奶奶都住过院,我知道人在住院时是什么样子的。承禧,你给我留一点尊严好不好?"

"你知道我想你的时候都会想起什么吗?"承禧忽然冲动地说,"我无论什么时候想你,想起来的都是你的后脑勺,不管是八岁的时候还是十几岁的时候,你总是走在我前面,晃着你的辫子,我觉得自己好像无论怎么追都追不上你,你走得那么快,总是一眨眼就不见了,而我能做的就是不断地靠近你而已。然后有一天你停下来跟我说你喜欢我,你都不知道我有多震撼,哪怕到现在我想起来,都觉得那是我人生最不可思议的瞬间——"

张小惊呆了呆,他那时才发现他好像从来没有好好地跟她说过这些,什么表白也好、情话也好,都没有。他总觉得说这些都是没意义的,张小惊似乎也无所谓,所以他从来没仔细想过,是不是应该跟她说点什么。

唯独这一天,他忍不住拉着她的手,滔滔不绝地说:"我从来就不是一个成熟的人,可是我很想为了你成熟起来,让你觉得,我是一个可以信赖和依靠的人,而不是像现在这样,总是在顾虑这些,总是在想,你是不是不好看了或者别的什么——我的的确确很在乎容貌,但没有你以为的那么在乎;我还矫情又有洁癖,毛病一大堆,可是我请求你,不要再猜我怎么想了好不好,让我来讨好你好不好?"

张小惊还是一脸茫然地看着他,因为干燥,她嘴角起了皮。他伸手摸了摸她的嘴唇,很难过地说:"你让我走我肯定会走,但你不可以再想这些了,你明白吗?我说过了,你无论怎么样我都会一直爱着你的,不管你的伤会不会好,将来还能不能打球,我也会好好地照顾你的。我不敢说永远那么久,我觉得,永远这个词毫无意义,只要我还爱着你,我就不会让你受任何委屈,会竭尽所能地对你好,你明白了吗?"

这些事是他最近几天想明白的,她的那些小心思,他怎么可能会不明白?男人也不是真就那么迟钝的。

他得承认他脑海里闪过了最坏的情况,譬如说,张小惊会不会好不了了什么的。好听的话讲出来也太容易了,但生活不是这个样子的。非要自己大病一场,或是至亲大病一场,承禧才能明白,生活就是吃喝拉撒,平庸或缤纷的灵魂拖着沉重的肉身,在疾病面前,尊严和浪漫都是不值一提的。

纵然如此,承禧依然想陪着张小惊,随便去哪里都好,过怎样的生活都好。他想不到一个没有张小惊的世界,该是什么样子。

那天夜里看到她躺在那里的时候,他才发现他对张小惊的感情比他以为的深得多,那依然是能够让他聚集起全部的力量,去跟地心引力对抗的情感。

他低声说:"我是很爱你的,张小惊。"

第一次说出这个字眼,比他以为的要容易。说完之后他心里竟然痛了一会儿,好像从此有什么东西就跟从前不一样了,让他觉得,他必须要成长起来了。

他抬起头来看她,然后看到她的眼睛里有雾泛起,但她还是笑着说:"我也爱你!"

好吧,这就预示着,他们将要走到一个新的阶段了,在这家布满了消毒水气味的医院里,在这个苍茫的冬天。两个人手拉着手相视而笑,体会着那种狂喜。

左医生毫不客气地扫兴:"哟,这演的是哪一出啊?"

她叼着一根棒棒糖进来,手里提着几个纸袋,装着张小惊要换洗的衣物,说:"搞得这么深情款款的,不知道的还以为小惊得了绝症呢!"

"你怎么还是满脑子生生死死的?"承禧吐槽。

"浪漫啊!"左医生扫了一眼两个人紧紧握在一起的双手,笑道,

"好啦,好听的话也说完了,手术也结束了,承禧,你该回去上课了吧?"

"这就走。"承禧站起来,吻了吻张小惊的额头,说,"我们上海见。"

"嗯。"张小惊脸红红地答应。

承禧用力地拥抱了她一下才走出病房,想了一会儿,又拐回来吻住了她的嘴唇。左医生纯粹跟看戏似的,"哟"了好半天,承禧才避开她的眼神,飞快地逃窜了。

整个12月到第二年1月承禧都忙碌不堪,匆匆考完试,就去了上海。那时候张小惊已经拆了线,却还是无法走路,她左腿绑着一个很大的固定器,住在康复中心,每天经由医生指导做着小动作的恢复。

由于长达几周的卧床,她的肌肉萎缩了不少,两只腿都不一样粗细,并依然会为疼痛困扰,时不时地倒吸一口气。

而承禧则在康复中心附近租了个短租房,每天想着办法逗她开心。他甚至买齐了厨房用具,亲自做饭给她吃。

张小惊第一次吃到承禧做的饭,很是惊喜:"你居然还会做饭啊!这汤的味道快赶上我奶奶了!"

承禧有点得意,他说:"我就是跟你奶奶学的。"

"什么时候啊?"

"你去了体校之后,你妈当年不是说了嘛,男孩子要学会做饭才行。我实在受够在外面吃饭了,再加上你连个鸡蛋都不会煮,就开始学做饭了。"承禧忽然想起来,有一天张小惊煮鸡蛋的时候,很茫然地思索着是先加水还是先放蛋的问题,当时他还在心里感慨,这个世界上怎么会有这么弱智的人。

现在,这个弱智是属于他的。

他说:"有一天逛菜市场时刚好碰到你奶奶,她一看我举着一把小葱和蒜头,就心疼得不得了,亲自去我们家教我做饭了。"

张小惊笑了半天,道:"难怪我总觉得我奶奶特别喜欢你呢!"

"她喜欢我是因为我是男孩子。"

张小惊根本没留意到承禧话里的重点,譬如说,他十几岁就考虑过他们以后一起生活的问题了。

而承禧也是在讲起这件事的时候才恍然察觉,他的好多技能似乎就是为了补充她而练就的,从做饭到分析能力。因为张小惊的高大,承禧高中和大学还养成了健身的习惯,他怕自己如果太瘦弱的话,走在张小惊旁边会难堪,也怕如果他都不能抱起她的话,她会不会尴尬……

这么一想,承禧才能觉察到他对她的感情有多深、有多久。

张小惊侧头想了一会儿,震惊地问:"你的意思是说,我奶奶重男轻女吗?"

"你个白痴!"承禧拍了她的脑门一下。她立即捂着脑门大叫:"你欺负伤残患者!"

"就欺负了怎么啦!"

"你等着,我伤好了就打回去!"

总的说来,那其实是个挺热闹的冬天,沈天泽和娇娇都分别来探望过张小惊一次,承禧和张教授则是常驻人口。

跟张教授相处,和跟左医生相处,完全是两个概念。

张教授自从在张小惊十四岁时无意间碰过一次张小惊的内衣,从此就被冠以了"臭流氓"之名,父女关系一下子疏远了十万八千里,如今要照顾他宝贝女儿的生活起居,他比承禧还尴尬。张小惊最喜欢看张教授束手无策的样子,捂着嘴巴哧哧笑,张教授就一脸怨念地说:"女大不中留!"

但也不能怪张小惊吐槽他,他对待年轻女孩实在没什么经验——

当然，有经验似乎更糟糕。好比说张小惊连续躺了一个月，胖了一大圈，张教授也不知道从哪儿找来了一大堆粉红色的、天蓝色的，还带着蕾丝边的大号童装，承禧只看了一眼就愣住了，说："张教授，你到底是在哪儿找到的这些衣服啊？你抬头看看你女儿，她跟个女中张飞似的……"

"乐！承！禧！"

"周瑜好了，周瑜帅一点。"

张教授悻悻地叹口气："早知道我就不来上海了。"

"我不是跟你说过了，不来也可以的吗？"

"你年纪轻轻的，不要总觉得有个男朋友就没有后顾之忧了，男人可是很绝情的，不能把所有的一切都放在男人身上，要有自己的生活。"

对承禧跟张小惊的关系，张教授始终有些忧虑。承禧寒假没回家，就轮到了乐家对着张家一脸怨念。张教授私底下倒是跟承禧聊过，说："你不能让小惊依赖你，不然万一你们分手了……"

承禧一口否认："我们不会的。"

"我是说万一——……"

"不会的。"承禧道。

其实张教授的意思承禧是很明白，但张教授无论是口才还是气场都跟左医生实在差太远了，承禧逗他时，也跟玩似的。无奈之下，张教授只好自己去暗示张小惊。

承禧在心里笑了半天，才道："这种话你背着我讲讲也就算了，当着我的面讲是几个意思？"

"我就是敲敲警钟，我一个读书人，将来又不太可能为了女儿跟人打架……"

"爸你放心，我自己来！"张小惊说。

承禧扫了她一眼，说："不愧是女中张飞！"

"看掌!"

张小惊挥起了胳膊,忽然又定住了。她目不转睛地看着窗外,承禧和张教授也跟着看了过去。

然后他们就看到当年那个举世瞩目的奥运健儿正在院子里跟一群刚做完手术的孩子玩着。那天阳光很好,孩子们打着石膏、拄着拐杖、坐着轮椅。他无所谓地坐在草坪上,看起来神采奕奕的,除了沧桑了一点,眼角眉梢里,还残存着那个意气风发的少年的模样。

"刘翔!"张小惊大叫了一声,他转过头来,张小惊用手卷成话筒状,大喊着,"你是最棒的!"

刘翔呆了一下,才对他们笑了一下。

那当真是个……再动人不过的笑容。

春节临近了,承禧和张小惊才一起回了家。那时候张小惊依然要拄着拐杖,出行不便,承禧就亦步亦趋地跟着,一路上都忙着给张小惊端茶倒水的。

好在如今他们可以坐头等舱了,张小惊可以舒舒服服地躺在飞机上,跟个皇太后一样颐指气使:"腿不舒服。"

"这里吗?"承禧也跟个太监一样,蹲在一旁按摩。他倒是跟护士学了几招按摩手法,现在都快成专业技师了。

"想喝可乐。"张小惊又说。

"这就不行了,你现在是真的太胖了。"

张小惊立即就假惺惺地哭泣:"嘤嘤嘤,当初明明说过哪怕我两百斤了也会爱我的!"

"别造谣,我从来没说过这种话!你不觉得两百斤真的很过分吗?"

"我又没到,还是可以继续喝可乐的。"

"不行。"

承禧毅然决然地拒绝,一旁的张教授绝望地叫着:"天哪,你们两个到底有完没完?"

他戴上了耳塞,也躺倒了准备睡觉,不知怎的,他突然咳嗽了一下,旁边的空姐紧张地退后了一步。

那几天承禧的注意力全都放在张小惊身上,所以,根本没觉察到这个世界上发生了什么事。

好比说,机场里许许多多戴着口罩的人,以及一脸紧张地刷着手机的人。承禧依稀觉得氛围有点不太对,但也没有想太多。飞机抵达,他跟张教授一个忙着照顾张小惊,一个忙着取行李。年底了,人人都忙,沈天泽和承禧爸爸都抽不出空来接人,他们便打了车回去。

总算送张小惊回了家,承禧就在喜悦郡住了下来——他家那套旧房子租给了别人,那阵子租客搬走,刚好空着。到达喜悦郡的时候已经是晚上了,舟车劳顿的,承禧也很累,打了个电话给爸爸,说是明天再回去。

他洗了个澡,准备去睡觉了,手机才再次响了起来。承禧接起,听到妈妈在电话里尖叫着:"承禧,你现在就给我回来!"

"不是说了明天早上就……"

"承禧!你回来!"

妈妈的声音简直就是歇斯底里,承禧皱了皱眉,忽然听到楼下传来无比吵闹的声音。他走到窗边,拉开窗帘,看到几辆救护车正飞速地经过,然后停在了 16 号门口。

救护车的声音极其刺耳,而红蓝色的光线在夜里看起来也无比慌乱。与此同时,穿着白色防护服的人正在马路上消着毒。有人在马路两头都拉上了警戒带,黑黄色的,一层又一层地,缠绕在路边的树上。

承禧愣住了,说:"怕是回不去了……"

电话里立即传来了妈妈的哭声,承禧却在想:这究竟是怎么了?

那一天是 2020 年的 1 月 21 号,喜悦郡有了一例新冠确诊病例。

是刘爷。

刘爷已经76岁了,他是抗战时期出生的,用他的话来说,跟捡了一条命似的。他没念过多少书,人却很聪明,改革开放之前在钢铁厂上班,改革开放后,成了第一批敢于南下的人。到达那天刚好赶上台风,刘爷总是感慨地说着:"长那么大都没见过那么大的风,真是吓死了!我那时候人又瘦,也没有住处,就一个人抱着棵树淋了一整天,后来没生病真是我命硬!"

他最喜欢说他命硬,而且总是拿年轻时的事例来佐证这个观点,什么遇到过泥石流啦、第一次出国就遇到海啸啦、自驾游时遇到过狼群啦……反正也没人能验证真假。

他爱玩、爱冒险、勇于接受新事物,是众人皆知的。泰国旅游盛行之际,他是第一批去潜泳的人;登山潮来临,他还去了趟珠峰大本营。智能手机刚普及的时候,他就成了网瘾老人。那时候他总是戴着副老花镜,在承禧家楼下叫:"承禧,你下来帮我看看,这个怎么弄啊。"

由于是看着承禧长大的,刘爷对承禧一直都挺好,总是拉着承禧在那儿叨叨:"那个C语言,到底是啥意思?我能学编程吗?"

他的爱好多得吓人,对这个世界总是充满了热情。2016年在巴西,刘爷还跟承禧说:"承禧,你将来得成为一个特别可靠的人才行,这样才对得起你爸妈,还有小惊一家。"

他太太去世早,晚年一直孤身一人。2019年年末,他莫名其妙地陷入了一场网恋,千里迢迢跑去跟人见面,最后被骗了十来万。小区里的人讲起这件事都快笑疯了,刘爷也无所谓,任由他们笑。为了散心,他出去旅了个游,途经武汉,就待了几天。他说:"我特别喜欢看长江,雄壮!"

他是1月14号回来的,19号开始不舒服,20号钟南山说病毒人传人,刘爷才顿了顿神。

与此同时,承禧和张小惊正忙着收拾行李,一觉之后忙着吃饭、聊天、出发去机场，完美地错过了所有的消息。

到了21号的晚上，承禧才不断地刷着网上的信息，目光里可以触及的词汇有：瘟疫、病毒、肺炎、传播途径、各地确诊病例、接触性感染……

密集的新闻和资讯让他的耳朵嗡嗡乱响，到最后脑袋都快炸开了，承禧才放下手机，怔怔地望着天花板发呆。

"承禧！"

楼下传来张小惊的声音，承禧连忙下楼，看到张小惊跟他一样，也是一脸恐慌，她正准备开口，就被张教授叫回去了。张教授说："小惊，你回来！现在还不确定能不能通过空气传播，爷爷昨天还跟刘爷在一起，万一……"

承禧霎时间呆住了。

张小惊的眼睛里满是慌张，拄着拐杖退后几步，道："那……我微信你。"

承禧看着她重新回到房间，再抬头，看到张小惊的爷爷奶奶正在房间里朝下望着。他也说不清他们脸上是什么表情，反正只看了承禧一眼，他们就把窗帘拉上了。

密切接触者。承禧脑海里闪过这个刚刚看到的词，他算吗？

想着想着，他的太阳穴就开始痛了。

那一整个晚上，承禧都在群里刷着消息。要到这种时候，承禧才知道微信群能忙成什么样子，不断有人发出各种截图，不断地有人发表着看法和猜测……每个群里的消息都没有停过，左上角的数字不断变动，到最后，承禧已经点不过来了，便放弃了。

他也忘了他是怎么睡着的了，第二天天刚亮，才突然醒过来。

承禧走到窗边，看到左医生正在路边跟张小惊说话。她穿着防护服，张小惊和张教授都站在院子里，张小惊带着哭腔叫了一声："妈——"

"你别出来!"左医生退后几步,道,"现在还不知道传染性有多强……"

承禧匆匆跑下楼,打开门,看到自家院子门口放着一个大袋子。

左医生把目光转向承禧,那是承禧认识她这么久以来,第一次看到她露出这么恐惧的表情。

她强装镇定,对承禧说:"我拿了些食物和防疫用品给你,你先凑合着吃,过几天我再送新的过来……"

"妈!"张小惊试图打开院门,被张教授拉住了。

左医生再次退后几步,跟张小惊说:"小惊,你要听话!好好做你的康复!在解禁之前,你绝对不可以出门……"

承禧仿佛到了现在才反应过来,左医生是个医生,他浑身僵硬地望着她,她则无助地望着自己家:两个老人,一个文弱的书生老公,以及一个现在连脱拐走路都做不到的女儿——老弱病残全齐了,她却连家都不能回。

"阿姨要不然——"

承禧刚开口,左医生就立即道:"不行!"

她望着承禧说:"承禧,你绝对不可以踏进我们家门一步,我昨天答应过你爸妈,绝对不会让你有事。"

"可是——"

"承禧你听我说,"左医生的眼泪忽然就涌上来了,道,"小惊爷爷最近几天都跟刘爷在一起,他现在有没有感染都不好说,要是万一……"

看到左医生的眼泪,承禧的心里才地动山摇起来。左医生包得严严实实的,所以,只有承禧能看到她的表情。这个表情,在她最担心张小惊的时候都没有出现过,承禧甚至想象不出来,左医生也会有这么害怕的时候。

"你还记得你跟小惊看完《泰坦尼克号》出来的那个下午吗?你

俩当时吵了架,你说露丝特别傻,既然已经被送上了救生艇,就应该老老实实坐着船离开,这样杰克才能自己找到求生机会……"左医生忽然又笑了,"承禧,你现在就在那艘救生艇上,你要说到做到,老老实实地坐着船离开。"

是吗?他说过这样的话吗?

然后他就猛然想起来了,是在餐桌上,几个人交流着剧情,承禧说完张小惊就生气了,说:"你真是一点也不懂感情!"

现在他懂了。

"想想你爸妈,你妈还在为你去上海的事生气着呢,你给她打个电话,好好地道个歉,别让她担心……"左医生再次说,"你答应阿姨,不到万不得已的时候,绝对不会跨过这个围墙,万一……阿姨到时候就只能靠你了。"

这一天,她说的最多的词就是"绝对"和"万一"。

承禧怔住了。

其实以前承禧跟张小惊还总是在开玩笑,说张小惊像乐家人,承禧才更像左医生的孩子。在共享概念还没有普及的时候,乐建业就深谙共享之道,光明正大地蹭张家的教育,说一句承禧是左医生带大的,也不为过。

左医生也总是跟承禧更有默契,她看着是给了张小惊足够的自由,道理却全都是讲给承禧听了。承禧刚跟张小惊在一起的时候,左医生说的是:"承禧,你是我带大的,我对你放心,你要是不喜欢她了,得把她完完整整还给我,绝不可以伤害她。"

去读大学的时候,左医生说的是:"你们两个在外面得学会自己照顾自己,小惊不懂事,没分寸,你自己悠着点。"

左医生总是说:"你们都还太小了,我也不想给你们什么压力,什么承诺啊责任啊之类的,你们自己听听说说也就算了,我是不会当真的。"

现在她说的却是,到时候就只能靠你了。

承禧听懂了,于是郑重地、缓缓地点了点头。

左医生这才满意了,道:"那我先回医院了。我给你拿的东西不多,要是没东西吃了,你就去问小惊要。我们家备了年货的,应该够吃。过两天我再过来看你们……"

她说完了,就转身离开了。张小惊撕心裂肺地哭了起来,左医生却一次也没有回头,就那么走到了路的尽头。

病毒无限地扩张和蔓延着,占据了世界的每一个角落。现在我们知道它叫作新型冠状病毒,但是在1月21号,还没有人知道它究竟是什么。它瓦解并摧毁了所有的一切,让整个世界都分崩离析,创造出了足以改变人类历史的一年。

而比病毒更可怕的,其实是恐惧。互联网、街边、电话里……恐惧无处不在,并以比病毒还要快的速度在蔓延着。一向热闹的喜悦郡忽然安静到了令人窒息的地步,承禧抬头看了看天空,奇怪,为什么天空可以如此平静?

承禧家的旧房子刚打扫完卫生,房间里什么都没有:没有食物,没有电视,没有Wi-Fi,没有生活用品,没有洗发水,没有沐浴露,没有书。

最重要的是没有人。

他只有一个行李箱,里面装着的是在上海时的衣物。

至于被子之类的,衣柜里有旧的,虽然他也不知道是自己家的,还是旧房客留下来的,但现在,也计较不了那么多了。

承禧静静地坐在餐桌前,茫然地看着窗户外面。

好吧,他得熬过去才行。

接受了这件事之后,他就给爸爸打了个电话,问:"你那边怎么样?"

"还行。"

承禧的爸爸远比妈妈冷静,用很平常的语气问:"你那边是不是什么都没有?东西能送进去吗?你都需要啥,列个单子给我,我看看能不能托人送过去。"

"就普通的生活用品,洗发水啊毛巾什么的……"承禧问,"我妈怎么样了?"

"别提了,昨天骂了左医生半天,这会儿快恨死张小惊了……"乐建业笑了,"不过罢了,反正她不是为了这个生气就是为了那个生气,她总能找到事情生气。"

"那你得好好哄哄她,左医生现在连家都不敢回,已经够辛苦的了。"

"你今天见着她了?"

"见了。"承禧心里沉了沉,不知道该说些什么。

好在他爸也没追问,大抵是猜到了。他说:"左医生要是需要什么你跟我说。"

"嗯。"承禧问,"书茗苑没什么事吧?"

"没,这边地广人稀的,就算真的有了病例也就那样了。不过隐溪府有一例疑似的,就在你以前喜欢的那个小姑娘——她叫什么来着?"

"裴巧若。"承禧道,"我什么时候……"

"得了吧,全小区谁不知道你想娶人家啊?"乐建业哈哈大笑起来,"反正就在他们家楼上,她妈昨天跟你妈打了半天的电话,感觉快把下半辈子的天都聊完了。她俩也真是厉害,每天都聊天,居然还能找到那么多事情聊。"

承禧浅笑着,听他聊着这些家常。这个时候,也就他还能笑得出来了。

然而听到他笑,承禧才能放下心来。他妈肯定是不靠谱的,承禧都能想象到她慌乱到疯掉的样子,要是这时候他爸也不在家的话,天知道她妈能崩溃到什么程度。

这么想的时候,承禧就意识到他能做什么了。

聊到最后,乐建业才犹豫地问:"小惊……"

"我昨天进去时,她爷爷奶奶都在楼上。"承禧知道他要问什么,主动说了,"我也没进去太久,放下行李箱就走了。"

"那就好。"爸爸终究还是松了口气,"反正……"

"嗯,不会有事的。"

"那你自己一个人当心。"

"好。"

别的话就没说太多,男人嘛,在这种时候,好像还真没那么多话可说。

挂了电话后承禧清点了一下食物,又列了一张表,之后才走出院子,叫了一声:"张小惊!"

张小惊两只眼睛都哭肿了,戴着口罩,彷徨无助地望着承禧。承禧走近她,两个院子之间只有一堵一米五高的墙,但他却不能碰她。

隔着一米左右的距离,承禧说:"我要你把所有的群都退掉,什么微博和公众号之类的也不许点开,你什么消息都别看,我会替你看,有重要的信息我再告诉你,你明白吗?"

"可是……"

张小惊茫然地看着他,似乎根本没听懂承禧的意思。承禧太了解张小惊了,她绝不是那种能消化大量负面新闻的人,但张家现在需要她继续乐观下去,只要她情绪一崩溃,那张家就彻底完蛋了。

承禧好声好气地哄着她,低声说:"你现在必须得振作起来,你妈肯定会没事的,你要是振作不起来,你妈也不会放心。你得照顾好你爷爷奶奶,他们俩现在是最需要你的。"

张小惊呆了呆，回头看了看二楼的窗户。张小惊的爷爷奶奶也正往下看着，承禧大声喊："爷爷，你要是无聊我就找个软件跟你下棋，千万别憋着！"

张小惊的爷爷笑了一下，做了个 OK 的手势。

看到那个笑容，张小惊才明白了，点了点头，道："我懂了。"

她眼角还挂着眼泪，承禧犹豫了很久，才伸手，抚过她的眼角，小声说："你每天就继续斗图、看萌宠视频，要不然就去看你喜欢的电影电视剧，反正别看任何跟疫情相关的东西——"

他指的，当然是医院里的那些信息，不管是哪家医院，只要她看到了，就一定是崩溃的，这简直想都不用想。承禧既不能阻止疫情，也不能改变这个世界，他现在能做的，就是守住这一条小小的街，以及他的小女孩。说是他自私也好，无能也好，反正当下他只想让张小惊快乐起来。

"我想你。"张小惊说。

承禧笑了笑，道："我也想你。"

他真想紧紧地把她抱在怀里，却不能这样。他只能摸摸她的脸就收回手，道："你只要不开心了就喊我，我保证什么时候都陪着你。"

"好。"

"那现在你回房间，把你爸叫出来。"

"嗯。"张小惊又恋恋不舍地看了他很久，才拄着拐杖回去。

不久，张教授就出现在了院子里，他看着承禧说："我都听到了。"

张家的主心骨自然是左医生，张教授什么都好，却是个没什么主见的人。承禧也知道，他没什么资格直接介入张家的生活，但现在也顾不得这么多了。

承禧道："叔叔，你得每天给张小惊做康复，就是之前我们在康复中心里医生在做的那些，你还记得吧？"

"记得。"

"我回头看能不能找到更详细的康复训练计划，咱们俩肯定不是专业的，但现在只能自己学了……"

说到一半，承禧低头咬了咬嘴唇，这个就太冒险了，倘若真那么容易的话，沈天泽又何必那么兴师动众地想把张小惊送到国外去。

这时候是张教授给了承禧勇气，他说："承禧，我知道你担心什么，不过你的意思我明白，咱们姑且就商量着来吧，只能赌一把了。"

承禧这才松了口气，继续道："那你现在把你们家厨房里的东西都搬给我，你不会做饭，我会。"

张教授很是不服："我怎么不会了？"

"恕我直言，您还真不会……"

这下子，连张小惊的奶奶都笑了，她推开窗户道："张问桐，你听承禧的，你做的饭真没法吃！"

"怎么不好吃了？小惊你说，我做的饭有那么难吃吗？"

张教授气得吹胡子瞪眼的，张小惊倒是很诚实，侧头想了半天，说："我吃不出来好吃不好吃……"

她是真被体校虐出来了，只要是食物，熟的，就什么都能吃下去。承禧笑了半天，才说："那投票吧！"

"我投承禧！"张小惊的奶奶说，"他做饭还是我教的呢！"

"我也想尝尝承禧做的菜，我还没吃过。"张小惊的爷爷道。

"那我也投承禧好了。"张小惊说。

"四比一。"承禧有些得意地说。

张教授"哼"了一声，不服气地回去了。

人类的事情交代完了，现在就只剩下一只狗了。承禧俯身看着金雳，金雳立即兴奋地站了起来。狗是要遛的，然而现在整个喜悦郡的人都没法出去，才一天没出门而已，金雳就已经开始烦躁不安了，若是张小惊身体还好，还能继续跟金雳玩，但……

承禧只好冲金雳打了个响指，指了指自己脚下："那你过来吧！"

金雳听懂了,纵身一跃。

倒是张小惊忽然纳闷起来,问:"你到底是什么时候不怕狗的啊?"

"等将来我再告诉你。"承禧说。

他可记得太清楚了,那也是春节期间,他还能清楚地想起烟花在头顶绽放的时候,记得张小惊近在咫尺的呼吸。

那时候世界还是一派祥和的样子,每一天都蒸蒸日上、日新月异,时代犹如在铁轨上疾行的列车一般,沿着既定的方向开着。

然后在2020年,列车轰然停止,引起了大型追尾,一切都变了。

其实承禧一直不怎么喜欢这个世界,他中二又冷漠,总觉得人类愚蠢又无聊,大部分事情也毫无意义,但他还是没想过这个世界会当场自杀给他看。

旧的秩序以肉眼可见的速度崩塌着,变成纷纷扬扬的碎片,击中了每一个只是恰好生活在这个时代里的人,这简直毫无道理可言。

特殊的春天

2020年,花好月圆村的常住人口是20万,整个疫情阶段,总共有8例确诊病例,到最后除了刘爷,所有人都好端端的,既没有人生病,也没有人去世。生活一如往常,承禧爱着的、在乎的、关心的人都好好地活着,并迅速地忘记了那年春天所有的恐惧和痛苦。

但在2020年的1月,他们都还不知道这些。

大年三十夜,武汉已经宣布封城——恐慌和焦虑终于达到了最高潮。半夜十二点,所有的群都在讨论着这件事,"这是什么意思啊?为什么要封城啊?""怎么还有人在往外跑啊?要不要脸?""怎么就不要脸了?不是说床位不够了吗?想逃命有什么问题?"

承禧加入了小区的大群,看着他们吵了一会儿,索性就把群给退了。

他低头看了看张小惊家的客厅——她上下楼不方便,就住在了客厅。张小惊应当是已经睡着了,见房间里的灯没有亮起,承禧才松了一口气。

只要她还能安安稳稳地睡着,承禧就觉得,他还能坚持下去。

第二天一大早,承禧跟张教授交换了一个心照不宣的苦涩眼神,彼此都没有说话。

张小惊正在试着脱拐走路,承禧就跟张教授在一旁紧张地看着,并拍下了她走路的视频。她还是时不时会痛,承禧一帧帧地研究着,把她觉得痛的时候勾出来,计算好膝盖弯曲的角度,再整理好,发给沈天泽。

她还好吗?

应该还行。承禧说。

他已经跟群里所有人都打过招呼了,不让他们给她看到那些消息。

但他还是低估了张小惊,那一整天,她都很平静地在院子里做着康复,问了一句:"晚上我们吃什么?"

"你想吃什么?"

"糖醋排骨。"

"好。"

承禧边刷着微博边准备着晚饭,那是消息最密集的一天。大年初一,各个省、市、自治区都在发布当地的政策,以及无数医院的求助信息。承禧扫了一眼,整个人都懵了:

什!么!叫!战!时!状!态!啊?

那顿饭他做得很失败,排骨有点焦,汤也没有煮好。把食物都分装好了送过去,其他人都没什么胃口,唯独张小惊吃了很多。

傍晚,她边摸着肚子边隔着围墙跟金雳玩,总算累了,才在椅子上坐下来,静静地看着空无一人的街道。

承禧的太阳穴依然在突突跳动着,脑子里全都是杂乱无章的加大加粗红色字体,确诊病例、家庭防护、封城、战时状态、一级戒严……

夜晚在一瞬间降临,承禧关了手机,抬头看了看墨蓝色的天空。

张小惊忽然笑了一下,说:"承禧,你是不是觉得我真的什么都不知道啊?"

承禧顿了顿,看到她扬起的嘴角,她低着头笑了半天,接着缓缓地转过脸，眼波流转，狡黠和温柔令她在那一刻看起来格外性感，她说："我又不是真的傻，你跟我爸现在满脸都写着绝望，太可怜了……"

"不是不让你知道，是知道了这些也没意义，你养伤要紧。"

"那不行，我妈把我养这么大，可不是为了遇到事就躲起来的。"她撑着拐杖站了起来，走到围墙边上，道，"我想过了，我肯定也能帮忙的，我妈都不怕，我怕什么？"

"你能帮什么忙啊？"

"不知道，但肯定有能帮忙的地方，"她说，"我好歹有个几百万粉丝的账号呢！"

承禧凝视着她的脸，她一脸地坚决。跟从前一样，她遇到事都是先冲了再说，她很少会瞻前顾后，也很少会深谋远虑。承禧有时候会好奇，她眼里的这个世界是不是特别简单？是不是只要一直往前冲就行？

"承禧，我并不是那种真的很傻、总是需要保护的女孩子。我知道这个世界并不美好，可是我不怕。"她的目光温柔而明亮，并望着他笑了一下。

承禧的心却因为那个笑容被提到了喉咙里，他忽然很冲动地说："张小惊，我们结婚吧！"

"啊？"张小惊预期的对话肯定不是这个，她呆了呆，问，"为什么？"

因为害怕这个世界的人是他而不是你，此刻你就是唯一的光，只要你在，他就不会惧怕黑暗。你是他与这个世界最紧密的关联，因为你，他才想要守护什么、保护什么。只要你还能够微笑，他就有足够的信念撑下去，无论有多久，或者有多难。

你像锚一样拉住了他，令他不至于在这个春天无所依，被悲伤和痛苦淹没。

这些清晰而明确的思绪伴随着风声穿过他的胸腔,他心里电闪雷鸣,却不会讲出来。他只是说:"因为你今天特别美。"

"真的吗?让我来看看!"

张小惊掏出手机,打开相机,承禧趴在围墙上,望着她微笑,然后听着她尖叫:"天哪!我真的胖了好多啊!"

然后她又对着房门大叫:"爸,有人提亲!"

这句话还真是无比嘹亮,害得左邻右舍的灯都亮了。承禧愣了半天,怎么这会儿人都在呢?

他忘了整条街的人都不能出门,饭后就只能在院子里消化了。

张教授更是一头雾水地跑出来,道:"说什么呢?你们俩才几岁啊?小惊你退后几步,承禧你也退回去!"

承禧说完那句话,脑袋就飞快地转动起来,到最后居然还觉得挺可行的。

他说:"我是认真的,反正等你恢复了应该还是要打球的,到时候你又要忙起来,也没机会认识别的男人,你不是要拿2024年和2028年的奥运会冠军吗?到时候我陪着你,你想拿到奥运冠军后结婚也行,想先结婚也行——我建议先结婚,这样你就可以心无旁骛地打球了,不用为私人生活操心。"

张小惊笑了好半天,才说:"但我还是比较想跟我爱豆结婚……"

…………

"我请你善良一点!这是我人生中第一次跟人求婚!你就算装也装得认真一点好吗?"

"噢!"张小惊笑了,道,"那好吧,我答应你了!"

"你答应什么了啊?"张教授困惑地叫着,"你快进屋!"

承禧和张小惊却都没动,他犹豫了一秒,才探出身子,吻住她的嘴唇——

要死就死好了,反正就区区一条命。

"承禧!"

张教授连拉带扯地把张小惊拽了回去,张小惊恋恋不舍地笑着,承禧则摸了摸自己的嘴唇。

左邻右舍都跟着笑了起来,马路对面的王阿姨道:"可以啊承禧,跟你妈说了吗?"

提到这个,承禧才猛然反应过来,王阿姨也是八卦俱乐部的中坚力量。他望着她手里明晃晃的手机,问:"你这是……"

"对啊!"那胖阿姨举起了手机,"我拍了视频,这会儿全小区都知道了。"

好吧,人生中的第一次求婚。

跟他人生之中很多第一次一样,依然是花好月圆村的最大笑料。

那样的求婚当然作不得数,承禧和张小惊都知道,人在孤独和恐慌里,总是渴望能被什么人拯救并拥抱着。是爱让每个平庸的日子都有了意义,那些无法用语言表述的话、那些百转千回的瞬间,那些一旦想起,依然会让承禧心里鼓胀起来的时刻,成了他在那年春天唯一可以触摸到的真实。

群里正热火朝天地讨论着那个视频,娇娇依然是表达了强烈的不满,说:哪有这样求婚的?小惊居然还答应了!真没出息!

宋野阔说:哟,禧爷今天可真够勇的。

沈天泽则说:承禧这是趁火打劫吧?小惊现在比较慌,估计他说什么小惊都会答应。

那也不见得。程泽道,张小惊又不傻。

娇娇这才琢磨过味来:等会儿,程泽,你是不是一直都暗恋张小惊?

宋野阔发了个哈哈大笑的表情包,然后说:你怎么才发现啊?

娇娇道：我去！我一直以为他暗恋的人是我！

那没有，暗恋你的人是我。宋野阔说。

你那也叫暗恋啊？你那是赤裸裸的单恋！

这话题下，承禧和张小惊自然都没搭茬儿，他们都佯装不在线。张小惊私聊了承禧，问：你真的想跟我结婚啊？

真的想。

不再考虑一下了吗？万一遇到那种超级大美女呢？

哦，我已经瞎了好多年了。

张小惊立即发了一个愤怒的表情，道：你的意思是说我不是超级大美女吗？

承禧连忙从表情包里找出来一个下跪的表情，边笑着边发出去，道：反正我是先预约了，你自己看着办吧。

你这台词也太烂了，一点说服人的感觉都没有。

那我回头再想个好的。

他抚摸着金霁，看着窗外。

这是他第一次独自过年，好在，是跟张小惊一起度过的。

他望着这个他从小长到大的房间，想起了从前，想起他的那些小本子，以及从窗户里打量张小惊的日子。

是因为张小惊，他第一次一个人出门；因为张小惊的那句"三分球，好帅"，他苦练了几个月的篮球，第一次参加了体育比赛，并拿到了仅有一次的在体育上的荣誉；因为张小惊，他才考入那么好的中学，也是因为张小惊，他的人生才能走得这么远。

他们总是说，你的人生里总会遇到什么人，会彻底改变你，不是这个人，也将会是另一个人。但承禧觉得，他只可能为了张小惊改变，普通的女孩子是很难撼动他那无聊而凡庸的三观的。他太清楚自己是个怎样的人了，若非这奇迹般的女生，他将会一路滑向庸俗和虚无，成为一个无药可救的男人。

再次打开群的时候,张小惊已经忙碌起来,她说:大家帮我看着点超话,有什么需要转发的发给我。

好嘞!

小惊你别去翻超话,你直接点这个链接,这里面是个人求助汇总。

其实那一年春天,娇娇才是最忙碌的,以前全校的人都跟她有关,如今全世界的人都跟她有关。她超强的行动力和调度能力再一次发挥到了极限,每天在群里发布着各种指令:

我让我在泰国和新加坡的小姐妹把口罩扫光了,谁没有跟我说一声。

李喻白的太太是不是要生了?这会儿能去医院吗?

左医生是不是没办法回家?那她住哪儿?沈天泽,你们公司有房车吗?

没有。

怎么回事啊?这么大的集团连个房车都没有?

……我的错,回头一定买。

到后来,她忙的就是别的事了:

程泽,你不是在美国吗?明天你再出去找找,看看还能不能买到口罩。

得令。

呼吸机是什么东西?普通人能买吗?

你们谁在武汉认识有车的朋友?能不能帮忙接送医生护士上下班?

德国留学生协会的口罩到海关了,怎么办出关手续?宋野阔,你们家不是做外贸的吗?是不是比较清楚这个?

…………

疫情结束之后,她瘦了整整一圈,本来她就很苗条,后来更是脱了形。但她还是一如往常,浓妆艳抹并盛气凌人地在小区里晃荡着,提起疫情,她也只是轻描淡写地说:"湖北省政府应该给我发个荣誉奖章。"

这位跟人吃饭还要对方报销车费的小气鬼,捐了整整一半身家出去,说:"钱嘛,没了就再赚好了。"

承禧可真爱她啊——当然了,是另一种层面的爱。

那年春天肯定有很多人都没闲着,若非如此,可能疫情也没那么快能过去。承禧回忆起来的时候,就只记得群里连续不断的链接了,他当然也帮了不少忙,累了的时候才走到院子里休息一会儿,转过头去看张小惊家的时候,有时候大半夜还看到她的手机忽明忽灭地闪烁着。

承禧只得招呼她:喂!张小惊,出来看星星!

喜悦郡到了2月才解禁,那半个月里,消息依然每天都在更新着,一会儿是门把手也会传播病毒,一会儿是狗也能;一会儿是户外可以不用戴口罩,一会儿又是最好戴上口罩。

张小惊还是一如往常,每天都高高兴兴的,认认真真地做着康复,并逐渐开始恢复运动,大清早就在那小小的院子里走走路,活动活动膝盖。

承禧则在墙的另一边看着,有时候两个人聊聊天,有时候则什么也不说。

他们好像又回到了最初的时候,在彻底静止的时间里重新变成了邻居。那时候张小惊也是在院子里跑来跑去的,承禧则在这边一动不动。好像什么都变了,又好像什么都没有变过。

只要他们两个都好好的,那么一切就都好好的。

其实那半个月他们过得并不好,刘爷去世那天,张小惊的爷爷喝了大半瓶白酒,然后在房间里幽幽地哭。张小惊没办法上楼,只能在楼下喊:"爷爷,你要是难过就跟我说话,别喝酒了!"

比如2月初,左医生要出发去湖北,依然是隔着门跟家里人告别,然后她特意看了看承禧,承禧点头。她要说的话,他想他是明白的。

比如承禧的妈妈每天两三个电话,一唱三叹地掉眼泪,或者只是无助地分享最新的通知。

比如忙了许久的娇娇终于病了,因为有发烧迹象,全小区都跟着紧张起来——娇娇可不能病啊,地球没了娇娇还要怎么运转?

全小区的人都轮番吹娇娇的彩虹屁,娇娇还在群里哈哈大笑着,道:继续!不要停!

比如宋野阔的父母又因为那些莫名其妙的事情开始打架,宋野阔第一次还击了他父亲,大半夜打到警察上门,他轻飘飘地说:"老子总算赢了一回。"

比如齐思琪的父母长达几个月没有收入,家里的房贷还不上了,她有点尴尬地朝张小惊借钱……

其实这世界从来都不美好,但承禧只记住了那些美好的部分。

他出生于1999年的10月,跟20世纪只有还在吃奶的那两个月的联系。张小惊则出生在1999年的4月,比承禧还大半岁。以前张小惊总是开玩笑地说:"我上世纪末就已经会走路了,跟你不一样。"

承禧被她的医学常识惊到了,说:"你八个月大的时候就已经满地跑了吗?"

张小惊也很惊讶:"不能吗?"

据说21世纪以前的世界不是现在这个样子的,不管是承禧的父母还是承禧的师父,他们提起从前,总是滔滔不绝:"那时候大家都特别穷,活得也很无聊,家里能有台电视已经算了不起的了,什么汽车、电脑之类,想都不敢想。现在不一样了,时代好了,不过人也更浮躁了……"

承禧想象不出来以前的那个时代。

他长于新世纪，习惯了生活每天都在发生变化，科技和经济日新月异，每个人都很忙，忙着赚钱，忙着学习，忙着旅行，忙着在这个嘈杂的时代里寻找自己……他自己也知道他是运气极好的那种人，从小到大都没有吃过什么苦，也没有受过什么挫折，对于苦难，他一无所知。直到21世纪的第二个十年，苦难以很具象的形式轰轰烈烈地登场，他才重新审视起这个世界来。

"但未来是你们的。"刘爷以前跟承禧说，"这个世纪我是赶不上了，你们呢，到时候要争点气，要让这个世界变得更好一点才行。"

这是个很大的责任了。然而承禧当时年纪小，信心十足地说："你放心，等着瞧！"

如今21岁的承禧虽然对于改变世界已经彻底没信心了，却还是觉得，有一点对不起刘爷。没能让他看到一个更好的世界，他多多少少都有点责任。

刘爷住院后，八哥就飞走了，后来再也没有人见过它。

承禧其实还挺想念它的，他总觉得，那只八哥才是这世界上最了解他的生物，知道他是个骨子里的胆小鬼。

可是他也逐渐地，勇敢了那么一点点。

解禁后，承禧的父母自然是第一时间来接承禧回书茗苑，那阵子承禧吃不好睡不好的，多少是憔悴了一些。承禧妈妈一见到他就抱着他大哭起来，张小惊不好意思送别，倒是张教授在门口跟承禧妈妈道了半天的歉。

"左医生呢？"承禧爸爸也不知道什么时候又恢复了抽烟的习惯，在路边跟张教授聊着天。

"去湖北了。"张教授说。

一听到这句话,承禧爸爸就定住了,承禧妈妈也怔了怔,没敢说话。

回程的路上,承禧思索了好久,才说:"我能不能,继续住在喜悦郡?"

他也没指望他们俩能答应的,连腹稿都打好了。谁知道是承禧妈妈先说的:"行。"

承禧很是意外,妈妈擦着眼泪道:"反正你现在也不小了,往后你要过什么日子是你的事,咱们现在是欠全体医护人员的,我们普通人也帮不上忙,左医生人不在,你去帮着照顾小惊也行……他们家现在缺什么东西吗?"

承禧妈妈大名叫宋慧乔——与那个美貌的韩国女星同名同姓,但除了名字,就一点相似之处都没有了。她是个很平凡的女人,热衷于背后说人闲话,到处打听八卦,家境略有改善之后,她最大的乐趣就是在太太圈里斗智斗勇,但她还真不是做风云人物的料,总是会为自己在太太圈的地位而发愁。

她的缺点数不完,时常可爱得要命,时常又笨到让承禧无奈。然而就象大部分女人一样,她泪点低,心肠也软,于是在这年春天,让承禧凉喜起来。

一回到家,宋慧乔女士就开始翻箱倒柜,把什么贵重的营养品啊礼盒啊之类的都拿出来了,说:"你给小惊的爷爷奶奶吃。"之后又翻出一堆珠宝,说:"你挑个好一点的给小惊,我也不问你们两个是怎么想的了。你既然已经跟人家求婚了,没点首饰可不行,咱们乐家得讲礼数。"

"我们……"

承禧心想,怎么他妈妈比他们入戏还深呢?

宋慧乔女士一本正经地说:"你们男的不懂!该有的仪式还是要有的!女孩子就在乎这个!"

乐建业则彻底惊呆了:"你哪儿来的这么多戒指啊?"

"我自己买的啊,你又不送我,我还不能自己买几个?"

"我怎么就没送你了?你手上戴的那个是什么?"

"这是婚后你才送给我的,而且还是打折时买的,不算数。"

"不是,打折的时候买的又怎么了?"乐建业都惊了,"你想要就直说啊,偷偷摸摸买这么多,脑子有病吧?"

承禧拿起了一个硕大的钻戒,打量了半天。承禧妈妈立即抢了回去:"这个不行!这个太贵了,是给我自己的!"

承禧笑了半天,好吧,他知道女人能介意到什么程度了。

他找了半天才拿起了一枚很朴素的戒指,说:"这个就行。"

那是枚很简单的小环,但胜在是大牌子,足够体面。

他在家里舒舒服服地泡了个澡,又休息了一晚上才回喜悦郡。看到张小惊的时候,他就知道他没做错决定。

张小惊彷徨地站在院子里打量着承禧的家,只是看到那个背影,承禧也能想到她脸上的表情。那年春天,她承受了太多。最要命的是她的腿还没有好,无论是欧洲还是北美都去不了了,职业生涯悬而未决——

然后她回头,看到承禧,愣了一下,就又露出一口白牙,笑了。

"小惊说,她觉得不管她在哪里,好像一回头就能看到你。"

而从此以后,你将会成为一个无论她在哪里回头,都能被她看到的男人。她是这世上最珍贵的女孩,你得好好守着她才行,不能把她弄丢了。

"不是说隔离十四天就行了吗?怎么俩老的还在楼上啊?"承禧爸爸跟张教授寒暄着,张教授皱着眉头道,"就是两个人轮流在发烧……"

"可是这么一直关着怎么行?"承禧爸爸咬了咬牙,问,"要不然去我们家得了?我们家房子大。"

"这可不行这可不行!"张教授又是一惊一炸地摆手,"好意我是心领了,但还是太危险了……"

"这能有什么危险的?大不了就是被传染了呗!现在不是能治了吗?"乐建业又点了根烟,回头望向承禧妈妈。承禧妈妈郑重地点了点头,张小惊突然把脸埋进承禧脖间,很小声地哭了起来。

承禧只是揽着她的脑袋,笑了笑,没说话。

怎么说呢,这俩人总算是和解了,也算是喜事一桩。

张小惊的爷爷奶奶当然还是没去,旁人有心是一回事,自己要不要添麻烦又是另一回事。

不过解禁了,就相当于他们在喜悦郡有两套房子了,之前张小惊住在一楼,张教授就不好意思待在一楼了——那整整一个月,张家也不知道是怎么熬过来的。

现在有两套房子,住法就可以有以下选择:1.两个老人住其中一套,承禧、张小惊、张教授住另一套;2.张小惊跟两个老人一起住,承禧跟张教授一起住;3.张教授和父母住一套,这对小小的恋人住一套……

张教授慌乱又焦躁地在视频里跟左医生商量着这件事,左医生还是破口大骂:"张问桐你到底几岁了?我是来湖北度假的还是怎么着?这种事你也来找我商量?我要是死了呢?"

张教授吓得跳了起来:"你可别乱说话!"

承禧跟张小惊都笑了半天,听到左医生还能发火,他们就都心安了一半,这说明她精神很好,这比什么都重要。

"那个什么……他们俩想订婚……"张教授又说。

"挺好的,订呗!"左医生令人宽慰的声音从手机里传了出来,她叫了一声,"承禧。"

"在!"

承禧连忙答应,接过手机,看到左医生疲倦的脸。她笑了一下才说:"好好对小惊。"

"嗯。"

"小惊!"

左医生又叫了一声,张小惊只是羞涩地把脸埋在承禧身后笑,不肯说话。

左医生立即翻了个白眼,长叹一口气:"算了,我怎么养出了你这么个没出息的女儿?"

张小惊还是笑,左医生又嘱咐了半天她的膝盖问题,才挂了电话。

放下手机后,承禧和张小惊一直望着张教授,张教授挠了半天头,才挥了挥手,算是放行了。

等张小惊住进了承禧家,他才掏出那枚戒指,跟张小惊说:"这个我不是送给你,我是放在你那里,将来万一你不喜欢我了,你就把这枚戒指还给我,但是千万别跟我说,我肯定受不了。"

她很温柔地看着他,承禧很虔诚地说:"我知道我们都还小,将来也许还有变故,你不用觉得答应了就非要遵守什么,如果将来你爱上了别人——"

想了一会儿,他的表情就变了,道:"算了,你还是不要爱上别人了。"

张小惊哈哈大笑起来,她摆弄着那个盒子,问:"我要是弄丢了呢?"

"那就把盒子给我。"

张小惊这才伸出手摸了摸他的脸,说:"好的。"

然后又说:"我不伤害你的,承禧,你对我好,我也对你好。"

承禧这才松了口气,明明他们一直被眷顾着的,但到了这会儿了,才想起说这些话,简简单单的,彼此的心意都明白,他也想不到还会有什么比这样更好的表达了。

当然了，未来还很长——那将是他们两个人共同的未来，只要张小惊在，他就觉得没什么好怕的。

他拿出戒指戴在她手上——其实那一幕挺尴尬的，张小惊的手是真的很大，戒指尺寸不对，只能戴在张小惊的小拇指上。

好在，那只是一个铂金的圆环，戴上去也不违和。

他们俩手拉着手笑了半天，还在考虑怎么宣布这个消息呢，就看到李喻白在群里说：大家好，宝宝出生了，是位八斤六两的小公主，母女都很平安。

这可太好了，村里总算有人继承李喻白的美貌了！

妈呀！李喻白的女儿将来该有多美啊！

沈天泽，你也要加油，给我们弄个帅哥出来！

我喜欢女孩。

有一说一，女孩要是长得像你那可就太糟糕了。

？？？你什么意思？？？

…………

反正到最后，花好月圆村还是老样子，什么都没有变过。这小区是标准的中产社区，住着这世界上极其幸运的一批人，居民的痛苦或幸福都在可预期的范围区间，你可以为了不幸而难过，却不必为了幸福而难过。

封锁的那几个月里，承禧就是靠着这些日常撑下去的，不管世界怎么变，日常却是不会变的。大时代扑面而来，你能控制的，却只是那些分分秒秒，在柴米油盐、鸡毛蒜皮、茶余饭后和家长里短之间，或许有一天这世界会千疮百孔，但只要你还记得这些，你就不会变，世界也不会变。

到了3月，小区里终于为刘爷举办了一个小型的悼念仪式。刘爷的儿女都没法回来，只能靠邻居送他一程了。那时候左医生也回来了，她经历了些什么也没人知道，反正她憔悴了不少，一个人撑着伞在天鹅湖边站了很久。

"你们先走吧，我一个人待一会儿。"左医生说。

承禧只得带着张小惊一起离开。

那时候张小惊已经能脱拐走路了，至于运动能力恢复了多少，暂时也不清楚，但她自己觉得还不错，那应该就不会错。那天下着雨，他们穿过整个小区和童年，在路上，遇到了裴巧若。她挽着一个看起来挺斯文的男人——她依然很美，剪着显得温顺的头发，戴着口罩，笑靥如花。

见到承禧，她很高兴，问："你还好吗？"

"挺好的。"承禧说。

裴巧若望了望他身后的张小惊，笑了，道："一定要好好的啊。"

"嗯，你也是。"

由于社交距离，他们只能短短地打个招呼就离开。待裴巧若走远了，张小惊才说："那个男的在银行工作，追了你的裴巧若姐姐好几年了，她妈妈倒是挺喜欢这个人的，但裴巧若挺犹豫的……"

承禧愣了半天，问："你怎么知道得那么清楚？"

"废话，她是我的情敌，我当然一清二楚！"张小惊笑嘻嘻地凑了过来，说，"你说，你是不是还很喜欢她？"

"你哪儿来的什么情敌？就知道瞎想！"

承禧面不改色，走着走着，忽然停下来，他望着这条他走过许多遍的街道，许许多多的日与夜，很奇怪，周围连一个可以提供参考的地标都没有，他依然记得一清二楚，说："我是在这里爱上你的。"

"啊？"

张小惊茫然地望着周围，那实在是一条再朴素不过的街道：水泥马路，两旁种着低矮的榕树，以及像热带雨林般不断蔓延的龟背竹。

春日迟迟，深深浅浅的绿色不断延伸，细雨和微风让眼前的一切都进入了油画般浓郁的色调。

回过头来看，承禧才发现人生能够那么长。可是能记住的，他都记得。

"所以是什么时候啊？"张小惊问。

承禧故作神秘地笑了一下："你慢慢想。"

他脑海里想起来的是聂鲁达的诗：我在这里爱你，而且地平线徒然地隐藏你，在这些冰冷的事物中我仍然爱你。

够应景的。

4月的时候，张小惊要重新归队。她既然没有办法去海外做康复，那么回队就成了最优选择。他们其实都有点紧张，万一检查的结果不那么好，那么——

张小惊却说："肯定会好的！"

2020年的奥运会延期，未来这个世界会变成什么样子，他们都不知道，但张小惊说："反正奥运会总是要办的，我还是要准备好才行。"

你要跟她一起生活过，才知道她有多认真。那阵子承禧对着电脑上网课，张小惊就在对面看球赛。她看比赛看得很专注，别人都是一场接一场看，她不是，她是一帧接一帧地看。她戴着耳机，哼着歌，看到关键处就暂停，在纸上画着火柴人，勾出她认为的重点位置或者动作。她握笔的动作还是跟小时候一样，趴在桌上，歪着脑袋，挠着头，什么都要想半天。

承禧的余光总是忍不住瞄过去，上课上着上着就开始走神。反正都那么久了，承禧依然很喜欢偷偷看着她，就跟从前念书时一样，他的眼神总是有意无意看向她所在的方向，又在她转头的瞬间移开。

张小惊觉察到了，忽然抬头，承禧立即看向电脑，不自知地笑着。

张小惊也害羞起来，道："都说了你要好好念书！不要总是想着小姑娘！"

"不是大美女吗?"

"又不矛盾!小姑娘也可以是大美女的!"张小惊发表着她的宏论,她说,"我最近换人设了,我要当个靠自己拿奥运冠军的热血大女主!你呢,只是我人生的副线,你一点都不重要的!"

非常好。承禧问:"那晚上你自己做饭?"

"……偶尔让别人做饭又不会损害我大女主的人设!"

"好的,那你想吃什么呢?"承禧还是笑着说。

"唉,我好像不可以再胡吃海塞下去了。"张小惊揉着肚子问,"有没有什么低热量又好吃的东西?"

"让我来查查。"

其实承禧还挺怀念那段时间的,他们总是聚少离多,这下子好了,整个春季他们都没有分开过。到最后连左医生都说:"张小惊,你还要不要当大女主了?"

"要的要的!"张小惊匆匆吻了吻承禧,才飞快地跑回家,开始收拾行李。

临行之前,她又去了一趟泽园。这是泽园女排的小孩子央求的,无论如何也希望打一次球给她看。

那一天是个阴天,用张小惊当年的叙述,是"白色"的天。出于防疫考虑,比赛是在户外进行的,还是那片水泥地,泽园特意把拦网都移动过来了,齐思琪和许云夕,以及育德当年那几个女孩子也都来了。

众人看着那些少女打球——怎么说呢?你要长大了,才能发现小孩子打球有多差。

但她们跟当年的张小惊一样,又认真又不服,问:"小惊姐姐,你能不能跟我们打一场啊?"

"好啊!"

张小惊忽然笑了,回头望了望她当年的队友。大家都是看孩子的表情，换了衣服，然后活动着关节上场。

雨细细密密地下着，跟时间一样一点一滴地落下。张小惊换上了泽园最早的运动服，齐思琪和许云夕也紧随其后，看起来，也是很久没运动过了。

娇娇在球场边上冷笑着，说："小朋友，让你们见识一下什么叫奥运水准！"

那一天人还挺多的，得知张小惊要打球，许久没出门的邻居们都跑出来了。他们都还记得张小惊宣布要成为奥运冠军的那个夜晚，谁知道十二年过去后，她距离那个目标，真的只差一届奥运会了。

张小惊热了热身就走到了发球区，她把球高高举起，一瞬间承禧就叫了起来："你别乱跳！"

但已经来不及了，张小惊还是高高跳起，伸出胳膊——

跟许多年前一样，张小惊跳跃的姿势还是像利刃一样，能划开平庸的每一天。手才刚触到球，她就已经扬起了嘴角。

球以极快的速度落地，泽园的小朋友们当然是没有反应过来，吃惊地望着张小惊。

张小惊稳稳地落到地面上，才得意地笑了一下，说："对不起啊，吓到你们了。"

承禧悠然地看着她，反正本来，她就是一个惊吓的惊。

——也是惊喜的惊。

【正文完】

番外一

朱沐与沈天泽被隔离的十四天

"这是在逗我吗?!"

一接到小区要封闭的消息,朱沐就彻底愣在了那里。

物业人员很歉意地解释着:"实在对不起,我们也是刚接到的通知。B座刚出现了一例确诊病例,为了住户的安全着想,实在不建议您出门。如果您有什么需要可以打电话给物业,我们一定帮您协调。"

高档的小区连物业都不大一样,大冷天的,物业人员西装革履,打着领带,发型也很考究。除了脸上那不合时宜的口罩之外,几乎可以随时去拍电视剧了。

对于封闭她倒是没什么意见,问题是——

这不是她的小区啊!

关上门,她才犹豫着,给房子的主人打了个电话。那人一接起,就还是那种有求必应的语气,问:"怎么了呢?"

他比她小五岁。

每次听到他的声音,她都很尴尬地想,她认识他时,他还是个学生,而她已经临近退役了。

如果只是听他的声音,你又不会觉得他有那么年轻。

"雍茂府封闭了。"

"嗯?什么时候?不过没关系,我可以回村里住……"

他还没听明白，她叹了口气，才说："我在这里。"

他大抵是在开车，找了个位置把车停下来，笑了，道："这就过去。"

也没有办法，沈天泽在市区里的那套公寓简直没法住人，看着是挺豪华的，但里面什么也没有：厨房里空无一物，除了一个葡萄酒酒柜，就只剩下一袋吃剩的饼干和几瓶矿泉水了。

他平常根本不在这里吃饭，想吃家常菜了，也是千里迢迢地开车回花好月圆村，这里实在是跟个酒店没区别。

等了半天，门才打开，朱沐正讪讪地刷着手机，也不好意思抬头看他，只听到他问："你怎么来了？"

"我明天下午的飞机，本来是想着……"

想着什么呢？也不必说完了，春节前夕，一个女人出现在一个男人家里，还能想着什么？

怪只怪她想着给他一个惊喜，也没有提前打声招呼。

此刻她懒洋洋地咬着手指，破罐子破摔地说："你不是明天去接小惊吗？我还想着也算是顺路。"

她的住处到机场是二十公里，这里到机场是三十公里，顺个鬼的路啊？

不过沈天泽还是照单全收了，车钥匙扔到了一边，在她旁边坐了下来，笑着说："那就在这儿住着呗，反正这会儿是哪儿都去不了了。"

朱沐瞥了他一眼，那人明明高兴得不得了，还佯装一副正经的样子，道："我先给小惊打个电话，再给我妈打个电话。你要吃什么？我让他们把东西送过来。"

"十四天呢！"

"所以你得列个单子，想清楚十四天内要吃的食物。"他还是挂着那个喜上眉梢的表情，走到阳台去讲电话了。

朱沐对着手机上的 App 研究着菜单，一想到是十四天，就完全不知道该准备些什么了。许多年来她都习惯了有什么吃什么，自己家春节期间的食物倒是够丰盛的，但那也是为了大家族聚会和来亲戚之前准备的。两个人……两个人应该吃什么呢？

关键是，一想到她要跟他两个人在这里关十四天，脑袋就快要炸了。

"想好了吗？"

那边厢电话倒是打得很快，朱沐一脸惊讶："就说完了？"

"说完了啊。"

"你们大户人家不会嘘寒问暖，絮絮叨叨几个小时吗？"

"这有什么好絮叨的，我都这么大的人了，再说了，今年好多晚辈都不在家。"

"那你爷爷怎么办？"

"他有的是人陪，就算他不想，也总有人上赶着凑过去。"他又笑了，就着她的手看向她的手机，道，"让我看看你选了什么。"

他就依偎在她肩头，手指包围着她的手。她闻到了他身上的香水味，眯起了眼睛，道："这些菜我没一个会做的！"

年夜饭那个归类下的菜几乎都是为了炫技而存在的，简直在压迫主厨。

朱沐可不想当一个为了朋友圈的一个点赞，或者亲戚间客套的几句赞美，就在厨房里光是雕黄瓜就雕半天的女人。反正你做得再好，你老公也都觉得那是应该的，连眼皮都不会抬一下。

她见过太多她父母之间的这些场景了，所以，才一直单身到现在。

再者说，她一个身高一米八六的女人，实在也没碰到过什么像样的人。难得有个人是发自肺腑地欣赏她，结果却是旁边的这个小孩：小五岁也就算了，还是个豪门。

她真的不敢想太多。

但这个小孩可比她沉稳太多了,扫了眼 App 里的菜单,就说:"算了,我让他们自己配吧。"

他直接就躺到了她身上,懒洋洋地把腿伸了出去,从手机里找到号码打过去,说:"周经理吗?我在雍茂府,需要你帮个忙。"

他边说着边抬头看她,于是才有了第一个对视。这孩子的眉眼是真的好看,赤诚的一双眼,什么时候都明澈澈的。

她笑了一下,吻了吻他的脸。他则抬起胳膊,抚着她的头发,还在交代着:"家里什么吃的都没有……是两个人。你可以送到物业,就说是我要的。对,要半成品,比较方便保存的,菜你看着配。水果当然也要,牛奶零食什么的也备一些……"

"打给哪儿的?"

"常去的酒店的餐饮部。"

朱沐又长见识了,原来还可以这样操作。

想想也对,除了酒店,还有哪儿能提供那么全的食物呢?

临挂了,他忽然又说了句:"哦对了,她不吃鱼,也不喜欢吃茄子。"

朱沐怔了怔,他怎么什么都记得呢?

隔离最麻烦的是,要跟一个人朝夕相处。

除了还在打排球的时候,朱沐很少能跟人朝夕相处。即便是跟她父母,她在家里待不到三天也烦了。她出生于一个小乡村,父母都是封建又保守的人,在那里,女人二十五岁还没结婚的话,就彻底失去价值了。

同样地,一个女孩子要是十五岁就长到一米八,其实也没有多少价值。

万幸体育救了她一命。她其实也不是那么喜欢体育的,她承认她被城市养坏了，贪慕虚荣，又爱美，若是人生能重来一遍，或者有得选的话，她宁可去当模特——当年也不是没有模特公司找过她的，但她父母觉得模特这个职业伤风败俗——

然而十多年后，她不过就是喜欢化妆而已，也会被他们认为是伤风败俗。

既然无论如何都要伤风败俗，那就伤风败俗好了。风俗那么容易被伤害，又不是她的错。

可惜道理再明白，表现出来的又是另外一回事。她还记得沈天泽当初跟她表白的时候，她吓了一大跳，经过一番审慎的评估，她当然是拒绝他了，但他说："我知道你担心什么，不过我并不是你以为的那种富二代，不怎么招女孩子的，将来你会明白，我不着急，等你慢慢明白。"

鬼信啊！

后来到了巴西，聊起了感情，娇娇和张小惊才仰着脑袋想了半天，最后两个人一起震惊地说："真的！你为什么没有女朋友？"

"不是都说了嘛，我并不怎么招女孩子喜欢的。"

"我知道为什么！他超笨的！"说到沈天泽的八卦，娇娇就兴奋起来，她说，"他高二喜欢一个女生，也不跟人家说，后来人家都出国了他也没什么反应，那个姐姐等到心都碎了，就干脆不等了。"

"是哪一个？"张小惊问。

"就是教你滑板的，眼睛特别大，特别酷的那个！"

"小亮姐姐？"

"对！就是她！"

而沈天泽默默地听她们聊着，只是垂着眼帘，挂着一个模糊的笑容，之后才喝了杯酒。

朱沐倒是有点意外——他居然还会为这种事情伤心吗？

又是到了很后来的时候，她才发现他是个很长情的人，默默关注了那女孩所有的账号，但除了时不时点个赞，就什么都不做了。

这人很奇怪，对陌生人都可以关怀备至，鞍前马后地，对喜欢的人却一直维持一个很体面的距离，哪怕他很明确地表示过对朱沐的爱慕，但也没有展开什么不可思议的华丽的追女生手段，只是时不时约她见个面，吃个饭，或者喝杯酒什么的。

至于为什么朱沐会有他住所的门钥匙，那是朱沐的失误：他毕竟有着一副诱人的好皮囊，而她也的确空虚了太久。都是成年人了，又都单身，男欢女爱什么的，也没什么见不得人的。

见不得人的其实是在下床的时刻。

譬如说第二天早上她刚醒来，就闻到了房间里的咖啡香。她蹑手蹑脚地走出去，见到餐桌上已经摆好了她的早餐，他正对着电脑忙碌着，冲她笑笑，说了声"早"，就对着电话那头的人说："确定有那么严重吗？那我们武汉的分公司要怎么办？"

朱沐坐下来，捧起咖啡，打量他精神奕奕的脸。如果她要是还像他一样年轻就好了，或者，出身更好一点就好了。

她怎么可能没有自卑感呢？他的人生还没有开始，她的却已经结束了。十多年的职业球员生涯，既没有什么像样的成绩，也没有什么过人的才华，像她这样的运动员，国内一抓就是一大把。她只是胜在还算有些姿色，偶尔能去客串一下主持人，或者参加一些综艺节目。

除此之外呢？等她老了呢？

存款倒是也有一点，但不足以安身立命。上一任恋情发生在许多年前，对方是个篮球运动员，出轨，被她抓了个现行。他笃定她不会跟他分手，因为"你去哪儿找跟你身高合适的男人"？

她当时年轻，无所谓，觉得比她高的人到处都是。之后才发现，男人是真的很介意身高的。

反倒是面前这一位从来没有问过，只是在某次接她吃饭的时候说了声："啊，我忘了，不好意思。"

他那辆跑车，倒也不是坐不下，只是得把座椅调到最低，她跟半躺着差不多。她倒是无所谓，他自己先尴尬了，开车门时很紧张地望着车顶，唯恐她碰到了。然后手指越过她的腹部，小心翼翼地替她扣上了安全带。

她当时在心里笑，怎么会有这么可爱的男孩子呢？

然后也明白，一个女人觉得一个男孩子可爱，意味着什么。

自此之后，那辆跑车再也没有在她面前出现过。他换了一辆越野车，足够大，底盘高。

于是她也不用再穿着高跟鞋，在众人仰视和惊叹的目光中佯装骄傲地上车。后来她都穿平底鞋，恢复最舒服的那种打扮，黑衣黑裤，烈焰红唇，继续撑起她的神秘和骄傲。

"姐姐你真的超美的！沈天泽家里只是有点钱而已，你千万不要觉得你配不上他！"

"有'点'钱？"

她刻意加重了"点"的读音，娇娇却无所谓，道："哼！超有钱又怎样，他还不是要听我的？"

面前的女孩子很可爱，她才不管这个世界究竟是按照什么逻辑运转，反正都是她说了算。张小惊则捂着嘴巴叽咕叽咕地笑，然后莫名其妙地说了一句："沈天泽家里连一吨的钱都没有！你不要怕啊！他很好的！"

什么叫"一吨的钱"？

这两个女孩子完全是沈天泽的绝佳说客，叫娇娇的那个一天到晚都是女王派头，唯独在朱沐面前会捧足够的场；另一个——另一个是个纯粹的傻×，根本不明白人生的复杂。

但她的球打得是真的好，朱沐有时候在电视或直播平台上看她比赛，偶尔也会想，如果当初，她自己更尽力一些，是不是也能打得那么好？

最后是在心里摇摇头，因为很清楚，张小惊是那种有着炙热胜负欲，并不顾一切往前冲的人。他们都说张小惊的先天条件很好，才具备成为奥运冠军的可能——但在朱沐看来不是这样的，她是靠着满腔热爱冲到最前面的，她就算不打球，喜欢别的东西，也依然能做得很好。

但是，能持续不断地往前冲，靠的是没有后顾之忧。

她妈妈，她那个傻乎乎的男朋友，她的家，以及她那一堆不管不顾都永远支持她的伙伴，她的好天赋和好运气，她的简单——

而这些，朱沐没有。

她有什么呢？

她时常在想这个问题，然后在被困在雍茂府第二天的那个早上，才恍惚地想，她是有面前的这个男孩的吧？

是的吧？

整个疫情阶段，沈天泽都很忙，毕竟出了那么大的事，他又是知名企业的继承人。他打电话，说："董事长说捐款的事他自己去联系银行，特殊时期，来不及走财务了。我们在湖北有没有能用得上的工厂？能不能临时生产口罩或者消毒液？"

或者："你跟他们说，整个湖北省的工资照发，让他们别担心。"

再或者："我们在湖北的公司有没有宿舍？能做定点隔离的地方吗？"

又或者："现在我们在国内有多少车辆是闲着的？能不能运转起来？"

更或者："你那边现在有能直接去湖北的小型飞机吗？"

——当然了,是指私人飞机。

据他所说,私人飞机倒是不贵,主要是航线贵,一般人申请的航线都是北上广深之间,很少会有人申请中部城市的,所以还是得打给私人飞机租赁公司。

——又长了毫无必要的见识了。

他暂时还不是个总裁——至少不是影视剧或小说里渲染的那种总裁,隔离的第一周,完全是乖巧地听着旁人指挥,还要抽空给家里打电话,很生气地说:"都这个时候了你还不戴口罩,你疯了吧?小姿昨天都气哭了,你这么大的人了,能不能不要让别人一直操心你?董事长不比你重要吗?董事长都能不出门,你有什么非要出门不可的?世界离了你不能转了吗?"

朱沐还挺喜欢他生气时的样子,大概是因为,也没有多少人见过他生气时的样子。他坐在床上,衣服还没有穿好,眉毛皱成一团,一只手找着袖口,另一只手拿着手机。

朱沐望着他笑了半天,才走过去,帮他把衣服穿好。他原本还是生气的,见到她,顿时又有些腼腆,放轻了语气,道:"你别说这些了,小姿不比你懂吗?你就听话一点好不好?她一个人在国外还要操心着你们俩……舅舅不戴口罩,可舅舅也没有乱出门啊!"

又开始生气了。

朱沐都快笑疯了,哦,原来你们豪门也要因为这些事情吵架的啊?

她心里顿时就平衡了。

挂了电话,他才长叹一口气,躺倒在床上,问:"你家里还好吗?"

"我们不聊这个。"

"为什么呢?"

"因为你听不懂。"

"比如?"

她反倒顿住了，比如什么呢？一时半会儿竟然找不到例子，只得换了话题："小惊的伤还好吗？"

"还不知道，暂时没法做检查，不过她最近能走路了。喏，视频。"

朱沐便凑过去看了看，她其实特别喜欢张小惊的家，那个小院子里真是什么都有，洗衣机、茶花、狗屋、懒人椅……他们一家人生活的痕迹就那么乱堆着，她戴着医用护膝，试着用她受伤的那只腿走路，刚着地，她就吸了口气。而拍视频的人立即紧张起来，张小惊连忙朝这边笑了一下，道："还好，没那么疼。"

——朱沐顿时就笑了起来，说："他们俩还真是可爱。"

"那我们呢？"沈天泽靠在她肩头，扬眉，"我们不可爱吗？"

"一点都不。"她咬他的耳朵，下了结论，"我们只是简单纯粹的下流。"

不过到后来，也下流不动了。

饶是他是个值得信任的人，一起被关在房间里两周也是要疯掉的。

更令人崩溃的是她父母没完没了的电话，说是她妈妈被大伯打了，她气得在阳台上发火，问："你算老几啊？你凭什么打我妈？姓朱的你给我听着，你再碰我妈一根手指我都不会放过你！"

长到一米八六，最大的好处就是，那家里有一半的男人都不敢跟她动手，她之前还特意去学过军体拳和泰拳。

即便如此，只要她人不在，那个家就还是男人说了算的。

她气得颤抖，摔了手机，回过头来，才发现沈天泽正惊讶地注视着她。

当即她的眼泪就涌出来了，她穿过客厅去了另一个房间，把门反锁，道："你别问，让我一个人待一会儿。"

"喂，你开门！"

他在外面敲着门，这房子面积很大，却也只有两室一厅。这个房间没人住，就被他改成了健身室。那阵子整幢大厦的中央空调都关了，说是怕病毒传播。房间里很冷，她身上只穿着一件毛衣——还是他的。

如果她是那种很娇小的女生，她大可以躲进男人的怀里哭，但她不是。

再说，也过了可以钻进男人怀里哭的年纪了。

她只能在一个空旷的房间抱着自己哭，宁可冷着饿着，也不肯开那个门。

哭够了，她才倚着窗户望着万家灯火，心里琢磨着，这下子，要怎么办才好呢？

后来是实在太饿了，才心一横，开了门。

他就在餐桌前坐着，是真的生气了，但也没说话，把椅子上的羽绒服递了过去，又去厨房盛了一直在热的汤出来。她瑟瑟发抖地裹起那件羽绒服，端起汤，但没拿好，手指都冻麻了，碗落在地上，碎了一片。

沈天泽这才皱了皱眉，伸手摸了摸她的手，然后道："你疯了！"

他匆匆去洗手间开了水，拉着她进去，说："你先泡澡。"

有了热水，朱沐才重新活过来了，她大口地喘着气，看着他一趟趟地进出，把什么吃的、喝的、穿的都搬进来了，还拿了温度计和感冒药，说："你自己测。"

"怎么测啊？"她翻了个白眼，哪有人边泡澡边测体温的？

"那随便你！"

他气哼哼地离开房间，之后就没动静了。

而朱沐在里面待了两个多小时才出来，吃饱喝足了，并换好了衣服。

她走出洗手间，才看到他正躺在沙发上，也没开灯，手里拿着高脚杯，垂眼盯着她走出来的方向。昏暗的光线里，他的眼睛闪了闪——

哟！朱沐在心里吹了声口哨，这会儿可算是有点那个意思了。

"你是不是对我一点信任都没有？"

"对。"她直言不讳地点头，找不到另一个杯子，就只好抱着酒瓶喝了一口。

据说他这里都是挺名贵的酒，他专门用来招待客人或送人的。

但那又怎样？暴殄天物岂不是更爽？

'为什么呢？"

'因为我只有一颗心，摔碎了就没有了。"

他凝神。

她说："我就是这么一个人，从来就没有相信过别人，要是信了，可能都活不到现在。我也不知道你能指望在我身上得到什么，但我没有，真的没有，我现在这颗心已经很旧了，很勉强还在用着的，它也没什么缝隙可以让你钻，我也没办法找回天真的我自己——"

本来是想直接说：我们不合适。

但想了想，还是没忍心说出来。

她咬了咬嘴唇，放下那瓶酒，兀自去睡了。

于是后面几天就僵持着，也不怎么说话。反正一抬眼，就是他不知所措又气恼的眼神。

所以说，他就是个孩子呢。

朱沐在心里长叹一口气，是不是从来就没有人教过他要怎么生气？

又或者是，他连跟她生气都不舍得？

好在封禁总算结束了。

她收拾行李箱时他也没说话，拖着行李箱离开时也没说话，直到电梯都快到了，他才突然开门，道："喂！"

"嗯？"她侧头，看着他。

他还是抬着那双乌洞洞的眼睛，总是纯良无害的样子，也不清楚是教养太好呢，还是真的对这个世界毫无防备。

朱沐心里是有点难过的，一想到以后可能再也见不到他，她就觉得失去了什么。

可是她的尊严只能让她面无表情地望着他。

他却走过来，小心翼翼地提议："你要不要去我们家住几天？反正你回去了也没事干，不如跟我一起回去——我知道你怕我们家，不过我家里真的还好，我爷爷——你见过的，他很好相处，我妈妈也还好——要是你不想住在我们家也行，小区里有个酒店——反正娇娇和小惊也都在，你不想在我们家可以跟她们玩……"

他语无伦次地找着措辞，目光始终都没离开过她。那眼神倒是一如既往地坚决，唯独语气是犹豫的。

长廊里无比安静，说话都有回声。

电梯门打开，又关上。连朱沐都愣住了，问："你知道你在说什么吗？"

带一个女人回家，这可不是什么小事情。

"就是……我们姑且试一试好不好？"他拉住她的手，有点难过地说，"我也不知道这时候应该说什么，但你肯定明白。"

这人怎么这么笨呢？连朱沐都惊讶了，给不知道的人看到了，恐怕还会以为，她是什么绝世珍宝似的。

"你还真是……"

他抬起眼睛。

"一点都不会追女生啊……"

他恐怕是以为自己又说错话了，咬了咬唇，茫然地看向一边。

朱沐终于还是忍不住笑了，用仿佛是垂怜他一般的语气道："那好吧——"

他的眼睛又亮了。

"就去住几天。"

她故意冷冰冰地说,他一脸的意外之喜,道:"你等我收拾一下东西!五分钟!"

他阔步回了房间,朱沐笑了半天,从口袋里掏出手机,看着娇娇发来的截图:那个群里正热火朝天地讨论着,全都是娇娇在那里骂人:沈天泽你笨死了啊!你问承禧干什么,他懂个什么表白!

你就跟上去!说你超爱她的!然后吻她!不要给她拒绝你的机会!

你没救了!放着我来!

而娇娇的方式就是把那些聊天记录都发了过来,道:你就当可怜可怜他好了!我们小区的男人都不行的!我跟你讲,这可是千载难逢的暴富机会,就算他父母不同意你也趁机要挟啊,弄个几亿的分手费再说!姐姐我帮你啊!我可是兴风作浪的好人才!你到时候分我一点就行了!我要的不多,百分之十你看怎么样?

朱沐都快笑疯了。

与其说,这世上怎么会有这种富二代呢?

还不如说,这世上怎么会有这么好笑的女孩子呢?

番外二

了不起的凌雪娇

"为什么就没有人追我啊?!"

总算可以出门之后,娇娇就迫不及待地把熟人都叫出来聚餐了,可是一转头,才发现周围都是一对对的,只有她和宋野阔落了单。

"我不算吗?"宋野阔问。

"你当然不算了,我现在都觉得你是追出来惯性了,一时半会儿不知道怎么收场而已。"

宋野阔也跟着笑,看来也是赞成的——没办法,他们俩实在不来电,如今是货真价实的好哥们儿,他认识了漂亮女生还会问一下她的意见,她也是有什么事都优先找他。宋野阔总是开玩笑地说:"你结婚之前我绝对不结婚,万一你回头连个合适的人都找不到,我好给你个地方躲风避雨——"

娇娇立即抬眉:"这又是哪儿看来的?"

宋野阔抓抓头发:"微博上——"

娇娇翻了个白眼,专心地打量着她刚做完的指甲,说:"无聊!我就希望有个英俊潇洒的男人能干脆利落地跟我说——我把所有的钱都给你花,你爱怎么花怎么花……"

承禧趁机吐槽:"世界首富都未必有这个底气这么讲话。"

"我干吗了?我花钱好节约的!"

"你那是花自己的钱节约,花别人的钱你可没省过。"

娇娇立即眯起了眼睛:"张小惊!"

张小惊:"乐承禧!"

承禧立即举起手来:"我的错……"

麦粒等人都笑了起来,这么多年过去了,也就她这些好闺密还不离不弃地帮她出着主意:"其实沈天泽那个表哥就不错啊,刚好也喜欢你。"

"那不行,他真的太傲慢了,以为家里有点钱就什么女人都能追到,成天看不起这个看不起那个,油腻又自大——沈天泽这么个正统继承人都没他那么嚣张!"

"给你连续发了好几年私信的那个帅哥呢?"

"别提了,照片都是修的!我跟他吃过一回饭,见到他之后觉得连乐承禧都变顺眼了。"

承禧一脸无奈:"……不是,我都躲这么远了,为什么你还能一个回旋镖打到我身上?"

"这当然主要是……"娇娇叹了口气,没把话说完。

这当然主要是因为,张小惊不介意啊。她最好的那些闺密也都防着她——没办法,谁让自己长了一张那样的脸呢?也就张小惊一天到晚傻乎乎的,是真的喜欢看她跟承禧你来我往地交锋,自己还捂着嘴巴笑半天。

这个张小惊,真是无药可救了。娇娇有时候也在心里感慨,幸好,她遇到的人是承禧。

换了别人的话,恐怕就觉得他们是在打情骂俏了——但承禧很有分寸,知道什么时候话题该戛然而止,也知道什么话可以说、什么不可以说。

这么一想,娇娇又觉得,其实承禧也还是不错的。

不过她肯定不会夸他的,毕竟她也骂习惯了。

承禧也很认真地分析着原因:"你这个人最主要的问题呢,是有人追你你也能把人吓跑了,就好比前几年那个男的,站在你家楼下喊你名字的那个——你不喜欢也就算了,泼别人一身水算什么呢?"

宋野阔补充道:"还是热水……"

不提这件事还好,一提起娇娇就生气了:"那是他有毛病!大半夜跑到别人家喊什么啊?邻居不用睡觉的吗?再说了,有什么事是不能打电话说的,以为半夜站在那里就有人感动啊?跟个鬼一样又是玫瑰又是蜡烛的,那不是有病是什么?"

她骂完了,众人沉默不语地望着她,宋野阔笑着,适时举起杯子:"来,喝酒。"

结果张小惊突然想起什么似的,说:"其实我觉得你跟庄澄比较合适,你特别爱闹,他刚好不爱说话!"

"你是怎么把我跟他联系到一起的?"娇娇都震惊了,说,"而且我最讨厌的人就是他了!"

其他人都笑了起来,只有承禧问:"庄澄是谁?"

非常好,她就等着这一刻呢!

娇娇先是翻了个白眼,然后抬起下巴,递给张小惊一个默契十足的眼神,才用讽刺的语气道:"哦,你暗恋了人家裴巧若那么久,连庄澄都不认识啊?"

裴巧若这三个字就是承禧的死结,反正无论什么时候提起来,他都是不好意思地抓着头发,看向张小惊——张小惊则是哈哈大笑着,等着承禧无奈地望天:"所以这个梗永远过不去了,是吗?"

众人狂笑,娇娇则心满意足地想,反正不管是不是单身,她的日子也没无聊过,总是有这群活宝陪着她玩,她并不寂寞。

花好月圆村还是老样子,但终究有什么是变了的。他们那群象牙塔里的学生或运动员不明白,经济大不如从前了,每个人都很紧张。

她是小生意人的孩子,所以最清楚这一点。倒也不单只是爱钱,而是她跟妈妈两个人过得太苦，从她幼年时代开始，她就习惯了每天跟着她妈长吁短叹的，一天进账多少、净收入几何，直接影响了她们俩的晚饭质量。她们家就母女两个人相依为命，每一毛钱都是血汗钱。

至于她生父——谁知道呢？反正她也好多年没见过他了。

"我看男人的眼光是真的差，所以你将来可千万别学我，要聪明一点。"

妈妈总是这么跟她讲，以至于她小学还没毕业，就对"男人"这两个字起了疑心。什么情啊爱啊的都不算数，还是钱要紧，只要有钱就无所畏惧，这是娇娇的人生信条。

就这么着，到了二十多岁了还是单身，也不是没遇到过好男人的，但是——

总是缺了点什么。

聚会散场之后，娇娇独自回家，进楼道的时候邻居们还是一如既往地警惕地望着她。长得太美就是这点惨，还没来得及干点什么坏事呢，人人就把她们母女俩当祸水了。

娇娇在心里暗骂：呸！就你们这些人的老公、儿子，也配？

清风阁是小户型，跟喜悦郡之类的地方不一样，这里的居民都过得紧巴巴的，既没有钱，也没什么文化，一到夜里就无比吵。夫妻为了那么点鸡毛蒜皮的事情吵架，为了孩子不听话吵架，为了老人吵架，为了国家大事吵架⋯⋯时不时又伴随着婴儿的啼哭声和狗叫声，当真是无药可救了。

娇娇摇曳着身姿上楼，经过齐思琪家才发了个微信给她，问：你家里还好吧？

最近还好。齐思琪回复。

晚上干吗不跟我们一起出去玩啊？

功课忙。

这女孩是真的惨,高考没考好,从此连门都不敢出了。从娇娇的角度来看,其实她已经很不错了,但她父母就是不肯放过她。什么985啊211啊,娇娇也弄不明白,她就是觉得,人生只要尽力就行了,搞那么复杂干什么!

同样不被放过的还有裴巧若,也是已经足够优秀了,但是不行,还不够。她好端端一个漂亮女生,最后愣是被逼到了连笑都不会的程度。

或许是人在无助的时候就会追求什么精神支柱之类的东西,以至于让裴巧若干出了在庄澄家楼下哭了好半天这种事情——娇娇当年一听就孑毛了,你作为女生的尊严呢?怎么能在男生楼下哭?

——至于男生站在女生家楼下。哦,那就是理所应当的了。男人就是这样,跟女人不一样。

那年娇娇带着几个女生一起去了云顶山庄,夏日的夜晚,裴巧若依然穿着浅色的裙子,抱着膝盖坐在路边。

那画面其实很美,但还是忧伤得过分了一点。云顶山庄也不全都是带泳池的房子,也有那么一些是没有泳池的——庄澄就住在没有泳池的那种别墅里,三层的大房子,他站在其中一间里,透过落地窗,很困扰地望着裴巧若。

他是那种,非常非常高贵,又非常非常冷漠的人,父母都是知名艺术家,搞得他一点地气都不接,他喜欢肖斯塔科维奇、艾瓦佐夫斯基、托尔斯泰……

麦粒跟娇娇说的时候,娇娇的白眼都快翻到天上去了:"他就没有喜欢过名字短的人吗?"

麦粒想了半天,才问:"瓦格纳算吗?"

娇娇对艺术一无所知,什么灵魂世界她也不在乎。她就喜欢庸俗的东西:钱、闪闪发光的首饰、呼风唤雨的能力,以及提起"娇娇"二字,旁人都得肃然起敬的表情……

沈天泽曾经精辟地点评过娇娇，说娇娇一个人就是一整个灯火人间。娇娇听了，很是沾沾自喜，这多好，她就喜欢灯火人间。

于是那年夏天，这位行走的灯火人间，站在那位对人间烟火一无所知的贵公子家楼下破口大骂："你到底是不是人啊？人家女生坐在你楼下哭！你就不知道下来安慰几句吗？"

庄澄皱了皱眉，没说话。

后来是沈天泽替庄澄解释了，他说："他跟裴巧若实在是不熟，巧若这个女孩子……"

沈天泽想了想，自己都困扰了。

这位出了名的乖巧温顺的女生，仿佛酝酿着非常可怕的能量，然后在那年夏天干出了这么一件荒唐事之后，就再次沉寂了下去，生命力彻底被消耗完了，之后就继续当着她安安静静、冷冷清清的小仙女，行尸走肉一般地活着。

裴巧若的妈妈很满意，道："女孩子还是听话一点比较好。"

乐承禧的妈妈表示赞同。

而娇娇的妈妈和左医生则长长地叹着气，说："女孩子光是长得漂亮也不行，还是得有点主见……"

"但再有主见的女孩子也会遇到感情的啊，有时候一遇到就……"

"所以我一直跟娇娇说，真的爱上什么人的时候就赶紧跑！有多远跑多远！"

左医生一言难尽地望着娇娇的妈妈，说："你这个教育方式也有点……"

那时承禧在市区读高中，所以他不知道。即便他在小区里，娇娇也不会让他知道的，有关那年夏天的裴巧若，是只有女生们才知道的秘密。她们也帮不了她什么，只能想办法挽救她的名声了。

裴巧若后来才说："我就是想叛逆一次。"

"你这叫什么叛逆啊？你不高兴我带你去蹦迪啊！小区里那么多

女生可以陪你玩，你干吗非要去找男生不可？"

娇娇怒不可遏，怎么一个个，都能为了男人要死要活的呢？没出息！

"做人还是要骄傲一点才行，尤其是女人，千万不能太把男人当回事了。男人都是贱骨头，给他们一点好脸色就蹬鼻子上脸了！"

娇娇日常的爱好就是跟她那位依然妩媚妖艳的老妈一起吐槽，两个人边看着电视剧边忙活着。受疫情影响，她的小生意一落千丈，人都不出门了，自然也不需要漂亮衣服了。她从去年年底就开始筹备的春季上新订单寥寥，但工厂的货款还是要给，工作室的工资还是得照发不误。

望着后台惨淡的数据，娇娇有点发愁，又看了眼银行账户里的余额，最终决定倒杯酒。

"你说夏天的时候生意会不会就好了？"娇娇问，"你们非典时期是怎么熬过来的？"

"那不一样，当年一家店反正也就只能卖几件衣服，关门一个月影响没那么大。"

娇娇盘算了半天，有些惶恐地问："我们俩以后会不会要喝西北风了啊？"

娇娇的妈妈便笑了，说："怎么可能呢？我怀你那年，口袋里只剩三百块钱，还不是把你养大了。"

"你也是心大，都那样了，直接把我打掉不就完了？"

"那疫情期间谁陪我说说笑笑啊？"

娇娇又笑了起来，她们俩说话一向是没个分寸，语不惊人死不休。这小区里的妇女们提防着她们，倒也不是没有原因的。也就她的那些好朋友，以及左医生是真的对她们好。左医生时常说："我们小区里呢，还是娇娇母女两个最有生命力，什么都能熬过来。"

一杯酒下肚，娇娇才伸了个懒腰，道："实在不行，我找个有钱人嫁了算了。"

妈妈立即道:"就你这个脾气,谁能受得了你?"

"我这么美!脾气差一点又怎么了?这个世界上肯定有那么一些有钱的蠢货在等着我!"

"瞧你那点出息!你就不能想着,这世界上有一些又帅又富又聪明的人在等着你吗?"

"那不行,聪明人不好骗,我觉得我还是比较适合跟蠢货一起过日子。"

母女俩一前一后地到洗手间卸妆、洗脸,并一丝不苟地涂上眼霜、晚霜、精华,敷上面膜。电视剧正好演到高潮了,女主角正在跟男主角接吻,配乐和镜头无比煽情,弄得激情澎湃的。

娇娇"噗"的一声就笑了,道:"多大点事啊,加什么背景音乐?"

"你别说,万一遇到真爱呢,其实连对视都很缠绵的。"

"就你懂!结果还不是把肚子都搞大了!"

"凌雪娇,不要以为我在做面膜就不会打你。"

"凌美美,我都二十多岁的人了,不要以为我还怕你威胁!"

夜深了,她们才各自回房间睡觉。娇娇的微信里至少有几百个群,她一个个点开,看着看着,索然无味地关掉了手机,在暗夜里茫然着。

终究还是,有点怕的。

这世界终于又恢复正常了,娇娇却还没有恢复。她需要一些新东西来刺激一下,需要有个人能帮她出出主意,最好是,能让她短暂平静下来。疫情以来,她的脑袋就没静下来过,总是乱哄哄的,吵得她头疼。

为了解闷,娇娇找了沈天泽,问:你的跑车呢?借给我出去兜兜风!

在家,要我开过去给你吗?

不用，我自己去拿。

到达云顶山庄的时候，朱沐正跟沈天泽的妈妈在院子里摆弄那些花，沈天泽的妈妈在一旁交代着："雨季就是得打药，不然一死就死一大片，染上红蜘蛛，很麻烦的。"

见到娇娇，沈太太就笑了："哎呀，你怎么来了？"

曾有一度，这位太太还以为娇娇才是她未来的儿媳妇，但太可惜了，她儿子对她一毛钱的兴趣都没有。她外甥倒是兴趣满满，然而她外甥又是个垃圾。

"沈天泽呢？我来借车！"娇娇冲朱沐点点头，打趣道，"你这准少奶奶还当得挺像那么回事的！"

朱沐根本不买她的账，慵懒地笑着，说："在里面等你呢，说是有礼物给你。"

一听说有礼物，娇娇就眼睛放光地进去了。

沈家这幢别墅还是难得这么清净，以往总是挤满人的书房此刻只有沈天泽一个人在。新冠病毒对老人的杀伤力更大，沈家要保护董事长，自然就限制了客人的数量。会议桌上摆满了礼盒，沈天泽说："你不是爱喝酒吗？今年家里又收了好多酒，也没人喝，你拿几瓶回去。"

"我可以拿多少？"

沈天泽无奈地笑："你意思意思就得了！我倒是无所谓，谁不知道你一拿走就转头卖了？这里面有好多也都是别人订制的，回头被人看到了，我都没法解释……"

娇娇一脸失望，问："那……哪瓶比较贵？"

身后忽然传来了一声很轻的笑声，娇娇回头，看到一个男人正倚着门框，饶有兴趣地看着她笑。

他就喜欢穿那些贵得要死又一个标识都没有的设计师款的衣服，纯色的，宽松的，简约的，有距离感的。

但她从来没想过他也是一个会笑的人，也没有想过，他笑起来是非常好看的。

当娇娇回过头的时候,反倒是他凝了凝神——反正男人看到她的正脸都是这个表情,但她也没有想到,他跟别的男人也是一样的。

娇娇自己也顿住了,心里暗叫:救命啊妈妈!他好帅啊!

她转回头去,小声尖叫:"他是什么时候回来的?为什么他也在这里?"

"噢,他来陪我爷爷聊天。"沈天泽还想着给他们介绍呢,娇娇就跳起来叫道,"车钥匙!"

"你干吗?"沈天泽不明所以,还是把车钥匙递了过去。娇娇接过去就是一阵小跑,直达车库。

娇娇严格地执行了她妈的教育,一旦爱上一个人,最好赶紧跑,有多远就跑多远。

但沈天泽家那个车库呢,是需要另外的钥匙才能开门的。

她跳到了驾驶座,发动了车子,之后就愣住了。这会儿再回去要车库钥匙是不是特别傻?

她还在纠结着,那人就跟过来了,很好奇地问:"你是谁?"

娇娇侧头,看了他一眼。

他实在是比记忆里成熟太多了,还是冷冷的一张脸,当那张脸充满善意的时候,就变得典雅起来了。他好奇地打量着她,那天她穿着白衬衣和阔腿裤,戴着金色的大耳环,是想打扮成显得很高级的白富美的,却还是忍不住戴了一连串的手链,一抬手就叮叮当当地响。

他觉得很有趣,眼角弯弯地望着她,跟看一只猫似的。

其实他是个很成熟的人,据沈天泽的介绍是,他不怎么喜欢说话,对人也没什么兴趣。他是有个小世界的,那个世界跟这个世界……只是有一点微妙的距离罢了。

娇娇那时候还很困惑,问:"你怎么会跟那种人成为好朋友的?"

沈天泽却说:"其实他很有趣的,你认识了就知道了。"

——他是不是有趣如今娇娇也不在乎了,反正她很有趣。

她熄了火,伏在方向盘上,当即就说:"我叫凌雪娇,住在清风阁,我是单亲,也没念过大学!我不喜欢名字很长的人,对什么斯基毫无兴趣!你不要过来!我不是想跟你说话的!"

——凌雪娇你去死啊!娇娇在心里尖叫,你这是在干什么?!

——但他都追到这里了,肯定就是那个意思了吧?不然这是在干吗?

庄澄有点困惑,问:"名字很长的人?"

"什么什么斯基之类的……"

"哦——"他听懂了,又笑了,问,"那你喜欢什么呢?"

"我就喜欢看言情小说和网络小说,以及那种爆炸个不停的电影!我喜欢花钱,还喜欢漂亮衣服,以及特别贵的餐厅和酒店!约我的话一定要去很贵的地方才可以!——该你了!"

"我?"庄澄想了半天,才说,"我好像无所谓这些,也喜欢看女孩子穿得漂漂亮亮的。"

"那就好。你还有所谓什么?"

"我比较怕无聊,不太喜欢很平庸的人。"

"我就很俗气!"

"俗气并不代表平庸啊,你好像,非常特别。"

娇娇顿时脸红了。

他在车库旁边的椅子上坐了下来,气定神闲地望着她,问:"还有呢?你还喜欢什么,讨厌什么?"

"我最讨厌不负责任的男人了!我认为对女生不好的男人都是人渣!说话不算数的也是人渣!"

庄澄侧头想了半天,突然想起了什么,说:"你就是那个到处说我是人渣的女孩子……"

"……对。"

"还印了很多传单到处发的那个……"

"……对。"

"在我家墙上用油漆乱涂乱画的也是你？"

"……"娇娇沉默了半天，才说，"对……"

——还是沈天泽帮她求的情，他们家人才没有报警。

他忽然就笑了，惊讶又温柔地说："你都长这么大了呀！"

啊！要死！

听到那句话的瞬间，娇娇就彻底沦陷了，她甚至觉得，如果他们俩结婚的话，她来出钱也是可以接受的——不过当然了，只是领证的那十几块，其他钱还是要他出才行——艺术家很有钱吗？他住在云顶山庄，应该还是很有钱的，对吧？这几年他都在哪儿？哦对了，一直在海外周游着学艺术。但他到底是学什么的？

算了，不重要。

"我对艺术一无所知。"娇娇说。

庄澄又笑了："谁又敢说他知道呢？"

反正有那么很长的一段时间里，他们的目光都没离开过彼此，娇娇侧头看着他，半张脸都埋进了臂弯，只露出一双眼睛。他也眼含笑意坐在椅子上看着她，车库侧门半开着，他一半人都隐在阴影里。

以前娇娇根本不懂别人说的什么电视剧电影的打光啦之类的，这会儿却一瞬间就明白了，哦，原来光线真的是有意义的，一见钟情是有意义的，爱情也是有意义的。

世间万物居然都有了意义，因为这个人，她小时候所有的无理取闹和泼妇行为都有了意义。

什么生意啦、疫情啦、有关男人的原则啦都被娇娇抛到了脑后，她只是在想，电视剧都是骗人的嘛，哪来的什么背景音乐？爱上一个人的时候，明明就是寂静无声的。

怎么会那么安静呢？好像所有人都消失了一样，就只剩下了他们俩。

他能让她安静下来，多么不可思议。

"那裴巧若……？"

"应该是我的错吧，我可能给了她错误的信号。"提到这件事，庄澄依然很困扰，道，"她是个很孤单的女孩子……"

"所以你就不该对她笑啊！"

庄澄都愣住了，问："笑也不行？"

"不行，笑了就要负责！"

庄澄侧头，一只手托着腮，手指沿着太阳穴滑动着。他反正是，从来没见过这么不讲理的人，但她是真的很美，那种热闹的、澎湃的、活色生香的美——她似乎，比瓦格纳什么的有意思多了。

"那我刚才——"

"对！"

娇娇根本不让他把话说完，她是真的害羞到了极限，可是一想到他跟上话题了，她的心还是怦怦跳了起来。

她就是忍不住，恨不能直接说：没错就是你！你刚才对我笑了！你要对我负责才行！

庄澄又凝视了她一会儿，才站了起来，道："好吧……"

娇娇立即就紧张起来："你去哪儿？"

你不许走！不许走！

"我要去拿一下外套，你想先吃东西还是先去兜风？——琴园可以吗？算不算是很贵的地方？我有点饿了。"

"可以的！我也有点饿了！"娇娇直白地说。

她的目光一定很缠绵吧？才会让他几步就走了过来，犹豫着，伸出手，抚了抚她的嘴唇，说："那你等我。"

救命！他怎么可以直接摸她？他是不是在国外待久了就觉得可以随随便便摸女生？知不知道摸了就要负责的？

然后庄澄就在这时候又回头了，道："这个也是要负责的，对吧？"
"……对！"
他便又笑了，说："知道了。"
等他离开了，娇娇才拿出手机，发微信给沈天泽：三秒之内我要庄澄所有的资料！所有的！
你不是最讨厌他了吗？
现在不讨厌了！
沈天泽发了一大串的"哈"之后才又发了张名片过来，娇娇还准备添加，才发现她的好友名单已经满了。
5040个。她怎么会认识那么多人的？那些人都是谁啊？干吗要占据她的通讯录。
想也不想，娇娇就把排在最前面的，沈天泽的账号给删了。
沈天泽正准备展开讲讲庄澄这个人呢，就发现自己被删除了，他震惊地望着手机。
这时候，庄澄恰好走了进来，拿起外套道："晚上不跟你们一起吃饭了，我在外面吃。"
看到他的表情，沈天泽就愣住了——庄澄从来就不是一个爱笑的人，但这会儿脸上的愉悦表情已经快溢出来了。
他也是愣了半天才道："你跟娇娇说，她要是不把我加回来，以后就别想蹭我的好东西了。"
庄澄皱了皱眉，问："她干吗非要蹭你的不可？我又不是没有。"
我的天！沈天泽在心里长叹一声，连忙打开群道：娇娇完蛋了！
而此时此刻，凌雪娇正在脑海里盘算着，等一下要点什么菜，用什么表情吃东西，微笑的时候要拿出怎样的嘴角弧度，还有侧头的时候应该要有怎样的小动作，才能最让人心动。她一定得要沉住气，演一个高贵大方的女神出来，一个细节都不能错，他是她的人，谁都不能抢！

可惜旁边的人刚落座,她就已经破功了,一开口就是:"我明后天也都有空!"

庄澄微微笑,说:"好的。"

"要是你不想花太多钱的话,我们也可以在公园里散步的!"

"这么快就改口了吗?"

"哦,我这个人可以随时都没有原则的!"

庄澄真是被她逗得快笑出声来,他说:"没关系,我们可以先看看你究竟能花多少。"

——救命啊!他怎么可以这么完美!

娇娇在心里感慨,居然真被张小惊说中了一次,她跟庄澄,就是天生一对!——不是也得是!必须是!

他是能令她静下来的男人,她则是能让他笑起来的女人。兜兜转转这么多年之后,娇娇才反应过来:哦,原来你在这儿等着呢!那句话怎么说的来着?早一秒晚一秒什么的?

她也不准备按部就班或者依照什么模式来了,一步到位地说:"我不管!只要你打开这个车库门,以后就是我的男朋友了!我可是从来都不讲道理的!而且很爱胡搅蛮缠,你现在走开还来得及!"

"是吗?"

庄澄还是笑,却按了按手中的遥控器。

车库门打开,光照了进来。

番外三

只有你知道宇宙和森林的秘密

"我要上场了!为我加油!"

发完这条短信之后,张小惊就把手机放进了包里,跟随其他队员一起出场。

这是她第一次参加奥运会,第一场比赛。

小组赛阶段,对手也不是她最畏惧的那些球队,以至于,其实也没什么紧张感。她压力最大的依然是2019年的世界杯,第一次跟奥运队一起比赛——由于那一年比赛过多,现役球员们需要在小比赛中轮休,张小惊才有机会在那种大赛中出场。

她迄今依然记得那时上场前,她连手都抖了起来。她自己都呆住了,还以为自己天不怕地不怕呢,结果没想到会吓成那样。

但她似乎总得经历那么一次令人窒息的高压,之后才能变得从容起来。

现在她已经不是2019年的张小惊了,这世界上彻底没有人能让她紧张害怕了。

她看了看自己的膝盖,又看了看赛场的右上角——如果承禧在的话,就总是会坐在那个方向。

问他为什么,他也不说,直到张小惊有一次自己买票看别人的比赛,才反应过来:哦,那是离她最近的位置。

自由人,永远在后排。

旁人都是坐中间,这样才能同时看清两支球队,承禧不是,他就喜欢坐那些边边角角。

她发现这一点之后问他:"那球队换位置之后呢?"

他就会笑笑,道:"这样不是正好吗?"

隐藏的后半句话则是——刚好可以看到你的脸。

乐承禧这个人,反正有话永远都不会直说的,就像他从小到大给她送过的生日礼物一样,什么莫名其妙的童书啦,寓意诡异的巧克力啦,会动的项链啦……

好几次都是匿名送的,张小惊自己还没反应过来呢,她妈妈就先吐槽了:"承禧的脑子怎么总是这么弯弯绕绕的。"

那是她收到那条项链的时候,那一年她收到的匿名礼物还挺多,晚上她在家里拆着礼物,妈妈把玩着那条项链道:"啧,还挺有意思的。"

"你怎么知道是乐承禧送的?"

"除了他还有谁会想这么多?"妈妈翻了个白眼,又拍了拍冰箱,说,"你自己看看你的梦想清单!"

那张梦想清单还是张小惊刚住到花好月圆村时自己写下来的,那时她妈妈跟她说的是,做人必须得有梦想才行。她千辛万苦才凑够了十条,年岁太久,字都褪了色,但第一条还是被她越描越清晰:成为外星人。

但外星人跟星系有什么关系嘛!张小惊想。

其实她还挺喜欢那条项链的,是可以活动的那种,按照大小顺序叠在一起就是一个平面,摘下来转动,就是整个立体的太阳系。再不怎么了解首饰,她也能看得出那条项链非常精致,是用心挑选出来的。

她高高兴兴地在那里玩着,还想多跟妈妈聊几句,妈妈突然瞪大了眼睛，道："怎么太阳系就剩八个行星了？"

"冥王星被除名了啊，你不知道吗？"正在对着电脑批改学生作业的爸爸道。

"为什么？什么时候的事？"妈妈震惊地把爸爸挤到一边，说，"让我查查！"

"你自己不会用手机查吗？"

"这都好多年前的事了，你怎么都不知道？"爷爷也搭着腔，"说是冥王星太小了，也不符合行星的定义……"

"凭什么啊？"妈妈又开始暴怒，"凭什么说开除就开除啊？"

奶奶则说："你怎么一天到晚就在为这些事生气啊？有空你过来帮我看一下下周的菜单……"

"让张问桐看，我先研究研究冥王星是什么时候被除名的！"

反正在张小惊家里，聊天是从来没什么主题的，一向是一个话题刚开头，十秒之内就换到另一个话题了。张小惊总觉得她的脑子里塞满了他们的聊天废料，他们都已经忘了，她却还是可以沿着那个话题在思绪里迷了路。

不过这一天张小惊没注意到他们在聊什么，只是在拨弄着那条项链，不停地转来转去，在脑海里一个个地想着那些星球的名字：水星、金星、地球、火星、木星、土星、天王星、海王星。

其中地球上镶了一枚小小的蓝色碎片，非常可爱。

这些星球有什么共同点呢？

它们都是绕着太阳转的。

所以这项链的意思是不是，她就是太阳，他是围绕着她转的意思？

是的吧？肯定是的！

张小惊想了一会儿就开心起来，之后带着金雳出门散步去了，走到某个路口时才停了下来——

继续往前走的话，就是书茗苑了。

她有点想去，但又不太好意思，毕竟她现在是个青春期少女了，妈妈说了，她得要跟男生保持距离才行。

张小惊从小就知道她跟别人不太一样。

她觉得这个世界很慢很慢，时间很慢，长大很慢，同龄人走路和说话的速度也很慢。在搬到花好月圆村之前，她是在 X 大附属小学念书的，那个学校里的人都懂得很多，认识的字比她多，数学题也算得很快，却总是一动不动地端坐着——他们真是超无聊的，根本分不清猎豹和花豹，也不知道热带雨林和大草原的区别。

其中有个男生也不知道是太喜欢还是太讨厌张小惊，总是揪她的辫子，有一天还掀了她的小裙子。张小惊就气疯了，抓住那个男生暴打了半天，把他的门牙都打掉了。

事后两个人被请了家长，当时的班主任说："张小惊，你一直这样将来是会嫁不出去的！"

张小惊还没说什么呢，左医生就皱眉了："请问您是什么意思呢？"

"我还能是什么意思？她一点女孩的样子都没有。"

左医生也没有生气，也没有反驳，只是当天晚上就决定带张小惊转校。她说："小惊不适合这种学校。"

张教授很困惑地说："可是……这是最好的小学。"

"所以才不适合小惊。"

左医生非常坚持，她宁可张小惊成一个文盲，也不想让张小惊成为一个没有自己的人。

更小一点的时候，左医生带着张小惊看《狮子王》，跟她说："你要记住这句话，Remember who you are——啊！这句台词写得真好！"

又问："你有没有觉得娜娜比辛巴勇敢得多？辛巴被吓跑了，娜娜却没有跑?"

张小惊则说:"可是我喜欢彭彭。"

左医生惊讶地问:"为什么呢?"

"因为它救了辛巴,丁满都不敢,彭彭就敢!"

左医生扬了扬眉,问:"那你遇到辛巴会救它吗?哪怕它比你吓人?"

"辛巴才不吓人呢!彭彭也不吓人!"张小惊眼珠子转了几圈,说,"反正我就是喜欢彭彭!"

左医生顿时就笑了,说:"非常好!那你也要当一个非常勇敢的人才行。"

那阵子张家自然是又吵又闹的,但到最后,还是左医生赢了。

左医生曾经是个摇滚青年,摇滚青年,自然是非同凡响的。张教授是拗不过她的,在张家,一向是左医生说了算,张教授只是负责替左医生说服其他人,比如他的父母,比如左医生的父母,比如他的同事、他的朋友……

所以对张小惊来说,相濡以沫,就应该是这个样子的:总得有一个人,要为另一个人去挡住全世界才可以。

小的时候她还以为,她肯定是为了恋人去挡住世界的人,长大后才发现,好像也不是这样的啊——

第一次到花好月圆村的时候,张小惊可高兴啦,又是花又是树的,小区里还有很多小狗和小猫,还有好多壁虎和蜗牛,像个热带雨林一样。

她蹲在地上玩蜗牛,帽子里装着的是妈妈新给她买的宠物——实在没办法给她弄一头野猪,只能拿豚鼠滥竽充数。张小惊却发自肺腑地相信,她的彭彭有一天是会变成野猪的。

就是这么着,见到了乐承禧。

在她印象里,承禧是个非常可爱的小男孩,戴着一副黑框眼镜,像哈利·波特。她很喜欢哈利·波特，觉得自己也是有魔法的，总有一天会收到猫头鹰送来的信——

但这个人，天哪！他怎么会那么胆小的？

看到他哭的时候张小惊都震惊了，她还是第一次把别人吓哭呢！

她想了很久，最后得出结论：她是不是得好好保护他才行？

比如说，你是不是也是，看了天鹅就会开心呢？那么我们一起去看天鹅好不好？

但他真的好烦啊，尖叫什么啊?!

左医生跟张小惊说过："这个世界规则是很多的，到处都是条条框框的，你呢，也要假装自己是个正常人才行。"

"什么是正常人呀？"

"就是非常遵守那些条条框框的人。"

张小惊想了一会儿，说："噢，我知道，就是会说'你好'和'谢谢'的那种人。"

左医生笑了，说："对，就是会说'你好'和'谢谢'的那种人。"

"还要成绩好。"

"是的，还要成绩好。"

张小惊其实也不是不能好好学习，她只是没办法集中精神，当老师在讲台上讲课的时候，她满脑子都是狮子和企鹅、北极熊、猛犸象，还有女生最怕的——老鼠和蛇。

她很喜欢蚂蚁，认为蚂蚁很团结；但豹子是独自生活的，豹子很酷；豚鼠可以夜行，蜥蜴可以变色；蟒蛇也很厉害，蟒蛇都没有四肢，却力大无穷；还有鳄鱼——鳄鱼超棒的，可以一动不动地等着食物出现。她应该向鳄鱼学习，变成一个有耐心的人。

哦，还有鲸鱼和小鸟。鲸鱼也很好，可以去最深的海底；小鸟呢，则可以自己造房子，小鸟真辛苦！

承禧就是啮齿动物，浅粉色的脸，大门牙，整天战战兢兢的，跟彭彭一样。

而宋野阔是北极熊，程泽是斑马。

沈天泽呢，是长颈鹿，个子高高的，眼睛大大的，睫毛长长的。李喻白是天鹅，优雅又安静。

她喜欢整个世界多过于数学题，喜欢春天的雨、夏天的花，喜欢动物的鸣叫声，以及偶尔吹过的微风。她就是不喜欢背书，也不喜欢写作业，这些都太无聊了！

但娇娇是什么呢？

略微大了一点之后，张小惊才注意到另外一种生物，裴巧若、娇娇、麦粒她们，为什么男生们总是在盯着她们看？尤其是乐承禧？他真是不要脸，怎么可以一直盯着女生看？他为什么不看我？难道我不漂亮吗？

张小惊是真的不服，她是什么呢？

她想了半天，才想起那句"Remember who you are"。她觉得她是一头美丽的小狮子，只是不会穿裙子而已，如果她有了漂亮的裙子，那她肯定也是个漂亮女生。

然后又觉得，承禧认定的女生才是漂亮女生——凭什么呀？他算老几啊？

好像就是在猜承禧在想什么的时候，张小惊才搞明白这个世界是怎么运转的。他就像个谜语一样，张小惊则很喜欢猜谜。那些年里，她很喜欢研究承禧在干吗，研究着研究着，她就突然觉得，他肯定是通往这个世界的钥匙吧？把他弄明白了，这个世界对她来说就很简单了。

但是呢，她好像真的搞不明白他在想什么。

等到了大一点的时候，她才拿到了钥匙。

十二岁？还是十三岁？

反正就是他们刚刚升入中学的时候，张小惊很惊讶地发现，她在承禧那里是享受着某些特权的。

譬如说，他很不喜欢别人碰他的书桌，以及他桌子上的东西。如果有人未经他允许就翻他的功课，他就会很生气。

他生气时很好玩，明明满脸都写着"我恨这个世界"，却还是默不作声地皱着眉、摔着笔、翻着书。

每到那个时候张小惊就会走过去，故意把他的书桌弄得乱糟糟的，等着看他恼怒抬头。他又在看清是她之后眉心才舒展开来，推推眼镜，故作不介意地问："你干吗？"

他边说着边收拾着课桌，张小惊低头看着他的手，觉得他可爱极了。

在学校里，他可不是什么好相处的人，除了特定的几个人，他好像很不喜欢说话，下了课就独自在书桌前看书、听音乐。每天上学放学都要去便利店买矿泉水，有时候张小惊跟一群女生从他面前呼啦啦而过，他会定睛看着她，然后冲她笑一下。

他笑起来是真的很好看的，所以张小惊才那么喜欢逗他笑。

她们都说："乐承禧好像只会对你笑！"

是吗？

有那么一段时间，张小惊的手机坏了。那时候她很喜欢用手机拍照，见到可爱的小猫想要拍下来，看到好看的云也想要拍下来。有一天她跟承禧走在路上，遇到了非常美的晚霞，张小惊连忙说："把你的手机借我用一下！我想拍照片！"

承禧的手机是绝对不许别人乱碰的，连娇娇也不可以。张小惊还以为他会拒绝呢，他却输入了密码，把手机递了过来。

那时候他用的是很贵的新款智能手机，张小惊用的却是很普通的功能型手机。拿到承禧的手机拍了一张之后，她就"哇"地叫了起来，然后问："以后我能不能都用你的手机拍照啊？"

"可以。"承禧说。

于是后来的几天，张小惊一看到想拍照的场景就伸出手："手机。"承禧输入密码，再把手机递过去。

两三次之后，张小惊就有点烦了，想的是，既然他不肯直接告诉她密码，那肯定是有什么原因的，于是悄悄留意着，有一天才幡然醒悟，跑过去问："你的手机密码是不是我的生日？"

——跟承禧这个人讲话呢，一定要出其不备才行，最好是挑那些最平常的时候，譬如说，早自习结束的课间、他正在发呆的时候、走在路上的时候。最好是先跳起来大叫一声，吓他一大跳，之后再问出你想问的问题。

接下来，你就可以欣赏他蒙圈的脸了。

他总是先"啊"一声，然后抓抓头发，或者擦擦鼻子，侧头，望着那些不相干的角落，说："没有啊……不是的！"

"那你现在把手机给我！"

"才不要！"

他说着说着就侧过脸，却又不经意地笑了一下。

张小惊探过头去，看到那个笑容，顿时就明白了大半——他可真可爱啊！张小惊想。

她本想逗他一下的，但想了想，还是算了。待回到家后，她才放下书包，兴奋地跟妈妈说："我觉得乐承禧喜欢我！"

左医生倒是很久之前就给张小惊打过预防针了，原话说的是："青春期一到，受荷尔蒙影响，你多半会喜欢上什么人，到时候你一定要跟我讲。"

那天左医生只是笑了笑，问："然后呢？"

"我可以喜欢他吗？"

左医生面无表情："不可以。"

"为什么呀?"

"因为你还太小了。"

"那我什么时候能喜欢他?"

左医生想了半天,才说:"等你拿到奥运冠军再说吧!"

"噢!好的!"

——事后跟承禧对口供,张小惊才很震惊地发现:她妈怎么能两头骗人呢?

到了第二天,承禧主动把手机递给张小惊,说:"密码是0716。"

——他妈妈的生日。

这个人居然临时改了密码?张小惊瞪了他半天,才问:"我可以重新改密码吗?"

"你想改什么?"

"我的生日!"

"凭什么啊?这是我的手机!"

"因为我记不住别的数字!"

"……"

她理直气壮地说,承禧又是一脸错愕,似乎根本想不到可以反驳的内容,便又拿出了他的攻击大法,道:"所以你那个脑子是长来干吗的?"

"显得高啊!"

张小惊扬扬自得,承禧便又沉默了,道:"算了,随便你好了。"

她就喜欢看他到最后完全束手无策的表情,有点不服气,又掺杂着一点无可奈何,以及很多很多的"怎样都好"。这个叫乐承禧的人,好像一个独立的小星球,原本是在宇宙的小角落里默默地自转着,后来就被张小惊战舰入侵,他毫无还击之力又似乎被卷得挺开心,最后就成了张小惊战舰的一员。

只不过是在稍微特别一点的位置上罢了。因为他总是掉队,张小惊就不得不总是看看他还在不在。作为一个联合战舰的舰长,她可不能把他的部下弄丢了!

不过长大这件事,本身是有点烦闷的。

张小惊的妈妈说,长大的过程,就是确认自己与这个世界的关系的过程。你和世界彼此碰撞,和世界相互妥协,最后找到一个属于你的位置,跟世界齐头并进。

不过张小惊是不太明白这个世界的,什么规则啦,秩序啦,她既不想弄明白,也不是很在乎。

她只是发现她的森林和太空都逐渐变淡了,鳄鱼和蚂蚁都奄奄一息,被她遗忘了。现在摆在她面前的是一个很现实的世界,这个世界里有乐承禧、娇娇、沈天泽、宋野阔,还有她父母。

这个世界里好像是要赚钱的,还要考大学,还得有个职业才行。

思来想去,运动员才是最适合她的职业,她是真的很喜欢打排球,这是少数能让她集中起全部注意力的事。

她还喜欢跟承禧一起研究排球的那些时候,那是她第一次脱离父母去研究什么事情。

规则——对了,这个世界是有规则的。在规则范围内赢了才行,所以要遵守规则。

譬如说还是要漂漂亮亮的。

譬如说不能随便跟别人打架。

譬如说暂时不可以喜欢乐承禧。

但她好像真的很依赖他,有什么事还是想着要跟他讲。

那阵子学校里很流行看青春小说,张小惊也跟着看,津津有味地把身边的人跟小说里的角色对照着,结果是不管怎么对照,她都会把承禧带进男主角里——

凭什么啊？张小惊边不服气地想着，边思索起了爱情这个词。

可爱情是什么呢？

爱情是不是就应该要两个人开开心心在一起？可以一直说话，让他讲笑话给你听？他心里是不是只可以有你一个人？不可以想别的女生？

在她还没搞明白的时候，承禧居然就劝她去体校了——他是不是真的很傻？

然而妈妈也劝她，你不可以因为一个男生失去了自己的人生。

那么好吧，就去打排球好了，反正打排球也很开心。

直到真的去了体校，才发现，好像也不是那么开心的。

怎么办呢？

她很想跟什么人讲讲，却不知道可以跟谁讲。娇娇和齐思琪都不可以，妈妈跟沈天泽也不可以……他们全都是一味地宠着她，只会给她讲好听的话，她不是不知道的。

但承禧——承禧是不一样的。

是到了那个时候才发现的，承禧比她更懂这个世界运行的规律，张小惊弄不明白的事情，他都可以很快地弄明白，然后再告诉她该怎么做。他总是能在她没头没脑地走歪的时候拉住她，以防止她一头撞到冷冰冰的墙上。

但后来她见不着他了，直到那个下雨天——他肯定是追了很久才跟上来的，他那么臭美又要面子的一个人，衣服和头发都被雨淋湿了，却还是在公交车站前一动不动地看着她。

公交车滑出去的那一刻，这个世界才陡然变得清晰起来，她的热带雨林和猛犸象都不见了，魔法也随即消失，现在只剩下那个狼狈的男孩还在等着她。雨滴沿着玻璃落下，让他变成一张旧照片。

张小惊愣了半天，才笑了，心里想问，你是不是非常想我，才在那里等待的？

你是不是一直在等我？

那我下一次一定告诉你，我是喜欢你的呀！

是因为非常喜欢你，才想把我所有的事情都告诉你的。

譬如说地球真的不是围绕着我转的，原来我不是太阳啊。譬如说也不是每个人都对我很好的，那个教练就很凶。譬如说我也是很委屈的，但是见到你之后又觉得其实也没有关系。

希望你能知道我的一切并接受我的一切，希望你知道我每天都在做什么，也想知道你每天都在做什么。

你是不是会偶尔想起我？就像我想起你一样。你是不是也看到什么好吃的好玩的都想给我？就像我看到什么好吃的好玩的都想给你一样。

结果说完了，又觉得自己似乎是说了很多蠢话。

于是婚礼开始的时候，张小惊忍不住跟妈妈讲："我想先回去了。"

"为什么？"

"我觉得我刚才好傻啊！拉着承禧讲了那么久的话，都不知道自己在说什么！"

左医生顿时又笑了，用眼睛斜了斜后方，道："跟你赌一千块，你一走，他就会跟着走。"

张小惊道："我哪来的一千块钱？我只有两百块！"

"那就跟你赌两百块！"

"哪有亲妈骗女儿钱的？"

"说不定你会赢呢？"

张小惊绞尽了脑汁算着账，她如果赌承禧会跟她一起走，她就能拿到两百块；如果她赌他不跟她走，她不仅要损失两百块钱，还要损失她的初恋——这似乎有点亏。

左医生纠正她："你可以反过来赌,你就赌他不跟你走,这样如果他跟着你走了,虽然你损失了两百块,却能赚到一个男孩子;或者你失去了一个男孩子,却能赚到两百块钱——"

张小惊立即道："噢!那可以!"

——后来她是输了两百块的,但死活不肯认账,在家里狂叫着:"我一周的生活费才两百块!你不能这样!"

"愿赌服输!"

"不行,我不服!"

"那你倒是说说看,你们说什么了?"

"我才不要说!"

是那个时候她才觉得自己是有了秘密的,知道有些话不能说。有些话只能藏在心底,自己知道就好。虽然想起来的时候,还是会偷偷笑半天——

他是真的害怕伤害到你的,对吧?就好像你是一滴露珠一样,一碰就会碎掉。是不是只有在他心里,你才是这么柔软的一个小东西呢?是需要小心翼翼地照顾着的才行?

你很想亲亲他的脸,不过你忍住了。像你父母教导你的那样,你说了"谢谢"。

——你倒是真的要谢谢他的,因为是他帮你确定了,你的确是个不平凡的女孩子,只要他是这么坚信的,你就可以再次鼓起勇气往前冲。

承禧后来的朋友圈,是只有张小惊才能看到的。

他整个高中阶段,都源源不断地往朋友圈里搬着东西,他在听的音乐、在看的书、喜欢的电影……那些链接就像飞船一样,通往各个星球,他散落在各个网站和应用的账号,像秘密基地一样。

张小惊点击了关注,他再关注回来。然后,就什么都没有了。

是跟娇娇交换某个很流行的社交软件的账号时,张小惊才发现这一点的。娇娇想要建立一个只有他们这些人的群组,跟张小惊抱怨:"乐承禧怎么这么不合群啊?什么账号都没有!算了,不理他了!"

"啊?"

张小惊愣了一下,到了那时候才反应过来什么,一个接一个地把那些链接打开。他都发了些什么呢?

...Baby at night when I look at you. Nothing in this world keeps me confused. All it takes look in your eyes. All of me. Is to tow the waste...

——这是他在听的歌。

……地球上所有的重原子,生命所必需的重原子,包括构成你身体的所有重原子,都是在某颗恒星内部被创造出来的。当你呼吸时,你吸入它们,当你触摸自己的皮肤或者别人的皮肤,所触到的都是星尘……

——这是他在看的书。

《穿越南极大陆》。

——这是他发的链接。

原本还以为,他是知道她不开心才发这些的。那几年对张小惊来说的确有些难熬,虽然她也没妄想过自己会长到一米九,但也没想到她那么快就停止了生长。体校最不缺的就是长得飞快的小孩子,眼见着她们一个个都比她高了,她是真的焦虑过的。每次看到承禧的朋友圈,她都知道那是他发给她看的,却没有想过,是只给她一个人看的。

那天从头翻到了尾,她才发现他是很认真地在发布这些内容。

她还发现了一个相册,名字是"my everything",加了密码的。张小惊试着输入了自己的生日,一下子就打开了。

白痴吗他?为什么要设这么简单的密码?

然后才看到，里面是有关她的一切：她当年拍下来的那些也不怎么好看的小猫小狗的照片、形状很特别的云、她小学毕业时的证件照——好变态啊，干吗要存她的证件照啊？

可是她那张证件照是真的很好笑，当初拍照时她笑过头了，眼睛眯成了缝，露出一口白牙。是那种她自己看了也忍不住会心一笑的照片。

相册里还有她参加比赛的新闻，有关排球的书与资料。

还有许许多多有关鳄鱼的商品——是准备送给她吗？

还有非洲和南极，她永远最喜欢的地方；霍格沃茨魔法学校、彭彭和丁满、可爱的小动物们、她喜欢的电影……

以及星云，许许多多的星云，美丽而孤独地绽放着。像是跟这个世界毫无干系，跟心脏一起悄无声息地膨胀、缩放。

张小惊怔了一下，这些她自己都忘了的东西一股脑地出现在她面前，原来，他都替她记住了呀！

她听着他喜欢的歌，愉悦地研究着那个相册，然后在某个瞬间，她的森林和宇宙全都回来了：

她能闻到湿漉漉的森林的味道，能听到鸟叫声，她好像还是那个可以在草地上打滚的小孩，对照着儿童百科全书幻想着她的未来，幻想着她去太空或者密林深处，去世界尽头，去宇宙尽头。

他依然是个谜语，她也依然能在猜谜中获得乐趣。

只不过——

everything。

张小惊在脑海里回忆着那个单词，是用来做主语的，要用在肯定句里，是一切的意思。

那么，乐承禧的一切就是张小惊咯？

而被人爱着的感觉，是暖烘烘又毛茸茸的，心里痒痒的，又非常快乐的。

张小惊对着那个相册笑了半天，总算明白，密码之所以那么简单，就是为了让她能看到而已。

我看到啦！

张小惊发消息给他，他回复了一个"？"。问：你看到什么了？

你猜！

……猛犸象？

对！

……好吧。他说。

那个相册唯独没有猛犸象。

——不过这肯定是世界的错，没有给他一只猛犸象让他上传到那个相册里。

据说爱情也是有着某种准则或规章条例的。

诸如说要什么时候拉手、什么时候可以表白、什么时候可以接吻、什么时候可以睡觉——这其中似乎是有着非常严格的执行过程，跟化学实验似的，容积不能超过三分之一，浓度不能超过百分之三十，试管只能倾斜四十五度……

但对张小惊来说，这些规章制度依然是只有一个意思：他们究竟在干吗？

她是没办法那么精准无误地去计算跟另一个人的关系的，她只知道把自己一股脑地塞过去，整颗心都送给他，她喜欢的东西一定要分享给他，好吃的好喝的也给他……

至于怎么拆解，就只能交给承禧了，反正他肯定会知道的。

他才是顺应这个社会准则而生的，人长得好看，脑袋也聪明，家里也有钱，父母也宠他，还愿意跟着她天涯海角地跑，比如说巴西——

是到了那个时候才知道他有多珍惜她的。

临行前,左医生就给张小惊打了预防针,说:"承禧肯定三天内就把你骗到床上去了!"

张教授差点一口鲜血喷出来:"那你还……"

张小惊则说:"我才没有那么好骗呢!"

"你相信我好了,他绝对可以!"

——结果是左医生猜错了,他真的没有。

其实他是个比张小惊有分寸的人,即便是张小惊喝醉的时候,他也是跟沈天泽一道,千辛万苦地把她们送到了酒店房间。反倒是张小惊趁机笑着问:"你是不是想跟我睡觉?"

"你喝醉了……"

"你想不想嘛?"张小惊故意拖长了尾音,撒着娇。

沈天泽都快笑疯了,承禧脸一红,说的却是:"我想不想是我的事,你给我老老实实睡觉去!"

——你说他是不是很可爱?

其实张小惊只是喜欢跟他单独在一起而已。

只有他们两个人的时候,那个充满了怯意和小心翼翼的乐承禧才会冒出来,一个简单安静的男孩子,清澈的,腼腆的。你要把你的勇气分给他一点点,他才敢直白地望向你。

他有一双含笑的眼睛,里面倒映着一个小小的张小惊。那是只有张小惊才能看到的眼睛,像月亮一样皎洁而温柔。

她的手指划过他的眼角眉梢,一遍遍地确认着,这是你喜欢的那个人,她愿意为了他去冒险,愿意跟他一道,在这个世界上找一个只有他们的小角落,玩着只有他们才知道的游戏,存放只有他们喜欢的好东西。

你想你是爱他的,比他爱上你还要早一点。

张小惊最出名的那张照片,是在 2017 年被拍下来的。那一年她专注地打着联赛,知道承禧偶尔会去看她的比赛,但也没什么精力去研究他究竟什么时候去,又或者是去看哪一场了。

曾有那么一度排球成了她人生最重要的事,那种全身心沉浸进去的充实感,比恋爱还要美妙。一旦开始比赛,她脑子里就什么都剩不下了,只想要赢。

然后是某一天,她休息时仰起头喝水的时候,才看到他就坐在看台上,双手交叉,挡在下巴前。见到她发现他了,他才笑了一下。

张小惊呆住,心脏怦怦跳动起来,脑袋里突然想到芸芸众生这个词——那么多人,结果我还是一眼就看到了你,那个词,是这个意思吧?

是的吧?

她怔了好半天,才对他笑了起来。

那是一场挺重要的比赛,体育记者全都来了,他们刚好就坐在承禧后面,于是拍了下来。

每当有人总结体坛美少女的时候,张小惊的这张照片总是会被拿出来。他们说她有一个初恋般的笑容,张小惊看到了就想,你们懂什么呀!那就是给初恋的笑容,不用"般的",它就是!

那几年她势头正盛,完完全全地享受着超新星待遇,眼见着人生目标就要达成了——

然而在落地的那个瞬间,被前所未有的巨痛击中。

那个时候想的是,完蛋了,我的人生彻底完蛋了。

以后她要怎么办才好?假设不能打球了的话,她爸妈肯定是会养她的,继续给她找着出路。

但承禧呢?承禧还会要她吗?

是想到承禧她才难过地哭起来的,空前地害怕,也是空前地无助。这是张小惊从来没有体会过的情绪,她真不知道该怎么办好,脑子里还是想着，承禧肯定是知道怎么办的，得告诉他才行。

没想到他那么快就来了，醒来时她先看到他的头发，他就伏在她的身上，似乎是睡着了。

张小惊伸手摸了摸他的头发，他瞬间就醒过来了，一脸紧张地望着她。

"渴——"

她只能发出这么个声音来。

脑海里反反复复地回忆着到底是怎么跌倒的，膝盖到底出了什么问题。其实她的半月板早就有损伤了，但也没有严重到那个地步——她们球队里，谁的半月板又没有损伤呢？

身体就跟机器一样，用久了就会旧，进入体校后，她的身体一直全年无休地高速运转着，损耗是必然的。但你又不能像机器一样，把零件给换了。

所有的坏结果她都想过的，真到了这个时候了，才发现，她也是会害怕的。

可是承禧在的话——

她望着他紧张而焦虑的脸，才忍不住一呆，他还——是个孩子啊。

正常人的二十岁都在干什么呢？对了，是还在读书，人生还没有开始，所以还都是什么都不懂的。

但运动员是不一样的，绝大部分运动员，二十岁的时候就定型了，知道了自己的上限和下限，适不适合这一行，最高能达到什么成就。这是个一目了然的职业，并不会给你适应的时间，你必须要时刻逼迫自己，在绝境中继续冲才可以，等着你的是一条很窄的路，要很努力，才能前进那么一点点。

你的人生跟他的人生是不一样的。

张小惊想，好像是不应该把这些压力强加给他的，不应该让他来分担这些，这对他来说，未免太沉重了一点。

但她忘了,他也是在长大着的。也许是在他看不到的时候,也许是她一直没有注意到。

总而言之,他是一下子就坚定了很多。

"我很想为了你成熟起来"——她很喜欢这句话,她讶异地望着他,才发现,他现在好像也是个大人了。

等他走了之后,左医生才慢悠悠地说:"承禧对你还真不错啊。"

"对吧?"张小惊很是骄傲,道,"我觉得承禧很好的!"

"好!"她妈妈笑眯眯地哄着她,"你也很好,他也很好,你们都很好。"

以前呢,左医生对张小惊和承禧之间的评价是:"张小惊你应该是彻底长不大了,你整个人都活得云里雾里的,跟过家家似的。"

可是呢。

你找到了那个愿意陪着你过家家的人,不是吗?

后来是到了疫情阶段,她才发现,承禧比她想象中还要可靠一点。

像她爸爸总是替她妈妈处理了那些日常琐事那样,承禧也为张小惊挡住了那个真实的世界。

她当然是什么都知道的,每天看一会儿消息,再脑袋乱乱地放下手机。心里害怕的是,妈妈是不是再也回不来了?她可以失去所有的一切,但不能没有妈妈,没有了妈妈,她的人生将会全部地塌掉,什么奥运金牌或者是她的森林,都不再有意义。

妈妈必须得回来才行……必须得回来。

就是在那样的时候,她才发现,承禧能把她照顾得好好的,他给她制订了严格的作息和饮食康复计划,每天一大早,他就跟他爸隔着墙壁在那里研究着康复动作,很紧张地互相问着:"所以……膝盖要弯到这个角度?那她要是特别疼怎么办?"

张小惊侧头笑望着他们——她生命中最重要的两个男人,对于运动康复,都是一脸茫然。

还是得她主动跟他们说:"痛也是必须要做的,必须要让膝盖适应这个过程。"

现在她的膝盖里有一部分韧带是假的,但她的身体还不习惯,她必须得让那些细胞跟她的假韧带熟悉起来,就像她要跟这个世界熟悉起来一样。

她爸爸是无法忍受她痛苦地大叫的,所以她只能看向承禧。

好在,承禧是明白了。他比她爸爸坚强,很严肃地说:"叔叔,你别怕她痛,你必须得坚持,再痛也要让她去练习——"

"……好。"张小惊的爸爸依然诚惶诚恐。

是为了这些人吧?痛也得忍着,不要叫出声。你要为了他们好好活着,为了楼上那两个害怕的老人好好活着,为了队友不断发过来的信息好好活着,为了那些爱你的人好好活着。

你要等妈妈回来,要等这个世界恢复正常,你要继续往前跑,大步地,头也不回地向前跑。你要的是这个世界上最珍贵的东西,那你就不能去想别的。你要的是所向披靡,独一无二,你要一次再一次地赢。

你要站在那个万众瞩目的领奖台上,骄傲地微笑。你要的是跟别人都不一样的人生——你既然要了,那你就得全力以赴才行。你不想让自己后悔,也不要重来一次,你就是你,你是要成为太阳的女生,而不是别的什么人——

他们都说除了你自己,你是不可以百分之百相信另一个人的,不然万一,他走了呢?

可是他们不知道,能走的人是你而不是他。

承禧的心里是有一座张小惊主题公园的，那个地方只有她知道，也只有她能去。当初她气势汹汹地拖着她的丛林和霸王龙闯进他心里，后来又加上一只豚鼠、一枚火箭、一个篮球场、一个排球场，以及 2016 年的 8 月 16 号——或者 17 号。

她的过去在那里，未来也在那里。

他们都说她的世界很大，他的很小。其实不是的，他只是把他的世界都给她了，只在角落里放着一台小小的电脑，和他那些小本子。

——为什么他们不明白，把自己的心百分之百地交给另一个人也是一件很勇敢的事呢？

承禧就很勇敢，所以，张小惊真的要珍惜他才可以。

这许许多多年里，她都不停地往那个主题公园里塞着东西，她的滑板和她的小辫子、她的爱豆、她的表情包、她难看又莫名其妙的衣服、她的笑声、她的勇敢、她的挣扎、她的梦想与荣耀……

到最后那个主题公园越来越庞大，逐渐占据了他的整个人生。如果她走了，那个主题公园就要塌了，猛犸象会踩着他的身体而过，火箭倒塌，星球坠落，整个丛林的野生动物们都会朝他冲过去，火焰燃烧，地壳下陷，时间的碎片变成原子弹，纷纷地砸向他，进行一次又一次地大轰炸。

他才受不了呢！

"所以你必须要爱护我才行，拆掉了张小惊主题公园，你就什么都没有啦！"张小惊跟承禧说。

承禧仰头想了半天，才问："我有这么惨吗？"

"你本来就很惨！遇到我是你三生有幸！我就是你的人生奇迹和生命之光！"张小惊抬着下巴，故作骄傲地说。

承禧则笑眯眯地望着她，反正不管她说什么，他都是那副表情，任由她作天作地。

他道："继续啊，还有呢？"

张小惊想了半天,脑子里找不到更适合的词了,想起了刚才看的小说,便道:"我就是你的普罗米修斯,给你火种,还给了你光明和希望!"

"哟,这个可以的。"他吹了声口哨,笑了,问,"还有呢?"

"我是你的耶路撒冷和应许之地!"

"不错啊,词汇量够大的!"承禧是真心实意地笑了,"那耶路撒冷在哪里呢?"

张小惊想了一会儿,才笑了起来,说:"在你心里!"

"非常好。"他朝她竖了竖大拇指,"好的,我宣布你就是。"

他还是用那种没什么起伏的语气说,反正什么深情和甜美就算了,他的口才只会用在插科打诨上,什么哄女朋友开心之类的,这个人是完全不会的。

这个人只是任你揉搓,把他的世界让给了你,你想要怎么胡来都可以,你终于可以不用顾及那些法则或者秩序什么的,可以继续在你的丛林里跟恐龙搏斗,带领着你浩浩荡荡的银河舰队去征服宇宙。你战无不胜并无所畏惧,你会爱一颗正在发芽的种子,也可以去探寻天下所有的神秘,在沙漠里寻找古老的神殿。

你在那里休息够了、玩够了、闹够了,才能再次跟这个世界相撞。

只有这样,你才能——

临出发前,张小惊跟承禧说:"我现在要把那个哭哭啼啼、犹豫不决、茫然无助的张小惊交给你啦!我要带着那个战无不胜的张小惊去拿奥运会金牌了!"

承禧还是凝望着她笑,问:"可可爱爱的那个呢?"

"这个我们对半分好了!"

这是她第一次参加奥运会,她必须得心无旁骛才可以,而想要心无旁骛,就得忘掉那些不重要的事,那些天真和那些小小的快乐,那些跟她人生主线无关的细枝末节。

就让它们继续待在那座主题公园里好了,她把她百分之八十的人生和自己都留给了他,然后带着她心里的那头小狮子出发。

她知道他会照顾好她的那一部分,在那座乱七八糟的主题公园里等着她回去。当有人在等你的时候,你才去哪里都不会害怕。

——于是现在轮到你了,你说过要把那枚金灿灿的奖牌拿回去,就得拿回去。

你要说到做到才行。

图书在版编目（CIP）数据

了不起的张小惊 / 荒大谬著. -- 北京 : 北京联合出版公司, 2021.10
　ISBN 978-7-5596-5497-7

Ⅰ. ①了… Ⅱ. ①荒… Ⅲ. ①长篇小说—中国—当代 Ⅳ. ①I247.5

中国版本图书馆CIP数据核字(2021)第169125号

Copyright © 2021 Ginkgo (Beijing) Book Co., Ltd.
All rights reserved.
本书中文简体版权归属于银杏树下（北京）图书有限责任公司

了不起的张小惊

作　　者：荒大谬
出 品 人：赵红仕
选题策划：肖　恋　徐　洒
出版统筹：吴兴元
特约编辑：徐　洒
责任编辑：夏应鹏
营销推广：ONEBOOK
装帧制造：墨白空间·巫粲

北京联合出版公司出版
（北京市西城区德外大街83号楼9层　100088）
后浪出版咨询（北京）有限责任公司发行
天津创先河普业印刷有限公司印刷　新华书店经销
字数240千字　889毫米×1194毫米　1/32　12.75印张
2021年10月第1版　2021年10月第1次印刷
ISBN 978-7-5596-5497-7
定价：58.00元

后浪出版咨询(北京)有限责任公司常年法律顾问：北京大成律师事务所　周天晖 copyright@hinabook.com
未经许可，不得以任何方式复制或抄袭本书部分或全部内容
版权所有，侵权必究
本书若有质量问题，请与本公司图书销售中心联系调换。电话：010-64010019